カラヴァッジョ

殺人を犯したバロック画家

ペーター・デンプ　著

相沢和子・鈴木久仁子　訳

カラヴァッジョ　殺人を犯したバロック画家

マントヴァ公国
ミラノ公国
ミラノ
（ジェノヴァ共和国）
ヴェネチア
ヴェネチア共和国
ボローニャ
ジェノヴァ
フィレンツェ
教皇領
アドレア海
テヴェレ河
コルシカ
ローマ
ナポリ王国
パロ
ポルト・エルコーレ
ナポリ
サルディニア王国
チレニア海
メッジーナ
パレルモ
エトナ山
シチリア王国
シラクサ
マルタ島
ヴァレッタ
16世紀後半イタリア

第1部

「大衆の人気などというのはいいかげんなものだ。
目でなく、耳で見て批評するのだから」

ジュヴァンニ・バグリオーネ　一六二五年

1

二月というのに異常に暖かい夜だった。ローマの町中を流れるテヴェレ河畔の魚市場は一晩中たいまつの明りで照らされ、喧騒に包まれている。ネリナは柱によりかかり、なるべく新鮮なものを選ぼうと右往左往している人々をながめていた。左隣りには男がひとり、木のたるにもたれ、ネリナに無遠慮な視線を投げかけたが、自分も見られていることに気がつくと、ゆっくりと顔をそむけ、魚屋の薦める品に興味があるような素振りをした。おやっと思って、ネリナはあらためて男に注意を向けた。昼間、アトリエの前にいた男ではないだろうか？

彼女は用心することに決め、並んだ品物の間をすりぬけて歩き出した。雑踏に目を泳がせると、広場を斜めに横切って、輿がひとつ揺れて行くのが目に入った。扉にはゴンザーガ家の紋章がついていて、黒っぽいお仕着せを着た長い髪のやせた男が横を小走りに付いて歩きながら、黒い輿のなかの人物に話しかけている。大きな身振りで、まるで空《くう》に向かって話しかけているような男の姿はなんともこっけいだ。ネリナは思わずニヤニヤしてしまった。

とつぜん声をかけられて、彼女は思わず叫び声をあげそうになった。

「魚はいらないかい、お頭《かしら》つきだよ」

魚屋のベルナルドとわかり、ホッとした。

「そうねえ、でも、頭がお祈りしなくてもいいように、あまり大きくないのをね」

魚屋は笑った。買った魚は全部、大理石の台の上で大きさを測ることになっている。魚がその台からはみでると、頭の部分は市場監督に税として取られてしまい、最後はヴァチカンでスープにされて教皇さまのお口に入ることになる。ふたりはそのことをあてこすったのだった。

ネリナがたいまつの明かりに黒光りしている鯉を指差すと、魚屋はそれを器用にフックにひっかけて取り、台の上に置いた。頭に一撃くらった魚は口をパクパクするのを止めた。

「ご亭主にはこんな乱暴なことするなよ」魚屋は魚のえらを手荒く掴んで手渡しながらニヤリとした。

「結婚なんかしてないわよ。でも将来のために覚えておくわ」ネリナは魚屋のひやかしにそう応じた。

「ひとりには多過ぎないかね?」さっきの男が柱の陰から出てきて道をふさいだ。奇妙な笑いを浮かべている。魚籠の中を覗きこみ、それからネリナの目を見据えた。鳥肌のたつような恐怖を感じさせる視線。ひざがガクガクと震えた。

「この魚はふたり分にたっぷりじゃないか、ご相伴にあずからせてもらいたいものだ」

「失礼ね、誰に向かって言ってるの。そういうことは別の女《ひと》に言ってちょうだい」

男の右手がひきつったようにブルブル震えている。親指に指輪が見えた。男はいそいで手を隠し彼女をにらみつけた。

ネリナは男が一歩でも近づいたら、魚籠でひっぱたくつもりでいた。慣れなれしく言い寄る男たちにはうんざりだった。魚屋のベルナルドに救いのまなざしを向けると、彼はすぐに割って入ってくれた。

「はい、ごめんなさいよ。魚を測らなきゃいけないんで」魚屋はそう言うと、ネリナをかばうように立ちはだかった。ネリナは魚籠をしっかり引き寄せ大理石のカウンターに急いだ。ベルナルドが自分の後を追おうとする男を阻んでいるのが、チラッと見えた。

ミケーレのところには色々な人間が出入りしているが、この男に覚えはなかった。だがはっきり言いきる自信はない。後頭部にある丸い剃り跡に見覚えがあるような気もする。言葉のなまりはどうだろう？　どこのなまりかは分からないが、ローマ生まれでないことは確かだ。わたしを娼婦とでも思っているのだろうか？

大理石のカウンターの前には人がたくさん並んでいた。市場監督の下働きが魚を一匹ずつ伸ばし、わざと台からはみださせて頭を切り落とすのに皆大声で文句を言っている。

彼女の番が来て、下働きの男はよく切れる包丁で手早くはらわたを抜いた。ネリナはその様子をボンヤリ目で追っていたが、魚が目の前につきだされ、相手が自分を値踏みするようにジロジロ見ているのに気がつくと、急いで魚をしまって足早に広場を横切った。市場の喧騒のせいで頭が痛くなってきた。魚の入った篭を胸元に押しつけ、両手でこめかみをおさえた。マルティウス広場の方向に向かって市場を出たところで、やっと一息つくことができた。

人ごみの中で、ネリナはいつのまにかあの男の姿をさがしていた。家へ戻ろうと考えたとき、男の姿が見えた。娼婦と腕を組んでいる。よくミケーレのモデルをしているレナだ。もう一方の腕にもたれかかっていた別の娼婦は彼に突き飛ばされて地面に転がされたところだった。レナは大声で笑うと、男をテヴェレ河のほとりにひっぱっていった。

よかった、そういうことだったのか。女を求めていただけのことだったのだ。ネリナは暗やみに消えていくふたりの後姿に目をやりながら、ホッとした。地面に突き飛ばされた女は立ち上がると、服についたどろを払い落とし、闇に消えていくふたりに向かってこぶしをふりあげののしっている。

ネリナは魚篭をしっかり持つと、ミケーレのアトリエへ向かった。

2

「このアルドブランディーニ家の男は、死にかけているというのにまだ我々を苦しめようという気だ。スペインの影響に屈して、教皇の座に不幸をもたらしただけでは充分ではないようだ。おまけに、周りを枢機卿どもが太鼓持ちよろしくウロウロしている！　まったく胸くそ悪い。もう何も見えず聞こえもしないというのに！　大きく見開いた目をぼんやりと天井に向け、のどはゼイゼイ、くさい息を吐いているだけだ」

深紅の枢機卿帽を革のソファに放り投げ、はだしで部屋をうろうろしている男を、シピオーネ・ボルゲーゼは黙ってながめていた。重い体がえさを詰めこまれたガチョウのように揺れ、剃髪した頭から汗が首筋にしたたり落ちている。脚の動きにつれてだぶついたあごが震え、目は絶え間なくピクピクけいれんしている。

「彼が本当に死ぬのか、誰にもわかっていない。ひょっとしたら、最後に笑うのはあの男ひとりという喜劇をまた演じてみせているだけかもしれぬ」

「教皇さまのことをおっしゃっているのですね」

カミッロ・ボルゲーゼは続けた。

「スペイン王の腰ぎんちゃく、ハプスブルグ家にへらへら追従するクレメンス八世め。気骨もなければ、自分自身の意見も持っていない、フランス王と同盟すら結びかねない男よ。キリスト教の信仰を鼻先にぶらさげて、全信者を地獄に送りこむつもりなのだ」

「罪深いせりふですよ、伯父上」

死の床にある教皇をめぐる茶番劇が彼をイライラさせているのだ。

「そんなことを聞くために、おまえをローマに呼んだわけではないぞ。わしは、二度と再びスペイン派が教皇の座に着くことのないよう対抗手段を講じようと思っている。スフォンドラト、メディチ、アルドブランディーニ、キジ一族とは永遠に決別だ！」

窓辺に近づきよろい戸を開ける伯父を、シピオーネはじっと見つめていた。枢機卿は部屋の中へ流れこんできたテヴェレ河からの冷たい風に向かって目を閉じると、鼻腔をかすかに振るわせながら河のにおいを吸いこんだ。

「あなたが死をもたらせばよろしいのです、伯父上」シピオーネはささやくように言った。

「なんと言った？」

シピオーネは咳払いで時間をかせいだ。思わず口をついて出てしまった言葉を後悔したが、静かに繰り返した。

「あなたが死を連れてくればよろしいかと」

かんしゃく持ちの伯父のいつもの雷を覚悟して待ったが、くるりとこちらを向いた枢機卿は顔じゅうを輝かせ目をキラキラさせている。思いもよらぬ反応だ。

「よいことを言ってくれた。新しい風があの男を葬りさるのだ。生きている間、新鮮な空気というものをこれっぽちも吸わなかったスペインの売女を！　わしが窓を開けて、教皇の紫衣を吹き飛ばしてくれよう」

そう言うとさきほど枢機卿帽を置いたソファにどっかと腰をかけた。

「これで、戦略の第一部は解決したも同然だ。次なる策を練らねばな」

「戦略とはどういうことですか、伯父上」

「おまえも知ってのとおり、スペイン派は、死と堕落が敷きつめられた道へと教会を導いている。異端審問、イエズス会の専横、すべてが死と服従を目指している。フランスに対して一応門戸は開いているが、それですらヴァチカンの役にはまるでたっていない。我々はそれを変えなければならないが、それには、教皇が死に瀕している今がチャンスだ。教皇の座に座るのはイタリア人であるべきなのだ。次の教皇選出会議には新しい政治の風が吹かなければならない」

「それで、誰をお考えですか？　スペイン派の影響を打ち破れるほどの力のある方、教皇選出会議の流れを変えることができ、イタリア人を押してもらうための金を払える人物とは誰でしょうか？」

「おまえは誰を考えるかね？」

「すべてを兼ね備え、経済力も充分という方は、ひとりしか思い当たりません」

「それで、誰だと思うのだ？」

シピオーネはひっそりと笑った。伯父は目的目指して華麗な経歴を積み上げてきている。わいろの効かない信仰心の篤い人物で通っており、非の打ち所のない立派な人生を送っている弱点のすくない人間と言われている。

「他の誰でもない、あなたです、伯父上。バロニウス枢機卿が応援してくだされればですが」

一瞬、ふたりの間に沈黙が訪れ、シピオーネは相手の反応を待った。伯父も、このローマ一の有力聖職者をあてにしていたようで、急に立ちあがると言った。

「彼はそうしてくれるだろう。この学識豊かな人物は教皇の冠には興味がないからな。そして次には、スペイン派の不敬の輩をさらし者にする必要がある」

「それはかなり難しいでしょうね。どうやってなさるつもりですか？」

「そのためにおまえを呼んだのだ。選挙でわたしが選ばれれば、おまえの損にはならないからな」

「でも、なぜわたしなのです？」

「おまえは若くインテリで、しかも芸術好きだ」

シピオーネは笑った。教皇が今にも息を引き取ろうとしているこの時期に自分をローマに呼んだのには何か思惑があるとは想像していた。

「街中にスペイン派とすぐ分かる異端者の像でも立てさせるおつもりですか？　それとも、スペイン派の枢機卿が火あぶりになる異端審問劇でも演じさせますか？」

「うん、それもいい考えだ。大衆がいきりたち、上流階級や枢機卿が不安を感じ、スペインのこけおどしに誰もが不平をもらすようにしなければならん。一番簡単にそうするには……」

「財布に影響が出るようなことをするのが一番効果があるのでは？」

「その通り」

「いったい、何をなさりたいのですか？　真の意図はぜったい秘密で、それでもって、誰の耳にも入るほどセンセーショナルな出来事でなければならないのですね？」

「そうなのだ、そのことで頭が痛い。センセーショナルな事件を起こしたいのだが、わしの名前が出てはならないからな。絵を材料に使おうと思っているのだが、表面に出て買い集めたり依頼したりするのがおまえなら、誰にもあやしまれることはないだろう」

「簡単な任務ではないですね」

「考えておいてくれ、シピオーネ。戻らねばならない。教皇は、枢機卿たちが自分の枕辺にはべった時間を記録させているからな。わしはもう大分長い時間席をはずしてしまった。まあ、死にかけている男のことだ、もう何事も分かってはいないだろうが」

シピオーネは、伯父が帽子をかぶるのを手伝い、風に吹き飛ばされるように出ていく後姿を見送った。

3

「きみの希望は理解できる。だが、レオナルドス神父、今のところわたしにできることは何もない」

伯父の言葉が天井からささやかれているように聞こえてくる。「残念だが、理解してくれ。今のこの事情では……教皇クレメンスの病《やまい》、枢機卿一同……みなとても緊張している。誰も早過ぎる決断はしたがらない。おそらく、後継者問題が起きて、教皇選出会議が招集されたら……」

がっかりした神父が重い足どりで歩くのが遠くからでも分かった。シピオーネは、レオナルドス神父の人間性をよく知っていた。広い知識を持っているが、あつかましい上に権勢欲が強い。

誰もが自分の能力を示せる時が来るのを待ち望んでいた。だが、彼の伯父が今のところ気にしているのはもっと別の事だ。

この神父は自分の計画にピッタリの人物のように思える。死病に見舞われているクレメンス八世が死んで教皇選出会議が招集されたら、票を買い集めなければならないことになる。敬虔な仮面の下に狡猾さを巧みに隠したカミッロ・ボルゲーゼを世界の舞台に出すには教皇の冠を手にすることだ。だが、そのためには下準備が必要だ。そして、それはひょっとしたら自分自身を枢機卿にする道かもしれなかった。

「赤毛司祭殿！」シピオーネの呼びかけに神父は見た目にもあきらかなほどびっくりした。

「わたしの頭をあてこすっているのですか？　自然のなせる技、神のおぼしめしです」

「気を悪くしないでください。だが、この家の召使いたちは、あなたに会うとすぐにこのあだなを奉ったそうじゃないですか。伯父を訪ねてきたのですね」

シピオーネの言葉に、神父は自分が誰と話しているのかやっと気がついたらしい。不信げな面持ちで値踏みをしている様子の相手の腕に手をかけると、シピオーネはらせん階段を下りて中庭へ出た。

「一歩前進しましたか、レオナルドス神父？　望みの聖職禄は受け取れますか？」

「いえ、残念ながら。教皇さまのご病気で、枢機卿方は神経質になっておられて決定はすべて先送りです」

シピオーネの笑い声が中庭に響きわたった。神父は嘘をつかないことに決めたようだ。

「伯父は目下のところ危ない橋は渡りませんよ。親しい友も身内も、お気に入りの連中ですら眼中にない。あるのは教皇のことのみ」シピオーネはまた真面目な顔つきに戻り、横から神父の顔をうかがった。「伯父はまじめ過ぎるほどまじめですから」

「ですが、あの方こそふさわしいのでは？」

神父がチャンス到来とばかり口にしたこの手のお世辞はシピオーネがもっとも厭うものだった。枢機卿カミッロ・ボルゲーゼがこれまで自分の気に入った者の面倒をよくみてきたことを、神父はちゃんと計算している。この甥が枢機卿のお気に入りなら、ボルゲーゼ一族から次に出る枢機卿は……

シピオーネは神父の腕をつかんだまま人目のつかない隅に連れ込むと、声をひそめた。

「お世辞が上手な人だ。だが、レオナルドス神父、わたしは千里眼だ。あなたの望みが何か、なぜそれが手にはいらないのか、わたしはちゃんと知っている」

シピオーネの声の調子が変わっていた。慇懃無礼はすっかり陰をひそめ、顔つきが刻一刻と険しくなっていく。

「そんなつもりで言ったわけでは……」神父は言い訳を口にしかけたが、相手ににらまれて沈黙した。

「取引きしようじゃないか、神父。それであなたも儲かるし、わたしにも利益がある」

「取引き？　どんな？」

「絵は好きかな？　新しい感覚の絵は？」

神父は肩をすくめた。

「わたしは絵を神のごとく崇めている。神様が人間にくださった贈り物、それが絵だ。楽園、そう、天国そのものだとも思っている。楽園追放以来、にかわのように我々に取りついて離れない悪とは関わりのない唯一の贈り物、それが絵だと考えている」

「わたしも絵は好きです」神父の口からのどにひっかかったような声がもれた。「教会にある絵画、聖人たちの姿や我らの主が歩まれた道を描いたもの」神父は大慌てで付け加えた。

シピオーネは神父をこっそりと試しているのだった。彼は神父にひとつの役割をあてがうつもりでいたが、その役割の真の意味を神父が知ることはないだろう。絵のことなど何も知りませんと顔に書いてあるが、本当のところはどうだろう？　シピオーネは押し殺したような声でささやいた。

「愚かな人だ！」

「どういうことでしょう？　あなたが分かりません」

「そのうち分かる、レオナルドス神父。すぐに分かる。まあ、いいからわたしについてきなさい」

4

エンリコは初めて聞いたときから呼び鈴の音に憎しみを感じていた。少年の頃から不眠に悩まされている貴族の秘書として働く毎日もイヤでイヤでならない。このキザな男に昼も夜もなく奴隷のように仕えているという事実、それも癪の種だった。彼はローマが好きだったから、主人フェルディナンド・ゴンザーガのお守りについてきたのだ。

呼び鈴がふたたび悲鳴のように聞こえる。エンリコは服を着たまま横になっていたベッドから飛び起きた。カーテンをひくと、地平線はもうぼんやりと薄明るくなっていたが、太陽はまだエスクゥイリーヌスの丘（ローマの七つの丘のひとつ）の後ろに隠れている。マントヴァのベネディクト会修道院の学生だった頃からこんな朝はじゅうぶん過ぎるほど知っている。早朝ミサに叩き起こされ、寝ぼけまなこで震えながらヨロヨロと礼拝堂へ足を運んだものだ。

フェルディナンド・ゴンザーガの身のまわりの世話をするパオロがドアをノックして開けると小声で言った。

「今お戻りになりまして、お供くださいということです」

「すぐ行く」答えながらエンリコは若い主人が、一睡もせずにこんなに朝早くどこへ行く気なのだろうと考えた。窓を開け空気を入れた。二月初旬というのにいつになく暖かい日がつづいており、夜も特に寒いというほどのこともなかった。

エンリコは急いで髪を指で梳き、インクつぼ、ペンそして紙をカバンに入れると階下へと走った。目の下に大きな隈を作っているが、冴えたまなざしのフェルディナンド・ゴンザーガが待っていた。

「枢機卿が待っておられる」

「こんな真夜中にでしょうか?」

「教皇が死の床にある今現在、ローマでは誰ひとりとして眠らないよ」

エンリコは咳払いをひとつすると、思わず口をついて出そうになった言葉を飲みこんだ。今この瞬間、カトリック教会のお偉方の頭を占めているのは、教皇選出会議で勝ち残り、次の教皇の座につく者にたいして、自分たちの教会禄や収入をいかに確保するかだけであり、そのために備え、鼻薬をきかせ、中傷者の口を封じておくことである。

父方の財産を受け継げない長男でない貴族の若者たち、エンリコがひそかに「余計もの」と呼んでいる部屋住みの若者たちにとって、それはひとつのチャンスでもあった。今や、そっとドアが叩かれ、援助を申し出る者が現れ、金品が贈られる。だが、わがご主人は何を目的にローマにいるのだろう? それを彼はまだ把握していなかった。十七歳という年齢を考えれば、枢機卿の赤い帽子をかぶるには若過ぎるし、政治的な任務を担えるほどの経験もない。だがそのうち分かる、エンリコは確信している。フェルディナンドの父親が枢機卿カミッロ・ボルゲーゼと密な関係を作り上げたことは知っているが、この枢機卿は主流とは言えない。

エンリコは、門のところで待っている輿へ主人を乗りこませると扉を閉めた。彼自身は輿のそばを歩いてしたがう。

「エンリコ、枢機卿のことを少し教えてくれ。どういう人物で、どうしたら食い込める?」

「おそらくあなた様以上には存じていないと思います。カミッロ・ボルゲーゼ枢機卿は、クレメンス教皇がお隠れになった後の最有力候補というわけではございません。イタリア派のなかではバロニウスとベラミン両枢機卿のほうがずっと有力です。とりわけバロニウス枢機卿は学識豊かで、司教団全般の尊敬を集めておられます。それとも、スペイン派のメディチでしょうか。このお三方のほうが見込みは高いでしょう。ボルゲーゼ枢機卿は身内のためなら無条件で動きますが、他人には要求ばかりで利用するだけのお方です。例えば一族のシピオーネ殿などと比べると、過去に目が向いておられる方です」

輿が動きだした。ついて行くには足を速めなければならず、思わずため息がでた。輿の後ろを走るのに決して慣れることができない。だが、たかが製本屋の息子の自分は、夜明けに輿で運ばれる運命を授かってはいない。それは分かっている。だが、若い主人の安逸な生活を自分のそれと比較すると、内心おもしろく思わないことも多かった。

彼は、マントヴァ領主が息子フェルディナンドの行く道をどう考えているかは知らなかったが、政治的使命だけを持たせてローマへ送ったわけではなく、ここで身を立てろということなのだろうと推測した。フェルディナンドはそのあたりはまるで無能で、日がな一日無為に時を過ごすことと、ほとんど睡眠を必要としないという才能があるだけだ。何事にもまるで興味を示さない彼に、エンリコは時に絶望的な気持ちになり、この町で新しい主人を見つけ、できるだけ早くこのゴンザーガ家の若者と縁を切ろうと考えていた。

「続けてくれ、エンリコ！」輿の中から催促の声がひびいた。

エンリコは空気を求めてあえいだ。寝不足と疲労を感じたが、息を切らしながら話しだした。

「クレメンス八世から始めましょう。教皇は老練な策略家、抜け目のないお方です。枢機卿全員を欺かれたのです。みなさんは、このフィレンツェ出身の枢機卿イッポリト・アルドブランディーニを先の長くない病人と思って教皇に選んだのでしょうが、彼はひとたび教皇クレメンス八世となるや、とたんに健康となり職務を見事に果たされました。休みなくあちこちと旅をされ、そのために何度も病気にもなりましたが、非常に真面目で敬虔であるため賞賛されております。そのうえ、思いやりのある政治家と言われています」

その朝一番の太陽の光が狭い道にふりそそぎ、家々の壁を明るく照らしだしている。

「何御託を並べているのだ、エンリコ。クレメンス八世が恥ずかしげもなく前代未聞の情実人事をくりひろげたことは誰ひとり知らないことのない事実だ」

「ですが、教皇領を大きくしましたし、フランスとの争いも片づけました」

「イタリア貴族の負担で、マドゥルッツォ枢機卿率いるスペイン派の意向を汲んだまでだ」

フェルディナンドが事情をよく知っていることにエンリコは内心舌をまいた。午前中は惰眠をむさぼり、午後は快楽、そして夜は劇場の踊り子たちと遊びほうける若者に、政治の心配をする時間があるはずもない。おそらく父親が教えてやったのだろう。

「おおかたの枢機卿はスペインから恩給を受けておりますが、教皇はスペインの影響を排除することに成功しました。フランスの援助を取りつけたのです」

「あのアンリ四世がカトリックに改宗し洗礼を受けたからだけのこと」

「あのお方を再び教会に受け入れたのは非常に意義のあることです」

テヴェレ河岸からわき道へ曲がると、とつぜん魚市場に出た。生臭い臭いにエンリコはほとんど息がつまりそうになった。

「教皇クレメンス八世はスペインの支配者の家付き司祭になる気はなかったし、そうならないことに成功しました。ですからローマ教皇はまた一国一城の主です」ここまで言うとエンリコは大きく息を吸いこまなければならなかった。市場に充満しているにおい、人いきれに窒息しかねなかったし、駆けつづけてきたのでヘトヘトだった。

「そして今や彼は病気です、死ぬほどの病気です」

「彼はいつだって死ぬほどの病気だったさ」

「死の床にふせっていると、うわさされております」

「今までだっていつもそううわさされてきた」

「それではお尋ねいたしますが、あなた様はなぜローマにおいでになったのです？」

輿の中から答えは返ってこなかった。エンリコは市場をグルッと見まわした。ここに集まっている大勢の人間がカラフルなひとつの像を織り成していて、それが彼の気持ちを晴れやかにした。

その時、柱にもたれている女性と目が合った。落着いた静かさの感じられる女性で、ひとめで気にいった。ふたりは一瞬目をからみ合わせたが、エンリコは輿に遅れないように急がなければならなかった。

5

物音がして目をさました。耳をすますと人声が聞こえてきた。吹き抜け階段の下から響いてくる興奮した声からすると、よいことではなさそうだ。

ネリナは肩に寒さを感じて布団をひっぱりあげた。また寝椅子で寝てしまい、澱のようにドロッとした疲れが残っている。階下の玄関扉のところで数人の男が声を押し殺して言い争っているようだ。それから階段を上ってくるらしく、声が大きくなってきた。大急ぎで起きあがると画架のひとつにかけておいた服をみつけて手を通した。いくらも離れていない机につっぷしてミケーレはいびきをかいている。そばにワインの空ビン。

ささやき交わす声はふたりのいる部屋にまで近づくと、そこで止まった。ネリナの心臓は早鐘のようになった。いったい、こんな時間に誰が来たのだろう？

「ミケーレ、起きて！　困ったことになりそうよ」

眠ったままぶつぶつつぶやき、頭の向きを変えただけのミケーレのわき腹に、ネリナは一撃を加えた。酔っ払いを起こすのには慣れている。

「借金取りよ！　絵を一枚かたに取ろうというのよ！」

このやり方はいつもうまくいく。描くことに取りつかれているミケーレは心地よいワインの酔いに沈んでいる時でも、自分の絵がお門違いの人間の手に渡ってしまうかもしれないという不安を感じると、すぐに飛び起きる。だが今回ばかりは少し遅すぎたようだ。壁に激しくぶつかるほど乱暴にドアを開け、男たちが声高に部屋に押し入ってきた時も、彼はまだ事態が飲みこめていなかった。

「やあ、ネリナ。やあ、ミケーレ」先頭の男がほえるような声をあげた。腐った脂のようなにおいのする漁師。何日も風呂に入っていないようだ。腕にまだ網をかかえている。

ミケーレは両手で顔をおおい、うつむいた。思いあたるふしがあるのはその動作からわかるが、どの件かは分からないようだ。

「彼は文無しよ、知っているでしょ」ネリナは一応弁護をしてみた。

「こいつが金を持ってたためしはないさ」漁師は連れの男たちに手で静かにするように合図した。

「来たのはそのためじゃない。ミケーレ、見ろ、これを知ってるな？」

酒でぼんやりした頭からなかなか正気に戻らないミケーレを見たネリナは、洗面台から水差しを取ってくると彼の頭にいきおいよく水を浴びせかけた。

「おい、何するんだ！」濡れねずみがわめいた。

「しっかり目をさまして、これを見るんだ」強い調子で漁師は言った。

ネリナはミケーレの後ろにまわると、布で髪の毛をふいた。絵具とオイル、それにワインのにおいがする。

ミケーレは深く息をすると、手で彼女を追い払い、ひたいにかかっている髪の毛をかきあげた。

「どうしたって言うんだ?」

「どうしたって？　よく言うぜ」漁師はわざとらしくミケーレの口まねをした。

「もちろんスカーフのことだ、絹の」

縄のように巻かれたその布からポタポタ水が滴っている。

「これはお前のだ。ベルナルドがそう言ったぞ。そうだな?」

漁師が布を広げると、ＭＭＣという文字が見えた。

「ＭＭＣはミケランジェロ・メリシ・ダ・カラヴァッジョの頭文字だ」ベルナルドが口をはさんだ。通りのはずれでパン屋を営んでいる、甲高い声と金つぼまなこのこの男をネリナは嫌いではなかった。

「そうだおれのだよ。礼のつもりでレナにやったものだ」ミケーレは両の手の平で顔をひとなでした。

「テヴェレ河でみつけたんだぞ」

「じゃ、レナは気に入らなかったんだ。返してもらおうか。そして出ていってくれ、眠らないといけないからな」

漁師が目の前に突きつけていたスカーフを持った手を急におろしたから、ミケーレは空をつかみ、手負いのけだもののように荒れ狂った。

「よこせ!」低くほえる。

なだめようと腕をつかんでいるネリナの手をふりほどくと、ひとっとびで漁師の前にたちはだかり、布をもぎとった。騙されたり、からかわれたりするのは彼が一番嫌いなことだ。必死で我慢しているのか、体をブルブル震わせている。

「もういいでしょ、ね」スカーフだけのことではないと思ったネリナは口をはさんだ。「誰のものかわかったんだし、もうじゅうぶんでしょ」

モデルの女にまたスカーフを贈っている、そう思うと胸がキリキリと痛んだ。レナ! ミケーレの絵に描いてもらいたいだけのために彼をたらしこんで! ほんとにミケーレはバカだ、うまく丸めこまれてベッドにひきずりこまれるなんて!

「じゅうぶんじゃないさ。一緒に来てもらうよ。見つけたのは残念ながらスカーフだけじゃないんだ、ネリナ」漁師は気の毒そうにネリナを見てから、わけが分からないという顔をしているミケーレの方を向いた。

「行こう、ミケーレ。お前さんは見ないといけないんだよ」

ネリナは、のろのろと体を起こそうとしているミケーレの腕を支えた。飲みすぎで足元もおぼつかない男は、彼女の手をうるさそうに振り払うとひとりで立ちあがった。

「昼まで待てないの？」

「そうはいかないんだ。夜が明けないうちでないと。テヴェレまではほんの二、三歩じゃないか」

湿って重苦しい漁師の声に、ネリナは不安を感じた。

「何か悪いことなの？　靴を持ってくるからちょっと待ってて」ネリナは大急ぎでアトリエの隅の寝場所に走り、木靴に足をつっこんだ。

男たちは酔っ払いを引っ立てるように連れていった。冷たい早朝の空気と河の湿気が効いたのだろう。ミケーレは少しずつ酔いがさめたようで、足取りが一歩ごとにしっかりしていく。やがて漁師の肩から手を離すと、ひとりで歩きだした。

なんだか奇妙な行列だ。ネリナは背筋がゾクッとした。このあたりの人は全員飲み仲間だから、ふだんならミケーレが顔を見せればみんな陽気にあいさつしてくれるのに、今日は誰も口をきこうとしないし、根っこが生えたみたいに立ちすくんで真剣な顔をしている。どうしたのだろう？

夜はまだ完全には明けていなかった。家々の塀が薄くらがりに黒く連なっており、建物と建物の間に張ったロープに干したこの日一番の洗濯物からポタポタ落ちるしずくが地面を黒く濡らしている。いつもの見なれた光景だ。

塩気を含んだ水のにおいが、河沿いの道路へ続く小路にただよっている。男たちは黙々と河岸へ進んで行った。空を突き刺すようにマストを高くかかげた船が三艘、河岸に横付けになっており、そのまわりに別の一群の男たちが立っている。困惑したようにじっと立ちすくんでいる様子はどこかおかしい。

「ねえ、もう言ってくれてもいいでしょ。何があったの？　こんな時間にミケーレを起こすなんて」

漁師はネリナを制すると、船と船の間を指さした。何か黒っぽいものがある。水につかって重くなった魚網のようなものが石ころ混じりの砂の上に転がっている。近づくにつれて心臓がドキドキしてきた。そこにあるものの正体にうすうす察しがついてきた。人が倒れている！

ミケーレもすっかり酔いがさめていた。彼はネリナの数歩先を歩いていたが、砂利の上に横たわっている人間に倒れこむように近寄るとひざまずいた。そして、大急ぎで駆け寄ったネリナを振り返り、恐怖に大きく見開いた目を向けた。

彼は今にも叫び出しそうに口を大きく開けたが、ネリナが聞いたのは、骨の髄までしみわたるようなかすれたあえぎ声だった。

「レナ！」

6

「あいつもあいつの絵もテヴェレ河に沈めてしまえばよいのだ。信仰を冒涜しおって、目のけがれだ！」カミッロ・ボルゲーゼ枢機卿は腕を組むと、甥が目の前にしている絵に軽蔑のまなざしを向けた。

「こんなへたくそな絵を注文する奴の気が知れん」

伯父は自分とゴンザーガに相槌をうってほしいのだ、シピオーネはそう見てとった。

「古い時代にこだわって、新しい波を憎まれませんように、伯父上」

シピオーネは、伯父をなだめようと声にいくぶんかの悲壮感をただよわせ、それと同時に相手がそれと感じる程度の反抗的態度と頑なさをしのびこませた。枢機卿は顔をゆがめると背を向けた。ローソクの明かりの中で剃髪の周りの白い髪が銀の指輪のように光って見える。

「それに、伯父上。わたしがこの絵を注文したわけではありません。完成していたものを買っただけの話です。おもしろいと思ったものですから」

シピオーネは、自分にちらっと目を向け、何か言いたげな枢機卿にかまわず、客の方を向いた。

「さてゴンザーガ殿、あなたも伯父と同じ意見かな？　お父上は、新しいものを精力的に集めていて、しかもなかなか趣味もよろしいようだが」

そう聞かれてフェルディナンド・ゴンザーガは、何か意見を言わなければと内心多いに困っているようで、シピオーネは自分が追い詰めてしまった若者をちょっぴりかわいそうに思った。ゴンザーガは助けを求めるように秘書に目を向けたが、秘書は話題になっている絵にはほとんど関心がないようで、ただ天井画を見つめている。

「この画家は、芸術の世界に新しい息吹を吹きこんでいます」

ゴンザーガがおぼつかなげに、口ごもりながら、やっとのことでしぼりだした答えにシピオーネは目をみはった。自分ではわからないのかもしれないが、ピッタリじゃないか！　この青二才にも父親と同じ芸術センスがあるのだろうか？　それとも誰かに教えてでももらったか？

若者の秘書もこの答えにはびっくりしたらしく、目を見開いて主《あるじ》をまじまじとみつめている。

「聖なる者たちを侮辱する、けしからん画家だ！」枢機卿が毒づいた。

「少なくとも今現在もっとも高い画料を手にする画家ですよ」シピオーネが口をはさんだ。

「おまけに、けんか好き、のんべえ、女好きときている。他にもまだまだあるぞ！」

「カラヴァッジョのことをおっしゃっているのですか？　枢機卿のかたがたも彼とたいして変りないようですが、伯父上？」

「騒ぎの火種を撒き散らすあの野獣にどいつもこいつも首ったけだ。デル・モンテ家然り、バルベリーニ、キジ、教皇の金庫番ジウスティニアーニまた然り。まるであのへぼ絵描きひとりで世界を新しく創造せんばかりだ。あいつに描かせちゃならん！」

シピオーネは思わず笑いだした。ゴンザーガも笑いをこらえようと口を手で覆っているのが目の片隅に見えた。

「つまり、不当に天地を創造し、罪を犯しているとでも？」

「この絵はどこもかしこも罪そのものだ！　どうやら聖ヒエロニムスらしいが。見てみろ、腕も胸もしわしわのやせこけた年寄りだ。教会の偉人がこんなふうであるわけがない。飢えた乞食みたいに描く必要などどこにある！」

ボルゲーゼ枢機卿は腹立ちまぎれにマントの前をかきあわせ、無言で部屋から出ていった。シピオーネはそんな伯父を見つめ、それから視線を問題の絵、そしてフェルディナンド・ゴンザーガへと移した。

「枢機卿はこのところ神経がたっておいでだ。教皇さまがご病気だから、ともに苦しんでおられる」

からかい半分、皮肉半分のシピオーネの言葉にゴンザーガはあいまいな笑いをうかべた。

「教皇はいつだってご病気じゃありませんか！」

この若造、ご乱行のバカ殿様みたいにみえるが、思いちがいだろうか？　そんな振りをしているだけで、実は切れ者かもしれないぞ。そばかすだらけのマントヴァ男、意外に剣呑な策士かもしれない、シピオーネは胸の内でそう考えていた。

「教皇は死の床にあるといううわさが流れている。そして……」シピオーネは次の言葉は口に出したくないというように言いよどみ、だが結局声をひそめて続けた。

「その後誰が座るかという話がもう始まっている。交友関係とコネがものを言う時だから、ゴンザーガ殿、誰にでもニコニコうなずいている方がいいだろう。アルドブランディーニ一族はもうじゅうぶん長過ぎるほど支配してきた。甥やら孫やらまでもが甘い汁を吸っている。新しい血が必要な時だ」

「はあ……」若者はおずおずと、秘書のエンリコに助けを求めるような視線を向けた。

「こんなことをお尋ねするのは失礼かと思いますが、若さに免じてお許しください。今のところスペイン派が優勢のようですが、それに対し伯父上に可能性はあるとお考えなのですか？」

「もちろん」

「それには信頼のおける友人が複数要りますね」

シピオーネは最後のせりふは聞きのがした振りをした。油断は禁物だが、この若造なかなかいい。うすぼんやりした顔をしているが、ひょっとしたら目先が利くのかもしれない。

「この絵をどう思うかね？　正直に言ってもらってかまわない」

話題を変えるとフェルディナンド・ゴンザーガはすぐそれに応じ、絵の前を行ったり来たりしたが、そのぎこちない動作を見ると、これはちょっと気をつかってやったほうがよさそうだ、シピオーネはそう思った。何時間も秘書とふたり控えの間で待たされたかとおもうと、今度は好きでもない絵のことを聞かれて、きっと内心おもしろくないに違いない。

「この絵は、芸術という戦いの場に新しい光を投げかけていると思わないか？　伯父が厭うのは、新しい思想が表現されることなのだ。カルディやムツィアーノは、聖ヒエロニムスをもっとたくましい人物に描いている。まるでヘラクレスが聖人になったように筋骨隆々で、信仰を人々の体のなかに叩きこまんばかりだ」

若者はうなづいた。

「このカラヴァッジョの方は繊細でか細い感じですね。誰が見てもこのヒエロニムスは禁欲者です。名誉も地位も特権も、着るものも食べるものさえあきらめ、唯一残っているのは精神的なものだけ。この精神性のなかに彼は深く沈みこんでいます。俗世の財より学識の方が彼には大事なのでしょう。そうして、キリストという言葉を通して自分の確固たる信仰の土台を築いているのですね」

わたしが思ったことと同じことを言っているではないか。この若者の言葉を聞いていると、この絵の色彩やトーンに引き込まれそうな気がしてくる。シピオーネは内心舌を巻いた。

「すべてにこだわらないから、彼は自由なのです」

シピオーネは、ゴンザーガが最後に口の中で小さくつぶやいた言葉に驚いて目をあげた。この若者はひとりでこんな言葉を思いついたのか？　それとも、隣りにいる秘書がそっとささやいたのか？

「それこそ教会のお偉方が恐れていること。とりわけ、クレメンス教皇が重い病にかかられてからは」

「この聖人の放つ光は、目をつぶっていても、眼《まなこ》の後ろの闇のなかに入ってきます。こういう人物は、今はバラバラなイタリア人枢機卿の方々をひとつにまとめるのにピッタリじゃありませんか？　このような絵は磁石みたいなものです。ひきつけ合ったり反発しあったりします」

　ゴンザーガは話を打ち切ると軽く咳払いをした。まるでつい口がすべってポロリとそんな言葉が出てしまったというような態度でいる。

　シピオーネは大声で笑い出したい気持ちをなんとか抑えこんだ。十七歳の若造が、こんなせりふを吐くとは！　だが、ゴンザーガ家の御曹司の考えを探り出すのは悪いことではない。父親の方はイタリア派を支持しているわけなのだから。

「このヒエロニムスは、人体の均整がよくとれている。そして頭骨を際立たせているこの光の当て方。聖者の頭蓋だけでなく、テーブルの反対側に置かれた頭蓋骨も浮き上がって見える。生あるものは死す、それが世の習い。だが、このカラヴァッジョの表現はそれを超えて、この光の当て方、この聖者の腕の描きようで、生と死は一体であると言っている。この光だけを見てもこれまでにはないものだ。静かでそして完ぺき！この世のものとも思えない」

「そうですね。宇宙的です」ゴンザーガがつぶやくように言うのを聞いてシピオーネは思わず息をのんだ。この若造、おれをからかっているのか！

「カラヴァッジョは奇蹟をなす男、自身、聖者と言ってもよいくらいです。ヒエロニムスの光背は、深い効果を狙ってこういう風に置かれているし、それにこの本、おわかりでしょうか、斜めや横向きに置いてあって、まるでただ乱雑にいいかげんに重ねてあるだけみたいですが、それでもって芸術家は空間に奥行きと形状を与えています。ヒエロニムスはもはや想像上の空間に身を置いているのではなく、今、ここにしっかりと存在しています。今この時代の聖人、いま現在のための聖人となっています」

シピオーネは絵の前で凍りついた。手のひらでそっと絵の背景をなで、ゴンザーガが言った言葉を心のなかで繰り返した。まったくその通り、非のうちどころがないほど正しい。今言った考えは、本当にこの若者の頭に浮かんだことなのだろうか？　だとしたら、こいつ使える。聖人をこういうふうに俗世にひっぱりこむ者は、聖人を半分小ばかにしているのかもしれないが、それによって愚か者たちを手中に取り込もうとしているのだから、このフェルディナンド・ゴンザーガは、アルプスの北で起きた宗教改革に対抗する戦士となるだろう、シピオーネは心のうちでそう考えた。

シピオーネはゴンザーガの腕をとると隣りの部屋へ案内した。石の床、柱の冷たさをやわらげるため大理石の暖炉に火が入り、食卓の用意ができていた。

ゴンザーガにテーブルの端の椅子をすすめ、自分はその真向かいの席についた。カラヴァッジョの任務は実のところ、あるひとつの事柄に関してイタリア派枢機卿たちの意見をひとつにすることにあるのだが、そのことを感づいているだろうか？

7

誰かいる！　ネリナは部屋のなかにいるのが自分たちだけでないことに気がついた。かすかに香を思わせるにおいがする。ドアを開けたままにして、ひきずるようにして連れて帰ってきたミケーレを寝椅子に寝かせると、よろい戸が閉まったままの部屋の暗さに目を慣らそうとした。

「ミケーレ、誰かいるわ！」用心深く辺りをグルッと見まわした。

アトリエは人が隠れるところがたくさんあるほど大きいわけではないが、明るい外から帰ったばかりの目には捜しだせない。

とつぜんドアがバタンと閉まり、一瞬真っ暗になった。

「ミケランジェロ・メリシ・ダ・カラヴァッジョだな？」

われがねのような声がひびき、ネリナは心臓が飛び出さんばかりに驚いた。さすがにミケーレもハッとして、声のする方向に目を向けた。ネリナは自分が返事をすることに決めた。

「ええ、ミケランジェロ・メリシ、通称カラヴァッジョはここにいます。わたしが代わってお相手しますが、扉の後ろに隠れているのはどうしてですか？」

「そうしないと無理やり押し入ったと思われてしまうでないか」

「もうそうしたじゃないですか！」

「なかなか言うな」

暗がりから僧が現れた。頭巾を目深にかぶっていて、顔はほとんど見えない。

「ふつう、神のしもべは犯罪者とみなされることはないものだ」

「町へ出て聞いてみるといいわ。きっと驚くわよ。そんなふうに言う人は誰もいないから。ところでご用は何？　ミケーレはどなたも受け付けませんよ。ごらんの通り、悲しみにくれていますから」

「もちろん分かる。だが、偉大な親方に依頼があってきたのだ」

カルメル会の黒っぽい服を着た僧に不安を覚えたネリナがミケーレにぴったり寄り添うと、「怖がらなくていいさ」ミケーレは彼女の腕に手を置いた。

僧は服の袖から財布を取り出すと、手の上で重さを量るしぐさをしている。たっぷりと入っている音がする。

「銀貨で四百スクードだ、カラヴァッジョ。半分は今、残りは引渡しの時。気にいればもっと払おう」

ミケーレが何も言わないうちにネリナはチャンスに飛びついた。今、何よりもお金がほしい。それに銀貨の触れ合う音のなんと魅力的なこと。

「彼は承知します。注文を受けます」

「どんな注文だ？」ミケーレがつぶやいた。背筋をピンとして目をこすると、まず、財布に手を伸ばしているネリナを、次に、黒い扉を背にして立っている黒い服の僧を見つめた。

「世間がいまだ見たことのないような絵を描いてほしい」

「どうしてあんたのために描かなきゃいけないんだ？　千スクード払ってくれる人たちの注文だって断っているというのに」

僧の声にはネリナに口を挟ませない何かがあった。決して大声ではないが、ミケーレとの交渉で何があろうと備えはできているとばかり、心の乱れをチラッとも見せていない。

「知っている。ドーリア侯は、依頼したものがなかなかできないと文句を言っている。六百スクードだったな。侯にとっては大散財、ふつうに暮らせば十年はもつ金額だ」

「丸々一年も壁にかがみこんで描くなんてごめんこうむるね。カンバスを画架に置くほうがずっといい。その方が自由におおらかに描ける」

「だが」僧はここで一息置いた。「ドーリア侯のようにフレスコ画を描いてくれと言っているわけではない。カンバスに油絵を頼みたいのだ。きみのお得意だろう」

「興味ないね。出ていってくれ。ネリナ、金なんかもらうんじゃないぞ！」

ミケーレはそっぽを向いた。ネリナはどうしたものか決めかねたが、僧の手の中の財布から目が離せなかった。

「でも、ミケーレ……」

「帰ってくれと、言ったんだ」ミケーレはどなった。「何度も言わせるな！」

僧はじっと立ったままでいる。規則正しい呼吸の音だけが聞こえる。まいた餌にミケーレが食いついてくるのを辛抱強く待っている。

「気が立っているのももっともだ。人の死を悼んでいるのだから、そうだな？　その悲しみを絵に込めるといい。カルメル修道会のために『聖母の死』を描いてくれ」

「どうして『聖母の死』なんだ？」ミケーレはおぼつかなげに髪を手で梳いたが、その手が震えている。あちらを見たりこちらを見たり視線が落ち着かない。

僧がかすかに笑うと、ネリナは肌が粟立つ思いがした。この笑い声どこかで聞いたことがあるような気がする！

「そう尋ねると思っていたよ。きみは悲しみを知っているだけでなく、それを絵のなかの人物に込めることができるからだ。他の者にそんなことはできない。きみの描いたものを見ると、誰もが戦慄に襲われる。そして、きみの描く『聖母の死』を見る信者にその戦慄を起こさせてほしいのだ」

「そこらのへぼ絵描きなんかとは描き方が違うよ。カンバスに塗りたくれば信仰のお役に立てると思っているバカ者なんかと比べないでくれ。おれは……」

「なんと言ってもコンタレリ礼拝堂を手がけたカラヴァッジョだからな。まさにそれだから頼みたいのだ。センセーションを引き起こすほど斬新な絵を描いてもらいたい」

ミケーレは床に視線を落としたまま身動きひとつしない。眠りこんでしまったのだろうか？　ネリナがそう思った瞬間、ミケーレはさっと僧に飛びかかった。帽子をはぎとろうとしたが、相手の動きはもっとすばやかった。こういう攻撃を受けるのを予想していたのだろう、スルリとドアから出ていった。銀貨の入った袋を床にばらまいていき、チャリンという音がアトリエ中に鳴りひびいた。ひそやかに階段を下りていく。

「トラステヴェレのサンタ・マリア・デラ・スカラ教会のために、カラヴァッジョ親方」僧は階段を下りながら叫んだ。

ミケーレは地団太を踏み、去っていく男に罵詈雑言をあびせかけたが、やがてしゃがみこむと、まだコロコロと転がっている銀貨を拾い集めた。

「注文を受けるの？」

「あいつは何だ？　サンタ・マリア・デラ・スカラのカルメル会の坊主か？　洗足カルメル会の修道士としては、口数が多すぎるし金回りがよすぎる」

「あんまりよい日ではないわね」

「レナの死体を見せられたその日に、モデルに女の死体が必要な注文を受けるなんて妙だと思わないか？

誰もが知ってることだが、おれは想像では描けないからな」

「そう思い込んでいるだけよ」

ネリナがなだめると、ミケーレは口の中で悪態をつきながらテーブルに近寄り、そこに置いてあるかめの取っ手をつかむと一飲みしようとした。「畜生、空《から》だ！」部屋の隅にかめを放りだした。かめは割れもせずに、ゴロゴロと転がっていった。

「ネリナ、渡し場へ行って、ベルナルドと漁師たちに、レナの遺体をここに運んでくるように言ってこい。遺体はここに置いておく」

「……と言うことは、つまり？」

ミケーレはぎこちない笑いを浮かべると、固い声で言った。

「あの女をモデルにするのさ。他の誰よりもピッタリだ。あのカルメル会の坊主はそれを望んでいる。マリアはヨゼフと婚約していたのに、聖霊に身を任せたんだろう？　姦淫したわけだ」

沈黙が部屋を包んだ。ネリナは凍りついたまま、顔をゆがめ必死に怒りを抑えこもうとでもいうように両手をテーブルに押し付けているミケーレを見つめていた。

「罰当たりなこと言わないで！」

「罰当たり？　おれが神を冒涜しているというのか？　このおれが？　じゃあ、あの坊主は？　あいつはおれ以上の偽善者じゃないか」絞り出した声が震えている。

この人の心の中には怒りと無力感が充満しているのだ。ネリナはドアを抜け部屋の外へ出た。関節が白くなるほど指を固くにぎってはいたが、ミケーレはどうやら自制心をなくさずに済んだようだ。

「波止場へ行ったら、ワインも忘れるなよ。急げ！」

8

「光が後頭部にあたらなければだめなんだ、みんなが光背を持っているみたいに」

ミケーレはそう叫びながらはしごをかけ上り、屋根のかわらを剥ぎだした。かわらの下の敷きわらが細かいもみがらのように飛び散り、ネリナは呆然とながめるばかりだった。

「ミケーレ、すこし休みましょう。みんなも疲れて立っていられないくらいよ」

ミケーレは屋根から剥いだかわらを開いた穴から無造作に放りだし、光の入り具合を試している。

「うん、これでいい。こうでなきゃ」

機敏な動作ではしごを下りると、画架の前に立った。そばに置いてあるびんからグイッと一飲みすると、一同をにらんだ。

「ミケーレ!」ネリナはもういちど頼んだ。

「じゃまするな!」ミケーレはネリナにほえると、カンバスに木炭でひと描きした。

「文句のある奴は死んでもいいぞ! 表へ出てみろ、おれの聖人画に自分を描いてほしい連中がわんさかいるから」

ネリナはため息をついた。歳の市でミケーレに拾われたのは、もう三年も前のことだ。絵描きになりたいと思っていたが、半分壊れた車で地方をめぐる旅芸人の養親とともに男装してポポロ広場に立ち、自分が描いた看板の前で世の出来事を歌っていた。人殺し、流れ星、奇形児が生まれた話などなど。ミケーレは看板の前に立ち、誰が描いたのかと養父に尋ね、やがてふたりの間に商談が成立した。数スクードと引き換えに、彼はネリナを弟子にすると、建物を描かせたり地塗りをさせたりした。だが今は彼女もモデルを務めている。

「ミケーレ、死体がにおいだしたわ」

「おれにはにおわないと思っているのか？　おれが気にしないわけないだろう」

みんな、もう何時間もレナの遺体の周りで立ったり座ったりしている。ぼさぼさの薄い髪やはげ頭、かなりの歳の男九人が使徒のモデルだ。ミケーレが与えた布を肩にかけ、長上着を着ているように見せている。彼らの真中に置かれているレナがマリアで、衣服は体を半分ほど覆っているだけだ。ネリナはその前にある粗末な椅子に腰かけて死者を見つめるマグダラのマリア。

ミケーレがこれまでにしたことは、布のひだの具合を見、モデルを入れ替え、そしてカンバスをちょこっとひと撫ですることだけだった。それからまた全員を入れ替える。はしごに飛び乗ったり、屋根がわらを剥いだり。ネリナの目にはまるで思いつきで動いているだけのように映る。

時間が経つにつれて、においはますます耐えがたいものになっていた。死体の下にテヴェレ河の水と滲み出した体液が混ざり合っている。ネリナは吐き気とどんどん数を増すハエと戦っていたが、ミケーレの方は何も気にならないようだ。顔は玉の汗でギラギラし、興奮と緊張から真っ赤になっている。

画架とモデルの間を行き来し、手の位置を直したり、頭を上げさせたりと疲れもみせずに飛び回っている。両手で目を覆うように指示を与えたり、顔が見えないように陰に隠れろと命じている。ひとりはここに、おまえはあそこに、とおおわらわだ。スケッチをし、自分の希望をほえるように伝え、なだめたりすかしたり、誰かが動きでもしようものなら泣きわめかんばかりの様子を見せる。まるで何かにとり憑かれたように働いている。

「ミケーレ、もうクタクタ、これ以上はいやよ。一度おしまいにして、みんなに何か口に入れるものを用意しましょうよ」

ネリナは頭をひざに落とした。しかし、こんこんとエネルギーが湧いてくる男に、休みたいといくら言ってみてもどうにもならなかった。ネリナは男の服を脱いでシャツとお守りだけを身につけている少女に戻った自分を呆然と見つめるミケーレの視線に出会ったあの時と同じように当惑していた。

とつぜんの大声にネリナは一瞬疲れを忘れた。

「そうだ！　そう、そう、そのまま、そのまま。ネリナ、おれの考えにピッタリだ。ただ、もうちょっと右、背中がちょうどレナの顔の下の方にくるように。おまえの白い背中を彼女の白い顔に並べる。そうだ、そうでなくちゃ。打ちひしがれ、後悔でいっぱいの様子」

ネリナはポタポタとしずくをたらしているレナの体がつくりだした水たまりのひとつに手をついてしまい、気分が悪くなった。胃のなかに何かがつかえているようだ。急いで立ちあがり口を手でおさえながら窓際へかけよると、カーテンを開け、外の道路に向かって吐いた。そのとき、黒っぽい服を着た男がいそいで家影に消えるのが見えた。

「おいおい、どうしたんだよ。なんで立つんだ。そうやって座ってろって言っただろう？　メチャメチャにしてくれたじゃないか！」

ミケーレはチョークをカンバスに投げつけ、ネリナにわめきたてた。吐しゃ物の苦い味がまだ彼女の口のなかに残っている。ネリナは静かに彼の前に立つとびんをつかみ、白ワインで口をすすぐと相手の足元にはきだした。

「どうする気なの、ミケーレ？　カルメル会のお坊さんたちにマリアは娼婦だったって証明してみせるつもりなの？　この死体で私たちを苦しめて？　それとも、セックスのお相手をしてくれた女の前でマグダラのマリアの真似なんかさせてわたしを恥ずかしめようというの？」ネリナは服の袖で鼻を覆った。

「腐っていく死体のにおい、もう我慢できない！　放りだして！　じゃなければこっちが出て行くわ！」

ミケーレはネリナをじっと見つめ、それからつと立ちあがると、商売道具の置いてある隅のテーブルへ駆け寄った。パレットと絵具の入った木箱を取り上げて画架のそばに置き、隣りの小部屋からローソク立てを持ってくると、それも一緒に置いた。それからまた一同を見まわした。不愉快そうにひたいにしわをよせている。モデルたちのやる気のなさのせいで描く気が起きないようだ。

「出ていけ！」とつぜんミケーレが叫び、ネリナはビクッとした。

「出ていけ、もうたくさんだ！　出ていってくれ、そして明日の朝早くまた来い」

モデルたちは鼻をつまんで、おおいそぎで服を着替え、ドヤドヤとドアを通り階段を下りていった。

「おまえも消えろ」

大声を出したせいで怒りがおさまったのか静かな口調だが、内心の興奮はまだ目の中に残っている。

「どうしてこういう風に描こうとするの？　そんなことすれば、また祭壇から引きずり下ろされるだけだわ。スペイン派の枢機卿はあなたの画風を好まないのよ。彼らにはあなたの人生をメチャメチャにする力があるんだから、気に入られるものを描きなさいよ。すくなくとも上を目指している間は。じゅうぶん上に行けば、あなた好みに描けるんだから」

ミケーレはネリナに突き刺すような視線を向けた。それからパレットを取り、絵具びんの中身をその上にまいた。亜麻仁油をたらし、さらに卵の白身をのせて混ぜあわせた。試し塗りをはじめる前にもう一度ネリナを見て言った。

「あいつらの気には入らないだろうよ。おれはもっと別の目標を狙っている……」

9

「あのボルゲーゼが何を企てているのか、それを知りたいのだ」

それがフェルディナンド・ゴンザーガのエンリコに対する命令であった。だから彼は今ここにいて娘に話しかけている。

「知らない方とはお話できません」娘は拒んでいる。

エンリコはなだめるように両手をあげると、再度彼女の道をふさいだ。彼女がテヴェレ河畔へ下りる道ではなく、マルティウス広場の方向へ行くのは幸いだった。そのほうが道幅が狭い。

「我々は全然知らない仲じゃないよ。ジュリア、そういう名前だったね。きみにはこの前の訪問のときに会っている。とり肉の皿を運んでいたじゃないか。そこでわたしは考えたんだが……」

「どうぞ盗み聞きでもなんでもしてください。でもわたしのことはほっといて」

娘はわきをすり抜けて逃げようとするから、エンリコはそうさせまいと懸命に手をつくして、また娘のまん前に立ちはだかった。

「そんな風に言わないでほしいね。立ち止まるくらいしてくれてもいいじゃないか。それとも誰かいい人でもいるのかい？」

ジュリアは顔を染めると立ち止まり、首を振った。

「まあ、何てこと言うんでしょ！」

「じゃあ、話くらいはしてもいいというわけだ」

エンリコを見つめる娘のひとみは、つきまとわれて悪い気はしないと言っている。おれの第一印象は間違っていなかったようだ。この娘のほうもおれのことが気になっていたというわけだ。だが、実際この娘に気があるわけではないから少々後ろめたい、エンリコはそう思った。彼の関心事は、シピオーネ・ボルゲーゼ家で何が進行しているかであり、それを教えてくれるのは、その家に暮らしている人間だけだ。

「家へ帰るのが遅くなってしまうわ」ジュリアは甘ったるい声をあげた。もう横をすり抜けようとはしない。

「わたしと話がしたいんでしょう？」

「そうだよ。それにしてもきみはきれいだね。さわやかで、まるでローマの泉から流れ出てくる水のようだ」

泉の水の例えが気にいって、ジュリアはくすぐったそうな様子を見せた。

「まあ、お口が上手ね。お上手を言われたら、すぐその場を離れなさいって母から言われてるわ」

これにはエンリコも笑いだした。だが、その時、ボルゲーゼ宮殿に動きがあるのが目のすみに見えた。シピオーネ・ボルゲーゼが表へ出てきた。黒っぽい、ゆったりしたマントに身を包み、寒いわけでもないのにマフラーで顔を覆っている。細い顔に刺すような眼差し、その上の重いまぶた。おっとりと優雅な顔立ちは、だが早くも肥満の傾向を見せている。生まれつき世の中にうんざりしている貴族の顔だ。

こんな午後も遅い時間に、ひとりで輿にも乗らず、高貴な人々がふつうは行かないような方面に出かけていく。ボルゲーゼ家の人間が行くような方角じゃない、エンリコは驚いた。その方向は強盗が頻発する危険区域だ。

ボルゲーゼ家の企《たくら》みを探り出すように命令されている彼にとって、それは千載一遇のチャンスだった。シピオーネは何かを企んでいる！　エンリコは決断した。

「ジュリア、お袋さんが心配するといけないから、この次にしよう。約束してくれるね？」

エンリコが急にそわそわし、慌てたように言ったので、ジュリアはすっかりめんくらっている。だが事は急を要する。シピオーネ・ボルゲーゼが横道にまがったから、後を追わないとならなかった。

エンリコはジュリアのほほに急いでキスをすると、その場を離れた。

角を曲がると、低い夕陽《ゆうひ》に目がくらんだ。目を細め、雑踏と喧騒の中に黒っぽい服のシピオーネを捜しだそうとした。

広い通りへ出ればシピオーネの姿が見つかるのではないかと期待したが、わき道がたくさんあった。右手に、堂々とした教会がそびえているが、知らない教会だ。三角小間の部分にフランス王家の百合の紋章らしきものが見える。辺りを一生懸命覗ってみても、シピオーネの姿はなかった。エンリコは立ち止まり、ジュリアに無礼をしたくなくて一瞬手間取ってしまった自分に腹を立てた。

ボルゲーゼ家の人間がこの辺りに一体何の用があるのだろう？　マフラーで顔をかくしていたのはなぜだ？　そうする必要があったのか？　シピオーネ・ボルゲーゼはなかなかの策士でインテリ、海千山千の一筋縄ではいかない人物だ。そういう男が安全な屋敷を離れたとなると、おそらく伯父のカミッロに自分の接触相手や計画を知られたくないからだろう。隠れて何かを企《たくら》んでいるのだ。スペイン派と秘密のつながりでも持っているのだろうか？　この関係は自分が仕えているフェルディナンド・ゴンザーガにも興味があるはずだ。伯父と甥を反目させて漁夫の利をしめることもできるのだから。

暑い！　教会の中へでも逃げこもうか。冷静に考えられる涼しい場所が必要だった。開いたままの扉をすり抜け中へ入った。ひんやりとした空気が心地よい。

彼は信者のひとりを呼び止め尋ねた。

「どういう類の教会ですか、ここは？」

聞かれた相手は一瞬びっくりしたようだったが、すぐににっこりと答えた。フランスのにおいのするイタリア語だ。

「サン・ルイジ・ディ・フランチェージ教会、フランス国家の教会ですよ」

エンリコはうなずくと、ピンクと黄色の大理石に輝いている内陣へ進んだ。ちょうどミサが終わったところで、従者が祭壇前のローソクの灯を消しているため、線香とローソクの煙でもうもうとしている。ゆっくりと歩を進め、奥の礼拝堂まで来ると思わず足が止まった。そこで目にしたものに彼は息を飲み、言葉もなかった。使徒マタイを記念する礼拝堂にかかっている絵！　全体のスタイルといい、その荘厳さといい、ミケランジェロ・メリシ、カラヴァッジョ以外の誰が描いたものでもない！

彼は昔から絵とそれが持つ使命に魅了されていた。絵が放つ言葉は、方言のように地方によって異なるものを発生させ、その中で訓練した者だけが理解し、無知蒙昧の徒は絵をどんなに見てもその絵がどんな使命をおびているかを分かることはない。修道院で彼は自分の興味をとことん追求し、ますますその思いを強くしていった。ガラス窓に描かれた絵、礼拝堂のなかの絵画、祭壇画、歴代修道院長や司教の肖像画、本のなかの挿絵、聖歌隊席に彫られた彫刻、何であれじっと深く観察し、同輩の修道士たちに根掘り葉掘り尋ねた。彼の好奇心はやがて修道院長の耳に達し、手写本や修道院の絵を調達する際の鑑定に彼を伴ってくれるようになった。修道院長が聖職者への道を強制せず、法律を学び、いつの日か修道院の役にたつようにとボローニャ大学へ送ってくれたことに彼は今日なお感謝している。当時修道院長は言ったものだ。

「おまえは、その知識を会の役に立てることで自分が受けた恩を返せばよい」

その後ボローニャからマントヴァのゴンザーガの宮殿に呼ばれたのだった。

エンリコは礼拝堂の中へ入ると、祭壇画と向き合う入り口近くの祈祷台にすわり、まず左手の絵を見つめた。マタイの召命を描いたもので、並外れて大きな腕が、まだ徴税人としての任務を遂行して硬貨を数えているマタイを指し示している。彼は仕事中に主《しゅ》に従うようにと呼ばれている。右手から差し込む光は彼を叡智の光のなかに導いているかのようだ。

祭壇の上には別の一枚、使徒マタイとひとりの天使の図が掛かっている。この使徒はかなりの年寄りで、片方の足が地面を離れているから、もうすでに浮遊しているのだ。だらしない仕草、おまけに裸足だ。

芸術がもたらす幸せな気持ちに包まれてエンリコは思わず相好をくずした。三枚目の絵に視線を向けようとしたとき、後ろでささやき声がした。相手を説き伏せようとでもするような押し付けがましい声で、相手は時々言われたことに相槌をうつだけだ。声の主が誰だかエンリコにはすぐにわかったが、後ろを振り向く勇気はなかった。とぎれとぎれの声が聞こえてくる。…カラヴァッジョ…急き立てる…金…死…

声が聞こえてくる方向に少し頭をまわし、目の隅に黒っぽいマントを着たシピオーネ・ボルゲーゼの姿をとらえた。彼は、柱が影となったうす暗がりのなかに立っていてほとんど姿の見えない男に話しかけている。なんとかもう少しよく聞こえるといいのだが、エンリコは耳に手をおいた。すると、言い争う声が高くなって、前よりよく分かるようになった。

「慎重にやらないとならないのです！」

「さあ」シピオーネはマントのポケットから財布をとりだした。さきほど言った金額が入っているに決まっている。それを男に渡すと、男は慎重に重さを量った。

「さしあたりの分ですね。無頼な男は高くつきますから」

「約束したではないか……」

「彼はどうやれば画家がおびえるか分かっています。カラヴァッジョ程度の人間を……お笑いぐさですが……」

ミサの従者がやってきてローソクの灯を消しだしたために、終わりのほうは聞こえなくなってしまった。

エンリコは三枚目の絵に目をとめた。使徒マタイの殉教を題材にしたもので、まごうかたなくカラヴァッジョの手になるものだ。光が、床に横たわる聖者と読書中の彼を殺した男の両方を同じように照らしている。ドラマチックなことこの上ない絵だ。わが身を防衛しつつ殺人者をなだめようとしている聖者を、殺人を依頼した男ヒルタクスが背景から見つめている。そしてこのヒルタクスの顔はこの絵を描いた画家以外の何者でもない。

エンリコは、いまちょうど似たような状況を目の前にしており、頭がクラクラしてきた。この場所、教会、犠牲者は聖者ではないが天分豊かな聖人像の描き手、そして殺人者はあきらかにシピオーネ・ボルゲーゼ。彼は両手のなかに顔をうずめ、すべてが幻で、目をあけたらまた世の中はもとどおりであって欲しいと願った。

頭をあげると、シピオーネはちょうど教会を出て行くところだった。相手の男は距離をおいてその後に続いた。ふちなし帽からはみでている赤毛が目についた。

10

「あの野郎はどこだ！」

酒場のドアの敷居のところに男がひとり立って、ズボンをナイフでピタピタと叩いている。

ミケーレとネリナはワインをいっぱい飲みにやってきていた。この数日、アトリエにこもった悪臭はどうにかしなくてはならないほどひどく、ミケーレでさえ二時間も仕事をすると顔色が青ざめて不機嫌になる。きのう、レナの遺体をカルメル会に引き渡し、今朝いちばんに無縁墓地に埋葬するための最後の祈りをささげてもらった。今はレナの思い出のため、死者をとむらうための最後の晩餐というわけである。

「いけませんや、旦那。ここでナイフはご法度ですぜ」酒場の亭主があわてて口をはさんだが、男にナイフのきっさきを向けられて黙りこんでしまった。男はそのまま中に入ってきた。

「カラヴァッジョはどこだ！」

ネリナはミケーレの腕に片方の手をかけ祈った。どうぞ挑発にのらないで！

パスクアローネとミケーレのふたりは、もう何年も前からレナを張り合ってきた。そしてレナはふたりに望むものを与えてきた。あいつはおれの女だ、ミケーレはそう言張って、この公証人の男と何度もなぐりあいをし、相手を傷つけ牢屋にぶちこまれたこともある。

「静かにしてて。すぐに出ていくわよ。向こうからはあなたが見えないから」ネリナはささやいた。

「公証人パスクアローネ・ド・アクムロか！」ミケーレは、いらだたしそうに言った。「このお追従もんが、ここで何しようってんだ！　いっちょやるか？」

ミケーレは二、三杯ひっかけると、すぐ怒りっぽくなる。それにレナが死んでヤケになってもいた。

ネリナ自身はこの娼婦が好きではなかったが、ミケーレは「おれの女」と呼んではばからず、好きなことを隠さなかった。おまけに聖母のモデルにするために何度も肖像画を描いていた。

「気でも違ったの？　あの人はあなたを憎んでるし、それにナイフを持ってるのよ！」

大声を出してほしくない、ネリナは願ったがそうはいかなかった。

「ナイフを持ってる野郎なんかが怖かったことなんかないさ」

公証人は、部屋の薄暗さにまだしっかり目がなれていなかったが、声のするほうに体を向けた。

「カラヴァッジョ、おまえか？　へっぽこ絵描き、ほらふきの大うそつき、すけべい野郎のカラヴァッジョか？」

ミケーレは薄暗い片隅の席から前へ出ていくと、今度は自分のほうから相手をののしりだした。

「そうだよ、パスクアローネ。ミケーレ・メリシ、通称カラヴァッジョさまさ。この弱虫野郎、かあちゃんのオッパイでも飲んでろ。おれさまが助平だと？」

パスクアローネのナイフが空を切った。先端はミケーレに向けられているが、かすかに震えている。

「レナはどこだ？　先週レナはどこにいた？　きさまはまたあの女を……」最後まで言い終えずに一歩近づいた相手を前に、ミケーレは悠然と立っており、ナイフの切っ先など気にもしていない。

「あいつは死んだよ。レナは死んだんだ！」

「何だと、この女ったらし！」

パスクアローネがまた一歩前へ足を踏み出し、ナイフの切っ先はほとんどミケーレの首筋に触れんばかりで、ネリナは気が気でなかった。立ちあがると、大声で叫んだ。

「パスクアローネさん、聞こえなかったの？　レナは死んだのよ。テヴェレ河でおぼれたの」

パスクアローネはミケーレから目を離さなかったが、ナイフは下におろした。

「おまえはネリナだな？　レナが死んだって？　まさか！」

「漁師たちが、河の岸辺でみつけたのよ」

部屋の中はむっと息づまるような空気が充満している。

公証人は椅子にへたりこんだ。ナイフが手から滑りおち、うなだれた顔はすっかり血の気を失っている。

ネリナがパスクアローネのそばに来るより先に、ミケーレが彼の上にかがみこんでどなりつけた。

「河でおぼれただ？」

「その前にスカーフで首を絞められて、それから河に放りこまれたんだ！　そんなことのできる奴はただひとり、おまえだ！」

ミケーレは、ふたりを隔てていたテーブルをあっという間にわきへどけると、相手にとびかかった。のどくびをつかんで締め上げる。ふいをつかれた相手は、ナイフがあることをすっかり忘れてしまったようだ。ふたりは重なりあって床に倒れ、ミケーレは首にかけた手を離そうとしなかった。ワインのジョッキがくだけ、男ふたりの重みで椅子がひび割れた。ネリナがオロオロしていると、ひとりの男がふたりを止めにはいったが、その男をネリナはどこかで見たことがあるような気がした。体つきはきゃしゃで強そうには見えないが、男は一気にふたりを引き離した。ナイフを取り上げると、吹っ飛ばされて床に転がったミケーレとパスクアローネの間でブラブラさせた。

「さあ、消えてもらおうか。まずパスクアローネ。それから、カラヴァッジョだ。もういちど喧嘩をやりにここへ来たら、その時はただでは済まないからな」

誰もその男を知らなかったが、ミケーレもパスクアローネもびくびくと不安そうにしている。

ミケーレを助け起こそうとするネリナの腕に、その男はそっと手を置いた。そして、やさしくおだやかに、だがしっかりと彼女を引きとめた。パスクアローネはバタバタと立ちあがり表へ転がり出た。

「さて、今度はカラヴァッジョ、おまえさんの番だ。家へ帰れ」

ミケーレはフラフラと立ちあがり、よろめきながらドアまで行くと、同じように表へ出ていった。こんなに素直に言われたようにすることなどめったにないことだ。後にはネリナと男だけが残った。

「ありがとう。でも、どうして助けてくれたの?」男をじっと見つめ、どこで会ったか思いだそうとした。長くて黒い髪、少し前かがみの姿勢、黒い服、どこか見覚えがあるが、記憶にベールがかかっているようで思いだせない。彼が開いたドアに向けてチラッと横顔を見せたとき、やっと少しずつ思い出してきた。ひょっとしたら……。

「まあ座ってください」男はていねいな身振りでうながした。「あなたは?」

「ネリナです。カラヴァッジョのところでモデルをしたり絵を描いたりしています」

男は口を軽く結ぶと、かすかな笑みを浮かべた。

「ワインを飲むでしょう? ご亭主、ワインをひとびんと水をくれ。それとパンとハムも」

男は腰をすこし浮かし軽くあいさつの身振りをすると、話しだした。

「エンリコといいます。マントヴァ公ゴンザーガ家で教育係をしています。目下のところはこのローマで、フェルディナンド・ゴンザーガのお守り役と言ったところです」

そうだ、ゴンザーガの輿と並んで走って、おどけた態度でしゃべっていた人だ、ネリナはどこでこの男を見たかやっと思いだした。だが、今日の男にひょうきんなところはまるで見られない。それどころか、知恵と勇気でミケーレを危機から救ってくれた!

歳はわたしより少し上だろうか、二十二かもう少し若い？　ネリナは相手の髪の毛と同じくらいに黒い澄んだ目を興味深く見つめた。

その時、黒っぽい麻服に身を包んだ男がひとり、ふたりのそばを通りぬけていった。ネリナは目をあげたが、顔は見極められなかった。だが、男の服が発散する不思議なにおいは初めてのものではなく、ネリナの背中にゾクッとするものが走ったが、自分の手が触られたのを感じて、姿を確かめる間がなかった。ネリナは目の前の男を見つめると、それからそっと手を引いた。こういう親密さは望むところではない。

「助けてくださってありがとう。ミケーレはすぐカッとなるんです。カンバスに向かわせる意識が、彼を怒りっぽい男にしているのです」

エンリコは絵具の跡の残っている彼女の手が安ワインのコップをもてあそぶのを見つめるだけで何も言わなかった。

どうやって話を切り出そうか考えているのだろうか？　そう思ったネリナは水を向けてみることにした。

「何かわたしにお話でも？」

エンリコは頭をあげてしばらく彼女を見つめていた。吸いこまれそうな深い視線にネリナは狼狽して目をそらした。

「私たちは話しあわないとなりません、ネリナ。カラヴァッジョは本当に危険な状態にいるんですから」

思いがけない相手の言葉にネリナは肩をすくめてあらぬ方を見た。その時とつぜん鐘の音がとびこんできた。深く鈍くとどろくような鐘の音。やがてあちこちの教会の鐘がつづいて鳴り響き、町中が鐘の音のじゅうたんで覆われた。

「教皇が亡くなった！」酒場の外から叫び声が飛び込んできて、みんな通りへ飛び出していった。エンリコとネリナも一緒に外へ出たが、やがてお互いを見失ってしまった。

11

「やらせれば、やるものだな」シピオーネ・ボルゲーゼはひとりほくそえんだ。

レオナルドス神父はまずい時間にやって来た。そのことには腹が立ったが、奥の広間で行われているばかげた議論から抜け出せてホッとしてもいた。さかんにやりあう興奮した声がここまで聞こえてくる。レオナルドス神父は自分の用件にしか興味がないような振りをしているが、とぎれとぎれに聞こえてくる言葉や目にはいるものから何かをかぎだそうとしているのは明らかだ。用心、用心、神父に物を頼むときは注意が肝要だ。

「イエスの使徒たちは、カルメル会修道士のように貧しい身なりで裸足で描かれています。あの修道会の礼拝堂にかけるなら、絵でもそのことが分からなければならないと、彼は考えているのです」

今度はシピオーネも声を出して笑った。

「あいつは愚か者よ。だが、利用しがいのある愚か者だ。周りの者に真実を言う。スペイン派はいきりたつだろうが、イタリア人は彼を愛するだろう」

「ローマの法律顧問にして美術品管理委員のラエルチオ・チェルビーニは、カラヴァッジョに依頼することを承知してくれました。わたくしの説得力はなかなかのものだとほめてもいただきました」

隣りの部屋から大きな声が聞こえてきた。「教皇」「フィリップ」「死んだ」「イタリア」などという言葉がどんな意味を持つのか、渦中の人間にしか理解できないだろうが、早くも教皇の後釜の件が話しあわれていることはレオナルドス神父にも分かるだろう。だが、そこまでだ。神父には半分《わ》かりの状態でいてもらうのがよい。自分の役割を知っているような気にはさせておくが、大事なことは知らせるわけにはいかない。

神父はシピオーネが前に立って話しかけると、肩をすくめてみせた。明らかに、シピオーネにではなく、とぎれとぎれに聞こえてくる会話の断片に注意を向けている。

「たいへん結構だ、神父。立派に仕事をしてくれている」手を後ろで組み、部屋のなかを行ったり来たりしながらシピオーネは言った。さて芝居の幕があがった。カラヴァッジョはその仕事にすぐのってくるだろうが、その絵の隠された真の目的には思いいたらないだろう。教皇選出会議に参加する誰ひとりとして気づくことなく、会議はその絵の影響を受けることになる。

隣りの部屋で急に笑い声があがり、「静かに！」と誰かが叫んでやっとおさまった。それにつづいてシピオーネの伯父カミッロ・ボルゲーゼ枢機卿の話す声が聞こえてきた。得意げな堂々たる深い声はまちがえようがない。

「さて、神父。カラヴァッジョが聖母マリアを裸足に描いたのは確かかね？　溺死体をモデルにしたのも？」

目の前に立ち、探るような視線をあびせるシピオーネに、レオナルドス神父は深々と頭をさげた。

「確かです。この目で見たのですから。まだスケッチと言ったほうがよい段階でしたが、マリアはもうすっかり描かれていました」

「何が彼をそうさせるのか、勇気か？　それとも火あぶりになりたいのか？　聖母が裸足とはな。聖母マリアを農家の下働きのように描くとは、異端者の考えだ。さて、神父。この絵を話題にのせることが肝要だ。広く世に知らしめる必要がある。スキャンダルをばらまくのだ！」

「それには金がかかりますが……」神父はまた深く腰をかがめた。

「仕事を頼んだときに、充分なものを払ったはずだが」

「ぜんぶカラヴァッジョとヨハネ騎士団の男に流れました。画家はおのれの価値を知っていますが、富を増やすために描くことはいたしません。この男を無気力の世界からひきずりだして、画架の前に立たせることのできる人間を捜しだすのはなかなか高くつきます」

「よかろう、たっぷり受け取れるようにしよう。だが、事は急を要する。画家にどんどん筆を進めさせ、そして、神をおそれぬ不敬の絵を描いているといううわさを広めるのだ」

シピオーネはこれで話は終わったというしるしに軽くうなずくと、会談の場へ急ぎ戻ることにした。目の片隅に、神父が頭をさげたまま、自分がドアの向こうに戻るのを待っているのが見えた。こうやって盗み聞きをする時間を稼いでいるというわけだ。両開きのドアが開き、彼は緋色の衣をまとった枢機卿たちの群の中に飛び込んだ。

この日、ボルゲーゼ宮殿には有力な枢機卿が集まってきていた。向い側に座っているのは、デル・モンテ、バロニウス、バルベリーニ、サネシオ枢機卿だ。部屋の中をちらりとのぞき見した神父は、この豪華な顔ぶれをを見分けることができたはずだ。きっと頭のなかで考えているとだろう。お偉方連中は、いったいどんな企《たくら》みがあって今日という日にこのボルゲーゼ宮殿に集まっているのだろうかと。シピオーネはそんな神父の顔を思いうかべながら、晴れやかな顔で部屋へ入ると、後ろで扉が閉まるのを待った。カラヴァッジョはこの芝居のなかで、自分の役割を最後まで演じてくれるだろうか？

12

ローマは悲しみの黒いヴェールに包まれていた。明かりはすべて消え、ローソクの燃えさしひとつ残っていない。月もなく、飛ぶように走る重くるしい黒雲に星はすっかり隠されている。三月という季節にしては異常なほどじめついた空気が町をとり囲む壁の間にただよっていて、いつもなら人でいっぱいの広場や通りも、不気味なほど静まりかえっている。まるで教皇の逝去とともに、町も死に絶えてしまったかのようだった。

クレメンス八世がやっとのこと天国へ行ってくれて、コネと情実の世界、それと浪費癖が終わりを告げたのだから、人々は歓喜の踊りを踊るとネリナは思っていた。あの浪費癖のせいで、貧しい階層の人たちは、乞食同然になってしまった。信心深さを強要されて、まるで空っぽになってしまっていた生活が、教皇の死とともに少しはましになって戻って来るはずなのに、ホッとする気持ちも期待感もどこにも感じられなかった。むしろその逆だ。右を向いても左を見ても、人々は教皇選出会議の行く末を期待と緊張をもって注目している。

ネリナはエンリコといっしょに暗い通りを手探りするように歩いている。離れ離れにならないように手を軽くつないでいるが、ふたりとも、必要だからそうしているのだと思おうとしていた。お互いに気持ちがひかれている証だとは、どちらも考えたくなかった。だがネリナは、自分の手を軽く、それでいてしっかりと握っている相手の乾いた指を心地よく感じていたし、猫のように音もなく、力を少しもこめない歩き方も気に入っている。おかげで自分もすっかり軽やかな気分だった。

エンリコが急に指に力をこめた。ネリナをひきよせると片手を唇に置いた。とつぜんのことにネリナはすっかりドギマギして息がせわしくなった。よいにおいのするエンリコの髪が顔をなで、思わず目を閉じた。びっくりしたせいで、足が一歩も前へ進まない。やんわりと抵抗しようとしたとたん、耳元でささやかれた。

「心配しないで、何もしないよ。でも、静かに。後をついてくる者がいるんだ。動かないで、様子をみよう」

ネリナがうなずくと、エンリコはすぐに唇から手を離した。ふたりは暗い道をじっとうかがった。確かにこちらに近づいてくる足音が聞こえる。ネリナはかがむと木靴を脱ぎ、それからエンリコの手をさがした。

「でも、つけてくるなんて考えられないわ。真っ暗なのに」

「においを尾行してきたのさ」エンリコがささやいた。真っ暗闇で見えないが、顔に笑いを浮かべているのが感じられた。

「亜麻仁油のはいった油絵具のせいで、きみには魅力的なにおいがするが、それだけ間違えられようもないのさ」

「来て！」ネリナは猫のようにしなやかに確実に暗闇のなかを動いた。エンリコの手をつかんでわき道にそれると、しばらく進んでから立ち止まった。相変わらず足音は追ってくる。ふたりは町を囲む壁の出入り口のところに体をおしつけあって身を隠し、どこの誰やらわからない尾行者が近づくのを待った。尾行者は気づかず通りすぎていき、ふたりはやっと息をついた。ネリナは暗闇にじっと目をこらし、なんとか姿を見極めようとしたが、闇はあまりにも深すぎて、ゆっくりと過ぎていく黒いものが見えるだけだった。あたりにかすかな香りが残っている。このにおい、どこか知っているような気がする。

ふたりが壁から離れ、元の道へと急いでいると、革ぞうりのかすかな足音が遠ざかっていくのが聞こえてきた。

「ネリナ、あいつは、きみをつけているんだ。もう何週間も前からきみの家のドアの前に立っていたからね」

ネリナは市場で自分に話しかけ、レナといっしょにテヴェレ河へと消えた男を思いだして背筋が寒くなった。狭い道を何度も曲がり、エンリコをテヴェレ河畔へ連れていった。

「ねえ、河のにおいがするでしょう？　力強いにおいが」

自分のいちばん好きな場所へ行く道は、暗闇のなかでも見つけられた。ここに座り、月を映しだしているゆったりした流れを見るのが好きだ。平らな中州ははんぶん埋まったレンズのようだ。

旅回りの役者や曲芸師といっしょに、ヨボヨボの駄馬が引く半分壊れたような幌馬車に乗って初めてローマにやってきたのは三年ほど前のことだ。養い親がこのすぐ近くに張ったテントがねぐらだった。そんな自分を拾いあげてくれたのがミケーレ。父親のために描いたパネルやポスターが彼の目をひいたからだ。

ネリナは河岸にそって一歩一歩慎重に歩いていった。

「あなたはあの時、鐘が鳴り出したらすぐいなくなってしまったのね」

「わたしじゃない、きみがいなくなったのさ。あちこち捜したよ」エンリコは低く笑った。

ネリナは護岸の役をしている大きな石のひとつを選ぶと、安定感を確かめた。石は夜の闇のなかでいつもよりずっと黒っぽく見える。気配でエンリコが同じように石がぐらつかないことを確かめているのが分かった。ふたりは並んで腰をおろし、河の水がおだやかに流れていくのに耳を澄ませた。時々、魚のはねる音がする。

あの時、ミケーレも同じように彼女の隣りに座っていた。父が自分を彼に売ったものと思ったが、ミケーレが話したのは、彼女の才能、デッサンの腕、物を見る目についてだった。そして彼は、自分のところで天性の才能をのばし、絵を学ぶ気はないかと尋ねた。彼女は黙って話を聞いていたが、やがて思わず言葉が口をついて出た。女の子に教育をさずけるなんて、ナンセンスな話！　でも、ひとつ条件を守ってもらえたら、喜んで申し出を受けるわ。わたしに絶対手を出さないこと！　才能と一緒に身体まで買えるなんて思わないで。

ミケーレは大笑いすると、固く約束してくれた。ネリナが要求すると、彼女のお守りにかけて誓ってくれ、そしてその約束は今もずっと守られている。

「あの時居酒屋で何か言いたかったのでしょ？」

「警告したかったのさ」

「警告？」

「きみにというわけではなく、カラヴァッジョに対して」

「彼がどうしたの？」

「わたしにも正確なところはわからないのだが。きみも知ってのとおり、わたしはフェルディナンド・ゴンザーガに仕えている」

「ミケーレもわたしも彼の父親マントヴァ公は知っているわ。絵を一枚買ってくれたから」

「何年も前からフェルディナンドの教育係をしているが、わたしはもともとペルージャ生まれなんだ。勉強のためにボローニャ、ミラノ、そしてマントヴァへ行き、法律、哲学、音楽そして言語を学んだ。物書きや代書で学費を稼ぎながらね。ちょうどその頃マントヴァ公が家庭教師を求めていて、マントヴァに紙と本を卸していた父がわたしを推薦して、それでもってゴンザーガ家に仕えることになったのさ。それが四年前のことだ。ああ、でもこんな話退屈だね」

「そんなことないわ」

「フェルディナンド・ゴンザーガは今ローマにいる。わたしは偶然、きみの親方のことが話題になっているのを聞いてしまった。彼は教皇庁の政争に巻き込まれることになる。目的への手段として」

ネリナは心底から笑った。あわてて口をおさえ、笑いを止めようとしたが、クスクス笑いはどうにも止まらなかった。

「夢をみてるのよ、エンリコ。画家が政治に影響を与えるなんてわけないでしょう？　彼は描くだけ。教会とはたくさん関わりがあるけれど、それは魚取りをすれば忙しいのと同じことよ。そして成果を楽しむわけ。彼は教会のために描くけれど、それは絵を買ってくれるからよ」ネリナは少し声をひそめてつづけた。「でも、あなたがそう考えていることをどうしてミケーレに直接言わないの？　わたしは彼の母親じゃないのよ」

とつぜんエンリコは彼女をひきよせると耳元でささやいた。

「静かに！　あいつがすぐ近くにいる」

あわててあたりの物音をじっと窺った。野ネズミの甲高い叫び声、中州にぶつかる河の水音、ブーンという蚊の羽音、季節はずれのコオロギの鳴き声に混じって、誰かが空気を吸い込む音を少しでもさげようと、口を開けたままで息をしているようなかすかな呼吸の音が聞こえるような気がした。

「そこにいるのは誰？」ネリナは、かすかな音に一生懸命意識を集中すればするほど、今この瞬間に自分がひとりでないことがはっきりと感じられ、出し抜けにそう叫んでいた。エンリコが手で自分の身体を抱き寄せ、守ってくれようとしているのが感じられた。

びっくりして咳き込む音、それにつづいて遠ざかっていく足音が聞こえてきた。

ふたりは身体を寄せ合ったまましばらくじっとしていた。エンリコが隣りにいる、手に力をこめ軽く身をよせた彼のぬくもりが感じられる。危険が去った今になってもエンリコは彼女を離さず、ふたりはしばらくの間黙ってそのままじっとしていた。ネリナは暗闇のなかにもかかわらず目を閉じて、彼のそばにいる幸せを楽しんでいた。

「行ってしまったよ」エンリコは体の力をゆるめると、そうささやいた。

「でもどうして私たちを探っているのかしら？」

「さあねえ。わたしがさっき言った警告をまじめに受け止めてくれることを願うばかりだよ。きみも、カラヴァッジョと同じように危険なのかもしれない。わたしを信じてくれ。そして助けてほしい」

ネリナは立ちあがると暗闇のなかで服を整えた。しわくちゃになったことが誰にも分からなくなるまでていねいに何度も何度もしわをのばした。レナのこと、市場で会ったあの男のことをエンリコに話すべきだという気持ちになったが、決心はつかなかった。

「それって、どういうこと？」

13

「あいつは毒殺だ!」カミッロ・ボルゲーゼは吠え立てた。

シピオーネはヤレヤレという顔で辺りを見まわした。召使いが地獄耳でないことを祈るばかりだ。枢機卿たちはおたがいにスパイをしあっている。長いこと自分たちに忠実に仕えていた召使いが今やバルベリーニ家、アルドブランディーニ家やメディチ家に金で雇われているのは確実だった。

「伯父上、そう大声を出さないでください。ご立腹はわかりますが……」

「立腹? わしは立腹などしていないぞ。怒り狂っているのだ。これまでに経験したことがないほどな。ちくしょうめ! メディチの人間が教皇だと? そうなればスペイン派がまた勢力を持つではないか」

ローマじゅうの教会の鐘が鳴りひびき、新しい教皇誕生の喜ばしい知らせを告げたのは、つい先ほどのことだ。レオ十一世を名乗る新教皇、アレッサンドロ・オッタビアーノ・デ・メディチが、スペイン派が再度強固になるまでのつなぎであるのは明白だった。もう若いとはいえず、健康にも問題があるマドリッドのあやつり人形だ。七十歳になるメディチの男は、フランス・イタリア連合の対スペイン闘争における妥協の産物といえよう。

「彼は長生きしませんよ、伯父上」

カミッロ・ボルゲーゼは自分の宮殿の書斎で落ち着きなくうろうろしていた。手を振り上げ、しかめっ面で壁に向かってわめきたてている。壁の鏡がビリビリと震えた。

「あいつらはまたスペインに屈服してしまった。そしてシピオーネ、おまえはまるで失敗した」

シピオーネは頭をたれた。伯父が何を言っているのかは承知している。カラヴァッジョはまだ絵を渡してくれていない。確かに第一段はうまくいった。プロテスタントの聖職者がローマを支配し始める、スペイン人は何か悪巧みを相談しているようだ、信仰の没落は目に見えている、といったうわさをうまく広めることができて、人々はスペイン派教皇の教会統治を侮辱しはじめた。だが、絵はできてこなかった。カラヴァッジョは居酒屋にいることが多すぎる。まだ金があるのだ。

「あのへぼ絵描きは、民衆を憤激させ町の上流階級を反スペインにすることもせず、ただ酔いつぶれて寝ているわけだ」

「もう一度やってみます」

「遅すぎるんだよ。教皇選出会議は終わり、選挙の結果は我々に凶と出てしまった!」伯父は甥に近寄ると、耳元でささやいた。

「唯一できることは、このメディチの年寄りに手を貸して、終わりを少々早めてやることだ。我々に疑いがかかることがないようにな。何かスキャンダルでも広まれば、レオ十一世を名乗るこの男を抹殺できるかもしれん。興奮や憤激は弱った心臓に効くからな」

シピオーネは伯父の顔に選出会議が残した心労を見てとった。何度も繰り返される採決、極度の緊張、質素な食事。十分な水分も取らず、閉めきった部屋の空気は汚れきっている。自分が教皇となって選出会議を後にできないのではないかという不安、そしてその挙句の失望が、深く刻まれたしわ、うっすらとのびたひげに色濃く表れている。伯父の顔にひげがのびていることなど、ふだんなら決してないことだった。おまけに白目が不健康に黄色く染まっている。

「カラヴァッジョはスキャンダルを引き起こすでしょう。それはお約束します。彼の絵は……」

「もう遅い！　別の絵描きにして、あの飲んだくれのことは聞かせないでくれ。ジョヴァンニ・バグリオーネ、イル・テムペスタ、カラッチョ、ジェンティエッシ、いくらでもいるではないか。カラヴァッジョからは手を引け。わかったな？」

シピオーネは目に失望の色を浮かべてうなずいた。カラヴァッジョをあきらめる？　そんなことはまっぴらごめんだ。伯父は芸術のことなど何も分かっていない。今名前の挙がった画家たちもたしかに立派な仕事をするが、天才ではないし、敢えて何かをする勇気も持ち合わせていない。彼らは教皇庁の考えに忠実な魂のこもらない冷たい宗教画を描くだけだ。制約を超え、新しいものを創りだせるのはカラヴァッジョだけだ。カラヴァッジョ本人が知りもしない最初の試みで失敗したからといって、そういう男を断念するわけにはいかない。だが、伯父の言うことにも一理ある。もっと仕事をするようにあの男を仕向けなければいけない。

「投資した金は無駄にはなりません。今回はスペイン派が勢力を取り戻しはしましたが」

「このまぬけ！　次の機会にはわしは歳をとりすぎていて、一族のためにたいしたことはできなくなっているかもしれないではないか。生きてすらいないかもしれん」

「気を静めてください、伯父上」

シピオーネが驚いたことに、伯父は素直にうなずいた。

「わしは戦い疲れた。たしかにおまえの言うとおりだ。部屋にもどって一休みしてこよう。その間に、どうしたらよいか、考えておいてくれ」

伯父はそそくさと部屋を出ていった。扉が閉まるか閉まらないうちに、シピオーネは伯父の大きな書物机の後ろの安楽椅子に腰をおろし、指をパチンとならした。布の壁掛けの裏に隠れた扉が開き、黒っぽい服装の人物がスルッと音もなく入ってきた。

「聞いていたね、レオナルドス神父？　カラヴァッジョはなぜこうも仕事が遅いのだ？」

「元気がありすぎて、昼も夜も酒を飲んで稼ぎを使いまくっております。一日中働くのは三日にいっぺんだけです」

「彼にその気があろうとなかろうと、もっと画架の前に座り、描くように仕向けたいのだ」

「むずかしいですね。他人《ひと》の言うことをきかないことにかけてはローマでも一、二を争う男ですから。買収はききませんし。金がなければ、おごらせています。描き始めるのは適度に酒が入っているときで、酔っている方が筆は進むようです」

「なんとか道はあるだろう。おまえは教会禄が欲しい、そうだな？　カラヴァッジョが依頼されたことをやったら、すぐにでも教会禄をもらえるよう手配しようじゃないか。彼が自分から進んでやろうが、強制されようが、そんなことはどちらでもかまわない。最高級の新しい絵を何枚か渡してくれさえすればいいのだ」

シピオーネは神父が軽く口を歪《ゆが》めたのに気がつくと、マントのなかから巾着を取り出した。

「さあ、これは心ばかりの礼だ」

「カラヴァッジョの仕事が早まることであなたが何を手にお入れになるか、分かっているつもりです。あの男の過去をくまなく探りましたところ、あなたが興味を持たれるのではないかと思われる事件を見つけました。ローマに姿を現す以前すでに法を犯したことがあったのです。監獄に入っておりました」

「びっくりするような目新しい事実でも見つかったのか？」

「もちろん、驚かれること請け合いです。ミケランジェロ・メリシには妹がひとりおります。ローマへ来る前に、僅かなものでしたが、ふたりは遺産を分け合いまして、それで彼はローマへ来られたのです」

「だからどうした！」

「彼が監獄にいたのは、遺産の話し合いがつく前のことです」

「借金でか?」

レオナルドス神父は机にもたれかかった。自分の密偵を勤める男のそんな振る舞いを、シピオーネは不愉快そうに見つめた。

神父が声を一段と低め最後の言葉をささやくと、シピオーネはびっくりして相手の顔をまじまじと見た。

「それは確かか?」

「はい、まちがいありません」

14

こめかみがズキズキし下腹がひきつるような感じがして目を覚ました。寝場所用にアトリエの隅を仕切ったカーテンを通して太陽の光が入ってきている。空気は暑くむっとするにおいが充満して汗が噴き出してくる。気分が悪かった。月のものが巡ってくると男性がうらやましいといつも思う。

カーテンを開けて、ミケーレの影も形もないことにびっくりした。ネリナが明け方近くにベッドへ行ったとき、彼は絵の背景の壁掛けを描いていた。今その絵は白い布をかけられて画架に載っているが、ミケーレは消えていた。

ネリナは画架に近寄ると布をめくった。『聖母の死』は塗りたての絵具のにおいがするが、もう完成していた。死者の表情は最後に描いたのだろう、まるで眠っているようだ。ローマの画家組合にこういう絵をこんなに速く描ける画家はひとりもいない。

ミケーレはごく初期のころにはロレンツォ何がし、その後はまた別の画家のところで暮らしていた。ふたりとも肖像画を手早く描いて生計を立てていた画家で、その頃に会得した速く描くこつを今も覚えているようだ。

ネリナは絵をなめるように見つめた。決して信仰心が篤いとは言えないミケーレの絵は、教会が新しい秩序のために考え希望していることからあらゆる点で外れており、そのすばらしい表現力にもかかわらずおそらく売れないだろう。また、たとえカルメル会が買ってくれるにしろ、敬虔な神父たちがそこそこなじめるくらいに描き直したり変更を加えなければならないだろう。この絵のなかでマリアを取り囲んでいる使徒たちは教皇庁の約束事と違って聖職者ではなくただの信徒だ。人間に生来備わっている信仰心を持っているだけで、教会を代表しているわけではない。自然とわきおこる悼み、そして瞑想に神以外のものは必要ないが、この絵にはまさにその神が欠けている。伝説の通りなら、マリアの魂を天におくるために、キリストが急ぎ来るはずなのに、彼はどこにいるのだろう？　どうしてここにいないのだろうか？

「完成したようだな」

部屋の真中に立っているカルメル会士をネリナは凝然と見つめた。彼が入ってくる音は聞こえなかった。

「驚かすつもりはなかったんだが。どんな具合か知りたかっただけだ」

僧侶は握った手をしずかに胸に置き、体を軽くかがめた。

ネリナは息を飲んだ。のどがカラカラで痛いほどだった。何をどう言えばいいのだろう？

「どうやって入ってきたんですか？」しゃがれた声がつかえつかえ出てきた。

「ドアは開いていた」

頭巾に隠れて黒い影にしか見えないこの僧。なんだか腑に落ちない、ネリナの五感がそう告げている。布をまた『聖母の死』の上にかぶせ、地塗りに触れないようにきちんとひっぱった。

「もう少し乾かさないと。それにまだニスをかけていません。あと、二、三日してから持っていきます」

僧は一歩前へ進み出た。思わずその足元を見たネリナは背中が粟立つ思いを感じた。この男、カルメル会士なんかではない！　この足！　いつも裸足で暮らしている足ではない！　生白く、軟らかく、手入れが行き届いている。皮膚はほとんどピンク色だ。傷もなければ、ひび割れもしていないし、皮膚の間に入り込んでどうやっても取れない汚れもない。ぜったいカルメル会士であるわけがない！　本能的に危険を感じた。

二人っきりで部屋にいるわけにはいかない。この男を追い出すか、自分が部屋を出ていくか。

「彼に用があるなら、わたしと一緒にきてください。角の居酒屋で、注文品の完成を祝って飲んでますから」

ネリナは立ち上がり、男についてくるように合図した。傍らをすり抜けようとして、男の強い手に腕をおさえこまれたとたん、エンリコの警告を思いだした。家の前でうろついていた男、自分の後をつけまわしていた男、ミケーレと自分をいつもスパイしていたのはこの男だろうか？　その時、あのにおい、自分を追跡していた男のにおいがした。

「おまえに聞きたいことがある」

「どうぞ。でもその前に手を放して。痛いわ」落ち着いてしっかりした声が出たのには我ながら驚いた。

「我慢するんだ。カラヴァッジョはどうして、こう休み休み仕事をするのだ？　彼は急がなければいけないのだ。さもないと、例の素行があっというまに知れ渡ることになるぞ。巨匠と言われるようになる前に真実が知れたらまずいだろう？」

ネリナは激しく抵抗してなんとか身をふりほどこうとしたが、男の手はますます彼女を強くおさえこんだ。

「何のことを言っているのか、何が望みなんだかさっぱり分からないわ。ミケーレに言ったらいいでしょ。わたしは絵具の準備をしたり、ニスを塗ったりしているだけなんだから」

「それと、ベッドをともにしている」

「坊さんの言いぐさじゃないわね。助平！」ネリナは男をどなりつけた。

ますます強く抑えこまれて、ネリナは思わずひざをついた。

「彼にどんな文句があるの！　言ったらいいでしょ！」誰かが聞きつけてくれたらいいのに、そう期待して大声をだした。

「まあ破門にできたら、それで充分だろう」

「ネリナ、まだ上にいるの？」とつぜん下から声がした。

女家主のブルーナだ！　彼女の声が今ほどうれしかったことはない。

「お願い、助けてちょうだい」ネリナはあわれな声を出した。

僧はすぐに手を離し、ネリナは両手を床について体を支えた。咳払いとピタピタという裸足の足音が階段室から聞こえてきて、家主が目の前に立った。

「まあ、床の上で何してるの？」

家主は心底驚いているようだったが、ネリナは体じゅうに震えが走って答えることができなかった。

「彼女はざんげをし、わたしは許しを与えたのですよ、おかみさん」

ネリナは大声でわめきたかったし、そうじゃないと異義を唱えたかったが、出てきたのは嗚咽だけだった。ふだんはたいして好きでもない女家主が、この時ばかりは守護天使のように思えた。

僧の姿をした男がそっとドアをぬけて出て行くのを聞くと、腕の力が抜けて床にくずれ落ちた。

「ネリナ！」家主が金切り声をあげた。

ネリナは体が起こされベッドに運ばれるのを感じた。家主は頭を冷やす布切れをさがしている。頭がまだもうろうとしてズキズキ痛む。ひどく打ちのめされた気分で手も足もガタガタ震え、こみあげてくる嗚咽を抑えることができなかった。

あの男は自分を待ちうけていたのだろうか？　ミケーレが家を出ていくのを見ていたのだろうか？

あの僧侶のふりをした男が言ったことは一体何だろう？　ミケーレの過去にそんなに重大な事件があったのだろうか？　破門にできるほどの？　破門！　そんなことになったらミケーレは破滅だ！

芸術家の名に値する画家はローマではミケーレだけ、ネリナはそう思っているが、やりたい放題言いたい放題だから画家仲間や枢機卿の間で一番に好かれているというわけではない。お世辞はからっきし言えないし、愛想よく相槌を打つなどという芸当もできないから、万一の場合に味方になってくれる人はいそうになかった。

「気分はどう？　さっきのカルメル会士は誰なの？」家主はひたいに濡れ手ぬぐいを載せながら尋ねた。

15

教会の中はむっとする空気で息がつまりそうだった。それでも枢機卿や司教そして僧侶たちが外の通りから次々と入ってくる。位の高い人々は右奥の礼拝堂に向かい、自分より身分の低い者が道を譲ろうとしないとひじで押しのけたり持っている杖でどかしたりしながら進んでいった。トラステヴェレ地区にあるサンタ・マリア・デラ・スカラ教会の小さな礼拝堂は金切り声と嘆息で溢《あふ》れていて、誰もが祭壇の上の、まだ白い布で隠されている絵を凝視していた。

エンリコは礼拝堂全体も絵も見渡せる隅のくぼんだ所にうまく入り込んで、主祭壇の方へ興味津々の眼差しを向けた。主祭壇の上にはふだんなら人々の崇拝の中心で、そのすばらしさに誰もが魅了される聖母の絵がかかっているが、今日は誰もそれに見向きもしない。今日この礼拝堂に人々が押し寄せたのは、カラヴァッジョの『聖母の死』の除幕式を一目見たいからであった。

ネリナが来ていないか、エンリコは辺りを見まわしたが、礼拝堂にいるのは男ばかりだった。教会の前に立っていたカルメル会の修道士たちは女は中に入れなかったと見える。

その時彼は、長い髪を肩までたらした若い貴族に突き飛ばされんばかりの勢いで押しのけられた。かっとなって押し戻したが、若者は知らんふりをして、彼が占めていたくぼみに入り込むと体を前に乗り出した。カールした長い髪と帽子が邪魔になってエンリコは祭壇が見えなくなってしまった。

その時、ぎっしりつまって押し合いへし合いしていた人々が急に静まりかえった。美しい旋律のコーラス、マリアをたたえる歌声がひびきだし、聖具室から手にローソクを持ち、頭巾をかぶったカルメル会の司祭が一列になって出てきた。ゆっくりとした足取りで、混雑の中を当然のように道を空けさせながら礼拝堂へ進んでいく。

香がたちこめ、ラテン語の祈りと祝福の言葉がエンリコの耳に聞こえてきた。聖母をたたえる賛美歌がくり返し歌われ途切れることなく続いているが、彼は窒息しそうでみじめな気分だった。祭壇の上で誰からも注目されずかすかに揺れている聖母の像にすがるような眼差しを向け、助けを願った。

司祭の列は布に隠された絵の前でとまると半円を作り、背の高さの棒にさしてあるローソクを置いた。カルメル会総長がひざをつき、絵にあらたに祝福を与えた。

エンリコが、式典は永遠に続くのではないかと思いだしたとき、歌声が止み、静寂がひろがった。総長の合図でローソクを運んできた司祭のひとりが進みでると、一本のひもをひっぱった。すると、麻布がゆっくり波打つように落ちていき、エンリコにはまるで婦人の最後の下着がすべり落ちるように感じられた。

どよめきが人々の間にわきあがった。そして皆一瞬ハッと息をのみ、シーンと静まりかえった。聞こえるのは、人々のせわしない息づかいだけ。だが、やがてまたガヤガヤとあちこちでささやきが交わされ、ぶつぶついう声が聞こえてきた。エンリコは黙って絵を見つめていた。すばらしい！　実にすばらしいが、言語道断だ。一大傑作で、天才の名にふさわしい作品だが、異端のにおいでみちみちている。五十年前ならカラヴァッジョはこの絵のせいで火あぶりになっただろう。

エンリコが頭のなかでそう考えている間、あたりは冷たく沈黙していた。香炉についている鎖さえも鳴りをひそめている。

「恥辱だ！」誰かが叫んだ。

「異端だ！」次なる声がつづき、礼拝堂のなかは蜂の巣をつついたようになった。皆、口々に叫び、怒りの声をあげ、自分ほど腹を立てている人間は他にはいないと言い張っている。エンリコはこの騒ぎに首をかしげざるをえなかった。

いったい皆何を考えているのだろう？　この絵が新しい時代の幕開けだということが分からないのだろうか？　光の使い方にはこれまでにないものがたくさんあるし、大胆な宗教観には、この教会にある他のどんな絵も色あせてみえる。

喧騒の渦巻くなかから、この絵について討論しようとする数人の声が聞こえてきた。天井の高い建物にシピオーネ・ボルゲーゼの声がひびいている。説教をしたらうまいだろう、エンリコはそう思った。

「これは新しいはじまりだ。我々はまた質素な生活に戻るべきではないだろうか？　この絵ではマリアの表情にそれが出ている」

「ここにいるのは聖母ではない、娼婦じゃないか！」カルメル会総長とおぼしき声がわめいた。

「その娼婦を知っていたのですか？」別の声が割って入ったが、無視されて消えていった。自分の前の若者が声の発信元であることに気づいたのはエンリコだけだ。

「聖母は我々に近い存在であってはいけないのだろうか？　我々すべての母として人間的であってはならないのだろうか？」デル・モンテ枢機卿が尋ねる声がする。

「それはよいのだ。だが聖母は平凡になってはならない。ここにいる聖母は無味乾燥、血が通っていない。キリストはどこにいる？　天に上り、主の右手に座る彼女の魂はどこにあるのだ？　この絵に描かれた聖母は並の女ではないか！」

この発言をした枢機卿はエンリコに背を向けた位置にいるので顔は分からないが、まぎれもなくスペイン派だ。

「聖母はふつうの女ではいけませんか？　教皇でさえふつうの人間なんですから」割ってはいる声がして、皆いっせいに声のするほうを向いたが、誰が発言したのかは分からなかった。

だがエンリコは知っていた。この最後のとんでもない発言が、目の前の若者から出たことを。二十年前にこんなことを言ったら、サン・タンジェロ城の地下牢に放りこまれて、その達者な口をねずみを追い払うために使うはめになっただろう。エンリコは若者の横顔を見つめた。まだ二十歳《はたち》にもなっていないだろう。ほほはぷっくりとやわらかく、ひげも全然生えていない。

「勇気があるねえ」エンリコはこの若者と話がしたくなり、そう話しかけた。なぜカラヴァッジョの肩を持つのかそれが知りたかった。

「その気になればこんなものではないですよ。みなさんですぐれた芸術家をもちあげたり蔑んだりしておいでですが、わたしに言わせれば、これは全部八百長です」若者は振りかえりもせずにささやくように言った。若いのに、ずいぶんしっかりした意見を言うではないか。カラヴァッジョをどこで知ったのだろう？　どこかで聞いたことのある声のような気がするが、波の荒れ狂う海のような喧騒が教会じゅうを渦巻いていて、エンリコは考えをまとめることができなかった。

「一生牢屋につないでおけ！」

「この絵は敬虔に見つめる人々をバカにするものだ！」

「実の妹を強姦した男の絵など放りだせ！」とつぜん奥の部屋から叫び声がして、礼拝堂のなかは一瞬シーンと静まりかえった。

いったい何を言いふらそうというのだ？　エンリコはぞっとした。これまでは絵のことをあだこうだ言っていたのに、今や画家個人を攻撃している。妹を陵辱した？　その意味はゆっくりと人々の間に植え付けられ、まるで声に出してはならないように、耳から耳へとささやかれて行った。「聞いたか？　あいつは妹を犯したんだぞ！」

拒否反応が風のように教会を駈け抜けて、大きなうねりとなっていった。画家を支持する者と非難する者、双方ともに立ち上がり、口々にののしりあい、大声をあげ、こぶしを振り上げて、今にもつかみかからんばかりであった。枢機卿たちでさえ素手で殴りあいをはじめそうに見えて、エンリコはほとんど信じられない気持ちだった。しかし、僧侶たちが手にしたローソク立てで信者を追い払い、枢機卿たちはなんとか騒ぎから離れていった。

とつぜん、教会のなかにふたつの雄叫びがあがった。

「スペイン！」「イタリア！」

と、まるでそれが合図ででもあったかのように、画家を援護する者と敵対する者とが殴り合いをはじめた。

「ね、言った通りだろう？」若者はエンリコにそうどなると、手首をつかんでぐいっとひっぱった。

「急ごう、あいつらが教会をこわす前にここを出るんだ」

エンリコが激しく抵抗しても、若者はつかんだ手首を離そうとしなかった。驚くほど力が強い。

「離せ！」

「今はだめだ！　もう充分見たことだし」若者はエンリコの顔を見つめながらそう叫んだ。

エンリコはハッとした。心臓がとまりそうだった。この声、どこで聞いたか思いだした。その思いは、人々を押し分けかき分け泳ぐようにして出口に近づくに連れ、ますますはっきりしてきた。皆、奥へ奥へと動いており、高位の聖職者がおおぜいいる教会のなかで殴り合いが起きていて、反対方向に移動するのは至難の技だった。若者は帽子をとばされたが、出口に達する前にエンリコが受け止めた。

それからしばらくの後、ふたりは細いわき道にいた。教会を出たときには、真昼の太陽がギラギラしてまぶしかったが、今はサンタ・マリア・デラ・スカラ教会が影を作っている。

「白状しなさい、わたしが分からなかったでしょう」

「認めるよ。最初アレッと思ったんだけど、声で分かった」

「うそつき！」

「うそじゃないさ。でも分かるまでに時間がかかったのはたしかだ。ほれ、きみの帽子だ。男装もなかなかいいよ」

ネリナはニヤリとした。

「除幕式に参加したかったのかい？」

「それもあるけど、変な話を聞いたから、それを確かめられるかと思って」

「どんな話？」

ネリナは教会の壁にもたれるとエンリコを見つめた。その深いブルーのひとみからエンリコは目を離すことができなかった。

「ミケーレに残りの支払いをしないで済むよう、絵をダメにしてしまうってうわさがあるの。でも今日の除幕式はそんなものじゃなかったわね」

「絵は少し描きなおさなきゃならないだろうね。他の絵のときもそうだったじゃないか、まあ運命だね」

ネリナは下を向き地面を見たが、それから猛然と頭をあげた。

「ううん。今度はいつもとは違う。ミケーレはわなにはめられたのよ。聞いたでしょ？　妹を強姦したって、ののしられていたのを。もちろん彼は聖人君子じゃないわ。でも強姦なんかぜったいしない、わたしが保証する。どうしてこういう事になったのか、考えてみたことある？」

ネリナは僧の姿をした男がアトリエにやってきたことを語り、エンリコがそれにフランス国家の教会で見たシピオーネ・ボルゲーゼと赤毛の僧侶のことをつけたした。

「何かが進んでいるのよ、でもそれがなんだか、わたしには分からない」

「きみの言うとおりだ」

「見つけ出してみせるわ。助けてくれる？」

エンリコは返事をためらい、彼女を見つめた。その燃えるような眼差しに絡《から》め取られるような気がした。

「彼を愛しているのかい？　カラヴァッジョを？」

16

「この前居酒屋でドメニコって人としゃべっていたでしょ、あれどういう人なの？」

ミケーレが目をそらし、手で髪の毛を梳くのが鏡越しに見えた。どうやら図星だったようだ。あの時彼は酔っ払ってその男と大声でやりあっていた。

「おれは誰にも会っていない」

「ドアの近くに隠れるように座って、知り合いみたいにしゃべっていたわよ」

ミケーレは立ちあがるとアトリエをウロウロと歩いた。

「うるさい！　ワインはあるか？」

「絵の依頼もなし、ワインもなし」ネリナはいまいましげに眉をつりあげた。

「モデナ公エステ家の依頼を断わってしまったじゃない。受けてれば前金を払ってもらえたのに。チェーザレ・ド・エステは大金持ちなのよ」

ミケーレはイライラと机をたたき、また腰をおろした。

「あんな貴族の寝しょんべんたれのキザ野郎に急き立てられてたまるか」

ミケーレの落ち着きのなさが手にとるようにわかった。ドメニコという男を知っているから、話をそらそうとしている。何かを隠しているようだ。

「もっと早くに話しておくべきだったわね」ネリナは髪の毛を後ろにとかしつけてひとまとめにすると、騎士がかぶる帽子のなかに入れた。

「もうお金はぜんぜん無いの。『聖母の死』の残金はまだ貰えないのよ。描き直すのに何週間もかかるでしょ」

「だからどうだって言うんだ?」

「まだ分からないの? いつもやりなおし、描き直しのゴタゴタに巻き込まれるのがきまってあなたなのは偶然なんかじゃないのよ。サン・ピエトロ寺院に依頼されて描いた『蛇の聖母』は引きとってもらえなかったでしょ? 幼子イエスがスッポンポンの裸じゃあ、ヴァチカンにはふさわしくないってスペイン派が言うのももっともよね。マリア・デル・ポポロ教会の『サウルスの改宗』と『ペトロの磔刑』は? 教皇の財宝官ははじめあの二枚の絵を非難しなかった? 二度目に描き直したのが、ありきたりでなくてしかも高いドラマ性があるからという理由でやっと受け入れてもらえたのよね? アンニバレ・カラッチが描いた『聖母被昇天』、礼拝堂の唯一の祭壇画は決して疑念なんか持たれなかった。あなたの絵の足元にもおよばないのにね。あなたが公に受けた仕事は全部失敗だったじゃない。おかしいと思わないの?」

ネリナはしなをつくって体を回しながら、体型を隠してくれるはずの胸元のベルトの具合を鏡で確かめた。それから肩パットのついた胴着を着て、鏡のなかの自分にうなずいた。立派な上半身をした魅力的な若者が映っている。左右の肩にもうふたつパットを入れ、ずっと黙ったままのミケーレの方を向いた。

「どう? ご意見は?」

「おまえにか、それとも『聖母の死』が拒絶されたことにたいしてか?」

「両方によ。もうここには使えるお金なんか硬貨一枚だってないんだから。お金も無ければワインも無いのに、描きなおしもしない。つまり、そういうこと」ネリナは愛嬌たっぷりにお辞儀をした。

「さあ、教えてちょうだい。ドメニコって誰？」

「くどくど言うな」

「そう、でももう一度聞くわ。彼は何をするつもりなの？　どこで知りあったの？　彼のにおい、どこかでかいだにおいなんだけれど、どこでだったか思いだせないのよ」

ミケーレは黙って唇をかんでいる。

「通りの居酒屋の主人はもうつけにはしてくれないわ。だから、注文がうまく行かない原因がどこにあるか、考えてみないといけないのよ。あなたに失敗させる目的は？　どうしてあなたが選ばれたのか？　よくよく考えてみないとならないのよ。そうでないと、サンダルの皮底をかじるはめになるわ」

「そのうち分かるさ」

「分からないわよ。あなたの敵が誰なのか、はっきりしないかぎりは」

「絵を描けない人間全部だ！」ミケーレはどなるように言った。

「絵なんか誰だって描けるわよ」

「おれみたいに描けるやつはいない。ど素人みたいな絵描きなんかくそくらえだ！　色を塗りつけているだけで、画家とも言えない連中だ。あいつらにできることといったら、トランプの絵を描いたり、聖人像やら聖なる場面をただ甘ったるく描きなぐるくらいのものだ。そりゃ知っているさ、甘ったるければ甘ったるいほど、涙もろく信心深くておいでのスペイン派枢機卿のお気に召すってことくらい。おれが本物の芸術家と尊敬できるのはほんの数人だね、まあ、ダルピーノみたいなならずものもいるがね。こいつの人間性はイケスカナイが、芸術家としてはたいしたものだ」

ミケーレは面倒くさそうに立ちあがると、ネリナの方によろよろと近づいた。息が酒くさい。エステ公の秘書が贈ってくれた最上級のワインを一晩中飲みつづけていたのだ。

「ワインはもうないわ。あなたは働かなければいけないの！　二、三年前のようにおそまつな自画像のひとつでも描いたらどう？」皮肉が口をついて出た。

「おれは描きたいときに、描きたいものを描く！」

ミケーレはそうどなると殴りかかってきたが、彼のやることなど先刻承知のネリナはうまくかわした。こういうふうに興奮しているときのミケーレには何を言ってもムダだ。

「そのあたりを見てくるわ」

ネリナはミケーレをそのままにして部屋を出ていった。階段を飛ぶように駆け下り、そっと裏庭へ出た。男装して家を離れるときは誰からも見られたくない。ドアの前で影のように自分を見張っている者がまだいるかもしれない。裏庭には外へ続く出口はないが、鶏小屋の屋根が階段室の窓と同じ高さだ。ネリナは屋根にのぼり、窓の破れたところから後ろの建物の階段室へ飛び降りて、自分の家の後ろの通りへ抜け出た。そんなことをするとは誰も思いつかないだろう。両手をポケットにつっこみ、男のように大股でテヴェレ河畔へと向かって行った。魚市場の近くに来ると歩みをゆるめ、探索をはじめた。午後の遅いこの時間、このあたりには女たちがブラブラと歩いて船や男の客を待っている。ネリナはゆっくりと通りをぶらつき、陰に立ってぼんやりと時をやり過ごしている女たちを観察した。

この先どう動けばよいだろう？　ネリナにはっきりとした計画があるわけではなかった。自分が想像していることはすべて単に妄想の産物なのかもしれないし、あまりにも時が経ちすぎているから、女たちがひとりひとりの客を覚えているとも思えないのだが、この手の女たちにはある種のタイプの男はよく記憶に残るということを、レナを通じて知っていた。払いがよい男とか異常行為を要求する男などだ。それでも、春をひさぐ女たちの前へ客として現れることを考えるとためらいを感じた。

もう一度通りをブラブラしているうちに、女たちの出方に任せればよいことに気がついた。同じ通りを二度も通れば、その気のない若者も客に変身する。彼女たちはなんとあからさまに声をかけることだろう、あきれるばかりだ。「ねえ、お兄さん、いいことしようよ、安くしとくから。病気なんかもってないし、最高に楽しめるよ」

ネリナはこの女たちの率直さにはすっかり感心したが、売春婦の存在そのものには嫌な気持ちを持った。落剥と堕落の見て取れる女たち。できることならその存在に触れたくないが、でもなくてはならない存在。とりわけ、カトリックの教会とその高位聖職者にとって彼女たちはほとんど必要不可欠だ。女たちはたいがいボロをまとい、腹を空かせている。虐待を受けた痕跡をとどめ、病んでいることが見てとれる。ネリナの目に美しいと映る女は誰ひとりとしていなかったが、なぜミケーレが娼婦たちのなかに自分のモデルを求めるかがだんだんと分かってきた。彼女たちは一様に同じ目をしている。もっと高級な地域に暮らす町の人々、おのれの信仰に疑いを持たず、満ち足りて生きている人々が失ってしまった眼差し、カトリックの聖職者の目からはとうの昔に消えてしまった眼差し、彼女たちはそういう眼差しをしている。踏みにじられゴミタメに投げ込まれた人間、自分自身の信仰のほかには何も持たず、それでいて自分の今の状況を考えればその信仰にも疑いを抱きはじめている人間の目を彼女たちは持っている。

自分もこの女たちと同じ運命をたどったかもしれなかったのだ、ネリナはそう考えるとぞっとした。養親が自分をミケーレに渡さずに売り飛ばしていたとしたら、いったいどういうことになっていただろう？　ミケーレには下心などまるでなく、ただ彼女の才能を伸ばしたいと思っただけだったが、彼が女衒でない保証などどこにもなかったのだ。そうしたら今ごろは通りに立って春をひさいでいるだろうし、あるいはレナと同じ運命をたどっていたかもしれない。

通りを三回歩いてやっと余計なことは考えずにここに来た当初の目的だけを考えるようにしようと決めたが、前に見た覚えのある女が家と家の間の隙間にしゃがみこんでいるのを見つけるまでは実行に移せなかった。

「空いてるかい？」

娼婦ははじめ地面を見つめるばかりだった。口をききたくないようだったが、やがて顔をあげた。

「あたしのこと？」

やっぱりそうだ。あの男は、テヴェレ河畔へ下りて行くまえ、両腕にふたりの女を連れていた。この娘《こ》はあの時レナと一緒だった娘だ。顔と両腕にこびりついたあかを見なければ、髪の毛がきちんととかしてあれば、かわいい顔をした美人と言ってもいいくらいの娘《こ》だ。

「かわいい顔をしているね」

娼婦のかすれた笑い声がまるでせきをしているように響いた。

「うそつき」

「本当だよ、で、どう？」

女がたちあがると、地面にしゃがみこんでいたわけが分かった。片方の脚がまっかで、血がかさぶたになっている。直りかけてはいるようだ。

「これでもいいって言うの？」ネリナの視線に気づいて言った。

「何があったんだい？」好奇心を持って当たり前という口調で尋ねたが、胸がドキドキしてパニックになりそうだった。

「長い長い話」

「話してくれよ。どこへ行ったらいいかな？」

娼婦はネリナをジロジロながめたが、恐れに似た表情を浮かべている。それから向かいの建物を仕草で示した。ネリナに助け起こされると、片足でピョンピョン飛びながら、先にたって建物のなかへ入っていった。

四角い平屋の建物は壁仕切りのない一間《ひとま》だけで、頭上に張ったロープでいくつかに区切られており、そのロープに毛布がかかっていて小部屋を作っている。そのうちのいくつかには色とりどりの布がかけられている。その中で何が進行中か、いやでも耳に入ってくる。うめき声や喘ぎ声、男と女の肉のにおいが充満している。

女は一番奥の部屋まで行くと、毛布を開けた。片隅にベッドとも言えないボロの寝床が見えた。椅子がひとつ、服をかける台がひとつ、その他には何もない。女はするりと中へ入るとネリナの手をひっぱって招じいれ、毛布をおろした。ネリナが何をすべきか、何をどう尋ねるべきか決めかねているうちに、女はさっさと両肩のリボンをほどき、服を足元にすべり落とした。服の下には何も身につけていない。それから境の毛布の上に色布をかけ、その部屋が使用中だと分かるようにした。

「名前は?」ネリナはこれまで経験したことのない困惑を感じていた。

「セシリア」そう答えると、ネリナの方を向いた。やせて、衰弱しているようではあるが、脚のほかは悪いところはなさそうだ。ネリナに近寄ると、チョッキを脱がそうとした。

「触るな! おまえと話がしたいだけだ」ネリナはそっけなく言った。

セシリアはすぐに身を離すと、ネリナをよくよく吟味するように見つめた。さっきと同じような漠然とした恐れが顔の表情に表れている。

ネリナはベッドに腰をおろすと、隣りに座るように合図した。相手が用心深く腰をかけると、ネリナは咳払いをひとつして、チョッキに手をつっこみ硬貨を一枚つまみだした。『聖母の死』の最後の一枚。娼婦がふつう稼ぐ額の数倍にもなるが、情報が欲しいのだから何も言わずに逃げ出されてしまっては困る。

「質問に正直に答えてくれたら、この金はおまえのものだ」

セシリアは疑わしげな顔をしながらもうなずいた。

「客はおおぜいいるのかい？」

「ううん、こんなふうになってからはそんなに多くない」足の傷を見せながら言った。

「どうしてそんなことになったんだい？」

女はネリナに疑い深い目を向けた。本当のことを言うのが怖いようだ。

「数ヶ月前におまえを地面に突き倒して、レナと一緒に河の方に下りていった男と何か関係があるのかい？」

セシリアはハッと息をのんだ。大きく見開かれた目に恐怖と驚きが張りついている。今にも叫びだして、家じゅうの人間を呼び集めそうだった。

「遠くから見かけただけだよ。おれはレナの友達だったんだ」ネリナは急いで相手を安心させようとした。

セシリアはなかなか落ち着かず体を震わせている。ネリナは彼女の肩にやさしく手を置いてそって撫でてやった。

「で？」

「あんたの言うとおりよ。はじめは三人で魚市場を出たんだけど、レナのほうが気にいったらしくて、あたしをおっぽりだしたのよ」

「それでも稼ぐチャンスを逃したくなかったんだ？」

「だって、あの男、絶倫そうに見えたしお金もありそうだったわ。だからちょっと遅れてふたりの後を追ったの。恨みをはらしたかったし、レナの仕事のじゃまをしてやろうと思ってね。でもレナはもう仕事をしてなかった。まるで眠っているみたいに横たわっていた。頭にさわるとガクッて下にさがったの。死んでいたわ」セシリアはとつぜんしゃくりあげ、手で顔をおおった。喉からもれるゼーゼーと鳴るような音は呼吸障害を持った人間に特有のものだ。

「だいじょうぶ、たいしたことないわ」手で鼻をこすり、その手をベッドでふいて話をつづけた。

「大声で叫ぼうとしたら、後ろから羽交い締めにされたの。必死に抵抗したけど、あいつの方が強かった。でも、石がごろごろしているから、あいつもそう簡単にはいかなくて、つまづいた拍子にあたしを離しちゃったの。それで、一目散に岸の方へ走ったわ。満月の晩でものがよく見えた。あたしたち娼婦はね、あの辺をよく知っているの。だから彼より速く走れたの。でも、ナイフで足を刺されちゃった。水のなかへ倒れたのがよかったのよ。彼はしばらくその場に立っていたけど、あたしがおぼれたと思ったみたい。泳げないふりをして流されていったから」

「男がまた現れて、おまえを見つけるんじゃないかと恐れているんだ。だから隠れていたいんだね」

セシリアはうなづき、ちょうどその時外から聞こえてきた声の方角をあごで指した。

「ここの女たちは見張られているのよ。確かなことは分からないけど。あたしは働かなくちゃならないの、だから通りに出て行かないわけにはいかないのよ」

ネリナの頭のなかをさまざまな考えが駆けめぐった。

「その男のことで何か気がついたことないかい？　傷跡があるとか、指輪とか、チェーンをしてたとか」

「そうだ指輪！　親指に指輪をしてた。あいつがここに来たら、ぜったいわかる。生きたまま帰すもんですか！」

「どうしてあんなことしたんだろう？」ネリナは声をひそめた。

「レナが目当てだったのよ。だって、その晩娼婦の間を聞いてまわっていたもの」

ネリナはハッとなった。セシリアの手に硬貨を押しつけ、にぎらせた。

「聞いてまわっていたって、何を？」

「画家のカラヴァッジョを知ってるのは誰かって」

「そしておまえは彼を知らなかった？」

「名前ぐらいは知っているけど。レナは彼のモデルになったことがあるのよ」

その時とつぜん鐘の音が飛びこんできた。サン・ピエトロ大聖堂からはじまった鐘の音が町中に鳴り響いている。何のための鐘だろう？　レオ十一世が亡くなった？　まさか！　だが、それ以外に知らせることがあるだろうか？　新しい教皇が選出されてからまだいくらも日が経っていない。三週間？　ふたりはチラッと顔を見合わせた。娼婦はひざをつき頭をたれると、十字を切って祈りの言葉をつぶやいた。隣りの小部屋からも祈りの言葉が聞こえてくる。もう疑いようがない。スペイン派メディチ家の支配はたったの三週間しか続かなかった。

17

「猊下」

シピオーネ・ボルゲーゼはうやうやしい態度で帽子をとり、ひざまずくと、教皇の手をいただき指輪に接吻をした。その姿勢のまま、教皇が声をかけてくれるまで目を伏せて待っていた。儀式とはそういうものだから仕方がないが、内心ではばかばかしい、くだらないと思っていた。

教皇の合図で、その場にいた聖職者全員が会見の間を出ていった。最後のひとりが部屋を出ていくと、教皇パウロ五世となったカミッロ・ボルゲーゼは立ちあがり、シピオーネのそばへやってきた。

「ついに我々は目標に達した。古きメディチは死に、新しいボルゲーゼが聖ペトロの座についた。スペインの影響の終焉、新しい星の登場だ」

シピオーネは伯父をしげしげと見つめた。目の下の黒い隈が目立つ。まるで何日も眠らず何も食べなかったかのようだ。

「精神が少し高ぶっておいでのようですね、伯父上」

カミッロ・ボルゲーゼは腕を大きく広げてうなずいた。寝不足と疲労がはっきりと顔に出ている。教皇選出会議の日々がまだ彼を消耗させているのは確かだが、それだけではない、かなりな不安を抱いているようだ。目が落ち着きなく動いて、一瞬もひとところを見ていられない。気分ばかりが浮わずっているようだ。

「天才ラファエロにいたる所で出会えるのだ、少々気分が高揚しても許されよう。ラファエロの間へ行こうではないか。大喜びすること請け合いだ。過去の偉大な精神がおまえを見下ろしているぞ」

教皇は先にたって進んだ。ふたりが入った部屋は執務室として整えられた部屋で、ここでは決して盗み聞きされることはないとシピオーネは聞いていた。

「さて、シピオーネ、ここへ来て、フレスコ画を見るがよい。口を閉じるのを忘れないことを祈っているよ。おまえのような芸術好きにとっては最高のぜいたくだろう」

シピオーネは魔法の手につき動かされたように座ると、目の前のフレスコ画を凝視した。その時代の著名な男たちが大きな広間で立ったり、座ったりしている。彼はアリストテレスを見つけた。プラトン、アルキメデス、ピタゴラス、幾何学の父ユークリッド。他にもたくさんの知っている顔を見つけた。彼らは三々五々小さなグループを作り、会話をし、議論をし、意見を交換しあっている。絵の構成のすばらしさが、そこに描かれた人物の偉大さ、その人物のなかに具現化され花開いた精神と一致している。

「神のごときラファエロはこれを『アテネの学堂』と名づけた。そして同時代の天才ミケランジェロ、レオナルド・ダ・ヴィンチ、ブラマンテを、ヘラクレイトス、プラトン、ユークリッドの姿で描いている。なんとも強烈な印象を与えるだろう?」

シピオーネはこのフレスコ画の持つすばらしい簡潔さ構成の輝きにすっかり心を奪われて、ろくに物も考えられないほどだったが、何か言ってやらねばという気持ちがわきあがってきた。

「この部屋は真実に対し義務を負っています。おそらく、だからあなたの執務室なのでしょう」

「おまえは鋭い目をしている。だからこそここへ呼んだのだ」

教皇は立ちあがるとイライラと動き回った。足をひきずるように歩く様はまるで重い荷物を背負ってでもいるようだった。

「おまえも知ってのとおり」そう切り出し、甥の注意を自分に向けた。「イタリア派には後継者が必要だ。わしが思いがけず早く死んでしまうこともあるからな」

シピオーネはこの部屋に足を踏み入れてからずっと捉えられていた忘我の境から我に返った。伯父はいったい何を言いたいのだ？　最高位の座をたったの三週間たらずしか楽しめなかったメディチの教皇は無理やり人生に別れを告げさせられたということか？　自分たちイタリア派のことを考えれば、運命に多少の後押しをして、彼の丈夫でない体にとどめの一撃を加えるべきだと伯父は言っていたが。

「そういう恐れを感じておいでですか？　あまりお元気でないようですが」

「よく眠れないのだ。このヴァチカンは悪の泥沼そのものだ。用心し過ぎるということはないし、できるだけ迅速に行動する必要がある。その点で前教皇は注意が足りなかった」

「それが伯父上に利をもたらしました」

「それと、そういう事情に備える時間も与えてくれた。つまり、わしは決心せねばならないのだが、それはおまえにも関係することだ」

「わたしにですか？」

「一族の要請に従ってほしいのだよ、シピオーネ」

「一族のためになることをするのに何のためらいがありましょう？　喜んでお引き受けいたします」

教皇は、百年ほど前からこの部屋を飾っているフレスコ画に沿って歩き、『アテネの学堂』の前で立ち止まると頭を後ろにそらせた。だがシピオーネは伯父が目を閉じたのを見ていた。

「ソクラテスは自分の運命を真実に仕えることに捧げ、死に脅かされても迷うことがなかった。なぜなら彼は法に従い、自身を法を超えた存在とは見ていなかったからだ。不正をなすより、不正に苦しむほうを選んだのだ」

伯父がどういう方向に会話を進めたいのか、シピオーネはだいたいのところ想像がついたが、せっついて、伯父が決心を早めるような真似はしなかった。

「最後の言葉は、わたしのためのたとえですか？」

「たとえであり手本でもある」

教皇はフレスコ画からさっと身を離すと、甥に近づき両手を肩に置いた。鼻から口元へ走る二本のしわがいつもより深く黒ずんでいる。唇の上のひげもあごひげもすっかり白くなっている。伯父はひどい緊張を強いられているのだ。

「わしは枢機卿団を大きくしようと考えている。そしてまず一番最初におまえを選ぶ。だがおまえは聖職者ではないし、おまえが拒否した場合、それが公になってはまずいから、前もって尋ねておきたい」

それはシピオーネがまさに期待し望んでいたことではあったが、緊張のあまりひたいに汗がどっと吹き出てきた。そして、真実と徳がおおらかに息づいていたこの部屋が、急に狭く息苦しい空間となった。教皇は甥の沈黙を了解と理解した。

「口もきけないでいるようだが、引き受けてもらえると思っていたよ。ただ条件がある」

シピオーネは深く息を吸い込んだ。

「条件ですか？　わたしが教会のご用を務めるという事実を作れば、条件にかなうのではありませんか？」

教皇は再び両手を上げ、辺りを指し示す仕草をした。顔には暗い影がさし、その中で白いひげだけが光ってみえる。

「ここにあるすべてのものはひとつの時代を生きており、そしてそれは近いうちに終わりになる。わしはそれを知っているし、おまえも知っている。だが、ラファエロやミケランジェロを模範とし得る人間はまだ誰ひとり見つかっていない。ブラマンテと比肩するような者もいないし、ダ・ヴィンチ型の万能人間も発見できていない。好ましい画家、すぐれた技巧家はいるが、天才がいない」

伯父は正常な頭で言っているのだろうか？　それとも教皇選出会議で疲労困憊して精神が混乱してしまったのだろうか？　いったいどんな下心があってこんなことを言うのだろう？　過去の教皇たちのために働いた天才たちを数えあげて、それが枢機卿を指名することと何の関係があるのだろうか？　この老キツネは何を目論んでいる？　だがシピオーネにもだんだんと分かってきた。真理を指摘するラファエロの間に自分を連れてきて、枢機卿に指名するつもりだと言ったのは全部演出で、伯父には企みがあり、今、その本当の計画を打ち明けようというのだ。

「サンタ・マリア・デラ・スカラ教会でおまえがやったことは非常に我々のためになった。メディチの血をひいたレオ十一世は文字通り憤死したのだからな。すばらしい見物《みもの》だった。そして我らの目的にたいへん役にたった。民衆は我々の思想を支持していることがあれで証明された。スペイン派を支持する連中でもたいがいあのカラヴァッジョなら喜んで首をはねただろう。すばらしかったぞ。だが、シピオーネよ、今後おまえはカラヴァッジョとは袂《たもと》を分かつのだ。ああいうゴロツキまがいのへたくそな絵描きがローマにいると思うと耐えられん」

シピオーネは反論しようとしたが、教皇は手を振ってそれを押しとどめた。彼は一瞬にして伯父から教皇に、全信者の統率者に、カトリック教会の首長に、信仰の保護者に変身する。

「彼は自分の責任を果たした。これから先に描く絵はどんな絵であれ、わしの立場を危うくするだろう。彼は自分の絵に教会の思想とは違うものを描くし、あまりにも先を行きすぎている。むくんだ体の裸足の聖母とはな、信じられん！」

「ですが、彼が大衆に対してあけっぴろげだからこそイタリア派の票があなたに流れたのですよ。彼の挑発があったから、あなたの希望がかなったのではありませんか。スペイン派の聖職者は彼を憎んでいるかもしれませんが、漁師や賭博師、日雇いや占い師は彼を好んでいます。ひとことで言えば、大衆全部がです」

パウロ五世はシピオーネに指輪を差し出した。これで会談は終わりということだ。シピオーネはしぶしぶ指輪に接吻し、ブルブル震えている伯父の手を自分の指で包みこんだ。

「つまり、わしに敵対するのに誰もがあの画家を使えるということだ。反論は許さんぞ。カラヴァッジョから離れると誓うか、枢機卿にはならないかのどちらかだ。確か、枢機卿になるのがおまえの望みだったと記憶しておるが」軽く肩を押して、退出をうながした。

「そうだ、ここへ引っ越してきて考えたのだが、わしのぶどう畑をおまえに任せることにした。弟ふたりには宮殿をとっておくことにする。それでよいな?」

パウロ五世は甥の返事を待たずに手を叩いた。僧侶がひとり現れ、シピオーネを外へ案内した。彼はふかく頭をさげたが、心の中は煮えくりかえっていた。なんとしてでも、自分は枢機卿になる。そしてカラヴァッジョを遠ざけることもしない。

18

ネリナはイライラと指でテーブルを叩いていた。ミケーレは生前のレナを挟んだ恋のさやあてのあげく、公証人パスクアローネとの決闘で深い刀傷を負った。そして三週間牢屋にぶちこまれることになったのに、それを百スクード銀貨でうまく逃れた。それから、あのサンタ・マリア・デラ・スカラ教会での不首尾。いろいろなことが重なって彼は前よりずっと飲んだくれることが多かった。どうしてあんなに飲むのだろう？酒で何を忘れようとしているのだろう？

居酒屋の片隅で彼女は待っている。ミケーレが次々とワインを注文するのを止めるのを、居酒屋の亭主が「もうつけはダメだよ」と言うのを、誰からもおごってもらえなくなるのを、待っている。だがミケーレは人気者だ。飲むと歌い、おおいに語り、テーブルに飛び乗って踊りだす。カウンターの後ろの娘を抱え込んで嬌声をあげさせ、客の拍手喝采をあびる。彼は娼婦や呑み助たちの座の中心にいるのが好きで、こういう類の人々を好んで描く。賭博師と乞食、娼婦に占い師、さいころに明け暮れている男たちや人生の落ちこぼれ。聖ヒエロニムス、聖ペテロ、聖パウロを描いても、マタイの召命を描いても、彼はいつでもローマの庶民を描きだす。上流階級の人々や高位聖職者、領主や諸侯、豪商やいかさま商売でもうけている人間は描かないし、でっちあげの人物を描くこともない。彼が描くのはいつも大衆。顔に苦悩と悲哀の表情をはりつけている大衆だ。彼が描くと聖人たちでさえ手にひびわれがあり、たこがある。それだからこそローマの人々は彼を好むのだし、ネリナもその点では彼を愛している。だが、ワインがドブドブと注がれ、ほら話が飛び交い、売春の巣になっている酒場で彼が人生を送ることには我慢がならないし、漁師や商人、鍛冶屋と同じようにボロを着て太陽の光の届かない場所にたむろしている彼を捜さなければならないのはどうにもイヤだった。ミケーレの身なりには恥ずかしくたまらない。たとえ一年前でもそれほど立派というわけでもなかった上着は汚れきって、おまけにあちこち破れ、やせこけた体から垂れ下がっている。袖は擦り切れ、当て布《きれ》までも破けていて、ひじの部分にこぶしぐらいの大きさの穴があいている。昼も夜も一枚きりの着たきりスズメで、文字通り服の形がなくなるまで同じものを着ているのでひどいにおいを発散させている。

今、ミケーレを待ちながらネリナは緊張していた。エンリコもここに来ることになっている。ふたりで彼を町から出そうと考えていた。ジェノヴァかミケーレのパトロン、マルツィオ・コロンナ侯爵のいるラティウムがよいだろうというのがエンリコの意見で、翌朝の出発を予定している。

隣りのテーブルに画家のバグリオーネが若い画家と一緒にいる。若い方の画家は話に聞いたことはあるが、いくら思いだそうとしても名前は思いだせない。ミケーレはバグリオーネを好きではなく、バグリオーネはバグリオーネでミケーレに我慢がならなかった。

これまでのところ、ふたりはお互いに軽蔑のまなざしを投げ合うだけだが、バグリオーネが内心イライラしているのが見てとれる。

「おいカラヴァッジョ、また絵が一枚失敗だったって?」

テーブルを叩くネリナの指が止まった。一瞬あたりがシーンと静まり、ワインのお代わりを注文するミケーレの声だけが大きく響いた。

「おい、ご亭主。あわれな絵描きカラヴァッジョに一杯持ってきてくれ。ごりっぱなバグリオーネ氏のおごりだぞ」

バグリオーネが皮肉に気づいて騒ぎだすと、ミケーレのテーブルの飲み仲間たちは、コップが飛んでくるのに備えて身をかわした。

「おまえが飲んだくれる手伝いなんか誰がするものか！　酒でよれよれになって才能をなくしちまった奴は、自分で払うんだよ」

「大口叩きになったのかい？　それともけちんぼになったかな？　一杯いいだろう？」

「なんのために飲むんだ？　飲んだくれて画架の前に立って塗りたくるためかい？」

「おれは、おまえさんみたいにぶざまなキリストは描かないのさ。イル・ジェス教会のおまえさんの絵は、おれが知っている絵のなかで最悪だ。まあ、おまえがうまい絵描きだなんて言う奴にお目にかかったことはないがね」

「ほう、そうかい。で、おまえはうまい絵描きというわけだ。三回も四回も描き直すし、おまけにありのままを描くからな。だけど、絵を描くより娼婦や酔っ払いを相手にしているほうが多いから、ご希望のものは手に入らないという寸法だ」

ミケーレは立ちあがり、相手に向かってテーブル越しにわめきたてているが、腕を振りまわすたびに、危なっかしげに体がゆらゆら揺れる。ふだん彼が酒代を払っている間は義兄弟だなどと呼んでいる連中はテーブルを離れていった。ネリナがあたりを見まわすと、みな固唾をのんで喧嘩の行く末を見つめており、どちらが勝つかそっと賭けまでしているテーブルもある。彼女はその時になって初めて、扉の後ろの窓際の席に座っている人間に気がついた。目深に頭巾をおろした僧侶がひとり、我関せずというふうにワインのグラスを手にしている。

バグリオーネがそちらにちらちらと指示を求めるような視線を送らなければ、ネリナが僧侶に気づくこともなかったろう。

「弟子をひとり抱えているのは、自分の作品を誉めてくれる人間がすくなくともひとりは欲しいからだろう？　マオよ、男どもの夜の集いに参加するのもおまえさんの仕事かい？」

バグリオーネの隣りに座っている男は矛先を向けられて、すっかりおどおどしている。この気の弱そうな顔色の悪い若い人はトマソ・サリーニだと、ネリナはようやく思いだした。バグリオーネに影のように寄り添うイエスマン、師匠に言われたことはなんでもふたつ返事だ。おつむが少々足りず、みなにただ「マオ」と呼ばれている。

ジョヴァンニ・バグリオーネの顔から血の気がひいた。体中に憎悪をたぎらせ、悪意のかたまりのような言葉を投げつけた。

「妹を手ごめにしたような奴なんかと張り合う気はないぞ。おれには姉さんも妹もいないんだ。おまえがうらやましいよ」

ミケーレの動きはすばやかった。野菜の載った皿をつかむと、バグリオーネの頭めがけて投げつけた。バグリオーネはミケーレほど敏捷ではなく、反射的に両腕をかかげて防ごうとしたがうまくかわせず、野菜と油を体中にあびることになった。

「おれに妹はいない。家族なんてものは持ってないよ」ミケーレは落ち着いた声で言うと腰をおろしたが、唇はワナワナと震えている。

バグリオーネはワインのカップを手にとって激しく振りまわし、カラヴァッジョに浴びせかけた。

「家族はもういないだと？　じゃ、おまえが殺したんだ。それとも何かい、生まれ故郷のカラヴァッジョ村で人殺しの罪でぶちこまれたというのはありゃ嘘かい？　妹をものにしたくて、言い寄った男をぶち殺したんだったよな？」

ふたりは立ちあがり、二羽の闘鶏のように顔を怒りでひきつらせてにらみあい、あわてて止めに入った居酒屋の亭主を手荒く追い払おうとしている。

「けんかは外でやってくださいよ。でなけりゃ、わたしを先にやっつけてからにしてください」

ネリナは亭主のせりふに思わず顔がほころんだ。亭主は背が高い。男ふたりより少なくとも頭二つくらい大きく、やせこけているふたりはその後ろに隠れてしまうくらいだ。

「じゃあ、通りでやろう」ミケーレは叫ぶと、表に出るのに邪魔な長椅子を脇へどけた。だが、テーブルから離れると、体がゆらゆら揺れ、脚がふらついていて、あぶなっかしい。

バグリオーネはミケーレほど飲んでいないらしく足元はしっかりしているが、ろれつが回らない。ネリナは不安な気持ちを感じて、もつれるようにドアから外へ出ていくふたりの後を追った。喧嘩をやらせておいたほうがいいのか、それとも止めるべきなのか、分からなかった。ふたりともすっかり酔っ払っているから、そんなに長く殴りあってもいられないだろうが、ミケーレが何日も酔っ払ってフラフラした状態から抜け出せないとなると、困ったことになる。明日にはローマを離れなければならないのだ。

ネリナはドアのところまで来て、喧嘩の前からそこに座っていた僧侶がいなくなっているのに気がついた。何週間も前から彼女を追いかけているあの不思議なにおいだけがあたりに残っていた。

あの僧侶とバグリオーネの態度は何か関係があるような気がする、ネリナが考えこんでいるうちに外から殴り合う音が聞こえてきた。通りへ出てみると、ミケーレは早くも鼻から血を出し、ぬかるみにひっくり返っている。バグリオーネがよろよろしながら勝利を告げようとしたとき暗がりから犬が一匹飛び出てきた。ローマの夜のように真っ黒な犬だ。ガブッと脚をかみつかれたバグリオーネは痛さに悲鳴をあげうずくまったが、犬がほんのうわっつらを噛んだだけなのをネリナはしっかりと見ていた。

犬はミケーレの前に行くと歯を剥き出し、もっとやれやれとけしかけている野次馬に向かって吠え立てた。ミケーレはこの犬を知っているようで、わき腹をなでてやりながら話しかけているが、ネリナに聞きとれたのはネロという名前だけだった。ネロはローマにいるたいていの犬と同じように正真正銘の雑種だが、力強く、黒く短い毛は野良犬にしてはつやつやと健康そうで、金持ちの飼い犬のように見える。暗がりから飼い主が現れるのではないかと思ったが、そんなことも起こらなかった。

見物人たちはまた居酒屋へもどっていき、バグリオーネは犬のほえ声に負けじと大声で悪態をつきながら、マオと一緒に足をひきずり逃げていった。通りにネリナとミケーレのふたりだけが残された。ネロは首をかしげてネリナを見つめていたが、彼女がミケーレに一歩近寄ると、ミケーレの脚の間にうずくまり、鼻づらを前足にのせた。

ミケーレは眠りこんでしまっている。喧嘩ですっかり体力を使い果たしてしまったうえにワインが効いてきたのだ。

とつぜんネロが立ちあがると闇に向かって低い唸り声をあげた。ネリナはドキッとして暗がりにじっと目をこらしたが、何も見えない。ただ布のこすれるような音が、ネロのくぐもった唸り声の合間に聞こえるような気がした。犬のそばに行き、首筋を抱え込んだ。犬はされるままになっている。

後ろで砂がきしる音がして、ネリナは総毛だった。冷たいものが背筋を走る。振り向いて見ると、路地の暗がりに黒っぽいマント姿が浮かんでいる。

「遅れたかな?」マントの男が尋ね、ネリナはホッとした。

「なんとか間に合ったわ、エンリコ」それだけを言って、あたりの暗がりに油断なく目をこらした。

ネロの様子からすれば、そのあたりにまだ脅威がうろうろしている。

「ミケーレを連れていくのを手伝って。ここは危険だもの」

19

「エンリコ！」

ネリナは、自分でもびっくりするほどのすばやさでパレットと絵筆をわきへどけると、新しいアトリエへ入ってきたエンリコに飛びつき抱擁した。

「もう来てくれないかと思った」

エンリコは片手で彼女の髪をなでながら、しっかりと抱き寄せた。

「そんなにわたしのことを気にかけてくれているなんて思ってもみなかったよ。このお出迎えは本当にわたしのためかい？　それとも何か起きたのかい？」

ネリナは相手の胸を叩いて身を離そうとしたが、エンリコは離そうとしない。このままこうして抱かれていたいのがネリナの本音だが、こんなにくっついていたら、相手が何を考えるか分かったものではない。

「この絵はきみが描いたの？」返事を待たずに絵に近づいていく。ネリナはちょうど水彩で手を描いているところだった。

「下絵よ」

「全部きみが描くんじゃないの？」

ネリナはにっこりとほほえみ、かがみこんで絵を見ている相手の肩にやさしく触れた。エンリコはネリナを抱いたままだ。

「ミケーレが一部を描かせてくれているの、嬉しいわ。特に手を描かせてくれるんですもの」

エンリコはすっかり感心して、彼女と向き合った。

「すばらしいよ！」

ネリナは指先で相手の顔をなぞり、エンリコはされるがままになっている。

「また会えてうれしいわ」

エンリコは何か答えようとしたが、ネリナは彼の唇に指を押し当てた。

「色々なことがあったのよ。ミケーレがジェノヴァから戻ると、また前と同じことになってしまった。襲われてひどい傷を負ったの。頭の傷は縫わなきゃならなかったし、体を少し動かしても痛むって具合で、今も寝てなければならないの。家賃を何ヶ月もためたから、前の家主から追い出されてしまったのだけど、ミケーレは復讐するって言って、彼女の家の前へ立って、大声でからかったり、よろい戸に石を投げたりしたのよ。それで、また名誉毀損で訴えられているってわけ。『聖母の死』は競売にかけられるみたいよ」

半ばおもしろがり、半ばどうでもよいという調子でネリナは話したが、エンリコが来たらどう言おうか、ずっと前から考えていたのだった。どれひとつとってもよい話ではなかったから、エンリコにも少なからずショックで、困惑の表情を浮かべながらネリナを見つめている。

「襲われた？　誰に、なぜ？」

ネリナはエンリコの抱擁から身を離すと、彼の手をとりアトリエへ連れていった。ふだんは毛布で仕切ってある片隅にミケーレが眠っていた。その前に愛犬ネロが前足に頭をのせてうずくまっている。エンリコが入っていくと、尻尾を振ったが動こうとはしない。新しいアトリエは照明がじゅうぶんにあり、壁のしっくいも明るく、薄暗かった以前のとは大違いだ。ただ壁には一枚の絵もなく、白いカンバスがあるだけで、絵具つぼすらどこにも見当らない。まるで空っぽ、人が住んでいる形跡がない。昔のアトリエを思い出すよすがとなるのは亜麻仁油と卵白のにおいだけだった。エンリコのびっくりしたような顔を見ながらネリナは言った。

「道具類は前の家主が競売にかけてしまったの。私たち文無しなのよ」

うそをついたせいで、笑顔がひきつった。カルメル会士の胴巻きから金が出たおかげでこの住まいを借りることもできたのである。慌てて話題を変えて、エンリコの気を逸らそうとした。

「ミケーレは誰にやられたか思い出せないんですって。わたしが彼を見つけたのは、アウレリウス帝の柱が立っているコロンナ広場。ひどい怪我だったわ」

エンリコはまたネリナの髪をやさしくなでる。彼の愛撫をしっかり味わいたくてネリナは目を閉じた。

「彼を待ち伏せしていた誰かに決まっているわ。お財布もなくなっていたから、ただの物取りとも考えられるけど、わたしはそうは思わない」

「どうして?」

「彼は何ひとつ思いだせないのよ。信じられない! 記憶力のいい人だっていうのに。画家なのよ、一度見た顔はそんなにすぐには忘れないわ」

「つまり、彼は思い出す気がないって言いたいのかい?」

「それで、あなたはいったいどこへ行ってたの?」

エンリコは腕を大きく広げて寝椅子にもたれ、体をのばした。

「色々あってね」

「話してちょうだい。時間はたっぷりあるわ。ミケーレはあと少なくとも二週間は寝ていなければいけないの」ネリナは、ローマを留守にしていたわけを話すのにエンリコが身構えている様子を見てとった。

「何か隠しているの？」

「ネリナ」エンリコは顔をよせるようにして話を切りだした。

「これから話すことは決して他言無用だよ。万が一にも外にもれることがあると、ミケーレの将来は危険なものになる。彼のいいかげんな性格なんかよりずっと危険だ」

「もちろん誰にも言わないわ」

「ミケーレの過去を知るためにカラヴァッジョ村とミラノへ行ってきたが、そこで興味深い話を聞いてきた。ミケーレに妹がいるって話、聞いたことあるかい？」

ネリナはエンリコをまじまじと見つめた。

「兄弟はいないって言ってるわ。一人っ子だって」

エンリコは顔を曇らせた。

「少なくとも妹がひとりはいる。カテリーナ・メリシという名前だ。それに、聖職者の道に進んだ弟もいるようだ。ミケーレの昔の師匠であるペテルツァーノ親方の話では、一五九二年にメリシ家の兄弟が相続争いでバラバラになると、弟は宣教師となってブラジルへ渡ったということだった」

「相続争いですって？」ネリナには信じられない話だった。

「うん、メリシ家の子どもたちは一五九〇年に母親から土地と現金を相続したが、カラヴァッジョ村とミラノの土地の一部はその数年後には借金の返済のために売らなければならなかったそうだ。その借金はどうも大部分ミケーレが作ったものらしい。そこで兄弟間に不和が生じた。妹と弟は、ミケーレが母親の遺産を浪費してしまったことに怒り、ミケーレは、弟が妹を味方につけて残った土地のうち一番大きな部分を受け取ったことに怒った。ミケーレは自分の取り分をすぐに売り払ってローマへくると、しばらくは叔父のルドヴィコという司祭のところに住んでいたらしい。はじめのうちは遺産で食いつなぎ、それがなくなるとその日暮らしとなった。あちこちの聖職者や旅回りの一座に宿を求め、似顔絵を描いてどうにか暮らしていたそうだ。一日に三人の顔を描けば、飢えないだけのものは稼げた」

それだけ聞いてもネリナはまだ釈然としなかった。立ちあがり、部屋のなかをウロウロと歩き回った。どうしてミケーレはうそをついていたのだろう？　もう兄弟なんか知らないと思うくらい憎んでいるということだろうか？　でも、そうだとしたら何故？　何か理由があるのでは？

「弟はなんという名前？」

「ジョヴァン・バティスタ。そういう名前を聞いたことあるかい？」

「いいえ、一度も」

エンリコはネリナがそばを通ると手をつかんでひきよせ、彼女の顔を見つめた。それから、そっと彼女の手のひらを自分の唇に押しあてた。細い針でチクチクとやさしく刺されたような、そんな感じがしてネリナは目を閉じた。だが、すぐに手を引っ込めると一歩離れた。

「どうして黙って行ってしまったの？」

「きみに言えば、ローマじゅうに知れ渡ってしまうかもしれないから」

「まあ、ご挨拶だこと！　つまり、わたしはおしゃべりってことね」思った以上に皮肉な口調になった。

「違うよ、ネリナ。誤解しないでくれ。ただ秘密にしておかなくちゃならなかったのさ。でないと、尾行される恐れがあったし、きみが監視されることになる」

ネリナは考え込んでしまった。エンリコの説明で百パーセント納得がいったわけではないが、いささかの真実はありそうに思えた。気を取り直しエンリコを見つめた。

「ミケーレはお金をもらったの、僧侶から。そしてそのお金を盗まれたのよ」

「知ってる僧侶かい？」

「いいえ。いつも同じ僧侶が来るわけじゃないの」

「僧侶と、ミケーレが襲われたこととは関係があるんだろうか？　もし、最後の僧侶が金を取り戻したいと考えたら、手段は選ばないだろうな」

「それはないわ」ネリナは否定しながらも困惑していた。

「彼は一回分だけをよこしただけよ。それで、ここの家賃を払ったり、絵具やカンバスを買えたんだけど」

エンリコは、すべての事件が教皇選出とシピオーネ・ボルゲーゼが枢機卿に任命されたことと関係しているのではないかという考えから離れられなかった。事件が続発したのはそれ以後だし、事件すべてが霧に包まれている。彼は歩きまわり、部屋を仔細に点検した。部屋の片隅にカンバスがひとつ立てかけてある。

「ミケーレは起きるとすぐそれにかかるけど、毎日ほんの数分のことよ」

エンリコはカンバスにかかっている白っぽい布を一気に持ち上げ、その下の絵をじっと見つめた。暗い色調を背にして頭《こうべ》がひとつ浮かんでいる。その息づまるような形相にエンリコは思わずすぐに布をおろしてしまった。体から切り離された首はまだ未完成でじゅうぶんに描かれてはいないが、皿の上に載っている顔はミケーレを思い出させる。今にも叫びだしそうに口を半開きにし、血の気のまるでない、つぶれた目の頭《こうべ》。

「聖ヨハネの首よ。彼はどうしてもこの像から描きだしたかったの」ネリナがささやくように言った。

20

「わしの希望、わしの命令をよくも無視してくれたな！　このカラヴァッジョはいつだって騒ぎの元凶、腹立ちの源ではないか。彼の絵は一枚たりとも我々の信仰の息吹を感じさせないどころか、我らが教会を破壊し、つぎつぎと戦いを巻き起こす反抗の炎を噴出しておる」

ヴァチカン宮殿の緑あふれる中庭を、教皇は、足音もあらく歩きまわっている。

「それは違います。カラヴァッジョの絵ほど、今の時代精神をはっきりあらわしているものはありません。聖母子と聖アンナを描いた『へびの聖母』は、彼が正しい信仰の道に転換したことを示しております。教皇パウロ三世も大勅書で、聖母子は悪の象徴であるへびの頭をいっしょに踏みつけることと決めたではありませんか。カラヴァッジョはこれを表現していますし、そのことであのアウグスティヌス会の異端者ルターに反対しているのはあきらかです」

「あのへぼ絵描きをまだ応援しておるのだな。そうだろうとも、おまえはあの絵を買ったのだし、あそこに描かれているマリアを見て喜んでいるのだからな」

「悪魔のごとき抵抗勢力に勝利した後の我らが教会の栄誉を、若々しく力強く表現しているからです」

「黙れ！　あのマリアは高級娼婦みたいだ。しかも町中に名高い実際の売女《ばいた》をモデルにしておる。それで、幼児キリストをアポロのように描いてバランスを取っているつもりらしいが、あれはアポロではないぞ。もっと悪い。あれはキューピッドだ。だから、マリアと称している像にまったく違う光があたっている。へびを踏みつける行為を中心に置く代わりに、胸の豊かさばかりを強調している。二重にも三重にも恥知らず、異端だ」

シピオーネは口を手で覆って笑いを隠さなければならなかった。

「あの絵は、馬丁信心会から貰ったもので、買ったわけではありません」ここで聞いている言葉は、歳老いていく男の世迷言だ。春の今、老教皇の心に芽吹きの力を吹き込むことは不可能だろうか？　そうされたら教皇は抵抗するだろうか？　彼の愛人ロミーナ・トリペピは自分の任務をきちんと果たしていないのだろうか？

「貰おうが買おうが、どちらでも同じだ」教皇は反撃した。

「ですが伯父上、ペーター・パウロ・ルーベンスですらカラヴァッジョを絶賛して、カルメル会が拒否した『聖母の死』に肩入れしましたよ。テーマを宗教的にうまく処理していてすばらしい、若い芸術家たちの模範だと言って絵を展示させたくらいですから」

「くだらん！　絵が破壊されないようにと思ったまでのことだ。それはおまえもよく知っておろう。いちばんまずいのはこのことに関する枢機卿たちの態度だ。あの絵に悪の烙印を押す代わりに、彼らは争いをはじめてしまった。誰が自分たちの側についているのか、バルベリーニかデル・モンテかそれともおまえかという具合にな。わしは、異端なものを排除して、サン・ピエトロ寺院を信仰の中央に位置付けようと努力しているのに、カラヴァッジョなど認めたら、しらみを一匹また毛皮のなかに放りこむようなものだ。いかん、いかん、彼は捨てろ。おまえがやらないのなら、わしが捨てさせる」

ふたりは、ヴァチカン宮殿の中庭にある泉の周りをめぐっている。水音が高く、盗み聞きされる恐れはなかった。木々の緑は早くも盛りを感じさせるにおいをはなち、花々はふくいくたる香りをただよわせている。

「おおげさですよ、伯父上」

「そんなことはないぞ、シピオーネ」教皇はことさら声をひそめて脅しをかけるように言った。おそらく教皇はシピオーネが感じている以上にこの画家のことを気にしているのだろう。

「この半年、おまえにも、またあのばか者にも我慢してきた。おまえはあの男に夢中だし、デル・モンテ枢機卿はパトロンのひとりとして再三再四わしに圧力をかけてきた。だがカラヴァッジョはつぎつぎと脱線を繰り返した。わしには、画架の前にいるより、牢屋や裁判所で過ごした時間のほうが多いように思える。殴り合いの喧嘩、乱暴狼藉、武器の不法所持、ナイフによる刺し合い、侮辱、煽動、全部酔っ払っているときだ。数えあげればまだまだあるぞ。あいつはいったい何者だ？　札付きののんだくれなのか、辻強盗か、それとも芸術家なのか？　わしは、カラヴァッジョのマリア、娼婦の腹を介して教皇の座についたとからかわれている始末だ」

シピオーネは噴水に手をつっこむと、冷たい水を顔にかけた。確かに伯父の言うとおりだ。この数ヶ月、カラヴァッジョはボール玉のようにあちこち飛びはね、喧嘩や無頼を楽しんでいる。だが、ひとつだけ伯父は間違っている。カラヴァッジョは描いている。考えられるありとあらゆる所から注文を受けて、すばらしい作品を描いている。そしてわたしは、要所要所に自分の金を使ってその作品を自分のコレクションに加えようと努力し、最高級の傑作を集めてきた。別の『聖ヒエロニムス』『ゴリアテの首を手にするダヴィデ』そして『羊飼いのヨハネ』。

カラヴァッジョがメチャクチャな人生を送っているのは確かだし、秩序だったコースにのった人生など彼の眼中にはないが、それでも絵はすばらしい。

「あの男のように並の形から外れた、普通のことはすべて捨て去るような人間だけが特別なことをなす能力を備えていると、わたしは思っています。未来を示せるのはそういう人間だけです」

「ではおまえの未来は明るくないぞ。人が、人を打ち殺すことにより狼となる場。暗がりから殺人者が飛び出してきて自分を殺すかもしれないからと通りを渡るのも怖がる。そういう恐怖によって次々と起ってくる戦。待っているのはそういう未来だぞ。だからこの世を平安にさせるには、永遠の劫罪を恐れる気持を信者に植えつけ、あおるのがよいという教義はたいしたものだとわしは思っておる」

シピオーネは伯父のおもしろくもない話を聞きながら彼をしげしげと観察した。しばらく会っていなかったが、豊かに暮らすとはどういうことかしっかり理解したにちがいない。教会の最高位についた者の豪華な食事のおかげで、数ヶ月前にはこけていたほほがすっかり丸くなり、深くきざまれていたしわもほとんどなくなって、肌はつやつやしている。満ち足りて道徳に凝り固まった者の立場で、狂気との境ぎりぎりのところにいるカラヴァッジョのような人間のことをあれやこれやと言うのはたやすいが、彼に仕事をさせるために、放埒を阻止し手綱を繰るのがどんなにむずかしいか、伯父にはわかっていない。カラヴァッジョは知性と怒りのどちらも同じように爆発させる。たとえ飢えていても無理やり絵を描かせるなどということは、誰にもできない相談で、生きるのにどうしても必要なワインは乞食をしてでも手に入れる。レオナルドス神父の話によると、彼はまた一晩中カンバスと向かいあっていられるようになったらしい。そして疲れ果てると絵具に囲まれたまま寝入ってしまう。

「伯父上、もっと他に話し合わなければならないことがありますよ。カラヴァッジョに直接関係するわけではありませんが」

教皇は石のベンチに腰をおろした。噴水の飛まつが美しい虹を創っている。

「何の話だ?」教皇パウロ五世はつるっとひたいをなで、ためらうそぶりを見せる甥をうながした。

「話してみろ、なんでも聞くぞ」

どこから話しはじめたらよいのだろう? というのも、シピオーネはその問題の当事者というわけではなく、たまたまその場に居合わせただけで、彼自身半信半疑だったからだ。

「確かにわたしは伯父上の命令を無視してカラヴァッジョを応援してきました。彼が注文をもらえるように心がけたのです。『へびの聖母』やモデナ公エステ家の依頼などですが、カラヴァッジョは自分の流儀でこれを引き受けました」

伯父に手のうちを全部見せる気はない。さわりだけ教えれば、自分の計画には充分だろう。

教皇は地団太踏まんばかりに怒った。

「あいつをローマから放り出す理由がまたひとつ増えたぞ。もっとも忠実なわしの味方であるモデナ公から金を受け取り、絵は描かず、何度も何度もうまいことを言って釣っている。ヴァチカンにいるモデナ公の使いはだいぶ以前にわしのところにやって来て苦情を申し立てた」

シピオーネは立ちあがった。また同じような話のむしかえしにつきあう気はなかったし、噴水が創る美しい虹を見てうっとりと気晴らしをしているつもりもなかった。

「どうぞそのままお座りになっていてください。わたしは歩きながらのほうがよく考えられるのです。たいがいの場合わたしが関わっていたと想像はなさっていたでしょうが、これではっきりお知りになったわけです。ゴンザーガ家の息子は、カラヴァッジョの生き方や彼が妹を陵辱したとかいう話を世間に広めたのはこのわたしに間違いないと言っているようです。そしてカラヴァッジョの描くものが拒絶される責任は伯父上、あなたにあると巷《ちまた》で言われているとも述べていますす」

もうベンチになどのんびり座っていられない、教皇はとつぜん立ちあがった。

「くだらん！　それは誹謗というものだ。真っ赤なうそだ！」

「ですが、このゴンザーガの耳は、我々が考えたくもないことを聞いております」

「ゲスっぽいスパイめ！　話をでっちあげおって」

「マントヴァ公ゴンザーガのような名家が、たとえ推測にせよその話を世間に広めるようなことがあれば、由々しきことになりましょう。フェルディナンド・ゴンザーガが疑惑に包まれた嫌疑をその筋で公《おおやけ》にしたらどうなるか、考えてもみてください。伯父上への信頼はがた落ちです」

教皇も今や噴水から降り注ぐ飛まつのなかに片手をいれ、顔に水をかけた。

「カラヴァッジョ村から出てきたこの山猿は大衆に好まれているというのだな？」

「町の居酒屋や娼家でドンチャン騒ぎを演じるからでしょうが、絵も気に入られています。斬新ですし、人間が考えること、目にすることに近いですから」

「人間などと呼べる者ではない、卑しい民草《たみぐさ》の考えること、目にすることにだ！」

「彼は大衆を自分の絵に登場させています。少なくとも、隅の方には」

「下賤な者に頭をたれねばならないのか？」

「大衆に頭をおさげになる必要はありませんが、新しく台頭してきたイタリア派勢力を支持するつもりの枢機卿がたにはそうしなければなりません。考えてみてください、カラヴァッジョのような男が、ゴンザーガがばらまくスキャンダルごとスペインの金で養われ保護されたりしたらどうなるか」

教皇は身振りで絶望を表した。両手を空中に大きくあげ、それから帽子の下の髪の毛をかきむしった。

「つまり、この男はローマの辻々を不穏にしつづけるということか？」

「いいえ、そんなことはありません。ひとつ方法があります。ゴンザーガを枢機卿にするのです。そうすれば彼はあなたに恩義があることになり……」

教皇はのどに小骨がひっかかったような顔をして、急に咳き込みはじめた。

「あの若造を枢機卿にするだと？」

「これ以上良い解決策があるでしょうか？」

21

ネリナはすぐにベッドから飛び降りた。表の通りからネロの哀しそうな鳴き声が聞こえてくる。五、六人がささやき声をかわしながら階段をのぼってくる。ドアがさっと開いた。

「ネリナ、包帯がいる。急いでくれ」

最初に入って来たのはネロだった。しっぽを脚の間にまきこみ、頭を下げ耳をたらしている。ネリナは下着姿のまま、五人の男たちが上まで運んできたものを凝視した。ミケーレ！　男たちは血だらけになりながら、ふだんはカンバスを切るのに使っている机の上に怪我人をそっと横たえた。ネロがその下にもぐりこむ。なんてこと！　ネリナはこぶしを唇におしつけた。溢れでる涙をぬぐおうともせず、もう片方の手でお守りを握りしめると祈りの言葉をつぶやいた。

「生きてるよ」。一番若いのがささやいた。大工のオノリオ・ロンギーだ。いつもいっしょに飲んだくれて喧嘩騒ぎを起こしている仲間のひとりである。

こめかみの大きな傷から血がドクドクと噴き出していて、ミケーレの顔はほとんど見分けがつかないほどだった。腕の傷から出る血でシャツは真っ赤に染まっている。はじめのうちネリナは体中の力が抜けたようになって立ちすくんでいた。オノリオに声をかけられるまで、脚はまるで凍りついていた。

「包帯を早くくれ、ネリナ。失血で死んじゃうぞ」

その声で我に返り台所の隅へ走ると、包丁を持ってミケーレのところへ戻った。男たちはあわてて後ずさりし、オノリオだけが彼女の腕をつかんで止めた。

「何をする気だ、それで」

「刺す気なら、みんなが見てる前なんかじゃやらないわ」

ネリナはきっぱりとした態度でミケーレの服を切りはじめた。シャツを体から切りとり、ズボンを裂いた。布の破ける音に、テーブルの下のネロが不安げな鳴き声をあげ、それがネリナの胸を打った。

血が出ている傷は全部で五つだ。ネリナは傷のひとつひとつを丹念に調べた。そのうちのふたつは明らかにナイフによるもので、内臓にまで達している。ふたりの男に、切り取った服の使える部分を帯状に切るようにと指図しておいて、自分は包帯を作るために、洗って干してあった麻の下着を手にした。もうふたりの男には、傷をきれいにするから、水を汲んできて沸かしてほしいと頼んだ。

「決闘をしたの？」ネリナは尋ねた。

男たちは、ネリナと目を合わせないように下を向いて黙って言われたとおりにしている。オノリオだけが困ったように咳払いをした。水を取りに行った男ふたりは戻ってくるとバケツを床に置いた。ネロが悲しげにクンクンと鼻をならして尻尾をふったが、テーブルの下から出てこようとはしない。まるで自分のせいでミケーレがこうなったと責任を感じているように縮こまっている。

「それよりずっと悪いんだよ、ネリナ」

「死んでしまうかもしれないのよ。それ以上に悪いことなんかある？　出血多量で今晩持つか持たないかわからない人間を机のうえに寝かせているのよ、もっと悪いことって何？　医者を呼ぶお金がないから、傷を自分で縫わなきゃならないのに、それよりずっと悪いですって？」ひとことしゃべる毎に声が大きくなっていったが、ネリナの内心は、そんなふうに男たちをどなりつけたことを後悔していた。

「さあオノリオ、話して。もっと悪いって何がどう悪いの？」

「おれたちマルティウス広場でパラコルダをやっていたんだ」

ネリナはオノリオの方は見ずに、ミケーレの傷の手当てにかかりきっている。額縁を磨くのに使う油を糸に染み込ませた。

「先をつづけて！　ローソクに火をつけてちょうだい！」

オノリオはすぐ言いつけに従った。ローソクの炎で針を消毒し、糸を通すネリナの手がブルブル震えている。ミケーレの呼吸は弱々しいが、傷に触れられると無意識のうちに体をピクッと震わせた。深い傷のまわりの出血は止まりはじめていたが、ミケーレが体を動かすたびに傷口から黒ずんだ血があふれ、あたり一面なまぐさいにおいがたちこめている。ネリナはもう三年もミケーレの刃傷沙汰につきあってきたから、まずまずの外科医くらいの腕はある。包帯の巻き方、縫合の仕方、止血方法くらいは知っているが、腹の刺し傷はうまく処理できるだろうか。大きい血管が傷ついていたら、出血多量で死んでしまう。

「ボール遊びでこんな傷ができる？」ネリナは皮肉を言ったが、できるだけ詰問口調にはならないようにした。この若者はどっちみち今回の事件に何の責任もないだろうし、こんなひどい傷を負うような喧嘩の場合、悪いのはたいがいミケーレの方だ。ネリナは勇気を奮い起こして最初のひと針を開始した。ミケーレがけいれんを起こすと、ネリナは男たちに向かって叫んだ。

「おさえるくらいしてちょうだい！」

男たちはあわててミケーレの腕や肩をおさえた。

「ラヌシオ・トマッシーニとかいう男のチームと試合をしたんだ。どっちも五人ずつ。おれたち全員、ミケーレが勝つほうにかなりの金を賭けた」

オノリオは真実を伝えるのがいかにもつらそうだった。ネリナは黙って傷を縫っている。消毒をしてみると、頭の傷がいちばんひどいことがわかった。意識を回復するにはまだだいぶ時間がかかりそうだ、回復するとしての話だが、ネリナにはそう感じられた。

オノリオは咳払いをすると、ネリナに止血用の包帯にする布きれを手渡しながら先をつづけた。

「千スクードだ」

え！　ネリナはびっくりしてオノリオを見つめた。

「ミケーレも賭けに参加したの？」

オノリオは後ろめたそうに肯いた。千スクードですって？　いったいそんなお金、どこから手に入れたのだろう。そんなに高く売れた絵なんか一枚もない。手当てを急がないと、と思いながらもネリナの手はブルブルと震えていた。

「だから勝つことが大事だったんだ。敵も同じくらい強くて、最後のボールで勝敗が決まることになった。そのラヌシオ・トマッシーニって男はボールを当てそこなったんだけど、ミケーレは彼がボールに二回触ったって文句を言って、言い争いになって……」

「それでミケーレは頭に血がのぼって、殴り合いになって、最後にはナイフが出てきたってわけね」

「まあ、そんなとこだ。とつぜんあの男が武器をつかんで、ミケーレを脅したんだ。こっちのチームで一緒にプレイしたアントニオ・ボロネーゼが割って入ったんだけど……」オノリオが口ごもり、ゴクンとつばを飲んだ。ネリナは叫んだ。

「さっさと話しなさいよ。朝までは待てないわよ！」

「アントニオはひどい怪我をしてミケーレの腕のなかで死んだ。そしてミケーレは素手でラヌシオに向かっていき、殴りかかった。もちろん相手は防戦して、頭に切りつけてきた」

「丸腰の相手に襲いかかったっていうの？」

「わからない。ラヌシオの仲間もいっぺんにとびかかったんだけど、急にラヌシオがうめいて倒れた。胸にナイフが刺さっていた」

誰も口をきこうとしなかった。沈黙のなか、ミケーレの不規則な呼吸とネロの哀しげな鳴き声だけが聞こえる。

ネリナは部屋をぐるっと見まわした。ドアのところにあるフックに、ミケーレの武器が懸かっている。長い剣がひと振り、ナイフが一丁。

「心臓をひとつきだったんだ。即死だった」

オノリオの話は解せないことだらけだ。武器は家においてあるのに、どうして人が殺せるのだろう？　手で武器を指しながら言った。

「剣はあそこにあるじゃない！」

涙でかすんだ目に、オノリオがあわてて振りかえるのが映った。

「そんなことできっこないわ！」

「別のを使ったんだ。誰もちゃんと見たわけじゃないけど。ラヌシオは、ミケーレがかかっていって、他のやつらがそれを止めようとしたときに倒れたんだ。それはぜったい確かさ」

「ミケーレはハエ一匹殺せないのよ」ネリナはミケーレの肩をもったが、いくら彼がナイフは使わなかったと言い張ったところで、誰も信じないのは分かっていた。武器の携帯が禁止されている教皇のおひざもとでも、彼が好んでナイフを持って出かけることは誰もが知っているし、この数年なんども喧嘩や決闘にまきこまれて、ヴァチカンや町の衛兵と悶着を起こしてきたのだから。

ネリナはしゃがみこむとテーブルの下に手を伸ばした。ネロに触れると、そっと背中に沿って手を這わせ頭を撫でた。犬は彼女の血まみれの手をペロペロとなめると、また頭を前足に沈ませた。

ネリナはとつぜん立ちあがると、ただでくの棒のように突っ立って、ぼんやり空《くう》を見つめているだけの男たちに、激しい身振りで出て行くように合図した。ネロも起きあがり、主人を起こさないようにそっと鳴いた。

「出ていって、出ていって！　ここから消えてちょうだい。ミケーレもきっとそうして欲しいって思ってるわよ。さあ、早く！」怪我人を気にかける余裕もなく叫びたてた。ひとりになりたかった。ひとりになって、ローマでただひとり、女の自分に自分を磨くチャンスをくれた男が失血死する様を見ていたかった。彼女の才能を見出し、手元に引き取って育ててくれた男。絵具を教えてくれ、彼だけが持っている知識を惜しみなく与えてくれた男。彼女の描く下絵を直してくれた男の死はひとりで看取りたかった。彼が導いてくれたから、芸術家に成長できたのに。その彼は今、生より死に近い状態で目の前にいる。彼女は最悪の事態を考えていた。

ドアが外から閉められたが、すぐにオノリオがもう一度開けた。

「ネリナ、ミケーレが人を殺したことはすぐ知れわたる。そうなれば、逮捕されるから、逃げたほうがいい。彼を連れていけなければ、ひとりでもそうしたほうがいい」

ネリナはテーブルの脚につかまり、ズルズルと床にくずれ落ちた。頭がパニックを起こしている。ネロが近づいてきて、ネリナのひざに頭を乗せると目を閉じた。ミケーレがそのラヌシオ・トマッシーニとかいう男を殺したとは考えられなかった。おそらく別の誰かがその機会を利用したのだ。ラヌシオの側でプレイしてミケーレに罪をなすりつけようとした誰かが。だがよくよく考えれば、そんなことはありそうもないし、そんなはずもないと認めざるをえなかった。ネリナにも、ミケーレが小刀をチョッキに隠し持っていて、それで刺したと考えられることが最大の問題だった。

22

ローマの裁判所は、ミケランジェロ・メリシの殺人事件を知ると、迅速に審理をおこなった。ついにカラヴァッジョをがんじがらめにしたぞ。シピオーネ・ボルゲーゼは、この殺人事件と画家にくだされた判決を考えるたびに笑いをかみ殺すのに苦労していた。なんとうまい偶然が転がり込んできたことだろう。裁判所の捕吏がやってきて、彼を牢屋に放りこむ前に話をしなければならない。塀の中に入ってしまえば、もう役に立ってはくれないのだ。

シピオーネはカラヴァッジョを材料に策を色々練っていたが、それを実現させるためにはカラヴァッジョが自由でいることが条件だった。自由で、それでいてシピオーネの意志に左右される、そうでなければならない。

彼は心も軽くうきうきとコロンナ広場を横切った。自分の勝利は、ドナウ河流域でゲルマン人を打ち破り、広場にその名を冠した記念柱の立っている皇帝マルクス・アウレリウスの勝利ほども完ぺきなものになるだろう。目を細め、記念柱のてっぺんを飾っている聖パウロを見上げた。優越感で狂喜乱舞したい気持ちだった。

カラヴァッジョが住んでいる家を見つけるのはそうたやすくはなかったが、レオナルドス神父が町の居酒屋や食堂を尋ねまわって突きとめた。今、彼は、足取りも軽く自らその家へ赴こうと急いでいる。だが、昼日中なのに、アトリエのよろい戸が開けっぱなしとはどういうことだ？　来るのが遅すぎたのだろうか、市当局はもう画家を連れていってしまったのだろうか？　家と家の間の細い隙間まで射し込んでいる太陽の光のなか、服の下でとつぜん汗が吹き出てきた。入口のドアを力まかせに開けると、大股で階段をのぼった。アトリエのドアは開いている。ゼイゼイと荒い息のおさまるのを待って、帽子をとるとすぐに部屋の中へ足を踏みいれた。空っぽの空間が彼を迎え、足音だけがむなしく響いている。部屋を仕切る間仕切りも取り払われ、カンバス一枚、画架ひとつ残されていない。亜麻仁油と卵白、それとテレピン油のにおいがもやのようにただよっているだけだった。レオナルドス神父にいっぱい食わされたのだろうか？　いや、そんなわけはない。カラヴァッジョは逃亡したのだ。当局の手先が捜索した部屋、犯罪人を引っ立てた部屋がこんなふうに見えるはずがない。ここはすっかりきれいに片付いていて、まるで予定の引越しが済んだばかりのように見える。

シピオーネの感じていた勝利感が砂上の楼閣のようにガラガラと音を立てて崩れ去っていった。画家はどこへ行ってしまったのだ？　誰かが助けたのだろうか？　ネリナ？　いや、それはありえない。あの女が逃亡をひとりで計画し、実行したとは思えない。おまけにカラヴァッジョは無一文だ。ボール遊びに持ち金全部賭けてしまったのだから。金も持たずにそんなに遠くへは行かれまい。そうなると、どうやって、どこへ逃げたのだ？

優越感が今やパニックに変わっていた。カラヴァッジョがどこへ行ったか、まるで見当がつかないと伯父に知らせなければならないことになり、これ以上彼の絵を手に入れることができないとなったら、シピオーネはもう伯父に影響を与えることができなくなってしまう。

何か手がかりが残されていないものか、部屋中を目を皿にしてくまなく捜した。画家は重傷を負っていたはずなのに、逃亡を敢行するとは、その強靭さ、したたかさは感心に値する。部屋の真中あたりの床に見つけた黒っぽい血痕を足先でこすりながら、シピオーネは舌打ちをした。この血痕の量からすれば、傷はかなりひどいものであったはずだ。だが、いくら捜しても、カラヴァッジョの行く先を示すものは何ひとつ見つからなかった。

開いた窓に近寄り外の通りを見下ろした。太陽の光がギラギラと照らし、家々の玄関前や砂まじりの地面を白く浮かびあがらせている。この朝、通りを行き交う荷馬車や荷物運びの人夫、百姓や市場で物を売る女たちのあげる砂ぼこりがあたり一面もうもうと立ちこめ、何もかもがヴェールに覆われたようによく見えない。盗人は猫のようにしなやかに用心深く雑踏を縫っていく。この猥雑さの中を、けが人と女を乗せた馬車かあるいは輿が行っても、目立つということはないだろう。

シピオーネは唇をかみ、事態の成り行きを見守っていただけのおのれのいい加減さを呪った。だが、カラヴァッジョは絶対に見つけるぞ！　見つけ出さなければならないのだ！

第2部

「あの男の誕生は絵画の没落・終末を予言するものだ。反キリスト的世界の終りに、目くらましの奇跡と見事なやり口で自分もろとも大勢の人間を破滅に向かわせる。わたしは嫉妬にかられたひとりの画家がこう言うのを聞いたことがある」

画家、ヴィンセンテ・カルドゥッチョ　一六三三年

1

何か気配がしたのだろう、ビクッとして目を覚ました。

隣りの部屋からローソクの光が入ってきて部屋の壁に影を映し出している。絵筆がカタカタと触れ合う音、そして苦しそうな息づかいが聞こえてきた。

ネリナは隣りの部屋の様子をそっとうかがった。耳慣れた音が聞こえてくる。椅子の脚が床にこすれる音、下塗りをしてあるカンバスを絵筆の軸でこする音、下絵を変え、地塗りを直す時のカンバスをぬぐう音。ミケーレ独自の技法が立てる音がまるで美しい調べのように耳に響いてくる。また描きだしたようだ。

ナポリへ来てからもう二週間になる。一週間前にアトリエを手に入れ、注文もひとつもらった。ミケーレの友人でパトロンでもあるカラヴァッジョ伯爵領のマルツィオ・コロンナ伯爵がふたりを自分の館に泊めてくれ、それからこの波止場近くに住まいを構える金を絵の前払いとして貸してくれたのだった。

ふたりは四階に住んでいる。もう誰も、何物も私たちをここから追い出しはしない、ネリナはここに住んですぐにそう感じた。新しいアトリエに足を踏み入れるとまるで故郷にもどったような気持ちがした。明るい風通しのよい部屋の眼下には家々の屋根が連なり、港と岸壁の向こうにナポリ湾が広がるすばらしい眺望が開けている。あまり大きくはない部屋がひとつと、煮炊きのできるコーナーと、足幅ほどもないバルコニーとがついている。ミケーレはアトリエに置いた板張りの寝台にじゅうたんを広げて眠る。

ここから見下ろせる狭い通りは、近くのヴェスヴィオ火山から溶岩流が流れこむがごとく、一日中人の流れが渦まいており、日々の暮らしの騒音がこの四階まで押し寄せてくる。このナポリでは、何もかもがけた外れだ。人々の身振りも声も、町そのものも。控えめな態度で、抑えた声で静かに話すローマの人々にくらべ、ここの人々はまるで叫ぶようにしゃべり、相手になぐりかからんばかりに腕を振りまわす。笑いかたも豪勢で、悪霊も退散させかねない勢いだ。ローマはまぎれもなく永遠なる精神を重んじるカトリックの中枢であり、ナポリには現世がはびこっている。

隣りの部屋が急に静かになった。ネリナの脳裏にこの数ヶ月の出来事が浮かび上がり、思わず身震いした。死人同然のミケーレを引きずるようにして、パトロン、コロンナ伯爵のラティウムにある領地に隠れ、教皇の追手を逃れてパリアーノへ行った。張り巡らされた追跡網を逃れられたのはほんの偶然にすぎなかった。それから、ローマ近郊のツァガロロへ歩いて逃げたが、身も心もすり減らすような思いをした。そこはけわしい壁に囲まれていて難攻不落のように見えるが、追手からふたりを守ってはくれず、ミケーレはすんでのところで命を落とすところだった。そしてパレストリーナへ。それから、カトリックの最たるスペイン王の庇護下になければおちついて描くこともできないと悟ると、ナポリへ向かったのである。

ミケーレはここに着いてからずっと、打ちのめされた犬のように町をうろつきまわっていたが、今日やっとどうやら絵筆を手にしたようだ。

とつぜんネロがクンクンと悲しげな鳴き声をあげた。ネリナは、ネロが自分のベッドの足元にうずくまっているのにそれまで気がつかなかった。ネロは体を起こし、耳をピンと立てた。わたしが動いたからネロを起こしてしまったのだろうか？　それとも？　ネリナは不安な気持ちを感じてミケーレのいるアトリエの方をうかがった。厚い板がきしる音がしなかっただろうか？　ひっそりと歩きまわる音やつぶやき声が聞こえるような気がするが、空耳だろうか？

ネロはベッド下から跳ねおきると尻尾を脚の間に巻き込んで、隣りの部屋へトコトコ歩きだした。ネロは何か不安を感じたようだ、何だろう？　仕切りの向こうへ消えた犬の不安げな鳴き声の他には何も聞こえてこない。ネリナはいそいでふとんを跳ねのけて体を起こした。見てきたほうがよさそうだ。薄いシャツ一枚の姿に海風が凍りつくほど冷たく感じられる。ゆっくり立ちあがると、ドアへ向かった。隣りの部屋はもぬけの殻。ミケーレは消えうせており、ネロが前足でガリガリ扉をかいている。扉を開けてやると犬は飛び出していった。

ミケーレは『聖ヨハネの斬首』を描き進めていた。血をしたたらせた頭《こうべ》がむなしい目でこちらを見ている。ヨハネの顔だちはまぎれもなくミケーレそのものだ。その他に三人の姿。踊りの褒美にヨハネの首を所望したサロメ、ヨハネの首を切り落とした首切り役人、それともうひとり後ろのほうにいる人物は、まだしっかりスケッチができていないので誰とはわからない。

未完成のその絵を見つめるネリナの体に戦慄が走った。何がミケーレにこの絵を描かせているのだろう？『慈悲の七つの行い』を描くことを依頼されたのではなかったか？

ひとつだけ確かなことは、下絵は精密に確かな線で描かれていてすばらしいものだが、完成した像には及ばないということであった。彼は自分のコンセプトにしっかりした自信が持てず、色を塗りながらもまだ変更を加えている。最終的にどういう形にすべきかで苦しみ、仕草をひとつ付け加えたり、光線を描き入れたり、別の表現を採りいれて頭の位置や姿勢を変えたりしている。

窓の下の通りでネロが大声でほえている。ネリナは窓辺にかけより下をのぞいたが、暗い通りには何も見えなかった。ネロの甲高い鳴き声は彼女を呼んでいるみたいだ。ミケーレを見つけられないのだろうか？何か別のにおいをかぎつけたのだろうか？　死に物狂いでローマから逃げ出したときのことが彼女の脳裏に浮かんだ。

大急ぎで荷物をこしらえ手押し車の手配をし、僅かばかりの友人に急いで事情を説明した。それから事件のことが町の門衛のところに知らされないうちにと、大慌てで町を離れた。ミケーレは意識がなく、傷からくる高熱に苦しんでおり、ネリナは間に合わないのではないかという不安で胸がつぶされそうだった。途中で死んでしまう心配はあったが、手押し車で運べばまだ生き延びるチャンスはかすかながらあった、あの状態で牢獄に放りこまれてしまえば、もう生きのびることはできなかったはずだ。

ベッドへ戻ろうか、それともミケーレを捜しに行ったほうがよいだろうか？　ネリナはのろのろと部屋にひきかえし、ベッドに腰をおろすと両足を体に引き寄せた。わたしはどうしてミケーレと一緒にいるのだろう？　酒と女を別にすれば、描くことにしか興味がなくて、描くには自由がいちばん大事とばかり、誰にも何にも関わらずにいるような男からどうして離れられないのだろう？　人殺しの嫌疑がかけられている人間を支えているのは何故？　わたしに絵を学ぶ機会を与えてくれたから、その借りを返すためなのだろうか？

ネリナは深いため息をついた。ミケーレに対する自分の気持ちは恋とは違う。それよりもっともっと深い別のものだ。

ゆっくり靴下をはき、服を着、木靴に足を入れた。酒場の暗い片隅からベロベロに酔っ払った男をむりやり連れ出して家へひっぱってこようと表へ行きかけたが、ふと思いとどまった。一度くらい何が起こるか成り行きに任せてみるのも悪くない。

2

「カラヴァッジョを知ってるの?」

ジュリアのひとみが輝いたように思えた。エンリコには、彼女の興味が本物なのか、それともからかわれているのか、どうもよく分からなかった。女の相手は苦手だ。

『聖母の死』を描いている最中の彼に会ったこともあるよ。一般におひろめされる前にアトリエでその絵を見たんだ」

やっと話題ができ、ジュリアの信頼を取り戻すことができたようだ。

ボルゲーゼ宮殿の裏口で待ちぶせしたのだが、彼女は腹を立てていて口をきこうともしなかった。この前は悪かった、本当に失礼した、けっしてきみのことを忘れていたわけではない、と何度もあやまって、ようやく一緒についていくことを許されたというわけだった。今、ふたりは並ぶようにして歩いているが、人通りの多い道ではそれもなかなか容易なことではない。エンリコは、ジュリアの気持ちを自分の方に向けさせようと一生懸命になっている。

「あの人は、ほんとうに世間が言うようなはめを外した生活を送っているのかしら?」

「もっと悪い。ことにご婦人の前じゃ言えないくらいだよ」

ジュリアはコロコロと笑い、後から追いかけるようにしてついてくるエンリコをふり返った。

「ご婦人ですって！　まるでご領主様みたいな口のききようね。あなた自身が高貴な人みたい」

エンリコは二、三歩脚を速め、強引に彼女と並んだ。

「どこへ行くんだい？」

彼女は胸元から白い小さな封筒を取りだして彼の目の前でひらひらさせるとまたしまいこみ、それから再び笑い声をひびかせた。

「今日のわたしは使者よ」

「使者？」

「デル・モンテ枢機卿のところへね。わたしのご主人、シピオーネ・ボルゲーゼさまから、枢機卿に手紙を渡すように言いつかったの」

ジュリアは立ち止まると、エンリコの耳に口をよせてささやいた。

「手紙には教皇の印が押してあったわ！　ご主人が封をする前に見ちゃったのよ」そう言ってからあわてて口をおさえた。

エンリコは雷に打たれたような衝撃を受けた。教皇からデル・モンテ枢機卿に手紙？　何が書いてあるのだろう？　たんなる通知か、あるいは、自分が仕えているフェルディナンド・ゴンザーガの役に立つような情報か？

デル・モンテは有象無象の枢機卿のひとりではなく、教皇庁の教会建設はすべて彼の管轄下にあり、教皇の名において公に展示されるすべての芸術作品も彼の担当だ。権力者であり、しかも自分の立場、自分の権威に相応する扱いを自分のほうから要求する権力者だ。そのデル・モンテに教皇が手紙を書き、甥のシピオーネはそれを召使の女に届けさせようとしているということか？　シピオーネが枢機卿に任ぜられてからはその屋敷に大勢の聖職者がいるのだが彼らを使うのではなく、召使女を使いに出すとはいったいどういうわけだ？

「こんなに大事な用に、どうしてきみを選んだのだろう？」

「くだらない手紙ひとつ届けられないと思っているの？　女はおしゃべりだから、そんな大事な用には向かない、そう思っているんでしょ？　言っときますけど……」

ジュリアはそこで黙りこむと、また足を速めた。人ごみを縫ってどんどん進み、男の脚でも追いついていけないくらいである。エンリコが雑踏を押し分けかき分けしなければならないのに、ジュリアの進む前には自然と道が空くようだった。教皇のお成り街道であるパパリス通りに近づくにつれ、喧騒はますます大きく、塩水と淡水のまざった河口や糞便のにおいが強烈になっていき、通りの浮浪者の数も増えていった。ジュリアは背筋をのばし前を向いたまま、周りをうろつく男たちの口笛や卑猥な動作には目もくれずに、雑踏をとおりぬけ、デル・モンテ枢機卿の住まいのあるマダマ広場を目指している。

「何を言っとくんだい、ジュリア？　きみを侮辱するつもりなんかないんだ、ただ常識じゃ考えられないと思ってね。いつからシピオーネ・ボルゲーゼのところに勤めるようになったんだい？」急がば回れである、もう一度どうでもよいことから始めてみた。

「ほんの数週間前からよ。その前はカミッロ・ボルゲーゼさまのお屋敷で台所の監督をしていたの」

「どのくらい？」

「何でも知りたがるのね、三年よ」

エンリコはジュリアの腕の下にそっと自分の腕をすべりこませ、女の歩みがもっとゆっくりとなるように試みた。ちょうどその時、牢獄へ向かう馬車が通りかかり、それがエンリコに幸いした。御者は道を空けさせようと群集の頭越しにむちを振りまわし、人々は恐れをなして逃げ惑っている。

馬車はふたりを壁際に押しつけてとおりすぎて行った。エンリコがつかんだ手首を、ジュリアは振りほどこうとはしなかった。

「誰がきみを推薦したんだい？」

ジュリアはすくうような眼差しで彼を見つめ、つかまれた手首に力が加わったのを感じて思わず笑い出した。

「取り調べみたいね。あなたは教皇庁の回し者？　町中のあちこちをうろつきまわって聞き耳をたてているスパイ？」

エンリコは怒ったふりをしてジュリアの言葉を否定したが、本当のことを言うわけにはいかないことに気がとがめた。

「あなたに言っても別にかまわないと思うけど、デル・モンテ枢機卿よ。カミッロ・ボルゲーゼ様の前に三年間、デル・モンテ様のところで家事をしていたのよ。ボルゲーゼ様がたまたまわたしの作ったスープが気に入って短期間の予定でボルゲーゼ様のところに派遣されたんだけど、三年も経ってしまったわけ。デル・モンテ枢機卿はとてもよい方で、今でもわたしとおしゃべりするのを楽しみにされているのよ」

そんなことってあるだろうか？　エンリコの頭の中は真っ白になった。

「デル・モンテ枢機卿が？」

ジュリアはすっかりリラックスして笑いかけた。

「台所で働く女はそんなものじゃないって思っているんでしょう？　聖職にある人が私たちなんかとおしゃべりするわけないって。そんな思いこみは変えたほうがいいわ」

ジュリアの顔にとつぜん、これまで見たこともないような表情が浮かんだ。気立てのよい、かわいい娘という仮面の下に、鋭い批判精神が隠れている！　そうか、彼女は、相手方をスパイするために送りこまれる、あるいは自分から進んで入りこむたぐいの使用人なのだ。カミッロ・ボルゲーゼは当然そのことを知っていて、自身でもデル・モンテやその他の高位聖職者のもとに自分の息のかかった女を潜入させる。ローマ一利益のある教会禄を手に入れる争いでは、競争相手について知っていれば、すばやく対応できるというわけだ。だが、エンリコにはどうもよく分からなかった。今の場合、いったい、誰が誰に聞き耳をたて、そっとうかがっているのだろう？　が、ともかく用心にこしたことはない。

ふたりの前にマダマ宮殿が姿をあらわした。円形のファッサードが通りにまではみ出ているゴテゴテした建物がのしかかるように立っている。

「ここでお別れよ」ジュリアはそう言うと門衛のほうへ行きかけたが、エンリコは手を離さなかった。

「また会えるかい？」

「わたしをスパイするために？」ジュリアはつんとした顔で言い返した。

「心を改めるよ」ジュリアの手を自分の両手に包み込みながらささやいた。「きみはほんとうにきれいだ」

「お世辞が上手ね。心を改めさえすれば、もう一度スパイできると思っているの？　あなたいい人そうだから、秘密をひとつ教えましょうか。わたしもカラヴァッジョを知っているのよ」

この場の主導権を握っているのはやっぱり女のほうだ。

「いつカラヴァッジョを知ったんだい？」

「ダルピーノ卿から追い出された後、デル・モンテ枢機卿のところでよ」

ダルピーノ卿！　カラヴァッジョとダルピーノ卿、このふたりの芸術家の愛憎劇はローマでは誰でも知っている有名な話だ。

「どのくらい知っているんだい？」

「ちゃんと知り合ったとは言えないわ。偉大な画家にまだ最高の光があたってない時に出会ったから」からかうような口調で言った。

エンリコは、ジュリアを抑えつけて力づくででも白状させたい気持ちを必死でこらえた。

いつのまにか通用門のところに来ていて、ジュリアはエンリコがさえぎる間もなく扉を叩いた。何をどう尋ねたらよいか思いついたときには、扉の向こうから足音が聞こえてきた。

「どんな時に彼に会ったんだい？　いつ、どこで？」

「彼は弟と会ったのよ」

「弟？」

「教会なんかにもったいないようなとってもハンサムな赤毛の司祭さん。わたしたち女中はみんなあこがれてたわ」

どういうことだ。エンリコが不審気にジュリアを見つめた時、扉がきしりながら開き、老女が顔を出した。

「あら、ジュリア」エンリコをうさんくさげに見やり、娘を通した。

「また会えるかい？」

娘はエンリコにはもう目もくれず、老女をやさしく抱擁した。老女はしわ深い顔に笑みを浮かべながら扉を閉めた。

ジュリアは、カラヴァッジョが弟と会ったときに居合わせたと言っていたが、それはいつのことだったのか？　その赤毛の司祭とはどういう人間なのだろう？

3

ドアが開いて、男がするりと入ってきた。入口で立ち止まり、それからゆっくりと床に座り込んだ。男のサンダルのきしむ音がネリナの耳についた。たぶんこのところミケーレの周りに群がっているおおぜいの絵描きのひとりだろう。

スケッチブックを携えてやってくる者はミケーレの絵画に関する話にまじめな関心を持っているようだが、たいていの人間は、ただおもしろがって聞いているだけだった。このナポリでは彼はまだそれほど知られておらず、神を冒涜するような話をしていることもドミニコ会士の耳には入っていないらしい。異端審問をおこなっている彼らがそれを知ったら、ミケーレはとっくに逮捕されているはずだ。

男にじろじろ見られているような感じがして、ネリナは顔をあげた。見覚えがある！　背中がぞくっとした。たしかに、あの男だ。

「感じのよい端正な人間を描く必要がどこにある？　すべすべした顔、たくましい体、そんなもの描いてどうだというのだ？　そういうものが町の通りにいると思うか？　城の中にならいるか？　そんな人間は、説教坊主と世直しができると思いこんでいる連中の頭のなかに存在するだけさ。聖人を描くときには、娼婦や追いはぎをモデルに使え。そいつらの顔の特徴、飢えている者の困りきった表情、乞食のすがるような目つき、汚辱にまみれた娼婦のこびを売る姿、そういうものをよく探求して、それから自分自身の使徒、聖人、マリアを描くんだよ。彼らの顔はしわだらけ、爪はまっくろだ。足のうらはよごれがこびりついてひびわれているし、すねは青あざだらけだ。そういうものをしっかり見なければ、神なんか分かりゃしない。おれの描いた神はおれがモデルさ……」

こういう日、ミケーレの気分は高揚し、周りに座っている若者たちが話に興味を示すのを満ち足りた気分で楽しんでいる。聞き手は多かれ少なかれ彼の言うことをもっともだというふうに受け止めているが、ネリナははらはらして手に汗していた。

「でも、主は完全なる創造物をお創りになったのではありませんか？　天上の方々は変化する必要がなく、だから永遠に美しいのではないですか？」スケッチブックを手に、ドア近くにいた若者が口をはさんだ。

「汚いものや醜いものを絵に採りいれたら、自然の豊かな効果を損なうのではありませんか？」

ネリナは、みんなと一緒になって座り込み、ミケーレの話を聞いている例の男にさりげなく目をやった。ミケーレの話に賛成しているとは思えなかった。ひたいにしわをよせている。なんとかわからないようにミケーレに警告できないだろうか？

「物事を理想化しようとして目を曇らせてはならない。神が今在るままの世界を創ったのなら、美しいものも汚いものも同じように創られたのだ。なぜなら醜がなければ、美は考えられないからだ。我々の目はどこを見るべきか？　均整のとれていないもの、形の悪いものを知らなければ、何が美しいか、どこで見分けるのだ？　果物皿の果物に虫がいてこそ、果物の美しさを愛でることができるわけだ」

ネリナは自分の部屋のドアのところに立ってミケーレの言葉を聞いていたが、彼に警告するチャンスはなさそうだ。重傷をおって以来ミケーレは、絵画理論、絵をどのように組み立てるか、その方法、やり方に取り組んでいる。

「これを見ろ！」ミケーレは壁際の画架に載っている絵の覆いを取った。『慈悲の七つの行い』のスケッチが現れた。この数日、そのでき具合についてふたりは議論をしたり言い争ったりしてきた。

ネリナは一度にひとつの絵しか描けないが、ミケーレにとっては同時に三枚、四枚描くのはなんでもないことのようだった。仕事中に別の絵の構想を練っているように感じられることもある。それでいて集中して描いている。ひとつの絵から別の絵へとすばやく変わるのだが、いつもしっかり考えつくして描きはじめる。

「新しく設立されたナポリの救貧院ピオ・モンテ・デラ・ミゼリコルディアから七つの慈善を一枚の絵に描くことを依頼された」

完成できない依頼、最初から失敗するに決まっている依頼を受けたミケーレにネリナは非難をあびせかけてきた。すべての慈善行為を一枚の絵にまとめあげるなどということはこれまで誰もやっていない。個々の行為をひとつずつ一枚の絵に描いて連作するのがふつうだが、救貧院にはそうするだけの金がなかった。

ネリナは、自分がカリタス・ロマーナのモデルにならなければならないことに腹を立てていた。牢屋の格子の隙間から頭をつきだしている老人に、胸をあらわにして乳を与えている娘のモデル。牢獄の父シモンが生き延びるために、おのれの胸を差し出す娘ペーロの伝説は知っているし、それが飢えた者に食べ物を与え、囚われた者に心配りをするという意味だということもわかっているが、自分が使われるのはごめんだ。他に適当なモデルはいないのだろうか？

こんなことを考えていたそのとき、例の男が中指を奇妙に動かして頭をかいた。その動きにネリナは思わず目をとめた。男は一瞬目をあげ、初めてふたりの視線が交差した。青いひとみ、まばたきひとつしないような生気のない灰色の視線、魚市場で彼女をつけてきた男に間違いない。ひげを生やしたのですぐには分からなかったが、まぎれもなくあの男だ。

「さて、これを見てくれ」ミケーレはネリナが不愉快に思っている場面をさし、みなの注意をうながした。

「娘は内心の葛藤をかかえながら父親をとても心配している。この像には、内心の葛藤と父親への懸念、その両方を映しださなければならない。若い女にとって、老いた父親に自分の乳を与えるというのは気持ちのよいものではないから、面差しには、犠牲精神と嫌悪の情が混じっていなければならない。モデルは、胸をさらけだしてくれという頼みを喜んでしてはいけないのだ。恥じていながら、それでいて描き手をそれなりに信頼もしている、そうでなくてはいけない」

そういうことなのか！　ネリナは下図の前に立っているミケーレを見つめた。だからわたしを、この像のモデルにしたのだ。わたしが反発しているから、それが彼には魅力だったのだ。わたしの反発は彼にとっては信頼と嫌悪を同時に具現するものなのだ。

画家のたまごたちはのろのろと立ちあがると、スケッチのまわりに集まり、ミケーレは、観念的なものを一連の動作にどう寓意的に表現するかを説明した。

「死者の埋葬は運ばれていく死体で表現する。乞食にマントを与える聖マルティン。浮浪者の世話をやくエマオへ行く途中のキリストとその弟子たち。彼らに一夜の宿を申し出る宿の亭主。ロバのあご骨から飲むサムソンは、水をほどこされる乾いた者というわけだ。左の下の方の暗がりに、助けを待っている病人も描いた。これで、福音書に述べられ公教要理に基づく七つの慈善をひとつの絵にまとめるということは不可能ではなくなった」

「聖母マリアはどうしたんです？　あれこれ描きすぎて場所がないから省いたんですか？　救貧院はマリアも予定していたんでしょう？」サルヴァトーレという名の男が唇をひんまげ、吐き捨てるように言った。

「あなたが複合画としてお売りになるのは、なんの脈絡もない、単なるごたごたではありませんか」

ミケーレはサソリに刺されたようにうろうろと動きまわった。目が細くつりあがっている。部屋のなかはシーンと静まりかえり、反論をしようとする者はいなかった。と、まるで冗談でも聞いたように、ミケーレが急に大声で笑いだした。

「サルヴァトーレよ。おまえの目はごまかせないな。だが、慈善は天上ではなくこの世で行われるからマリアは不要だ。だが、一緒にすることで表現力が高まる人間をごちゃっとまとめる必要はあるんだ。この点は、先達のテクニックで間に合わせたんだよ。一枚の絵の中でいっしょくたにされた人々がお互いに無関係というのはなにも新しいことじゃないから驚くにはあたらない」

「聖母を省くなんてことが、できるものならやってみろ！」鋭い声がした。ネリナはドアのあたりに目をやった。めんどうくさそうに立ちあがる男の後頭部は剃りあげてあり、僧侶にちがいない。

ミケーレが呟き込み、片方の手をかたく握りこんだのにネリナは気がついた。だが、彼はじっと立ったまま一歩も動かなかった。首をかしげ、男の言うことに耳を貸そうと思っているような態度をとっている。

「この絵は母なる教会に尽くしている下級僧侶たちのためということになっている。聖母マリア以上に教会を象徴しているものがあるだろうか？　聖母を描き入れるんだ、カラヴァッジョ」

お願い、怒らないでがまんして、ネリナは祈った。

「おれに命令しようなんていうのはどこのどいつだい？」ミケーレの声がとがっている。いつもなら剣を持ち出すか、少なくともナイフをふりまわしかねないところだが、彼はこらえていた。ネリナの思いちがいでなければ、声がすこし震えているようだ。

「きみの注文主を代理する者とでも言ったらいいかな」

ミケーレはひきつったような笑い声をあげ、イライラと舌で唇をなめている。男の方を見ないようにしているのは、相手が誰か知っているからだろうか？　ネリナには腑に落ちないことだらけだった。

ミケーレは相変わらず男に視線を向けなかったが、あいつから目を放すな、彼女に向けた目がそう語っていた。

4

今度はこっちから攻撃してやる！　ミケーレは顔にこそ出していないが明らかに不安を感じている。それがネリナを落ち着かない気分にさせていた。

誰も見ていないすきをねらって彼女は自分の部屋へ戻り、服を頭から脱ぐと、大急ぎでチョッキとズボンを身につけた。それから慣れた手つきで髪の毛をひとまとめにねじり、ピンで頭の上に留めると、ひさしつきの帽子をかぶった。そして親指と人差し指でローソクの煤をとり、それをあごと鼻の下になすりつけて鏡をのぞいた。

遠くからなら、完ぺきに男に見られる。

アトリエからは、ミケーレの写実的描き方について言い争っているのが聞こえてくる。彼は自信をなくしたのか、声にはりがなく、やたらと咳払いばかりしている。

「おれが象徴的な意味をこめていないとでも思っているのか？　それはおれの作品にちゃんと入っているよ。言いたいのは、目をごまかしてはならないということ、絵を見る者にはありのままの現実を見る権利があるということだ。たとえ聖人や使徒が描かれるとしてもだ。聖人だってこの世で聖者になったんだろう？　仕事をすれば足は汚れるし、手にひびわれだってできる。おれたちと一緒だよ。それなのに、楽園にいるときのような状態に描く必要がどこにある？　働く必要がなく、苦しむことも歳をとることもない楽園に最初からいたわけじゃないんだから。そこらの聖人画家の描く永遠の若さなど吐き気をもよおすね」声の調子が大分おとなしくなっている。

「きみの注文主はありのままの描写なんか望んでいないぞ。そうではなく神がお気に召すような像を望んでいるのだ。だから、聖人は若く美しい姿でなくてはならないのだ。病にみちた人生のたそがれ時のことは、きみに教えてもらうまでもなく誰もじゅうぶんに知っている。日々の苦しさ、みじめさ、きびしさはひどいもので、絵の中にとどめおくようなものではない。それはきみが一番よく知っているはずだ」

ネリナはドアを細めに開けてのぞいてみた。例の男が身振り手振りを交えて話し、芝居気たっぷりに最後の言葉をミケーレに投げつけた。

「それはどういう意味だ?」ミケーレは怒りを爆発させないようにこらえている。

「自分で考えろ! カラヴァッジョ」男は一言言い放った。革のサンダルのきしる音、ドアのバタンという音がネリナの耳に聞こえてきた。みんなの目がミケーレに向けられ、やがて口々に思い思いのことを言い始めた。そのすきを狙ってネリナは部屋を抜け出し、ドアに向かって急いだ。そっとドアを開け、つぎの瞬間には誰にも気づかれずに階段室に出ていた。息を殺して階段の下をうかがうと、男の逃げるような足取りが聞こえ、彼女は後を追った。

外へ出ていく男の上着のすそをかろうじて目にしたネリナは、通りへ出てからはピッタリその後ろにはりついた。ふたりは、旧市街の狭い道を行き交う人々の間を縫うようにして進んでいく。男は貝磨き職人の通りを抜け、金属加工職人の通りへ曲がった。するととつぜん地獄の釜のふたが開いたようなすさまじい騒音で耳も聾せんばかりだ。金属を鋳抜く音、研磨する音、穿孔する音。まるで阿鼻叫喚の地獄へ来てしまったような気持ちになる。

ナポリの町をまだよく知らないネリナは、男がどこへ急いでいるのか見当がつかなかった。とつぜん男は立ち止まり、教会の塔を見上げると教会へ入っていった。

何をしようというのだろう？　中まで追っていこうか？　でも、そうしたら、きっと不審に思われる。ネリナは出口がひとつしかないことを確めてから、向かいの通りで待つことに決めた。

荷車がガラガラと行きすぎていく。ネリナがしばらく町の営みをながめていると、やがて男が現れた。あたりをチラッと見まわし、港の方向に大股で急いでいく。

男は腕をあげて雑踏を押し分けるくせがあり、人々が驚いてわきへよけるので、ネリナはその後をするりと抜けることができる。そのくせのおかげで指輪が見えた。やはり、あの男だ！　指輪を親指にしている。それは印章つきの指輪で、十字の各辺が先がとがった二股になっている。ヨハネ騎士団の紋章！　ヨハネ騎士団は貴族の家柄でないと入団できないことになっている。ということは、この男は貴族ということか？ミケーレは彼とどこで知り合ったのだろう？　ローマへ来てから？　それともデル・モンテ枢機卿のところで暮らしていたころだろうか？　なぞを解くには、ネリナはミケーレの過去をあまりにも知らなかった。

とつぜん男が立ち止まり、ネリナはほとんどぶつかりかけたが、機転をきかして知らん顔で彼を追いぬいた。

男は建物の扉を開けようとしていた。入口上部の石の壁にはこれまたヨハネ騎士団の十字が刻まれている。ここで何をするつもりなのだろう？

5

「逃げ足の速いやつだ！」シピオーネ・ボルゲーゼはののしり、それから苦々しげに笑った。

「あちこちに絵具の跡を残していかなければ、ほんとうに消えうせるところでした」レオナルドス神父が応じた。

「じっさい、信じられないくらいだ。だが、おまえはすばらしくよく効く鼻を持っているな」

「偶然が大きな役割を果たしたのです。ふたりの旅の仕方を見れば、逃亡中だということは一目瞭然でした。一度ならず捕まえかけたのですが」神父は堰を切ったようにしゃべりだした。この饒舌の裏に何かあるのではないか、何か別の目的が隠れてないか？　シピオーネは顔には出さずにそう考えていた。

「『聖母の死』がどうなったか、もうお耳に達したと思いますが……」

「それがどうした？　わたしがおまえに命じたのは……」

「ペーター・パウル・ルーベンスがこの絵を一週間展示させたのはご存知ですね」

「カルメル会に破壊されないためにな。その話はじゅうぶん承知だ。おまえがあの絵を仲買人を通じて買うことになっている。ボルゲーゼの名とあの絵が結びついてはならないからな」

神父が咳払いをした。

「ゴンザーガ殿がこの絵にすでに先買権を持っていました。なんといってもルーベンスが比類ないと太鼓判を押した絵ですので。カルメル会はあっさり引き下がり、フェルディナンド・ゴンザーガが父親のために落札したというわけです」

シピオーネの顔が怒りで真っ赤になった。座っていた黒檀のテーブルをこぶしで叩くと、神父を憎々しげに見つめた。天井の高い部屋にその音が反響している。

「ルーベンスの言うとおり、あれはすばらしい作品だ。ゴンザーガなどにはもったいない。だが、どうしてこんなことになった？　先買権だと？　金をケチったのか？」

ふたりに間に冷たい空気が流れた。怒りのおさまらないシピオーネだが、この神父のことが分からなくなった。自分の思うがままに動かせる便利な人間と思っていたが、どうやらそうでもなさそうである。

「お言葉を返すようですが、お許しをいただいておりました金額の倍を超えるまで争ったのです。ですが、若いゴンザーガ殿は絵を手放そうとはいたしませんでした」

枢機卿シピオーネ・ボルゲーゼはテーブルに両ひじをつき、顔を手のなかにうずめると、そのままじっと身動きしなかった。レオナルドス神父はフェルディナンド・ゴンザーガの童顔をみくびっていたのではないか？　あの絵をわたしのために手に入れるのに、カルメル会相手にしっかり交渉しなかったのではないか？　わたしの名前は最後の切り札にとっておけと念は押しておいたが、さっさと名前を出せばよかったのだ。神父は同じ土俵に乗っていると思っていたのだろうが、おそらくその前にゴンザーガ側からカルメル会に金が流れこんでいたのだろう。初歩的なミスだ。しろうとを土俵から追い出すための簡単なトリックにひっかかったというわけだ。

「フェルディナンド・ゴンザーガは何を望んでいるのだ、神父？」

「彼はあなたさまに圧力をかけるつもりなのです。神のごときルーベンスの目に合格した絵をえさに枢機卿の地位を狙っているのです」

「そんなことがやれるものか！」

「彼はやると思います。フェルディナンド・ゴンザーガにとって、あの絵はたんに取引の材料だろうと思います」

シピオーネはうなずいた。同じような考えがすでに頭に浮かんでいた。

「別の新しい絵を一枚調達してくれ！」

「ですが、カラヴァッジョはナポリにおります」

6

ネリナには腹痛と頭痛と厭世感がいっきに襲いかかって、ベッドにもぐりこんでいたい日々がある。両足を体にひきつけ、うつらうつらしながら、ふとんのぬくもりを楽しみ、痛むお腹や頭のことは考えないようにしていた。最近の日々のことを半分夢のなかで思いながら、意識の半分で家のなか、隣りの部屋の物音を聞いていた。

ミケーレは描いている。ネリナは彼に、しばらく人を来させない、生徒も当分はアトリエから遠ざけておくように頼み、彼はそれに文句も言わずに従っている。その代わりに、同時に何枚もの絵と休みなく取り組み『慈悲の七つの行い』と『聖ヨハネの斬首』はすばらしい速さで進んでいる。

だが、ネリナが今いちばんそばにいてほしいと思っているのはエンリコだ。ここの住所を知らせてあるのだが、何週間も何のたよりもない。色々心配してはくれたが、ローマを逃げだして以来、まったく音さたなしである。

さすような痛みがやわらいできたので、体を伸ばし寝返りをうった。朝いちばんの陽《ひ》の光が頭上の天井に動物の形を作っている。あれは鳥の形に見える、あれは馬、あれは羊の頭。知らず知らずのうちに顔がほころんだ。

また目を閉じると、あの男の顔が浮かんできた。魚市場で自分に話しかけ、娼婦のレナと一緒にテヴェレ河畔へ降りて行ったことを思い出すとぞっとして、思わず首に下げたお守りをにぎりしめた。あの男、ナポリで何をしようとしているのだろう？　アトリエに現れたわけは？　偶然のはずはない。ぜったい何か悪巧みが隠れている。誰をスパイしているのだろう？　わたし？　それともミケーレ？

ミケーレはあの男、ヨハネ騎士団の男を知っている。だが、どういうつながりだろう？　なぜ怖がっているのだろう？　アトリエにはいつも生徒たちがおり、今までそのことを尋ねるわけにもいかなかった。

「ミケーレ？」アトリエから仕事をしている音が聞こえてくる。

「なんだ？」と返事が返ってきた。

「わたしにはあの男だと分かったわ」

短い沈黙の時があり、ミケーレが絵筆をわきへどけ画架を壁に押しつける音が聞こえてきた。

「誰のことだ？」

ミケーレに真実を言うべきだろうか？　少なくとも、それを聞いたときの彼の反応が見たい。暖かい毛布をまきつけてベッドからおりドアを開けた彼女の視線が壁に向いたとき、思わず短い叫び声が出た。

「ミケーレ！」

目の前に『聖ヨハネの斬首』が現れた。すでに輪郭がはっきり描かれ、ミケーレとすぐ分かる首の隣りに、もうひとつ顔が描かれている。ヨハネの首をはね、サロメに差し出している兵士の顔。

「彼だわ、ミケーレ、彼よ！」

「誰のことだ？」ミケーレは無関心のふうで絵に布をかけた。

「この間ここに来た男」ネリナはささやくような声でそう言うと、信じられない思いでミケーレを見つめた。

「どこで知りあったの？」

ミケーレは咳払いをすると、じっと自分から視線をそらそうとしないネリナを見返した。

「おれはあんな男、知らないよ」

「どうして嘘をつくの？　彼が話しだしたとき、落ち着かなかったじゃない。それに、彼に注意してろってわたしに言ったのは、なぜ？」

ミケーレはそ知らぬ顔で仕事をつづけている。

「なんだか薄気味悪い感じがしたからだ。注文主の使いだって言ってたしな。でも、修道会の印はつけてなかったな」

「彼を見てたのね？　目を合わせないようにしているみたいだったけど、知り合いなのは分かったわ」

「思いちがいだ」ミケーレは吐き捨てるように言うと、マントがかけてある壁のフックに視線を泳がせた。その動作の意味をネリナは先刻承知している。不愉快な質問は無視して居酒屋でいっぱいひっかけてこようというのだ。

「わたしにはあの男が分かったって言ってるの！」

ミケーレはハッとしたようだ。

「おまえが？」

「彼はヨハネ騎士団員よ。先が二股の十字の指輪を親指にしていたもの。団の会館に住んでいるらしいわ。入っていくのを見たけど、出てはこなかったから」

「ヨハネ騎士団員と何をしようってんだ？」

「わたしは何も。でも向こうがこっちに用があるみたいよ。レナが溺れ死ぬちょっと前だったけど、あの男は魚市場でわたしに話しかけてきたのよ。レナの腕をとってテヴェレ河畔へ下りていくのも見たわ」

ミケーレはネリナに近寄ると、腕をぎゅっとつかんだ。その顔は蒼ざめ、うろたえている。

「見間違いだ」

「痛いわ」ネリナは腕をふりほどこうとした。「いいえ、確か。とにかく腕を放してちょうだい」

「わるかった」ミケーレはつぶやき、アトリエのなかをうろうろと歩き回った。彼がこんなに神経質になるのはめったにないことだった。

「男について他にどんなことを知っているんだ？」尋ねる声に不安がまじっている。よろい戸で暗くした窓の前に向こう向きに立って背を向けている。ネリナは彼からずっと目を放さなかった。ひょっとしたら例の男がどこかにひそんでいるかもしれないと、よろい戸の隙間から表の通りをうかがっているのだろうか？

「今言った以上のことは知らないわ。でもローマの家の前で見張っていて、わたしをつけまわしていたのはあの男よ。ねえ、もう教えて、どこで知りあったの？」

ミケーレは下を向き首を振った。

「なんのことだか分からない」

ネリナは深く息を吐いた。ミケーレは何も打ち明けるつもりはないのだ。一生懸命話をそらそうとしている。彼は自分の問題は自分でどうにか片をつけ、けっしてネリナを煩わさなかった。彼女はミケーレを兄か父親のように思いたいのに、いつもかやの外に置かれている。それにお互いだいぶ近づいたとはいえ、心の中まで知ることは不可能だ。どうしてベロベロになるまで飲むのか、カンバスに向かうと意識を失うまで描きつづけるのは何故なのか、アイディアはどこから浮かんでくるのか、保守的な注文主なら死刑判決を出しそうな考えを絵に込めるのはいったいどうしてなのか？

「さて、絵を完成させるとするか」

「どの絵のこと？」

「『聖ヨハネの斬首』だ。これは我々の保険みたいなものだ」

「我々のなんですって？」

ミケーレは何をいってるのだろう？　ネリナには理解できなかった。

しかしミケーレはこれ以上彼女の相手をするつもりはなさそうで、カンバスにかけてあった布を外すと、よろい戸を細目に開けて日の光を入れた。自分は陰になった場所に座りこみパレットと絵筆と絵具を手にして、これ以上一言もしゃべる気はないように仕事に戻っていった。

ネリナはそろそろとベッドへ戻った。

エンリコはどうしているのだろう？　ミケーレはなぜあんな態度をとるのだろうか？　それに、あの私たちふたりの保険というのはどういう意味なのだろう？

7

玄関ホールでエンリコはイライラと落ち着かなく不安だった。この建物はかっては上流階級の人々が暮らし、豪勢な輝きを放っていたのだろうが、今は荒れ果て、みじめな姿をさらしている。しっくいは剥げ落ち、壁はあちらこちら石が欠けている。こんな所で、自分の主人が枢機卿の名誉を手に入れるためのものが何か見つかるのだろうか？　主人、フェルディナンド・ゴンザーガは、世間に出世欲の塊という印象を与えないようにと、数週間の予定でローマを離れた。故郷マントヴァから状勢の変化を見ていようというつもりなのだ。その間に、枢機卿に立候補するのに必要な情報を集めるよう、エンリコは命じられていた。

騎士の称号を受けている芸術家チェーザレ・ダルピーノに会えることになったが、この人物がカラヴァッジョに対してどういう立場をとっているかは誰もが知っていることだ。おまけに、かって枢機卿たちの寵児であった男が今は落剥の身をかこっているといううわさも聞こえてくる。ダルピーノの名前は、ジュリアと話しているときに出てきたものだが、この男と話すのは役にたつかもしれないと、直感がエンリコに告げたのであった。くたびれたお仕着せを着た召使いに案内された部屋は書物机に椅子がひとつあるだけで、座るところもない。仕方なく立ったまま部屋の様子をながめていた。板張りの壁は暗い色調で、視線が自然と上へ行く。そこには突然のようにフレスコ画が現れ、部屋を広々と見せている。ほとんど剥げ落ちているが、ギリシャ神話を題材にしていることは分かった。太陽神の車に乗っている竪琴を持つアポロをミューズが取り囲んでいる図だ。

「未来も過去も現在も、わたしを通して明らかになる。わたしによって歌と弦の響きがハーモニーを奏で、わたしの矢は正確であり、医術はわが発明せしもの。世界中どこでもわたしは人を助ける者であり、薬草の力を支配している」

朗々とした声が響き、エンリコは声のする方に体をめぐらした。板張りの壁に隠すように設けられた扉から声の主が現れた。こんな引用でわたしを試そうというのか？　それならこちらはお手のものだ、エンリコは思った。修道院では毎日毎日イヤというほどこの手のものを頭に詰めこまれ、人生のありとあらゆる状況に応じて、それにふさわしい言葉があることを学んだ。

「ローマの詩人オウィディウスの変身物語ですね」

「学識豊かでおいでのようだ」相手はそう挨拶した。流行のとがったあごひげと鼻下にひげをたくわえている。髪はうなじまで届くほどの長さで、前の方はもう薄くなりだしているが、横はふさふさしている。広幅カラーのシャツと縦にダーツがとってあるチョッキを着ている。服装とひげは、過去の栄光を引きずったような周りの雰囲気とは違い、ずいぶんモダンだ。

「すたれた技術だよ。二十年ほど前にはローマはフレスコ画でいっぱいだった。誰も彼もがミケランジェロになろうと望んだし、美意識と金貨のつまった財布を持っている連中は、自分たちの部屋をシスティーナ礼拝堂のように飾りたがったものだ。だが、芸術家の新しい知識とコレクターの希望で好みが変った。フレスコ画は持って帰ることができない。必要だからといって、売ることもできないし、贈りものにするわけにもいかない、そうだろう？　だからカンバス画のほうが価値をもつことになったのだ。運ぶのも、売るのも、贈るのも簡単。早くできるし、早く人手に渡せる。画架がローマに到来して新種の芸術家、別種の芸術が生まれたのだ」

その一方でフレスコ画家は貧乏に追いやられたというわけだ、エンリコは頭の中でそう思いながら、相手の饒舌にわりこもうと考えていた。

「ダルピーノ殿でいらっしゃいますね？」

ダルピーノはふと我に返ったように天井から目を離すと、目を細めてエンリコを見つめ、にっこりしながら手を差し出した。

「きみはわたしのパトロン、ゴンザーガ家の秘書だな」

エンリコはうなずきながら、相手が自分のようなただの秘書との話し合いに応じてくれるといいのだがと思っていた。だが、オウィディウスを知っていたことと、現在の彼のやっかいな財政状況が功を奏したのだろう。ダルピーノは彼の肩をたたくと、隣りの部屋へ案内した。そこも同じように家具はほとんどなく、暖炉のそばにソファがふたつあるだけだ。ダルピーノはドアに近いほうを指さし、自分はもう片方に座った。暖炉に火は入っているが、部屋は湿気てかびくさく、ソファもじっとりと湿っている。

「カラヴァッジョについて聞きたいのだね？　何か特別の理由でも？」

エンリコは咳払いをした。理由なら山ほどあるが、それを打ち明けるわけにはいかない。相手がどんな反応をするか分かっていなかった。カラヴァッジョとダルピーノ、このふたりの芸術家はお互いにお互いを高く評価しているが、ふたりの間の敵意はローマでは有名な話だ。

「おそらくご存知でしょうが、ミケランジェロ・メリシはローマから消えてしまいました」

ダルピーノは両手を組み合わせると、指の骨をポキポキ鳴らした。

「芸術にとっては損失だが、ローマの住民にとっては恩寵だ」

「わたくしの主人、フェルディナンド・ゴンザーガは彼の若いころの作品を手に入れたいと思っております。あなた様が何枚かを手放すご用意がおありと伺いました。彼をご存知だったのでしょう？」

実のところエンリコは、カラヴァッジョ村の時のことをダルピーノに語ってもらいたいという気持ちでいっぱいだった。そのためなら、ひざまずいて請い願ってもいい。彼に拒否されたら、ミケランジェロ・メリシの履歴を埋めることができず、殺人と追放の秘密をたどる道筋が失われてしまう。絵を一枚売ってほしいという交渉をするだけでは意味がないのだ。

「もちろん知っているよ。まあ、彼を発見して援助したのはこのわたしだから」

「本当ですか?」エンリコは驚いたふりをした。

「飢え死にしそうだったから、わたしの家に住めるようにしてやったのだよ。彼の描いたものを一枚見て、本物の芸術家、当代きっての偉大な芸術家だと思ったね。彼は感謝はしてくれていないが」

カラヴァッジョの才能に気づいた鋭い眼をしているうえに援助までしてやったという自慢話は鼻につくが、話さずにはいられないのだろう。

「彼に花や静物を描くように言ったのだよ。わたしの指導である程度まで仕上がると、コレクターがもぎ取るように持っていってしまう。だが、そのうちだんだんと意見が合わなくなってしまった。彼の果物鉢の絵を見たことがあるかね?」

エンリコはうなずき短い言葉をはさんだ。相手の饒舌にはほんの少しの後押しでじゅうぶんだ。

「そういう絵を手に入れたいと思っているのです。売っていただけますか?」

テヴェレ河近くのあまり上等とはいえない場所で、趣味は悪くはないが僅かな調度品とともに暮らしているのだ。ダルピーノが金に困っていて、絵を数枚売りたいと思っていることはまちがいない。

「カラヴァッジョの静物画の……」ダルピーノは話題を芸術の価値判断の方にもっていこうとした。

「りんごをながめ、梨をじっくり観察してみなさい。葉は穴だらけで枯れかけているし、りんごはしなびて、虫食いだらけだ。腐った場所にはかびまで描いている。まるで本物みたいなので、かびは取らなきゃいけないなんて気になるくらいだ。彼の静物画には独特の躍動感が溢れていて、うつろい過ぎ行く様がありありと目に浮かんでくる」

「ずいぶんおほめになるのですね」自分の敵の能力をそこまで高く評価する態度にエンリコは驚ろき、思わず口をはさんだ。ダルピーノがカラヴァッジョの習作や下絵を一スクード足りとも払わずに収集したことは知っているが、ここまでほめるとは！　カラヴァッジョの才能を知っていて、その描写方法がうらやましいのではないか？

「そうかね？　彼の作品では自然が手でつかめるよ。彼以前にそんな事をしたやつはいない。それを認めないとしたら、わたしは人間でも芸術家でもない」

おそらく彼は、カラヴァッジョをほめておけば、自分の専門家としての信頼性が増し、結局のところ稼ぎがよくなると踏んだのだろう。

「カラヴァッジョはどうしてあなたのところから出ていったのですか？」

ダルピーノは居ずまいを正し、脚を組みかえた。唇の端がピクピクと震えている。

「きみはカラヴァッジョ本人に興味があるのかね？　彼の絵に興味があるのではないのかね？」

エンリコはどぎまぎした。この訪問の真の目的を悟られてはならない。

「両方です。絵は、それを誰が描いたか、どんな思想を込めたかを知ってこそ、分かってくるものだと思いますので」

ダルピーノの不信そうな視線を受けてエンリコは急いで付け足した。

「カラヴァッジョがあなたから影響を受けたことはまぎれもありません。彼は、あなたが描いたサン・ロレンツォ・イン・ダマソ教会のフレスコ画からアイディアを採用したのではありませんか？」

「そうだ。他のわたしの絵も参考にしている。わたしが静物画を描くように言わなければ、彼はデル・モンテ枢機卿と出会うこともなかったろう」

「カラヴァッジョは果物の静物画は一枚しか描いていないと思いますが。そしてそれは……」

「デル・モンテ枢機卿が持っておられる。わたしの屋敷で行われた展示会で買い求められた」

「いいえ。ボロメオ枢機卿の手に渡っております。主人フェルディナンド・ゴンザーガがパーティに招待された折にわたしも同行してこの目で見ました」

「そうだったかな。もちろん試作は何枚も描いているからな」ダルピーノは弁明した。「『果物かご』は傑作のひとつだよ。それと、静物と人物で構成した『とかげと少年』と『果物かごを持つ少年』などもそうだ。だが、基本的なアイディアはわたしのものだ。人物の所作などわたしのもののコピーと言える絵が何枚もある」

そして、カラヴァッジョはそれに芸術性を与えたのです、エンリコはそう付け足したかったが、相手を怒らせてはまずい。

「まったくもってその通りです。それでどの絵を売っていただけますか？」

「きみのご主人はどれが欲しいのかね？」ダルピーノのほうも長話がいやになってきたようだったが、エンリコはその質問を故意に無視した。

「あなたはそんなに親切でしたのに、カラヴァッジョはどうして出ていったのでしょう？」

フレスコ画家のしかめっ面を見れば、こんな風に尋問まがいのことをされる覚えはないと思っているのがよくわかるが、ゴンザーガの名声と金の誘惑のほうが勝利をおさめた。

「たった八ヶ月しかもたなかった。いや、もっと短かったな」声がそっけない。そろそろエンリコに帰ってもらいたいのだろう。

「たったの八ヶ月？　どうしてです？」

「事故があったのだよ」

「事故と言いますと？」

エンリコは胸がドキドキしてきた。事故？　カラヴァッジョが事故や争い事にまるで運命のように巻き込まれることが多かったのは知っているが、そんな前からそうだったとは知らなかった。

「馬にけられて肋骨を数本折ったのだよ」

「馬ですか？　描いている最中に？」思わず笑い声になった。

「そうではない。私たちはモデルを捜していた。正確に言うと、あの男は通りでモデルを捜していた。以前通りで拾った女をモデルにしてジプシーを描いたが、同じようなのをもう一枚描くつもりでいたのだ。きょろきょろしながら歩いていると、馬上から声をかけてきた男がいて、その男と争いになったのだ。わたしは彼を知らなかったが、ミケーレは前に会ったことがあるらしかった。ふたりは憎悪丸出しに喧嘩をはじめた」

エンリコは息をのんだ。カラヴァッジョを知っている男？　ついに追跡すべき対象が見つかったのだろうか？　ダルピーノは椅子のうえでもぞもぞと落ちつかない風だ。まずいことを言ってしまったと思っているのだろうか？

「ふたりはロンバルディなまりの早口でやりあっていたから、話の内容はまるでわからなかった。途切れ途切れに、妹とか夫とか、聞こえてきたが、今となってはもうそれすらはっきりはしない」

「それでどうなったのですか？」

「正確なところはわたしにもわからない。言えることは、ふたりが終いにはわめきあい、相手の男が剣を取りだして脅し、馬もろとも襲いかかってきたことだけだ。馬の前足のひずめで肩をひっかけられてミケーレが倒れると、相手は笑って、これはほんの小手調べだみたいなことを言っていた。カラヴァッジョを病院へ運んだのはわたしだよ。男は怪我人をほったらかして行ってしまったが、振り向きざま、死んでしまえ、当然のむくいだというようなことを怒鳴っていた」

「病院には長いこといたのですか？　見舞いには行かれましたか？」

ダルピーノは肩をすくめた。

「いや。お互いに縁が切れたのだよ。その後彼はまた風来坊生活を送りだした。わたしがちゃんと出世の道をつけてやったのに。恩知らずな奴だ」

「誰が、なぜ襲ったのでしょう？　本当に知らない男でしたか？」

「きみはどうやらカラヴァッジョの絵よりも、彼の過去のほうに興味があるようだな。知らないと言っただろう。ただ、あの男、馬を繰るのは完ぺきで、攻撃は素早くかつ正確だった。あの手のものは騎士団の馬術競技で一度見たことがあるくらいだ」

「と、言うことは……」

「軍人だったかもしれないし、少なくとも訓練された兵士であったかもしれん」

エンリコはダルピーノが両手を肘掛に置いて立ちあがるのを見つめていた。会話を終わりにしたいのだろう。だが、そうする決心もつきかねるのか、部屋の中をうろうろと歩きまわり、暖炉に手をかざしたりしている。

「どうしてそんなことに関心があるのだね？　異端審問の回し者かね、きみは？」

エンリコは肩をすくめた。ダルピーノが何をおそれているのか、自分にはどうでもいいことだが、フェルディナンド・ゴンザーガは関心があるだろうから、次に訪問するときには探りだそう。

「とんでもありません。ところで彼は病院にはどのくらいいたのですか？」

「半年だ。その後わたしのところから出ていった」

「話を馬にやられた事件にもどしますが、その男に何か気がつかれませんでしたか？　服装は？　指輪をしていたとか徽章をつけていたとか」

画家はエンリコと向き合う形に体を向けた。震えをかろうじて抑えこんでいるその姿はみじめで哀れだ。「いや」小さくつぶやき唇をゆがめた。「まてよ。そうだ、親指に指輪をしていた。金の指輪だ」彼は一歩前へ出た。

「きみは教皇庁財務局の人間かね？　それとも市の警察かね？　わたしがカラヴァッジョの絵を一枚も持っていないことをおそらくまだ知らないのだろうね。きみの前にデル・モンテ枢機卿が来られて全部買っていかれたよ。ほんの数日前のことだ。サン・ピエトロ寺院の建築責任者だからねえ。寺院の部屋を飾るのにいくらあってもいいそうだ」

エンリコは立ちあがると残念そうにほほえんだ。デル・モンテ枢機卿に先を越されたという事実をどう考えたらいいのだろう。突如として、誰もがカラヴァッジョの絵を求めている。

8

「構図を変えたのね！　怖くなったの？」買い物からもどりアトリエへ入ってきたネリナはびっくりした。ミケーレの後ろには四人の絵描きが半円を作って座り、師が描いた線や形を学ぼうとしているが、ミケーレはいつものようにそれらを思いつきでどんどん変えてしまう。

「そんなわけないだろう。とんでもないアイディアを思いついたのさ。構図をよく見てみろ。おれの描く慈善はこの世にすっくと立っている。神なんかいらん、信仰の助けなんかくそくらえだ」

絵に思わず目が引きつけられた。

慈善を実行する場面では、以前は翼を持った裸の天使がひとりいただけだが、今はその場所に聖母が大きく描かれていて、その天使は聖母の腕のなかの幼子キリストに描き変えられている。ネリナは思わずほほがゆるんだ。こうしておけば、教会の教えに沿った正しい絵だと言われるだろう。聖母マリアは教会の母としてすべての上に君臨し、その深い愛でこの世のすべてを支配しているのだから。

ミケーレが立ちあがり絵のわきへ寄ったので、新しい構図全体が見えるようになった。だが、彼が口にした言葉は、信頼しきって彼を見つめる人々をあっさり裏切るものだった。

「これを見ろ！　翼を持ったふたりの天使を描き加えたが、その天使の四つの翼が作る渦が絵の上半分に広がって、マリアの視線がこの世の出来事に届かないようになっている。マリアは翼の作る渦の隙間から見ようとするができない。地位と金を求めて汲々として信者を見失ってしまった教会のようにな。マリアはこの世で力を持たないから、慈善行為は現世の人間に投げられる。そして慈善を行う者にとってはマリアがいてもいなくてもかまわない。彼らはお互いに助けあっている。人間の人間に対する愛の行為、それが慈善というものだ。信心会は、そのメッセージを理解するだろうよ」

「まあ、ミケーレ！　また教会の屋根裏でほこりをかぶるか、個人の収集家のところで朽ち果てる作品を描くつもりなの！　そんな絵を公に見せようなんて人がいるはずないでしょ。市の信心会だって異端審問が怖いから、そんな絵は受け取らないわ」

ミケーレはヤレヤレというように天をあおいだ。

「慈善を行うときにいちいち教会のことなんか考えるか？　神の名において活動するのに神を必要としないってのは、すごい信仰だろうが」

アトリエに来ていた絵描き二人が立ちあがり、紙やら木炭やらを片付けだした。『慈悲の七つの行い』に対するミケーレの説明を聞いていやな気分になったのだろう。ネリナにはその気持ちがよく理解できた。彼らのあわてたような顔つきを見れば、考えていることは一目瞭然だ。異端審問の恐怖が首筋あたりにはりついている。彼らはスペインとドミニコ会が権力をふるい、火あぶりの薪の山がその清浄なる炎を天に上らせない日など一日もない町に住んでいるのだから。

すっかり意気あがったミケーレは床からワインのつぼを取り上げ口に当てると一気に流しこんだ。

「ここはローマじゃないのよ。異端審問の炎の手が伸びてきても守ってくれる人なんかいないのよ」

ミケーレは浮かれたような笑い声をあげた。自分たちの絵の道具をまとめているふたりの絵描きのことなどまるで眼中にないようだ。

「先生、先生の新しいスタイルはひとつの啓示ですね」ひとりが振り絞るように言うと、ミケーレはすぐそれに乗ってきた。

「聞いたか、ネリナ。おれが絵に別の言葉でしゃべらせていることを分かってくれているぞ。新しい時代が始まったとは思わないか？　プロテスタントが信仰の価値を変え、二百年間放りっぱなしだった信者を取り戻すようローマの教会に強いているとは思わないか？」

「ミケーレ、神学者になったわけじゃないでしょ。そういう微妙な問題はイエズス会に任せておいて、あなたは絵を描けばいいの。描いて、そしてテーブルにワインとパンがあるようにしてちょうだい」

そんなことを言えば、火に油を注ぐようなものだということがネリナには分かっていた。だが、若い絵描きがいる前で自分の意見を言わせるわけにはいかない。あのヨハネ騎士団の男がアトリエに現れた理由がわからないことでもあるし、下手なことを言えば命とりにもなりかねないのだ。

ミケーレはひたいにしわをよせ難しい顔をしている。ふたりの絵描きを手で追っ払う仕草をすると、ふたりは大慌てに荷物をまとめ、消えた。

「真実に心を開いている者にしか真実を語りかけるわけにはいかない」ぶつぶつとつぶやき、それからネリナに顔を向けた。

「祝おうじゃないか！」

「祝う？　何を祝うの？」

ミケーレはシャツの袖の下から手紙を取り出して広げると、ネリナによこした。

「スペイン総督、コンデ・デ・ベナヴェンテからだ」

ネリナは心臓が急にドキドキして、思わず手紙を落としそうになった。ナポリにいるスペイン総督がミケーレに何の用？　ラヌシオ・トマッシーニの死に彼が関わっていることがもう知れてしまったのだろうか？

「招待に応じる気？」

「もちろん、ふたりで行くのさ」

「わたしはいやよ」

「特別な注文があるとか、使いの者がもごもご言ってたぞ。聖アンドレアスの殉教を描けということらしい。これまでとは全然違う風に、動きを多くして」

夕方輿で迎えに来るというだけのそっけない数行を、ネリナは黙って目で追っていた。

「何を着ていくつもり？」

「今だって一張羅を着てるぜ」ミケーレは腕を大きく広げてみせた。

そうでもあり、そうでもないとも言える。コロンナ家の領地に滞在している間に、一家は彼に新しい服を作って贈ってくれたが、それは何ヶ月にも渡る逃避行以前のことだ。あれ以来、シャツもズボンもチョッキもほとんど脱がずに着っぱなしで、洗濯など一度もしていない。それを着て眠り、うろつきまわった時間がしっかりその痕跡を残している。こっちのボタンがひとつなくなり、あっちの縫い目がほころび、あちこち擦り切れ、裏地が飛び出している。

「乞食侯爵といったところね」ネリナは自分の印象をひとことで断じた。

9

「ローマからの船だわ」ネリナは防波堤を指差しながら言った。教皇旗が船首ではためいている。見なれたもののはずなのに不安な気持ちにさせられる。

その時ちょうど、船のデッキに僧侶がひとり現れた。黒衣の僧侶は人目を避けるように頭巾を目深にかぶっている。

「ミケーレ」ネリナはミケーレの腕をひっぱった。「あそこを見て。あの僧侶、わかる?」

僧侶が船と突堤をつなぐ船板を渡り地面に足をつけると、税関吏が彼の前に立った。僧侶は袖の下から羊皮紙を取り出し相手に渡した。官吏は羊皮紙に押された印をしげしげと検め、腰をかがめてお辞儀をして、僧侶を通した。こうして僧侶はナポリへ上陸した。

「私たちあの僧侶とローマで会っているわよね」

「どこへ行っても、亡霊を見るんだな」

ネリナは僧侶から目が放せなかった。僧侶は誰かを待っているのか波止場を行ったり来たりしていたが、捜していた人物を見つけたらしく、まっすぐに、波止場の防御壁にもたれて立っている男のところへ歩みよった。ヨハネ騎士団の男! ナポリの町の半分ほども尾行したのだもの、まちがえようもない!

ネリナがミケーレの袖を引いて注意を促そうとすると、彼はぼそっとつぶやいた。

「見てるよ」

あそこでしゃべっているあのふたりの男は、たまたまここで出会ったわけではないだろう。『聖母の死』を描くように注文した僧侶が、今、ヨハネ騎士団の男と会っている！　偶然のはずがない。

「ここで何を企んでいるのかな?」

「それを探りださなきゃいけないわ」

その時、若い男が近づいてきた。

「失礼ですが、ローマからいらした高名な画家、カラヴァッジョさまでしょうか?」

「だとしたら、どうだっていうんだ?」

ネリナが僧侶とヨハネ騎士団員のほうを振り向くと、ふたりはナポリの町の雑踏に飲みこまれて影も形も見えない。

「もし、そうでしたら主人が事務所の方へお越し願いたいと申しております」若者は、商館の高い建物が連なる防波堤の後ろを指差した。

「ほう、きみのご主人はおれにどうしろと言うんだ?」

「もしおいでいただければ、主人が自分でお話しますでしょう」

「ご招待ありがとう。案内してください」ネリナは若者のほうを向いて言うと、まだためらっているミケーレの背中を押しながらささやいた。「多分新らしい依頼よ」

若者は、漁師や商人、荷物や梱包用のロープでごちゃごちゃの道を先にたって歩き、ふたりを突堤から少し離れた建物に案内した。その建物は波止場に面していて、一階にたくさんの事務所が入っている。そのひとつに足を踏み入れると、異様なほど薄暗い。

「よくおいでくださいました。カラヴァッジョ殿と助手の方とお見受けします。おふたりのことは色々耳にしております」

無の空間から響いてくるような声がした。しばらくの間は声の主の姿が見えなかったが、やがて暗闇のなかにシルエットが認められるようになった。

「ルイギ、お茶を持ってきてくれ。お客人はのどがかわいておいでだろう。それに、お茶を飲みながらのほうが交渉ごとはうまく進む」

若者は頭をさげると扉の向こうに消えた。

「どうぞお座りください」

ミケーレもネリナもその申し出を受けようとはしなかったので、商人らしき男は戦略を変えた。

「まずわたしから自己紹介をすべきでした。ロレンツォ・デ・フランキスと申します」

ミケーレはうなずきはしたが、口を開こうとはしなかった。また席を勧められたふたりがしぶしぶ腰をおろすと、相手は困ったように手をこねくりまわしている。

「すぐお茶がきます」また、気まずい沈黙。「くだらない話を長々する気はないのですが」男は軽く咳払いをして間をもたせようとした。

「サン・ドメニコ・マジョーレ教会にあります我が家の礼拝堂に絵を一枚描いてほしいと願っておりました。ローマで一、二を争うえらい画家がこの町に滞在中と聞きまして、お願いしようと決めたわけです」

私たちがこの町にいることをどうして知ったのだろう？　ネリナの頭のなかで警報が鳴った。事務所のなかには梱包された荷物が積み上げられていて色々なにおいが入り混じり、空気は重くよどんでいるが、外から入ってくるわずかな陽《ひ》の光はおだやかで心が休まる。所狭しと置かれた荷物や容器に書いてある商標やマークは、どうながめてみてもまるで別の時代の文字か外国語みたいで、商売を知らないものにはまるでわけがわからない。だが、じろじろとながめているうちに、つぼのひとつに書かれているマークがネリナをドキッとさせた。先端がふたつに割れた十字！　ヨハネ騎士団の印だ！

その時、入り口を隠している壁掛けがはねのけられて瀬戸物の触れ合う音とともにお茶が到着した。若者は各人にカップを手渡し、蜂蜜をテーブルに置くとまた出ていった。

「絵の依頼を受けるとしたら、テーマは決まっている。殉教者像だ。今のおれの気分にピッタリだからな」

ミケーレの声にネリナはハッとした。殉教者？

「それはいい按配です、カラヴァッジョ殿。キリストの鞭打ちなどどうかと思っていたところですから」

ミケーレはそういう解釈は気にいらないというふうに顔をしかめているが、ネリナにはそれこそ今の彼の状態を表すのにピッタリの題材だと思えた。十字架に架けられ、ひどい扱いを受けている半裸のキリストの姿、そして十字架が脳裏に浮かんできた。キリストの傷つけられた尊厳と苦痛を結びつけるのに、ミケーレほどふさわしい人間はいないだろう。

「三百スクードだ」絵を依頼されたからといって少しもうれしくない、ミケーレの声音はそう告げている。

「三百スクード？」驚いた様子が商人の声ににじみ出ていた。

「半分は今すぐ。残額は、絵を引き渡して依頼が完了したとき。絵を気に入ろうが、気に入らなかろうが、そんなことは関係ない。おれは像を通じて語り、あんたがたはおれが提供するものを受け入れる。そして、早く完成させるのに必要な最上の材料を使う。それでよいか、それとも不承知か」

「よろしいでしょう」商人は少しの間ためらっていたが、やがてそう返事をした。「すぐ仕事を始めていただくということで」

10

星空にゆっくりと月がのぼり、ローマの小路に明かりを投げかけている。家の外壁によりかかりエンリコは待っていた。ジュリアと会う約束だが、まだ現れない。自分の心臓の鼓動を聞きながら、ナポリにいるはずのネリナのことを考えていた。主人のフェルディナンド・ゴンザーガにジュリアの話を手紙で知らせると、デル・モンテ家でカラヴァッジョに起きたことを何がなんでも探り出せと矢の催促だ。人より一歩先んじて、自分が枢機卿になるには、それしかないと伝えてきていた。何がどう絡み合っているのか、デル・モンテ枢機卿がどんな役割を果たしているのか、それがわかってはじめてネリナの後を追うことができる。それまでは、彼女に手紙を送るつもりはない。うっかりそんなことをして、カラヴァッジョの居所が知れてしまう危険を犯すわけにはいかなかった。

ボルゲーゼ宮殿の使用人出入口が開くのをイライラしながら待っていた彼は、背後から鈴を転がすような明るい声に呼びかけられてハッとした。

「お待たせした？」

振り向くと、ジュリアが目の前に立っている。

「さあて、どう言ったらいいか。もちろん待ちかねていたよ。でも、待たされたかと聞かれれば、そんなことはない。美しいご婦人は待たせはしない。ただ待ち焦がれられるだけだ」

ジュリアは片方の手を口元にあてクスクスと笑った。

「お上手ね。用心しなくちゃ」

「どこから来たんだい？　通用門から出てくるとばかり思っていたよ」

「神出鬼没なのよ、わたしは」ささやきながら、彼の腕に自分の腕を差し込むと宮殿から離れ、宵の町の雑踏の中へ急ぎ紛れ込んだ。ワインと魚のにおいがただよい、喧騒が夜の町を支配している。

「いっぱい飲んでいかないか？」腹も少しすいてきていた。

「まあ、そんなことする女だと思っているの？　このまま歩きながら話しましょう」

そしてふたりはそのままこちらの暗い道、あちらの明かりのともった道と歩きつづけた。エンリコはどうやったら話題をミケーレのことに向けられるか、自分の思いえがく方向に話を持っていけるか頭を悩ませていて、ジュリアが数日前に中断した話を始めたのをすんでのところで聞き落とすところだった。

「カラヴァッジョに弟がひとりいるって話をしたら、ずいぶん驚いていたわね。覚えているでしょ？」

もちろん、覚えている。だから、ちょっとミラノへ行ってきたのだが、ジュリアに真実をつげるわけにはいかない。

「カラヴァッジョは自分に弟がいるなんて言ったことはないよ」

ジュリアは大きな声で笑った。その笑い声からすれば、彼女はなんの疑いも抱いていないようだ。

「当然そうでしょうね。ふたりはあまり仲良くなかったみたいだから。遺産のことで争いがあって、弟のジョバン・バティスタが貧乏籤を引いたのよ」

そこまではエンリコも知っていた。

「ミケーレがローマへ来る前のことだろう？」

「もちろん、彼は遺産を受け取ってから、画家になりにローマへ来たのよ」

「カラヴァッジョを最高級の画家だと初めに言ったのはデル・モンテ枢機卿だろう？　芸術の分る人の功績だね」

「枢機卿が彼を拾いあげたのよ」

「拾いあげた？」

どういうことだろう？

「枢機卿がそういう言い方をしているのよ」

ジュリアはエンリコに体を押しつけてきた。娘の温かい体を感じて、彼の下腹に熱いものが走り、冷静ではいられなくなった。

「カラヴァッジョの弟のことを話してくれるつもりじゃなかったのかい？」

「あなたはフェルディナンド・ゴンザーガのために動きまわっているんでしょう？」

「当然だろう。秘書なんだから」

「あなたひとりをローマに残して、父親の領地マントヴァに帰ってしまったのね。そこから枢機卿の椅子を狙うってわけね」

召使ふぜいが、どうしてそんなことを知っているのだ？　不審が頭をもたげ、エンリコは彼女の声の魔力から逃れなければと思った。この女と会うと、どうもいつも神経がピリピリする。

「そのためにわたしから何か聞き出そうってわけ？　なんてこと考えるんでしょ」ジュリアは甘ったるい声でそう言うと、腕をからめたまま向き合う姿勢をとった。

「わたしは今夜はただ、自分の過去をあなたに打ち明け、あなたにも昔のことを話してもらいたいだけなのよ。どう？」

相手をみくびってドジを踏むということなどほとんどないエンリコだが、今度ばかりはかわいい顔にだまされたようだ。あどけない仮面の下に、海千山千のしたたかさが見え隠れする。フェルディナンド・ゴンザーガがローマで何をしたのか、父親のマントヴァ公が遅く生まれた息子のためにどんな策を弄しているのか、ジュリアが知りたいのはそれだ。このような重要な情報を手に入れれば、情報屋としての彼女の地位は安泰だし、枢機卿たちはライバルになるかもしれない男を排除したり、利用したりできるからだ。ジュリアはエンリコを逃がすまいとするように立ちふさがり、すくうような目で見つめている。

「わたしの話を聞くだけ聞いて、自分は何もしゃべらないなんてズルをしない保証はないもの。あなたが騙すかもしれないでしょ？　取引しましょうよ。あなたがわたしのことを信じてくれれば、わたしもあなたを信じるわ」

エンリコはため息をつきながら承知したが、話しだしてからもまだためらっていた。

「わかった。確かにわたしは、主人フェルディナンド・ゴンザーガが確実に枢機卿になれる情報を求めているよ。そして、シピオーネ・ボルゲーゼは伯父の教皇パウロ五世が禁止したというのにカラヴァッジョに肩入れして、内緒で絵を依頼したり、自分が直接頼まないにしても彼が注文を受けられるようにしてやっていると、わたしは思っている。これが確かなら、次の枢機卿選出会議のとき、わが主人に一票投じてくれる人間をひとり確保したことになる。それ以上話せることはないよ」

ジュリアにじっと見つめられてエンリコは、その黒いひとみに吸い込まれるような気がした。あぶない、あぶない。

ジュリアもまた話しはじめは口が重かったが、やがて舌がなめらかになってきた。

「カラヴァッジョがデル・モンテ枢機卿の書斎に呼ばれたことを知っているのは、その時ちょうどワインとおつまみをわたしが出していたからよ。枢機卿ははじめ神父と話していたの。とてもスマートでハンサムな神父で、そのしばらく前から枢機卿の屋敷に滞在していて女中たちは大騒ぎしていたわ。わたしがさがろうとすると、枢機卿がそのままいるように合図されたから、兄弟が兄弟を否定する現場に居合わせることになったのよ」

「神父が自分の兄弟の存在を否定したのかい？」

「そうじゃないわ」ジュリアが一歩身を寄せると、エンリコは娘の温かい体にすっかりのぼせあがって話についていけなくなりそうになったが、誘惑に負けないようにと懸命にこらえた。

「カラヴァッジョが、血のつながった弟なんていないって、何度も言い張ったのよ。ふたりの顔はとてもよく似ていて、疑いようもないのに。赤毛の神父がなだめるようにカラヴァッジョを抱擁しようとしたけど拒否されてしまったのよ。神父ははじめのうちは兄さんの成功と幸運を祈るって言っていたけど、カラヴァッジョがつばを吐きかけんばかりだったから、最後には堪忍袋の緒が切れてののしる始末だったわ」

「なんで抱擁しちゃいけないんだろう？」

「彼は触れちゃいけない男なのよ、わかる？」

エンリコに理解できるわけはなかった。だが、今はそんなことより、話をどんどん先に進めてほしかった。

「ジュリア！　話してくれよ。神父はどうののしったんだい？」

エンリコがせっついてもジュリアは沈黙している。

「頼むよ！」

「騎士の怒りは決してとけない、そう神父は怒鳴っていたわ」

「騎士の怒り？　なんのことだ？」

ジュリアは石のように硬い顔で、ただ肩をすくめるばかりだった。

11

画架の前を荒々しく動きまわり、カンバスをつぎつぎとはずしてくしゃくしゃに丸めるミケーレにネロが悲しそうな鳴き声をあげた。自分たちが午前中かかって描いたものがすべて否定されて、年かさの生徒たちはつらそうにうめいた。

「もういいかげん、きまりきった考えはやめたらどうだ。踏みならされた道から外れてみろよ。イバラに刺されたっていいじゃないか。お前たちは、群れて追われる羊か？　それとも、群れが暴走しないようにいつもいつも新しいことを考えださなければならない牧羊犬のほうか？　自分で決めるんだな。だが、羊でいるつもりなら、さっさと消えろ！」

声も態度も疲れた感じだ。身なり全部、成功した画家のものというより、むしろ乞食のそれに近い。擦り切れた服、ひげも剃っていなければ、髪に櫛も通っていない。ふだんなら自信満々のミケーレが今日はそんな姿で皆の前に立っている。もう何週間も前から教えることにあまり熱がはいっていない。たくさんの人が興味を持って定期的に集まってくれる喜びや感激がなくなったわけではないだろうが、仕事のやりすぎ、ネリナはそう思っていた。四枚の絵を同時進行させていて、こっちを描いたかと思えば、つぎの瞬間にはもう別の絵と向き合っているという具合で、絵具が乾くまで待たなければならないこともしばしばだ。義務を果たすために、一晩中起きている。以前のミケーレはどこへ行ってしまったのだろう？　ネリナの部屋に広げられた『慈悲の七つの行い』はあとはニス塗りだけだし、『聖ヨハネの斬首』も僅かな手直しが必要なだけだ。

「祭壇画に物語を描いてはいけないと誰か言ったか？　港の講釈師が語る話はおもしろいだろう？　ひきこまれるだろう？　おれたち絵描きはそれを絵でやるんだ。仕事に疲れた者や、哀しくて希望や慰めを求めている者に、堅苦しいつまらない場面なんか見せちゃいけないんだよ。何百年も昔からたいていの画家は変り映えのしないアイディアを変り映えのしない器《うつわ》に入れてきたが、そんなものはくそくらえだ。絵をパッと見たときには、キリストや聖人、それに聖母といった、人々が期待するものが必要だが、最初の一瞥の後では、貴族であれ乞食であれ、絵を見る者がハッとするような何かが要るんだよ。誰もが知っている物語が、摩訶不思議な伝説のように変化して魅了し、見る者の視線があっちへ飛びこっちに戻り、やがてゆっくりと場面全体を見回すようにならなくちゃいけないんだ」

ミケーレはだんだんと声をひそめ、たたみ込むように話した。アトリエはシーンと静まりかえっている。しっかりと修行を積んだ芸術家たちがミケーレの話に魅了されている、ネリナはうれしかった。髪の毛を振り乱し、目をむき出すようにしてしゃべる師に生徒たちはすっかり感動しているが、師が疲労困憊していることには気がついていないようだ。ネロですらその場の雰囲気に呑まれて、おとなしく座り込んでいる。突然ミケーレは背中をピンとのばすと、生徒のひとりの画架に近づき絵をはぎとった。

「だから、こんな絵をこのアトリエに置いておくなんてとんでもない。このまま描きつづけられたら、吐き気をもよおすね。まあ、おれの吐いたものがくっついていたほうが絵の価値はあがるだろうが」

みな笑ったが、ネリナの耳には苦い笑いと聞こえた。ミケーレのめがねに適う生徒はひとりもおらず、どの絵にもなにか難癖がついた。光に対して位置が悪い、こんな生半可な解釈をするな、色の選び方がなってない、と口をついて出る言葉は容赦がないが、説明はていねいだった。

「お前たち絵描きは、土ではなく光を使って形づくらなければならない。ひざや上半身に光をあてたり、袖から見える手をほんのり明るくさせたり、衣服を輝かせたりしてはじめて絵は命を持つようになる。そしてこの命は、お前たちが輝かせるものだ。この世のものとあの世のものとでは違いがあることを忘れるな。そしてこの違いは、お前たちの絵筆で描きだされるということを忘れてはならない。ヒエロニムスは人間なのに、神のように描く必要がどこにある？　キリストはこの世で生きたことが分かっているのに、天上のオーラを発散させるように描くべきなのか？」

ミケーレは質問の答えを求めてはいないようで、半開きのよろい戸にもたれかかると目を閉じた。こめかみの汗は髪の毛をぬらし、ほほを伝わって流れている。顔中玉の汗で、顔は青く生気がない。生徒がふたり、画架と紙をかき集め黙って出ていったが、気にもとめなかった。

「質問してもいいですか？」才能のある生徒、バティステロ・カラチオロはネリナも知っている。熱心な生徒でミケーレが目をかけている。「最近、殉教場面ばかり描いておいでですが、どういうわけですか？」

ミケーレはゆっくりと目をあけた。疲れた顔になにか別の表情を浮かべているが、それが何だかネリナにはわからなかった。

「信条のために死んだ者も血と肉からなる人間だからだ。おれは苦しみの瞬間の彼らを描く。そうしてこそ比類なきもの、神のごときものが身近に現れ、その時に、石が太陽の熱を貯めこむように肉体がそれを貯めこむ。ただ一途に信じているとき人は水晶や水のように透き通って輝き、そしてその後に神に近づく」

ミケーレが言う宗教上のこまごましたことはネリナにはほとんど分らなかったが、トリエント公会議以来、教会は宗教場面について一般信徒があれこれ言うのを許さず、芸術家の沸き立つ想像力を自分たちの都合のよいように使おうとしているのは知っていた。絵の注文者をモデルとした『エマオの晩餐』は非難された。信徒が聖人になってしまうなら、ルターが言うように教会などいらなくなってしまうからだ。その限りではミケーレは異端者であり、火あぶりになってもおかしくない。

「ミケーレ、今日のところはそのくらいにしておいて、少し休んだら」ネリナは口を挟んだ。

「余計な口出しするな！」

それまで黙って座っていた生徒たちも驚いて荷物をまとめだした。自分たちの師のことはよくわかっていたから、ネリナの言うことが正しいと思ったのだろう。ミケーレは生徒たちの挨拶には知らん顔で椅子に座りこみ、パレットを取り上げると色を混ぜはじめた。最後のひとりが出ていくと、ネリナは彼の後ろに立ち乾いた布で首筋とひたいをぬぐってやった。ミケーレはされるままになっている。それは、こんな単純な動作で愛と優しさがまだ残っていることを証明する老夫婦のような姿だった。

「光と影は我々の命を形作る要素だ」だしぬけにそうつぶやいた。ネリナは髪をぬぐう手を止めた。

「肉体がそれによって立体的になるからだけではないぞ。明と暗には力がある。明と暗、光と影によって、影のなかの何かわからないものはますます恐ろしく感じられ、光のなかの見えるものは心を明るくさせるんだ。カメラ・オプスキューラを見たことがあるか？　ない？　おれは、デル・モンテ枢機卿のところでお目にかかった。大きな木の箱を作って背面を除いて、中に黒い布が貼ってあった。箱の中に入ると真の闇だ。白い壁の反対側に小さな孔があるんだが、そこで奇蹟が起るんだ。箱の前で、物にローソクの明かりとか太陽の光をあてると、箱の裏側、小さな孔の反対側の壁に逆さの像が出現するんだ。光と影が踊っていた。くっきりというわけにはいかないが、輪郭はちゃんとしている。おれには驚き以外の何物でもなかったよ」

ミケーレは急に息をのむと唇をかみしめた。何か不愉快なことを思いだしたらしい。

「どうしたの？」ネリナは用心深く尋ねた。だがミケーレはパッと立ちあがるとパレットを投げ捨て、壁に掛かっていた上着を取り帽子をつかむと、あっけにとられたままのネリナを残して外へ出ていった。

12

ネリナは買物かごをぶらさげて、自分たちのアトリエへ戻る通りを歩いていた。ここは僅かに細い光が射し込むだけで、道の半分は影の中に沈んでいる。彼女はひなたを選んで歩き、暖かい春の光を楽しんだ。

しばらくうっとりしたように目を閉じると、いつものように建物の玄関周りに目を配り、アトリエのある四階に何か変った点がないかとうかがった。仕事場にうずくまって作業をしている職人たちが立てるリズミカルな音はいつも通りだし、入口に見知らぬ男が潜んでいるということもなさそうだ。アトリエの窓は？どういうことだ！　よろい戸を閉め忘れるなどということがあるだろうか？

ローマを逃げ出して以来ずっと、ネリナは用心深く暮らしていて、よろい戸を閉めるのは大事なことだった。外を見たいと思ったら、まずよろい戸を開けなければならないが、ミケーレが帰っているのだろうか？だが、ローソクの明かりが好きなミケーレは絵を描くにしても、よろい戸を開けることはない。彼女は歩みをゆるめ、開いたよろい戸をじっと見つめた。アトリエに誰かいるのだ！　ひや汗が吹きだした。

「どうした？」

声におどろいて、我に返った。向かいの建物から木彫り職人チェーザレが不審気な顔でこちらをながめている。

「ああチェーザレさん。あたしが留守にしている間、誰か中に入った？　ミケーレは帰ってきた？」

「いや、まだ居酒屋で飲んでいるよ。誰も見なかったなあ」

チェーザレの隣りでのみを使って盛大に木屑を飛ばしている、これも木彫り職人のフランセスコが口を挟んだ。「こいつは、どこかの誰かさんに聞かれて、画家のカラヴァッジョがどこに住んでいるか教えてやったんだぜ。今ごろ銀貨がシャツの下で汗まみれになってるよ」

「このうそつき！　一スクードだってもらってないぞ。うそつきは、悪魔に舌をぬかれるんだぞ！」

「それじゃ、てめえの舌はとっくの昔になくなってるはずじゃねえか。今だに、お口がきけるのはいったいどういうわけだ？」

「どんな人だった？」困ったような顔をして黙りこんだチェーザレに尋ねた。

「赤毛の男だったよ。このインチキ野郎がどう言おうとそれだけは本当だよ」

ネリナはそれを聞くと、なぜかははっきりしなかったがホッとした気持ちになり、買物かごを持ち直して入口に向かった。ドアを開け、中の暗さに目が慣れると目の前に男が立っているのに気がついた。背は彼女より頭半分ほど高く、がっしりした肩をしている。そして髪は燃えるような赤毛だ。

思わず小さな叫び声をあげた。だが男は静かになだめるような口調で話しかけてきた。

「おどかしてしまったようだね」

「あなたは誰？　何をしているの？」

軽く頭をさげた男は、僧服の上に茶色のケープをまとい、それを革のベルトで留めている。両手は袖の中、首には十字架。ミケーレに『聖母の死』を依頼した僧侶、波止場であのヨハネ騎士団の男と一緒にいるのを見かけた男が今目の前にいる。どこか顔がミケーレと似ているような気がしたが、すぐにそんな考えは捨てた。ばからしい、似ているわけがない。ネリナは一歩後ずさりし思わずよろけた。すると、男がすばやい動きを見せて支えてくれ、転ばずにすんだ。息が感じられるほど顔が近づき、茶色のボロボロの歯が見えた。

「失礼。自己紹介が遅れた。わたしはレオナルドス神父。主人、シピオーネ・ボルゲーゼ枢機卿に命じられて、ミケーレ・メリシ、通称カラヴァッジョを捜している。向かいの木彫り職人が、彼はここに住んでいると教えてくれたのでね」

ネリナの頭で警鐘がなった。

「彼は見つかったのですか？」

「いやまだだ。だが、これから上へ行くところだ」

用心しないといけない。アトリエに入ったことを黙っているのはどうしてだろう？

「なぜここにおいでになったのか、まだ伺っていませんけど、レオナルドス神父」

ネリナは先にたってアトリエへの階段を上っていった。背中に、レオナルドス神父のからみつくような視線を感じる。神父の視線に追われるように足を速めた。

「ミケーレに絵の依頼ですか？」

「買いたいのだ。カラヴァッジョが描いたものをすべて買いたい」

ネリナは困惑して思わず呟き込んだ。いったいどうなってしまったのだろう？　誰も彼もが急にミケーレの絵に関心を持ちはじめた。信心会、商人、スペイン総督、そして今度はボルゲーゼ枢機卿の使いでこの神父だ。どうしてみんなミケーレの絵を買いたがるのだろうか？

「ミケーレがそんな話に興味を持つとは思えません。彼は注文主を自分の好みで選びますから」

ネリナはアトリエのドアを開けると、勇気を振りしぼって、神父の灰色のひとみと向き合った。

「わたしが帰るまえ、ここに入られました？」誘導尋問を試みたが、神父は顔色ひとつ変えず、まばたきひとつしなかった。ネリナはまだ半分閉まっているよろい戸を全部開けた。

「カラヴァッジョは熱心に描いているようじゃないか。そんなに光を入れたら色に悪いのではないかな？

あせたりしたらいけないだろう?」

ネリナは手すり越しに下の通りを見下ろした。いつもなら人通りの多いにぎやかな路なのに、こういう時にかぎって見知った顔がひとつも見つからない。

「座ってもいいかな? 『慈悲の七つの行い』か、うまく描けている。だが、これでは売れない」

まるで自分の家にいるような落ち着き払った自信たっぷりの態度がネリナの癇にさわった。

「どういたしまして。この絵はとても高い値段で売れています。スペインのお金で、四七〇ドゥカーテン」

神父はチッと舌打ちをした。だが、ネリナは、この男が何もかも先刻承知なのではないかという疑いが頭から離れなかった。まちがいなくこの絵をじっくりながめ、鑑定したにきまっている。あのヨハネ騎士団の男が彼に手ほどきをしたのだろうか? ふたりが会ったのはなぜだろう? そして何を話したのだろう?

「一ドゥカーテンの価値もないな。そして異端審問にとってはまさにうってつけだ。そう思わないか? 聖母が常識外れだ。パウロ教皇の新しい考え方に沿ったものとは思えないし、反キリスト教的動きに備える公会議が許可するとは考えられない」

「で、何がおっしゃりたいのです?」

ネリナには分かりすぎるほど分かっていた。思いどおりにならないと、人は脅しにかかる。それにはスペインの異端審問をちらつかせるのがもっとも効果的だ。

「あの絵は、ミゼリコルディア教会に架けられることになっています。ナポリ副王アルフォンソ・ピメンテル・デ・ヘレラの祝福を受けて」

副王の名を聞いて神父は軽い咳払いをした。

「おろかにもほどがある。大審問官がその気になれば、副王だろうが誰だろうが、その他おおぜいと同じに、火あぶりにできる。そしてナポリの住民は暴君が消えて我々に感謝するだろう」

神父は、まるで、晩御飯に何を食べたというような軽いおしゃべり口調で脅しをかけてくる。ネリナは顔から血の気がひくのを感じた。

「きみの親方は、ほかに何を描いているのだね？」神父はしれっとした顔でどうでもいいことのように尋ねた。ネリナが怯えていることを知っているのかどうか、表情からはうかがえない。ネリナのわきをすり抜け、カーテンのかかった部屋のすみに行った。カーテンの陰には別の絵が置いてある。

「まだ未完成の作品です。ミケーレは製作途中の絵は見てほしくないのです」

神父は横柄にうなづいてみせたが、カンバスの覆いを指先でもてあそぶようにいじくりまわした挙句勝手に取り、絵を画架に乗せた。すべて一瞬の出来事だったが、神父の手が震えているのに気がついてネリナはびっくりした。彼は少しさがると、じっと絵を見つめた。

ミケーレの仕事の速さにはいつも驚かされるが、二人目の人物はそれが誰だか見分けられるところまで描かれている。肖像画と言えるほど精密に描かれているその顔は、まさにレオナルドス神父だった。

ネリナも神父に負けず劣らず驚いた。

「首切り役人の顔はあなたそっくり！」

「そんなこと！　とんでもない！」神父はあえいだ。血の気の失せた顔、総毛だった肌がまるで洗いざらしの下着のようになっている。

「彼はあなたを描きたかったのかしら？」ミケーレの思惑がどこにあるのか分からなかった。何を考えて神父の顔を描いたのだろう？　どういう理由があるのだろうか？　もっとも奇妙な点は、モデルを前にして描いていないことだ。ふつう彼は、モデルを使い、それが心に深く焼きつき、生き生きとした存在になってからしか描かないのだ。

「この絵を売ってくれないか？　五〇〇ドゥカーテンでどうだ？」

口車に乗せてだまし取ろうたって、そうはいかない。

「これは売り物ではありません。ミケーレは自分のために描いているのですから」

ネリナと向き合った神父の目は、陰険な企みとずるがしこさが交じり合いギラギラ燃えている。

「いくらでも出そう！」

太陽はいちだんと強く輝き、窓から温かい風が吹き込んでくるのに、部屋のなかはまるで氷のように冷ややかな空気が流れている。

「どんなに言われてもダメなものはダメです」

神父はゆがめた唇の端にいやらしい笑いを浮かべた。そして、いきなり真正面に向き合うとネリナの手首をつかんでねじり上げた。

「いくらでも出す」

「ミケーレに聞いてください」神父は、痛さにうめき、くず折れるようにひざを折る相手をいたぶり楽しんでいたが、急に手を離したので、ネリナは思わず前へよろけ、男の腕のなかへ倒れこみそうになった。

「おまえは知らないだろうが、スペイン人も、人殺しは絞首台に送るんだぞ。ただナポリじゃ誰も、ミケーレがローマで人を殺したことを知らないようだが」

「そんなの濡れ衣よ。喧嘩の最中に誰かを殺すなんてこと彼にできるわけないわ。殴り合いはしても、人殺しなんてとんでもない！」

「彼の肩を持つのか。だが、おまえがどう思おうが、副王にはどうでもいいことだ。スペインの貴族はごまました法律は嫌いだよ。副王だって、法律の抜け道を探すより、自分を大事にするさ。ミケーレが炎の餌食になるのは確実だな」

「人でなし！」

「その通り！」背後から聞きなれた声がした。ミケーレだ！「帰れ、今すぐにだ」手首は痛んだが、安堵感がドッとおしよせてきた。神父の口端には相変わらず皮肉な笑みが浮かんでいるが、声がいくぶんかすれた。

「おっしゃる通りにしますよ、カラヴァッジョ殿」神父は、人ひとりがやっと通れるだけの隙間をあけてドアにもたれているミケーレの脇をすり抜けた。ふたりの肩が触れ合う。「また来るから」振り向きざまそう怒鳴り、階段を下りていった。

似ている！　神父とミケーレ。髪の色を除けば、あごの形、鼻、目、そっくりだ！

「危ないところだった」ミケーレの体からワインと汗のにおいがする。ネリナは神父が外した覆いをまた絵にかけながら尋ねた。

「あのヨハネ騎士団の男とレオナルドス神父の顔を描いたのね。いったいどうして？」

「あいつ、レオナルドス神父っていうのか」ミケーレはそれだけしか言わなかった。

13

緋色の衣をなびかせて、シピオーネ・ボルゲーゼ枢機卿はヴァチカンの長い廊下を飛ぶように進んでいった。一足ごとに怒りが増してくる。出入口の警備の任にあたっているスイス人の親衛隊ですら、その剣幕に恐れをなして、呆然と見送るばかりだった。

シピオーネは、前に立ちふさがる召使いを払いのけ、伯父の私室の重い扉を押し開けた。

「伯父上、是が非でも話さなければなりません」

教皇はびっくりして起きあがった。どうやら、ソファで午睡のところを起こしたようだ。

「何をそうあわてているのだ、まあ、おちつけ」

シピオーネは、あざやかな制服姿の親衛隊が後につづいて飛びこんできたこともあり、大声でわめきたいのをじっと我慢した。

「悪巧みはおやめください、伯父上」シピオーネは語気鋭く言い放ち、にらみつけた。「デル・モンテ枢機卿に許可をお与えになったことはわかっているのです」

教皇はゆっくりと立ちあがり、部屋の中央に進み出た。

「おまえは呼ばれもしないのに、やってきたから、さっそくそのことについて話そうではないか。わしの命令に歯向かうとは、どういう了見だ?」最後の言葉をシピオーネめがけて語気荒く投げつけた。シピオーネは思わず一歩さがった。ここは、伯父の怒りがおさまるまで、自分の怒りは一時矛をおさめておいたほうがよさそうだ。

「おまえは、キリスト教的生き方を一新しようというわしの努力を邪魔しておる。今はプロテスタントのやからがのさばり出している時代なのだぞ。キリスト教は強い教皇が必要なのに、おまえは教皇職を見下すのか！」

二人の言い争いに聞き耳をたてている親衛隊を教皇が身振りで追い払うのを、シピオーネは目の片隅で見ていた。

「おまえはわしの政策を台無しにしおった！」ドアが閉まるのを待って、伯父は甥を怒鳴りつけた。

「どういうことでしょう？　わたしには理解できません」シピオーネはへりくだって聞こえるように、いくぶんおぼつかなげなか細い声を出したが、腹の中は煮えくり返っていた。デル・モンテ枢機卿がカラヴァッジョの絵を購入したというジュリアの情報に彼は言葉を失った。だが、ここは教皇の怒りが収まるのを待つしかないだろう。

「わしは、なかなか言うことをきかないヴェネチアに、ローマとともに対抗宗教改革の道を進め、トリエント公会議を認めろ、下層階級の人間がわしにそむいたり、プロテスタントの誤った道に迷いこんだりしないようにしっかり教育しろ、と命じているのだ。それなのに、わしの甥ともあろう者が、ますます図にのって異端精神をひけらかすような絵を描くカラヴァッジョの面倒をみるとはな」

教皇に選出されてからというもの、伯父は職務に熱中しようとしているが、それは、革新の教皇、清廉潔白・高潔な人生を送った教皇として歴史に名前を残したいからだろうか？　説教で述べていることは、心からそう思って言っているのだろうか？　それとも職務のせいで、性格が変わったのだろうか？　だが、週に一度は相変らず愛人ロミーナ・トリペピを訪れる。彼女は、特にどうというほどの女ではないが、教皇にはあっているようだし、それに特に外に対して口が堅い。

「ですが、カラヴァッジョは大衆や改革の意欲を持っているイタリア派を我々に近づけるものであるから、保護しろとおっしゃったじゃありませんか」

「それはもう一年も前の話で、わしは今や教皇となり、別の目的に向かわねばならん。わしのさいごの命令は、カラヴァッジョの保護は中止せよというものだったはずだ。酔っ払いの描く絵など、一枚たりとも注文しても、買ってもならん」

「ですが、肖像画はお気に召しておいでのようですね」シピオーネは、机の後ろにかかっているカラヴァッジョ作の等身大の肖像画に視線を走らせた。

「わしを怒らせるでないぞ、シピオーネ」

教皇の歯がキリキリと音をたてた。ふたりの間に沈黙が支配し、それはやがて耐えられないまでの肉体的痛みとなって、シピオーネに襲いかかってきた。怒りがじわじわとよみがえり、はらわたが煮えくりかえる思いだった。伯父のしたことを、我慢しろというのか？　このわたしに？　もうじゅうぶん長いことおとなしくしてきたのだ、ここいらで怒りを爆発させてもいっこうに構わない。言うべきことは、言わせてもらおうではないか。

「目には目、歯には歯」取りつく島のないような堅い声で言った。「あのデル・モンテ枢機卿が、最近売り出されたカラヴァッジョの絵を購入することを、あなたは許可された。おそらくダルピーノ卿が金に困っていることを教えもしたのでしょう。わたしのことは無視して。確かにわたしは枢機卿としての能力は高くはありませんが、芸術に関してはかなりのセンスを持っていることは伯父上もご存知のはずです。このカラヴァッジョを人々が忘れることは決してないでしょう。例え、あなたの名前は忘れてしまっても」

教皇はクルッと向きを変えると、重い足取りで机の後ろにもどりソファに体を沈めた。

「カラヴァッジョのような男を切り捨てるなどということは、してはならないのです。彼のパトロンであるジウスティニアーニ兄弟やデル・モンテ枢機卿、それにゴンザーガが彼の絵を集めるでしょうが、そうすると彼らは自然と大衆の心をつかむことになるでしょう。ローマの民衆は、この酔いどれが好きなのです。聖人を人形のようにではなく、自分たち人間と同じように描くからです」

教皇は両手を腹の上で組んでソファに沈み込んだまま、目の前で展開される一大演説にじっと聞き入っている。無表情な顔が小刻みに震えている。

「わしがカラヴァッジョのような画家を切り捨てる？　ほう、カラヴァッジョとはいったい何者だね？　そんなにたいした男なのかね？　イタリア画壇はあの程度の画家なら山ほど生み出すだろう。この数十年にダ・ヴィンチ、ミケランジェロ、ラファエロを生み出したようにな」

シピオーネの胸ににがい思いがこみあげてきた。こういうひとりよがりの人間に何を言ってもむだだ。気持ちが通じるわけもない。確かに伯父ではあるが、その前に彼は教皇なのだ。

「あなたにとってカラヴァッジョはかって目標に到る手段でした。それが今では邪魔だとおっしゃる。わたしには今彼はこの世界でもっとも重要で意味のある芸術家なのです」

教皇は額から目尻に流れる汗を絹のハンカチでぬぐうと、一瞬とってつけたように穏やかな表情をみせた。

「残念ながら彼は戦力から外れたのだよ」

いつもの伯父にはないような発言だった。残念に思う気持ちなどあるのだろうか？　かりにあったとしても、そんなものは吹けば飛ぶようなくらいのものだろう。

「わしに歯向かうのはよせ、シピオーネ。自分の屋敷を芸術品で飾りたて、それで満足するがよい。だが、カラヴァッジョはやめておけ。彼の絵はまだ公には異端と宣告されていないが、じきにそうなる。そういう方向で動いているからな」

シピオーネは思わず大声で笑いだした。伯父に背を向け、ドアの方向に歩きながら、天井の装飾をながめた。

「恥をかくことになりますよ、伯父上。彼の絵は描くそばから売れるのに、異端審問を考えておいでなのですか」ゆっくり振り向き、つづけた。「傑作と言えるほどの絵は、あなたの敵方の手中におさまることになるでしょう。わたしは、救うべきものは救います」

14

空気がかすかに震えて、デル・モンテ枢機卿がまもなく姿を現すのを感じた。まだ部屋に足を踏み入れてもいないうちから、彼の存在は部屋に生気を吹きこみ、ローソクの明かりを揺らめかせている。

「枢機卿猊下」エンリコは声を振り絞るように呼びかけた。枢機卿が怖いというわけではない。そうではなく、この、ローマの聖職者社会に迎合しようとしない人物に畏怖の念のようなものを感じていた。ヴェネチア出身のフランセスコ・マリア・デル・モンテ枢機卿は、知性、学識ともに備えた芸術愛好家と認められており、サン・ピエトロ寺院の工衆は彼の管轄下にある。

枢機卿は無頓着な様子で指輪をエンリコの方に差し出し、部屋の中央を示した。家具らしきものは何ひとつなく、人は立っているよりほかないが、そのせいで枢機卿のどっしりとした体躯はますます堂々とした印象を与え、力と品位と天賦の才がまるで太陽のごとく輝いて見える。

その怜悧な目はエンリコをまっすぐに貫き、幼いころまでさかのぼって見通すようだった。顔は肉付きがよいが、教皇のような脂肪過多という印象はなく、柔らかい感じで、どちらかと言えば女性的だ。手、先のピンととがったひげ、どちらも手入れがよく行き届いている。

「おまえはゴンザーガ家の御曹司の使いでカラヴァッジョの絵のことを聞きに来たのだな？」

「あなた様は芸術品のコレクター、愛好家としてどこでも賞賛されておいでです」

なんとも言えない笑みが枢機卿の唇に浮かんだ。エンリコはお世辞を言うつもりはなく、ただ相手にしゃべって欲しい一心の言葉だ。「時代の有力者たちを周りに集められ、ヨーロッパ中の学識者、インテリをつぎつぎとご自分の屋敷内に泊めておいでです。わたしは心から敬服しております」

枢機卿はこれを聞くと大笑いした。

「お世辞はそれくらいにしておこうじゃないか。それではカラヴァッジョのことを語ってきかせよう。それがおまえの目的だろう？　画商のヴァレンティンが推薦したので、彼の面倒をみた。それだけのことだ」

「あなた様は彼をお屋敷に連れておいでになりました。そうすることにより、彼に本質的なものを与えただけでなく、芸術家の王道を行く道を開いてやった、わたしの主人はそう考えております」

「彼には何ひとつ与える必要などなかった。すべて彼の中にあったのだ。ただ、それまで眠っていただけのこと。わたしがしたことと言えば、新しい理念、学問の世界、現代の思想と接触する機会を作ってやったことくらいだ。彼はまるで母親の乳をむさぼる赤子のように、すべてを熱心に受け入れた。遠近法、陰影、構成。他の者がワインをいっぱいひっかけるくらいの軽い感じで、すべてを把握した。わたしは畑を提供したが、根をおろしたのは彼自身だ」

枢機卿の言葉は水が地面にしみ渡るようにエンリコの胸にしっかりおさまった。だが、おかしいのはあの殺人事件以来、カラヴァッジョの名前を出すと、皆潮が引くように消えてしまうという経験を何度もしてきているが、枢機卿の態度はそれとはまるで正反対なことだ。

「一緒に来なさい。彼の初期の作品を見せよう。正真証明折り紙つきの芸術だ」

枢機卿は相手がついて来るかどうかお構いなしに歩きだし、エンリコはあわてて後につづいた。大きな部屋をつぎつぎと通り、やっと辿りついた部屋はわざと薄暗くしてあり、カラヴァッジョ以外の誰のためのものでもないことがすぐ見てとれた。枢機卿がダマスク織りのどっしりとしたカーテンを開けると、光がドッと入ってきた。それから彼は大げさな身振りで前面にかかっている絵の一枚を指差した。

なんという絵だ！　こんな絵はこれまでに見たことがない。女占い師が若い男の手相を見ている。いや、手相ではない。彼女は手にそっと触れてはいるが、それには目もくれず彼の目の中を読んでいる。ふたりの間の張りつめた空気は、カラヴァッジョにしか作りだせないものだ。エロチックでコケティッシュ、それでいて挑戦的。顔に当てられた光は若者をさらけだし、腰にさした剣のあたりに左手を置いた姿は威勢がよいが、元気はつらつというより、むしろ自信のなさを隠すためのものだ。

「この絵はダルピーノ卿が持っていたものですか？」

枢機卿は軽く笑った。

「わたし自身が注文したものだ。これだけではないが。このジプシー女が若者の指輪を抜いているのに気がついたかね？　惚れたような目つきで見ていながら、欺いているのだ」

エンリコは絵の中のふたりの手をよく見ようとかがみこんだ。たしかに女は若者の指から指輪を掠めとっている。この絵は、男と女の間の関係が壊れかけていることを暗示している。信頼が悪用されているのだ。

「カラヴァッジョの絵が手ごろな値段で手に入るかどうか、尋ねるように主人から言いつかっております。大変ぶしつけで申し訳ないのですが、一刻の猶予もならないので、話は急いで先へ進めなければならないのです」

ふたりは壁にかかっている『エジプトに逃れる聖家族の休息』『花の静物画』『バッカス』『楽器を前にしたリュート弾き』の絵から離れた。

「枢機卿への道は生易しいものではないぞ。わたしは絵を売るつもりはない。その価値を知っているからだけではなく、画家本人も知っているからだ。あんな男死んだほうがいいと言ってる人間もいるがね」

エンリコはあわてて枢機卿の顔を見た。冗談や皮肉はすっかり影をひそめ至極まじめな顔をしている。

「どういうことでしょう？」

「おまえの主人ゴンザーガが、枢機卿の地位を手に入れるために絵をシピオーネ・ボルゲーゼに譲り渡すことは分かっている。希望が適うことを願ってはいるが、ここにある絵は一枚たりともそういうことに使うためのものではない。イタリア派は、スペインと関わりのない、そしてフランスの誘惑をよせつけないフェルディナンド・ゴンザーガのような男を必要としているが、この先カラヴァッジョの絵を手に入れるのは難しくなってしまったのでね」

直接の答えをもらえないままに、エンリコの頭の中ではいくつもの問いがめまぐるしくかけずりまわっていた。だが、どういう質問から始めたらよいのだろう？　下手な質問をして枢機卿が口を閉じてしまったら、おしまいだ。

「お話がよく分からないのですが」

枢機卿の口元に笑みが浮かんでいる。だがそれがさげすみなのか傲慢さの表れなのか、エンリコには分からなかった。

「教皇パウロ五世はダルピーノのアトリエを捜させ、カラヴァッジョの絵を全部押さえてしまったのだよ」

エンリコは息をのんだ。ちょうど、一枚の絵のところに来たところで、その絵を見るとますます気持ちが動揺した。絵はドアの裏にかかっていて、それまで彼の目に触れなかった。何が自分をこうもうろたえさせるのだろう。

「あなた様が全部買い占めてしまわれたものだと思っていたのですが！」

「大間違いだ。ダルピーノは用心深く売却した。それで生きていかなきゃならないから当然ではあるがね。条件のよい注文をカラヴァッジョが掠めとってしまってからというもの、あのふたりは犬猿の仲だが、それでもダルピーノはカラヴァッジョが軽くスケッチして仕上げた小品で金もうけをすることは心得ていた。それで最初のうちは乗りきれたが、残念なことに彼は教皇とその配下のことを計算にいれていなかった。それが大失敗だった。教皇のカラヴァッジョ買いを恐れて、わたしのところに絵を預けているものもいるくらいだ。ところでおまえは『勝ち誇るキューピット』を好きか？」

その絵がエンリコの気分を変えてくれた。裸のキューピットが彼の前に現れた。両足を広げうれしげに笑いながら楽器、鎧、本、勲章などのこの世の物をまたいでいる。なんとエロチックな！　天使は荒々しい翼をつけているが、その羽は柔らかく左のももを撫でていて、肉感的な雰囲気をかもし出している。

「まったく、注目に値する絵ですね」

「ただ、残念なことにこれはわたしのものではない。ジウスティニアーニ侯爵も収集家であり芸術保護者で、わたし同様、早くからカラヴァッジョの才能に目をつけていた」

枢機卿はできればこの絵を自分のものにしたいのだ。彼のついた深いため息から察しがつく。だが、たとえデル・モンテ枢機卿といえども、ジウスティニアーニ兄弟のような有力者を謀《たばか》るわけにはいかない。

この絵の背後に見え隠れする男色はなんとも魅力的だが、こんなものがスペイン人の手におちれば、火あぶりの薪の山に直行だ。

「彼はこの絵をわたしの屋敷で描いたのだよ」声が誇らしげだ。

どうも、話が横道にそれてしまう。もう一度、改めてしっかり考えよう。キューピットの絵の話の前に枢機卿はミケーレには死んでもらいたいと望んでいる人間がいる、確かそう言っていた。いったい誰が？

「カラヴァッジョを邪魔に思っている人間がいる、確かそうおっしゃいましたね？」

デル・モンテ枢機卿はキューピットの絵からゆっくりと振り向くと、また刺すような視線をエンリコに向けた。今度もまた胃の腑をえぐられるような、内心をたいまつで照らし出されたような感じがした。

「ミケランジェロ・メリシ・カラヴァッジョが地獄の業火に焼かれるのを喜んで見たいと思っている人物が

いるのは確かだ。しかも、襲撃を企て、殺人の罪をカラヴァッジョに押しつけることを心得ている人間がね」

「何かの間違いではありませんか？」

「こういうことで言い間違いなどはしないよ。わたしの話をよく聞いて、おまえの主人に伝えるがいい。枢機卿になる手段として使えるだろう。カラヴァッジョがあの殺人を犯したとは思えないかなり確かな証拠がある。マルティウス広場の襲撃そしてラヌシオ・トマッシーニの死は計画されたもので、喧嘩の首謀者であり金を出した人物は教皇庁の上層部にいるとも言われている。トマッシーニの死は、カラヴァッジョに重荷を負わせるためのもので、殺人の汚名をきせて画家を抹殺しようと考えた人物がいたということだ」

「依頼者は誰なのですか？　ご存知なのではありませんか？」

「自分で捜しだすのだな、エンリコ。そしてそれをおまえの主人に伝えるのだ」

15

通りのどこかからミケーレの声が聞こえてきた。ナポリの裏通りで歌われている歌をがなりたてている。スペインの占領を嫌うナポリ住民が憎しみをこめて歌う歌だ。

ネロはネリナにピッタリはりついてクンクン鼻をならしては、彼女の顔を見上げている。そんなネロをそっと撫でてやりながら、ネリナは思わずあたりをうかがった。ひょっとして、ナポリ副王の配下の者がそこらにいるのではないか。

安酒場を一軒一軒ミケーレを捜しまわるのがネリナはイヤでたまらないのだが、放っておけばミケーレは、ナポリ副王が持たしてよこした絵の前払い金を全部飲んでしまう。なんとかして少しでも取りあげないと、この先何週間も飢えることになる。

ミケーレが始めた歌に男たちが声を合わせて歌いだした。調子外れのどら声が外まで響いてくる。

「ここで待っているのよ」

ネロは言われたとおりおとなしく尻尾を脚の間に巻き込んで座りこむと、ネリナをもの問いたげに見上げた。

「すぐ戻ってくるからね。うちの酔っ払い、ここにいるのよ」

すすけたようなにおいが鼻をついた。中は外よりもっと暗いような感じがする。ほんの申し訳程度の明かりに徐々に目が慣れていった。男たちは彼女に気づくと、歌をやめ、黙りこんで様子をうかがっている。赤い顔をした男たちの中にミケーレを見つけた。クシャクシャの頭をして、端っこの席で、顎にも胸元にもワインをこびりつけている。ネリナは大きく息を吸い込むとミケーレめがけて突進し、チョッキをつかんで引きずりあげた。酒場の男たちの歓声やひやかしを受けながら、彼はおとなしく、されるがままになっている。

ネリナは慣れた手つきでミケーレのふところをさぐり革の財布を取り上げた。まだ描きだしてもいない絵にたっぷり払ってもらっているのに、もういくらも残っていない。

「帰るの、帰らないの？」

大声をあげても反応しない相手の上着をつかむとネリナは重い体をひきずるようにテーブルの間を進んでいった。よろめきながらやっとドアにたどりつき、夜の暗闇に転がり出た。新鮮な空気と港町特有の冷気がきいたのかミケーレはゆっくり意識を取り戻してきた。

月のない夜の闇が通りを支配している。四方八方から、何とは分からない音が聞こえてくる。ぞろっと引きずるような足音、軽やかな足音、ネロの唸り声が入り混じって聞こえてくる。

アトリエのある小路の入口に古い井戸があり、家に帰るにはそのわきを通らなければならない。今ネリナは、その井戸のふちから人の頭がのぞき、すぐにまた引っ込んだような気がして、不安にかられミケーレを急き立てた。地下水脈の走る地層に住んでいる、ポツァーリと呼ばれる連中については不気味な話を山ほど聞いている。彼らはナポリの地下に別の町を作っていた。太陽の光を見ることなく、地下の取水口を清掃しながら上下水の管理を担っている輩《やから》が、夜になると地下から這い出て、そのみじめな生活をいくぶんでも良くしようと、夜の町をぶらつく人間に襲いかかるという。彼らは、井戸の中から音もなくふいに現れ、人間というよりむしろ妖怪に近いやせこけた姿をしているらしい。襲撃はすばやく情け容赦がないといううわさであった。そして、地下のやみの中に彼らを追っていく勇気のあるものはひとりとしていなかった。

物音はますます強くなっていった。ネロは低くうなっている。振り向いたネリナの目に、黒い影がバラバラと飛び出してくるのが見えた。ポツァーリにちがいない。とっさにそう思ったネリナはミケーレをあわててくらがりに引きずり込んだ。だが、彼らは闇夜でもまるで昼のように目が効くらしい。大声で叫ぼうとしたその矢先に、濡れたボロ雑巾のようなもので口元をたたかれ、手を抑えこまれてしまった。とつぜんのど元にナイフをつきつけられた。氷のように冷たい指がネリナのポケットを、服を、ひだの間まで探りまわす。ポケットの中をまさぐり、服の上から体を叩いて捜しものをする男の指になんて柔らかい指！　ネリナは、ポツァーリの手なら、石でざらつき厳しい労働に荒れ果てているはずだ。この男、地下から現れた強盗に便乗しているだけだ！

男はネリナが胸の間にしまっていた財布をつかみ、それを一気にもぎとると立ちあがった。ネリナはどうすることもできなかった。

ネロは激しく吠え立て、ネリナを守ろうとそばにやってきたが、柔らかい手をしたあの男はもう暗闇の中に消えていた。

ミケーレのあえぎ声が聞こえてきた。彼は剣を抜いて、それをメチャメチャに振りまわしている。したたかに飲んだ体で、四人、いやあるいは五人の敵から身を守れるはずはないのだが。いくぶんよろけながら雄々しく振りまわした剣は何人かを傷つけたようだ。襲撃者のひとりが長いあいくちをミケーレに向って突き出したその瞬間、ネロが男の背中に飛びかかり地面に引きずり倒した。倒れた男がいまいましげに一声叫ぶと、襲撃者たちはたちどころに攻撃をやめた。ポツァーリは枯葉を踏むようなかさかさという音を立てながら引き上げていき、例の怪しげな男も、現れたときと同様、風のように姿を消していた。鋭い口笛と不平の声を残して、男たちはけが人を連れて井戸の中へ降りていき、最後のひとりが井戸のふちをまたぎながらこぶしを突き上げ財布をみせびらかした。

ああ！　あの中に絵の前払い金の残りが入っていたのに！　なけなしの金を奪われてしまった！　怖さに震えながらもネリナが逃げていくポツァーリに罵声をあびせかけると、「あばよ、カラヴァッジョ」という答えが返ってきた。

少なくとも、彼女にはそう聞こえた。襲った相手の名前を、男たちはどうして知っているのだろう？　あの柔らかい指をした男、あれはいったい誰だろう？

16

「ネリナ、起きろ！　ワインをどこに隠した！」

太陽はまだのぼっていない。

「どうしたの、ミケーレ？」

用心深くドアを開ける。ミケーレがキョロキョロと落ち着かない目をして、手をこすりあわせながら目の前に立っている。

「ワインだ！」おどかすような強圧的な声だが、それでいて哀願するようなあわれな調子が混じっている。ひたいにかかる汚れきった髪の毛、そこらの乞食と区別できないようなボロボロの服、真っ黒な手、どれを見てもとても天才的な画家とは思えない。単なる酔いどれ、浮浪者だ。

「昨日の夜のことを忘れたの？」

ミケーレはポカンとした顔をした。

「ポツァーリのことを覚えてないの？　襲われたことも？」

ミケーレは首を振るばかりだ。

「なけなしのお金をとられちゃったのよ。何も残ってないわ。その前にあったのは、全部飲んでしまうし」

ネリナは、彼が波止場通りにくりだしたことから、ネロに危ういところを助けられたこと、そうでなければ今ごろは死んでいたことを話した。それから、ハッと気がついて、あのほっそりとやわらかい指をした手のことも報告した。労働に荒れ果てたゴツゴツした手なら理解できるのだが、あんな手はポツァーリにはありえない。

ネリナをじっとにらみつけるように見ていたミケーレの視線がふと宙を舞い、やがて何かを考える目つきになった。まるで、自分の心の中だけを見つめていて、周りのことはいっさい忘れてしまったようだ。それから、我に返るとアトリエへ戻り、悪夢を追い払おうとするように目をこすった。

黙って窓辺に近づくと、カーテンの後ろに置いてある絵をゴソゴソ引っ張り出した。ネリナの頭をもっとも混乱させる絵『聖ヨハネの斬首』だ。彼はそれを注意深く画架に載せ、覆いをはずした。あの神父が見てからこちら、描き加えられたところはない。

「描き終えて、誰かに持っていてもらおう。そうしておけばおれたちの保険になる」小声でミケーレは言った。保険？　それはどういうこと？　ネリナは腑に落ちなかった。

「私たちを脅かしているのは誰なの？　後をつけまわして、あなたやわたしを悩ませているのはいったいどこの誰？」

ミケーレは床を見つめている。ネリナに何かを伝えたいと思っているようだったが、やっぱりよそう、そう決心したようだ。

「おまえにはわからないさ」ミケーレの答えは短かった。腰掛けを持ってくると、そのうえにまたがりパレットを手にした。

「レオナルドス神父をどこで知ったの？　昨日の夜、ポツァーリに私たちを襲わせたのは彼だったの？」

「ちがう、彼じゃない。あいつにはそんな力はない」

「どうしてそれがわかるの？」

「長い知り合いだからさ」ミケーレは苦い笑いを浮かべた。「執念深く後をつけまわして、おれの人生をひっかきまわそうとしている。おれがしょいこんだ苦難のひとつ、十字架みたいなものさ。ずっとひきずって歩かなきゃならないんだよ」

相変わらず謎めいたことしか言わない。

「それで、どうしてあなたの命を狙うの？」

「誰が？　レオナルドス神父がか？　あいつはそんなことはしない。ただ、おれがあいつのことを忘れることを望んでいないのさ。おれのいる所、どこにでも現れる。いわば、おれの影だよ」

「そして、あのヨハネ騎士団の男は彼の仲間でしょ！」

「まあ、そんな所だ」ミケーレは深いため息とともに絞り出すように答えると、決心したように頭をあげて絵に向かった。レオナルドス神父とヨハネ騎士団の男の顔がはっきりと見極められる。喜びも笑いもない残忍な顔が描き出された。だが、聖ヨハネの頭髪をつかんで首をかかげている兵士には、死刑執行人のものとは思えない長いほっそりとした指の手が描かれている。まるで貴族の手のようだ。甘皮の処理された清潔な爪は、剣を持つ男のものではない。兵士の手というものはもっとごつくなければならないし、指は太く、たこや切り傷がなければならないはずだ。そう、昨夜感じたのはこういう指だ。そう気がつくと、ネリナの体のなかに冷たいものが走った。一筆ごとに指ははっきりした形をとっていく。白く柔らかい手は本をめくるくらいのことしかできそうにない。剣を持ったり、ましてや人を殺したりなどとんでもない。

ネリナは目を閉じた。すると、あのときには気づかなかったものが感じられた。あのにおい！　あれはヨハネ騎士団の男のにおいだ。麝香と香の独特のにおいが鼻にのぼってきた。

いやな思いを追い払おうと、ミケーレの筆の動きを追うことにした。素人の人間にとっては、彼のやり方は突飛に見えるだろう。ある色を一滴落とすと、さっと一塗りし、そして次には違う部分にとりかかり、一箇所、二箇所なおすと筆を洗い、前のと微妙に違う別の色を取って、またこちらで一塗り、あちらで一塗りという具合に描いていく。こうすると、絵具の乾く時間があるので、複数の色が混じらずに重ね塗りされることになり、透明感と深み、それに光力が出る。濃い色から薄い色へぼかすことによって雰囲気を出し、光を溢れさせ、そして、影を作っていく。ふとネリナは気がついた。三つ目の顔、サロメの顔だけがまだ輪郭を持っていない。その他の二つの顔とミケーレらしい顔はほとんど描き終えているのに、この顔だけはまだ手付かずだ。

「サロメは誰の顔にするの？」

ミケーレは一瞬考えこむと、黙ってネリナに顔を向けた。

「そう分かったわ。つまり、わたしはあなたの悩みの種ってことね」

腹を立てたネリナが部屋を出ていこうとすると、ミケーレの声が追いかけてきた。

「サロメはおまえの顔にはならない。おまえはマドンナで、権力者にへつらう娼婦じゃないからな」

「じゃあ、誰の顔を描くの？」

ミケーレは唇をきっと結んだままた絵に向った、答える気はないようだ。

「返事はなしね。それじゃせめて教えてちょうだい。あのヨハネ騎士団の男はどうしてあなたの命を狙うの？」

「百も理由があるさ」

「せめてひとつくらい教えてくれてもいいでしょう？」

17

「因果応報！」冷たいガラスのような目でフスコはエンリコを見つめた。「なんにも聞いてないのか？　ありゃあ、つまり……」全部言い終わらぬうちに咳こんで、ワインの飛沫をまき散らした。

「おうい、もう一杯くれ！」エンリコは遠くにいる亭主に声をかけた。

「いいとこ見せようってのか。気にいったぜ」フスコは注文を聞いてニヤリとした。

フスコのことはジュリアから聞いた。ミケーレを知っている、そして、例のマルティウス広場で事件がおきたときにもその場に居合わせたと言っているナヴォナ広場で聖人画を売っている、この絵描きは、まるで底なしのバケツのように飲む。ふたりは、松の木陰に置かれた粗末なテーブルに席を占めていた。

「因果応報？　それはどういうことです？」

「あんたら、マントヴァの人間はほんとうにしょうがない」そこで黙ってしまった。自分の盃をボンヤリとのぞきこみ、新たなワインが運ばれるのを待っている。

ここはローマの南、アウレリウス城壁の近くで、アヴェンティーノの丘の斜面にはぶどう畑が広がっている。朽ちかけた小屋に住み、農民から食べ物を分けてもらって食いつないでいるフスコを捜しだすのに、エンリコは一時間近くも歩きまわった。ところがフスコはワインをただ流しこむばかりで、舌の方はいっこうになめらかにならない。

「私たち、マントヴァの人間は何を知らないと言うのです、フスコさん？」エンリコは相手の飲むピッチが早くならないよう、グラスにワインを半分だけついだ。

「ミケーレとの付き合いはデル・モンテ枢機卿のところで始まった。いい時代だったよ。あそこじゃ、たくさん学んだな。ミケーレは自然を、そして遠近法を学びたいと言って、学者をしょっちゅう呼んでは、絵画の立体的表現について論争していた。皆一緒に学んだんだが、特にミケーレは熱心で、しかも理解が早かった。そしてデル・モンテ枢機卿は彼をカメラ・オプスキューラに送りこんだ」

フスコが振りまわした手にぶつかって倒れそうになったデカンタを、エンリコはすばやく押さえた。それにしてもどうしてこんなに不愉快そうな顔をしているのだろう？　エンリコにはその理由がわからなかった。

「カメラ・オプスキューラは知っているよな？　デル・モンテ枢機卿のところではその中に入って絵を描くことができる。ある時、ミケーレがその中にいるのを忘れて、枢機卿は居候連中とその前でお楽しみをはじめてしまったのさ」

またもひどくむせて話が中断した。エンリコはただ黙って座り、話の続きを待っていたが、相手は両手に顔をうずめて黙り込んでしまった。

「因果応報のことを話してくれる約束でしたよね？」エンリコは催促した。

エンリコを見上げたフスコの顔に木漏れ日があたり、縞模様を作っている。

「ジウスティニアーニ侯のために描いた絵を見たことがあるかい？『勝ち誇るキューピット』だ。侯はいたく興味を持ったが、同時にデル・モンテ枢機卿も興味を抱いた。枢機卿は男色なんだよ。少年をベッドに引きずりこむ」

フスコは乱暴に杯をつかむと、代わりを催促した。エンリコは一言も聞き漏らすまいと耳を傾けた。ローマの聖職者の間で、同性愛はあなどれないものである。表向きは、けしからんということになっているが、実際は暗黙のうちに誰もが認めている。

「女とイチャイチャしたんだったら、カラヴァッジョもカメラの中で、それなりに楽しんだだろう。だが、デル・モンテ枢機卿はミケーレの目の前で、お稚児遊びをしてしまったのさ。それが彼にはがまんならなかった。しかも自分がかわいがっていた子がその中にいたからなおさらだ。けれどミケーレは枢機卿とそのお稚児さんたちに頼らざるをえないってところもあったわけだ。絵を一番最初に公《おおやけ》に依頼してくれたのはこの枢機卿だしな。教会からの初めての依頼だったんだよ。それで、仕方なく目の前の出来事を見ているはめになった。その時彼は初めて気がついたのさ、彼らが自分に何を望んでいるかが。自分が描かなければならない像が、キューピットが、バッカスが、洗礼者ヨハネが、なんで裸でなければならないかが。聖職者ともあろうデル・モンテ枢機卿がモデルをつとめる少年たちのまん前に腰をおろしている理由が、ジウスティニアーニ侯が『勝ち誇るキューピット』のモデルを自分で捜すと言い張ったわけが、やっとわかったのさ。ミケーレの性格を知っているだろう？　我慢しきれなくなった彼は、復讐の女神のごとく、枢機卿のお楽しみの真っ最中に飛び込むと、この自分のパトロンをののしりまくったのさ。でもなあ、ひょっとしたら自分が枢機卿の立場にいたかったのかもしれないよ。そこのところは、今もってわからん。おれにはひどく怒ってるように見えたが、目がキラキラしていたからなあ」

太陽が鉛色の雲の後ろに隠れて丘の斜面に陰をつくり、一瞬せみしぐれが止んだ。いいことを聞かせてもらった。これでデル・モンテ枢機卿はこちらの意のままだ。主人フェルディナンド・ゴンザーガがこれで枢機卿の位にぐっと近づいたことは間違いない。フスコを捜しだした苦労が報われたというものだ。

「あなたもその現場にいたんですか？　それとも、ミケーレから聞いただけ？」

「だとしても、そんなこと少しでも外に漏らしたら、すぐあの世行きさ。皆、沈黙を守ったよ。出世欲は誰にもあるしな。それはミケーレも同じこと。不足は何もなかった。宿は提供してもらえたし、娼婦が欲しけりゃ、そう言えばいいだけだった。ミケーレは、あの後も言われたとおりにおとなしく描いていたよ。やさしい女のような顔をした裸の少年、上半身裸の男たちを聖人の姿にしてだ」

エンリコはゆっくり酒を注ぎ足した。ミケーレがお稚児遊びのようなことを一緒にしたとは思えなかった。それはあまりにも彼らしくない。

「しかも喜んで描いていた、うそじゃないぞ」

「それでミケーレはどうしてデル・モンテ枢機卿のところから飛び出たんです？」

「争いごとがあったのさ。赤毛の司祭に関係することだと、おれはにらんでいるが、彼は何も話してはくれなかった」

ジュリアが話していた例の司祭の登場だ。おもしろくなってきた。

「何があったんでしょうね？」

「彼は触れてはならない男だった」

「誰が？　ミケーレ？」

「ミケーレ？　まさか！　いや、そういうことも考えられるか。それにしては娼婦や女のモデルとしっかり遊んでいたな。もちろん赤毛の司祭のことさ」

触れてはならない？　同じ言い方を以前にも聞いたことがある。ジュリアが話してくれたではないか。あの時はたいしたことと思わず、聞き返しもしなかったが、今度はつじつまが合わないことをそのままにしておくわけにはいかない。

「触れてはならない男って、いったいどういうことです？」

「簡単なことさ。赤毛の司祭はデル・モンテ枢機卿のお相手のひとりだったのさ」

赤毛の司祭！　ミケーレの弟以外の何者でもない男が男色？　いさかいはそれが原因だったのか？　ミケ

ーレは自分の弟がデル・モンテの悪に染まっていることを認めたくなかった？

「ミケーレがデル・モンテ枢機卿のところを逃げ出した結果、どうなりましたか？」

苦い笑いが返ってきた。

「わからないかい、エンリコさんよ。おれは、礼拝堂に描いたり、板絵を描くかわりに、ちっぽけな肖像画や風景画を描いて、ローマを訪れるよそ者に売って暮らす、しがない絵描きになってしまった。町中に一時間いたら、すぐずらかることにしている。まだ生きていられるのはありがたいことさ」

18

「カーテンを閉めてくれ」

ミケーレの目の下には黒い隈が浮き出ていて、目が落ち窪んで見える。顔にできた吹き出物はきのうの夜からどんどん広がり真っ赤になっている。絵具のどれかが肌に合わないのだろう。

「もう止めにしたら？　急ぎすぎよ」

「急ぎすぎなもんか！」絵筆を二本口にくわえているせいで、言葉が聞きとりにくい。三本目は手に持っている。

「おれは手が震えているほうがうまく描けるのさ」

彼は飢えと戦いながら描いていた。約束した期限通り、あるいは何日か早く仕上げれば、報酬は余分にもらえることもあるので、今の金欠状態もいくぶんやわらぐ。パン屋と八百屋は、ネリナが掛けで売ってほしいと頼むと、しぶしぶは応じてくれるが、文句たらたらだ。

ポツァーリになけなしの金を盗られてしまったので、ミケーレは憑かれたように働いている。自分の絵を完成させること以外何も頭にないらしく、ただひたすら描いている。はじめ生徒たちは教えを乞おうとしたのだが、やがて自分たちからそれをあきらめた。ミケーレがいっさいの質問に答えず、助言も忠告もしないからだ。彼らは黙って師の周りに座りこみ、ただ筆使いを目で追っていた。

生徒に気づかれるほど空腹でひどくお腹が鳴ったとき、ネリナは生徒から見物料をとろうと思いつき、それからは、ミケーレの仕事ぶりを見たい者は小額の料金を払わなければならないことになった。僅かな金額だが、ネリナはそれで買物をし、ミケーレはワインを飲めた。だがやがて彼らは来なくなった。ひとこともしゃべってくれないのに、金を取られるなんて、とんでもないと思ってあたりまえだ。

『慈悲の七つの行い』はあと少し手を入れればよいというところまできた。ミケーレは自分の表現力を芸術の域に束ねるのにたいへんな苦労と緊張を費やしていた。それはこれまでネリナが見たこともないものだった。巡礼者姿の老人ヤコブに、男が宿への道を示している。その前には、マントをまとった乞食がひざまずいている。死者には司祭がつきそい、そして、娘ペーロは、獄につながれた父親シモンに自分の乳を与えて生きのびる助けをしている。サムソンだけは、ロバのあご骨から酒をしたたかに飲み、神がこの世に起こした奇蹟を楽しんでいる。他はみなこの世の出来事を表現しているのに、ミケーレはどうして神の奇蹟をひとつだけ描きこんだのだろう？　奇蹟はあると彼は信じているのだろうか？　それとも、ここに描かれている行為はどれも驚愕すべきことなのに、私たちがありふれた日常の中にある神性を見ぬく目を失ってしまったということだろうか？　彼を狂ったようにカンバスに向かわせ、頭のなかに浮かんだ像が消えうせないうちにとばかり描かせているのは、その日常のなかにある神性なのだろうか？

「さて、完成だな」

突然間近で聞こえた声にネリナの心臓が早鐘のように鳴りだした。ドアから男が近づいてきた。例のヨハネ騎士団の男だ！

ミケーレは黙って描きつづけている。侵入者のことなどまるで意に介していないようだ。

「いつ絵を引き取れるかね？　騎士団長がお待ちかねだ」

「出ていって！」ネリナは鋭く叫んだ。

男はぐるっとあたりを見まわし暗い隅に目をこらした。ネリナには気がついていなかったらしい。

「おや、きみの家政婦か。いや、情婦と言うべきかな」

ミケーレはこんな男などまるで存在しないように、素知らぬ顔で描きつづけている。

「邪魔なのが分からないの！」ネリナは今度は怒りをはっきりと声に出した。

「ずいぶん熱心に描いているな。『聖ヨハネの斬首』は誰の注文だね？」

声の調子が沈んだ感じからすると、自分の顔が描かれていることに気がついたらしい。どうして彼はここに来たのだろう？　あの赤毛の司祭が寄越したのだろうか？　自分の顔が絵に描かれていることを確かめようと？

「知りたいか？」ミケーレは手を休めずに言った。「この絵がローマで公開されたら、大評判になるだろうな。ミケランジェロ・メリシ・カラヴァッジョさまの首をサロメに差し出している奴は誰だって、みんな聞くだろうよ。おれはそれに答えるし、こんな絵を描かせたのは誰かってことも吹聴するさ」

シーンと静まりかえった中に、絵筆の動く音だけが聞こえる。僅かにローソクがゆらゆらと揺らめいた。

ネリナは後ろ手で、壁に立てかけてあるミケーレの剣をつかんだ。冷たい金属の柄を握ると、やっと落ち着いた気分になった。

ミケーレは、ネリナが一番好きな絵、商人ロレンツォ・デ・フランキスのために描いた絵『キリストの鞭打ち』の前に立っている。ふたりの鞭打ち人と、柱にくくりつけられたキリストの三人の姿が絵を満たしている。この絵では、人間の残虐さに救世主キリストの神のごとき寛大さを対峙させている。ヨハネ騎士団の男が部屋に入ってきたから、だからわざとこの絵の作業をしているのだろうか？　ネリナは招かざる客に目をやった。彼は三枚の絵を注意深くながめながらも、『キリストの鞭打ち』のところで視線が止まっている。

そうだ、ネロがどこかにいるはずだ。どうして吠えなかったのだろう？　知らない人間が入ってきたのに、教えてくれなかったのは不思議だ。

「わかりませんか？　邪魔なんです、出ていってください！」

男は硬貨のはいった巾着を投げてよこした。それはネリナの胸元にあたって床に落ちたが、ネリナは拾おうとはしなかった。

「金を払えば誰にでも見せると聞いたんだがね」

「部屋に入ってもいいと言った人だけです」

「そうかね。きみの親方を怒らせるつもりはないが、彼は時代の嗜好というものをあまり知らないから、生まれたときと同じ貧乏の穴倉に陥ることになる。『キリストの鞭打ち』の構図ひとつとっても、今のやり方とまるで違う。他の絵と同様、これも売れないだろう」ヨハネ騎士団の男はカラカラと笑った。

勝手に入ってきて、構図がどうだこうだと、ミケーレを挑発しようというのだろうか？　それとも混乱させたいのか？

「こっそりしのびよって、逆上させようというのですか？」

大胆な口をきけばきくほど、背中に隠し持った剣を握るネリナの手に力がはいる。

「言っても無駄だ、ネリナ」ミケーレが口をはさんだ。

「絵画オンチなんだから。頭が堅いんだよ。感情がテーマであること、光線が感情を強めたり弱めたりすることなんか知るわけないだろう？　憎悪でいっぱいの者には、繊細な人間の心なんてわからないのさ」

「ほう、たいしたご託宣だ」

その瞬間パレットが飛んできて、男の顔に黄土色の絵具が飛び散った。肌の色とあまりにもピッタリでほとんど区別がつかないのを見ると、ネリナは笑いだしそうになった。男は思わず剣の柄に手をかけたが、一瞬早くネリナは背中に隠しもったミケーレの剣を相手の胸元につきつけた。

「出ていって！　何度も言ったはずです。そしてもう二度と現れないで！」

ネリナはドアへとゆっくり相手を追い詰めていった。

「どうして彼をほっておいてくれないのですか？　彼があなたに何をしたっていうんです？」

くるりと向きをかえて部屋を出て行く男の絵具だらけの顔がゆがんだ。ネリナに一歩近寄り、胸のお守りをにらみつけると言いはなった。

「彼に聞くがいい！　あいつの罪は未来永劫けっして許されない」

19

下の通りはしんと静まりかえっている。夜になって吹きだした涼しい海風も、日中の暑さを追い払うことはできない。ネリナは横になって暗闇をじっと見つめていた。

このところの日々は不安と焦燥に満ちていた。ナポリも期待していたような安住の地ではなかったのか？ローマからの司直の手先は相変わらず脅威なのだろうか？　ミケーレが有名だから、ローマに引っ立てて行くと大騒動になるから、だからまだ逮捕に来ないだけのことなのか？

薄暗闇の中に、『聖ヨハネの斬首』にミケーレが描き込んだ像の輪郭が見える。ネリナはこの絵に描かれた首が怖かった。

あのヨハネ騎士団の男はいったい何が望みなのだろう。数日前の彼の出現はネリナを不安な気持ちにさせた。ふたりとも憎悪をみなぎらせて激昂したが、いったいどういう関係が隠されているのだろう？

よくよく考えてみると、あの男はもう何年も前からミケーレを追い回しているような気がする。

結局のところナポリに来たのはあまりよい思いつきではなかったかもしれない。ローマにもヴァチカンにも近すぎる。そしてミケーレの評判はあっという間にこの町でも広まってしまった。

足元にいたネロが頭を上げなければ、ネリナは物音に気づかなかっただろう。ミケーレは飲み仲間と酒場に出かけ、アトリエには他に誰もいない。それは中へ入りたい猫がドアをカリカリかく音に似ていた。ゆっくりした一本調子の音がミケーレの仕事場の方から聞こえてくる。ネロがまた頭を前足に乗せたところをみると、たぶん何でもないのだろう。怪しい者が押し入ろうとすればネロが飛びかかるはずだ。おそらくドアの前をネズミでも通ったのか、もしかしたらミケーレが自分の鍵でかんぬきをはずそうとしているのかもしれない。

だが月明かりにネロが起きあがったのが見え、ネリナはじっと暗闇に耳をすました。

隣りの部屋に神経を集中させると、何かをひっかくような、削るような音が、前よりずっとはっきり聞こえてきた。そしてその物音はとつぜん、かんぬきのカチャリという音で止んだ。誰かがドアのかんぬきをもちあげた。肌が総毛だった。犬のハーハーいう声だけが聞こえる。それから蝶番がガチャリと音を立てた。ミケーレであるわけはない。彼なら平気で大きな音を立てる。

誰かがひそやかに動きまわって、床がきしんだ。誰だか分かった！　また来る、たしかにそう言ったのは聞いたが、たいして注意は払わなかった。侵入者は何かを捜しているらしく、そろそろと動き回っている。ネリナは胸がつまって息が止まりそうだった。叫ぶことも話すこともできそうにない。こっちへ来たらどうしよう？　あの男が捜しているのは、わたしの部屋の窓際にあるあの絵に違いない。

ネロ！　どうして飛びかかっていかないの？　吠えて追い払ってくれればいいのに。

ネリナはそっと寝床から抜け出し、木靴をベッドの下に押しこんだ。こうすればすぐに見つかることはないだろう。アトリエには誰もいないと敵に思わせなければいけない。そうだ、絵の後ろのバルコニーの窓が開いている。あそこから抜け出せるかもしれない。足音を忍ばせてバルコニーへ向かう。ネロが振り向きクンクン鼻をならした。

「シーッ、静かに」

ネロは黙ったが、しっぽをますます激しく振っている。そうか、わかった。ローマでミケーレの後をついてきて、そのままアトリエに居着いたネロは野良犬なんかではなかったのだ。前の飼い主にミケーレの所へ送りこまれたのだ。そしてその飼い主というのが今向こうの部屋にいる男というわけだ。

ネリナは用心深く『聖ヨハネの斬首』の乗った画架の下をくぐって、バルコニーの扉を開けて外へ出た。狭いバルコニーの片隅にうずくまり、自分の着ているものが風に揺れて見えたりしないようにきっちりおさえると、身を堅くした。

アトリエの中は静まりかえっている。ネリナは息をするのも恐ろしかった。おそらく中でも同じように気配をうかがっているのだろう。とつぜん、隣りのバルコニーの窓がゆっくりと動いた。誰かが、ミケーレの部屋の窓を開けたのだ。その誰かが頭をちょっと外へ出せば見つかってしまう。戻ろうか？　だが脚が動かない。じっと立ちすくんで、歯をくいしばった。

ネロの尻尾が木の床を叩き短くひと声うなった。男に言葉をかけられると、ネロはすぐに静かになった。あの声！　自分の部屋に今いるのは、間違いなくあのヨハネ騎士団の男だ。ネリナは目を閉じ、首に下げたお守りをかたく握りしめた。

物が裂ける音がして、ネリナは思わず縮みあがった。男は『聖ヨハネの斬首』の絵を切り裂いているのだ。何度も何度もカンバスに剣を突き刺し、ボロボロになった絵を通りにぶちまけている。ののしり、悪態をつきながら、部屋のなかを行ったり来たりして、他の絵を投げとばし、彼女のベッドをメチャクチャにし、木靴を壁に投げつけ、食器をこわし、それからまた怒りを絵にぶつけた。額縁めがけて何度も切りつけ、結局画架をバラバラに壊している。

男が怒り狂っている間、ネリナはただ震えるばかりだった。どうしてこんなことするのだろう？　原因は何？

「おまえをジリジリと焼きつくしてやるぞ、ローソクみたいに」ハーハーあえぎながらつぶやく声が聞こえる。「どこへ隠れたって無駄だ、カラヴァッジョ。世界の果てまで追い詰めてやるからな」

暴れまわって疲れたのか、男は足を引きずりながら、ミケーレのアトリエへ戻っていった。

ネリナは目をつぶって聞こえてくる音に耳をすませると、男がまた窓辺に近寄ったのが分った。おそらく、外に誰かいないか窓から首を出して確かめるだろう。ネリナは急に呪縛から解き放たれたように、開いた窓から自分の部屋の中へしのびこんだ。まさに間一髪。男は頭をつきだしてバルコニーをさぐっている。

部屋は床じゅう、絵の残骸、木切れ、カンバスのきれはしで足の踏み場もなく、音を立てないでいるのは難しかった。カンバスを額に張るのに使われていた釘を踏みぬき思わず叫び声をあげそうになって、あわてて手で口をおさえた。冷や汗が体中に吹きだして、濡れてまとわりつく寝巻きがうっとうしい。

彼女はじっと立って待ったが、何も起こらない。男は出ていったのか、それとも隣りの部屋でじっと身を堅くして様子を窺っているのか、もう分からなくなってしまった。前足に頭を乗せて片隅でうずくまっているネロが、申し訳なさそうにこちらを見ている。その目が緑に光っていた。

20

強い風と船の揺れが心地よい。飛ぶように走り去る陸地、果てしない海原をながめていると、自分がしっかりと経験を積んだひとかどの人物に感じられて、思いを縦横に馳せることができた。

エンリコは旅の任務を思うと武者震いがした。カラヴァッジョを捜しだして絵を買いとれ、とフェルディナンド・ゴンザーガからナポリへ送りだされたのだが、これが成功すればシピオーネ・ボルゲーゼに一歩先んじることになる。それに久しぶりにネリナに会って、これまでに調べあげたことを報告できる。

ナポリまではローマから一日半の船旅だ。初夏のこの季節、雄牛の引くがたがた揺れる車でアッピア街道を行くより、海岸沿いに船で行くほうがずっと早く、快適だ。

甲板に座りこみ、ネリナのことを考えた。あれからどうしているのだろう？　ミケーレとうまく逃げたようだが、自分のことをまだ覚えていてくれるだろうか？　それが一番気にかかる。自分が彼女の記憶からすっぽり抜けてしまっていたら、と思うといてもたってもいられない。だが手紙はすべて監視されかねない状況なので書かないと決めたのだから仕方ない。そして、今やっと彼女に会える希望を胸に船に乗っているのだ。

ローマのマダマ宮殿近くの小路で彼はジュリアを待っていた。真上からジリジリと照らす太陽にほとんど日射病になりかかった頃になってやっと現れた彼女は、胸元にひだがよせてある軽やかな麻の服を着て、髪にはリボンを編みこんでいた。

「ピンチオ公園に行きましょう。お昼時あそこは誰もいないわ」そう言うと、彼の腕をとり、ピッタリと身をよせてきた。相思相愛の恋人どうしのように通りをブラブラ歩き、広場を横切り、公園へ入った。ブドウは実をつけはじめ、木々はうっそうと繁っている。

エンリコはさりげなく尋ねてみた。

「デル・モンテ枢機卿はどうしてきみをボルゲーゼ枢機卿にゆずったんだろう？　料理上手だけが理由だなんてことは考えられないし」

「ローマ人をまだわかっていないようね。デル・モンテ枢機卿、赤毛の司祭ジョヴァン・バティスタ・メリシ、それにダルピーノ卿はみんな同じ穴のむじな、男色よ」

「そうか、そこに美しいご婦人は不向きだなあ」

「そうよ。あの人たちは豊満な胸や丸いお尻に興味はないの。美の基準が違うのよ。カラヴァッジョははじめそのことに気がつかなかった。彼の興味は絵で、モデルに使う男の子たちではなかった。わたしを追いまわして、スカートの下に手をつっこんだくらいだもの」

公園へ来るなら水とワインを持ってくるのだった。エンリコは口がカラカラで、舌が上あごにくっついたようになった。

「じゃあ彼は小難を逃れて大難に出会ったわけだ。ダルピーノと疎遠になり、彼を追い越すほどの実力をつけたミケーレは、男色の画家からは逃れたが獅子の穴に踏み込んでしまったんだね……」

ダルピーノは教皇庁の異端審問局を恐れ、それで絵に関してああも慎重なのだ。これでわたしの主人も何か始められるし、枢機卿の地位を手に入れるための工作ができるかもしれない。シピオーネ・ボルゲーゼにもう二、三枚カラヴァッジョの絵を進呈できれば、うまく行くだろう。

　そして今、裏切り者のようにローマをこっそり抜け出してきた。誰にも、もちろんジュリアにも、ナポリへ行くなどとは一言ももらさなかった。

　海の上にいると、人間の世界の出来事が小さく感じられ、この世のしがらみから解放された気分になれる。陰謀術策、追跡、たくらみ、一切合財が終わりとなるといいのだが。自分は一連の出来事のなかで、将棋の一こまに過ぎないが、ナポリでは色々な用が待っている。ネリナに会うのはもちろんだが、ミケーレにわが主人が立てた非常に興味深い計画に乗ってくれるよう説得する仕事もある。

　教皇がマルティウス広場のボール試合をめぐる一連の事件にかんでいるなら、ミケーレは彼自身の手段で対抗できるはずだ。絵を描きさえすればよいのだ。そうすれば、教皇はミケーレを赦免し、祝福し、そっとローマに呼び戻さざるをえまい。それは、保守的なスペイン派に鞍替えしそうな教皇の動きを阻止することにつながるはずだ。この教皇パウロ五世は敬虔な人物かもしれないが、信仰心を隠れ蓑に、自分の利益をしたたかに計算している。そんな人物にカラヴァッジョを窮地に追いこんだままにしておくなどということができようか？　二十歳《はたち》になるやならずのフェルディナンド・ゴンザーガが父親と同じくらい抜け目なく立ちまわり、策を練っているなどと、教皇にはとても信じられないだろうが、カラヴァッジョに絵を描かせて、それを赦免の材料に使うというのは彼が考えだしたことなのだ。

　そして、もしそれがうまくいけば、教皇は教会改革派の意のままとなるから、この数年キリスト教徒の頭の上にのしかかっていた戦争の危険が回避できるかもしれない。誰だって戦争は望んでいないが、アルプスの北で起きた宗教改革に対抗しようというカトリック教会の動きは日増しに激しくなり、一触即発の危機をはらんでいる。このところ、フランス・イタリア連合はスペイン派と同等の力を持つようになったとはいえ、イタリア派自体は主導権をにぎるには弱すぎる。

あれこれ考えているうちに眠りこんでしまったようだ。目が覚めると、頭上一面に広がる天の川はゆっくりと色を失いはじめていた。なんと美しい！　もう夜明けが近いにちがいない。

主人ゴンザーガの計画をミケーレに納得させられたら、自分自身の立場も変ってくるだろう。マントヴァの貴族の秘書官という身分がひょっとしたら枢機卿の助言者に変るかもしれない。

とつぜんの激しい揺れに、現実に引き戻された。水夫たちが叫びあい、航海士は次々と命令を発している。船が急に片方に傾き、エンリコはまるで逆立ちしたような気分になった。甲板からやっと身を起こして手すり越しに反対側を見ると、水の上に標識灯がまたたいている。夜明けの薄明かりのなか、船はナポリ湾に入っていった。

21

脚を動かそうとして、あまりの痛さに悲鳴をあげた。あの男！　いつの間に出ていったのか。疲労困憊して壁にもたれたところまでは覚えている。きっとそのまま気を失ってしまったのだろう。いったいどのくらいの時間こうしていたのだろう？　ネリナは這うようにして寝台のところまで戻り、無理やり立ちあがった。くぎを踏みぬいた脚が燃えるように熱く、心臓の鼓動に合わせてドクドクと脈打っている。ドアを閉めないと。あの男に見つかってはならない。そんなことになったら、もう命はないのだ。彼の手に落ちた女がどうなるか、レナのことを思えば、考えるまでもない。

とつぜん、階段に足音がした。だがその足音は物音を聞きつけたのか立ち止まってじっと待っている様子だ。

恐怖で口がカラカラだった。ここではすぐに見つかってしまう。足音が近づいてくる。ネリナは叫ぼうとしたが、喉から声は出てこなかった。とつぜん、地獄の業火が彼女の体をつきぬけ、これまでに経験したことのないような漆黒の闇に突き落とされた。

ああ、運ばれていく！　下ろされた！　深い縦穴からいくらよじのぼっても地表につかないようなそんな感じがする。こわい！　ひんやりとした手に髪を幾度も幾度もそっとやさしく撫でられて、やっと彼女は安心した。また意識が遠のき、目の前がグルグル回っている。穴のずっと向こうに明りが見えて、自分を導いてくれる手を再び感じた。

闇がゆっくりと晴れていった。何が起きたのだろう？　あのヨハネ騎士団の男がアトリエにやってきて『聖ヨハネの斬首』をズタズタに切り裂いたことがぼんやりと思いだされた。ミケーレはどこにいる？


ベッドのそばに誰かがいて話しかけ、手を彼女のひたいに置いて汗をぬぐっている。片方の足は焼けた道路を素足で歩いているように熱く、灼熱感が心臓にまで達するような感じだ。

低いささやき声が聞こえる。それから大きな声がひびいてきた。「周りを暗くするほうがいい」

その声が頭に突き刺さり、完全な静寂と暗闇のなかに沈み込んでいった。

目を開けると、上掛けがかかっているのがはっきりと見えた。

「ああ神さま！　ネリナは助かりました」

聞いたことのあるような声だ。頭の後ろに部屋の入口があり、そこから誰かが入ってきた。

ネリナは答えようとしたが、かすかにかすれた声がでるばかりだった。自分でも何を言っているのかわからない。

「わたしどうしたの？」

「くぎを踏んづけて怪我をしたところに、ばい菌が入った。まる三週間、助かるかどうか危険な状態で、つききりだった。熱にうなされながらの話だけど、バルコニーからアトリエへ戻る途中でくぎを踏んだようだよ。ミケーレが見つけてくぎを抜いて、ここに運んできた」

ミケーレ！　彼に警告しなくては！　ネリナは力を振りしぼって体を起こした。

「ヨハネ騎士団の男が……」

「わかっているよ。ミケーレは一週間前にナポリを出た」

ミケーレはナポリにいない？　じゃあ、いったいどこに？　ネリナはまた倒れこんで目を閉じた。

誰かがベッドのそばに座った。首の下に手が差し込まれ、高い姿勢になるように背中にクッションを置いた。スープのにおいがして、唇にスプーンが触れる。おいしい！　急に空腹を感じて夢中になってスープをすすった。

目を開けたネリナが見たのは思いもかけない顔だった。

「エンリコ！　あなたなの？　どうしてここにいるの？」

ネリナは喜ぶべきか怒るべきかわからなかった。ほとんど半年近く何の連絡もくれなかったのに、突然姿を現すなんて。

「どうやってわたしを見つけたの？」

「何日も捜したよ。ミケーレを居酒屋で見つけたんだ」

ネリナは急に力がなえた感じがした。

「ここはどこ？」

「君たちの部屋の向かいにある地下室だ。きみは三週間高熱に冒されていて、ほとんど意識がなかった。私たちは、きみはもう……。傷の手当てをしたのはミケーレだ。きみは人事不省になって、もう二度と目覚めないのではないかと思ったくらいだ。でも、根が頑丈なんだね。まるで火達磨みたいに熱くなっていて、五分おきに湿布を変えなきゃならないことも多かったというのに」

「ねえ、亜麻仁油のにおいがするけど、ミケーレは何か描いたの？」

「『聖ヨハネの斬首』をもう一度描いたんだよ。あいつに破られてしまったからね。ローマへ持っていってほしいって言われたけれど、まずはナポリに置いておくつもりだ。用心に越したことはないから」

あの絵はミケーレの命を保障するものだから、もう一度急いで描く必要があったのだ。

「それでミケーレはどこへ行ったの?」

エンリコは、残りのスープを飲ませるために小鉢を取り上げながら、うなずいた。

「マルタ島だ」

「えっ!」スープにむせて咳き込んだ。目の前が真っ暗になった。「マルタですって? ヨハネ騎士団の本拠地へ? 獅子の穴に自分からのこのこ出かけて行くなんて、自殺するようなものだわ」

「うわさは消さねばならない。まさか、おまえが火種ではないだろうな。外交上の難問が山積みだというのに。カラヴァッジョ襲撃に教皇庁が一枚かんでいるなどと、いったいどこの誰が言いふらしているのだ」

シピオーネは自分の指の爪を満足げにながめていた。手入れの行き届いた爪は教皇の絹の衣の白さに負けないくらいうつくしく輝いている。スペインの外交官はうわさの真偽を確かめようとやっきになっているし、イタリア派は教皇から遠ざかり、そして、フランス派は仲間うちでひそひそ何やら密談をしている。うまい状勢になってきた、これを利用しない手はない。

「ダルピーノのところからカラヴァッジョの作品を大量に押収させたそうですね」

せかせかと動きまわっていた教皇は立ち止まると、甥をにらみつけた。

「どこからそんな話を仕入れた？　わしに対し陰謀をたくらむために身内を枢機卿にしたつもりはないぞ！」

真剣に怒っているな、ふだんはおだやかな人間がこぶしを固めて詰め寄るのを見て、シピオーネはそう思った。

「ローマ中が知っている話です。わたしは、猊下を批判するような連中の味方だったことは一度だってありません。伯父上がそういうことを繰り返し命じるのはなぜか、その結果どういうことになるかを知っていただきたいだけです」

教皇はまた机の周りをイライラと歩きだし、足音が広い空間に響きわたった。シピオーネは、この大きな部屋に足を踏み入れる回数が増えれば増えるほど、その豪華さと、どうだと言わんばかりにひけらかされた富に反感を覚えた。ヴァチカン宮殿のたいていの部屋で、彼はまるでゴタゴタに並べられた骨董屋にいるような気分にさせられたる。ピンチオの丘に新しく建てる自分の宮殿には全体の構想に調和した芸術作品だけを置くつもりだ。

教皇がとつぜん立ち止り手を叩くと、やせた司祭が現れた。

「アレクシス、絵を持ってきなさい」そしてシピオーネに向かって言った。「ダルピーノから絵を押収したわけを知ればさぞ驚くだろう。なんと言っても、おまえはカラヴァッジョに興味を持ち、応援もしたのだからな」

「わたしだけではありません」

「わかっておる。デル・モンテ枢機卿もそうだった。」

最初の絵が運ばれてきた。小さなもの、素描、スケッチ。よく見ようと、シピオーネは近づいていった。カラヴァッジョの最高傑作というわけではないが、肖像画家から始まって、静物画を描いた時代、それから聖人を描く芸術家へ到る成長と発展が見られる作品の数々。一大宝庫が目の前に広げられていた。

「すべておまえのものだ、シピオーネ。こんなくだらんもの、とっとと持っていけ。でないと全部暖炉に放りこませてしまうからな」

返事をするのにシピオーネはのどがつまって、何度も咳払いをしなければならなかった。

「わたしにくださるために、押収したのですか？」

「ピンチオに造る新宮殿用装飾品第一弾だ」

素描とスケッチを前にして、シピオーネは恭順の気持ちでいっぱいになったが、その一方ふらちな考えも頭の隅をよぎった。伯父は必ずしも太っ腹というわけではない。確かに、神に仕える人間としての評判はよいし、その敬虔さは有名だが、それは表向きで、真実とはだいぶ違っている。何年も前から愛人がいるし、計算高い性格、意見の異なる者や今風な考えにたいするあまりにも頑なな態度をたいがいの人は見落としている。こんな贈り物をするということは、何か裏があるはずだ。

「それで、このお返しには何を期待しておられるのです、伯父上？」

シピオーネはひざまずくと、絵やスケッチをそっと両手でなでた。花束のラフスケッチを手にとると、しげしげとながめた。カラヴァッジョは枯れた葉っぱにさえ関心を向けている。独特な描きよう、第一級のスペシャリストだ。

「お返しはいらん。ただ、カラヴァッジョをめぐるマルティウス広場の事件に教皇が関与しているうんぬんのうわさが消えるようにしてほしいだけだ。うわさを広めている張本人を見つけたら、その男が要求するだけのものを払ってやってもよいが、うわさは沈黙させろ」

うまい具合になってきた。何も仕掛けないのに、教皇はこちらの望むような状態にいる。

「ですが猊下は、カラヴァッジョとは関わりあうな、彼のことなど放っておけとお命じになられました」

教皇は、書物机に手をついたまま一瞬じっと凍りついたように動かなかった。その顔つきにシピオーネはハッとなった。やりすぎはいけない。

「おまえがひそかに彼と関わっていることを、わしが知らないとでも思っているのか？　カラヴァッジョの絵を買わせるために赤毛の司祭をナポリへ送ったことを、わしは気づいていない、そう思っているだろう？教会の頂点に立ったから、融通の利かない偏屈になったと考えておるのか？　おまえは頼まれたことをやればよいのだ。この絵はすぐにもっていけ」

教皇は尊大な身振りで部屋を歩きまわり、召使いたちを呼びつけると絵を運びださせた。

シピオーネは教皇のそんな態度など何とも思わずに、自分の計画を頭のなかで追いつづけていた。彼は、教皇の周囲にいる連中の誰がすぐご注進におよぶか先刻承知して、教皇にとって重要と思われる話を定期的にばらまいていた。

「少なくとも、うわさの源のひとつはすぐにも干上げることができます。ゴンザーガは枢機卿の地位を必死に、あらゆる策を弄して手に入れようとしています」

怒りを押さえかねている教皇をシピオーネはじっと見つめていた。前にこの話をしたときには聞く耳を持たなかったが、今度はそうはいかないはずだ。

「二十歳《はたち》になるやならずの若造がか？」

「ですが彼は我々の側です。イタリア派は勢力を強めています」

「そんなものわしには不要だ」

「伯父上がますますスペイン側に傾いて、イタリア派との古いつながりを断っていることは衆目の一致するところですが、改革派も眠っているわけではありません。彼らは彼らなりの犠牲を払うでしょう。ですから、マドリッドからのか細い応援よりローマとパリの強力な後ろ盾を持つほうがよいのではありませんか」

教皇はこぶしで何度もはげしく机を叩いた。自分の政策についてあれこれ言ってほしくないのは分かるが、シピオーネもここで引き下がるわけにはいかなかった。ゴンザーガが自分たち側なのは確かだし、おまけに彼はローマの芸術世界を豊かにしてくれている。それだけでも理由としては充分だ。

「ここはひとつ思いきったことをする必要があります。ミケランジェロ・メリシ・カラヴァッジョが逃亡生活を余儀なくされているうちは、教皇庁が襲撃事件に関与していたといううわさはますます広がるでしょう。それは、教皇ご自身が恩赦を口にされてはじめて鎮まります。どうぞ彼に恩赦を与えることをお考えになってください」

教皇はじっと聞いていた。両手を机の上に押し付けている様子からすれば、押し寄せる感情と戦っていることが分かる。こういう提案は、ほぼに一発くらったも同然だ。

「自分が何を言っているのか承知しておろうな？」静かな教皇の声が部屋にひびいた。

「カラヴァッジョに恩赦を与え、またローマに呼びもどせば、伯父上は安泰です」

「若いゴンザーガを枢機卿の地位につけることはまだよかろう。だが、カラヴァッジョにローマの土を踏ませるなど、とんでもない。わしが生きているかぎり絶対に許さん。教会をひとつにまとめ、細い流れを集めて強大な力を創りだすのはたいへんな苦労なのだ。カラヴァッジョのごとき叛逆者を賛美して経済的保護を与え、その異端的な絵がローマに広まったら、いったいどういうことになる？　彼の作品を拒否している教皇庁が恩赦だと？　とんでもない！　彼の恩赦は絶対にありえない！」声帯が拒否反応を起こしたようなかすれた声で、教皇はきっぱりと拒絶した。

だがシピオーネは満足げに指で手のひらをこすっていた。まず第一段階は勝利した。ゴンザーガが枢機卿になれば、同士がひとり増えることになる。そして、カラヴァッジョのローマ帰還は時間の問題だ。

23

ネリナは体を起こせるようになっていた。短時間ならベッドを下りて、そろそろと歩けるまでに回復していた。もう一週間もすれば、元の体に戻れるだろう。ミケーレがいないから、夜も安心して眠れる。

「何を考えているんだい？」エンリコの目が笑っている。

「あなたのことよ。何故なの、エンリコ？　あなたにはここにとどまる理由なんかないでしょう？」

指先でやさしくほほをなでられて、ネリナは髪の毛の一本一本が震えだすような気がした。

「きみのそばにいたいからさ」

「うそ！」当惑を笑いに隠した。「弱みにつけこもうなんて、悪い人だわ」

エンリコの指がそっと唇に置かれた。そして、うなじにもう片方の手を感じた時には、ネリナは彼に抱き寄せられていた。ふたりの鼻先が触れ合うほど顔が近づき、男の顔が目の前でおぼろになった。ネリナは目を閉じて、彼の唇が自分に触れてくれるのを待っていた。

「きみはとってもきれいだ」

彼女は彼の手を求め、しっかり握りしめた。彼の視線が体をまさぐるように走るのを感じて、体から炎が噴き出すような気がした。エンリコの手がそっとのびて、体の線に沿ってやさしくなでているが、どこかためらうような、遠慮がちな距離を感じた。ふっと不安な気持ちになって目を開けると、エンリコが目を逸らした。

「行かなければならないんだ」

「行くって?」

「ナポリから出て行かないと」

「どうして?」ネリナは頭に一撃くらったような衝撃を受けた。

「主人のフェルディナンド・ゴンザーガのためにここでミケーレの絵を買うことになっていたんだが、『聖ヨハネの斬首』は手元にあるけど、それ以上はもう手に入らない。だから任務は終りだ。主人が近々枢機卿になる。先週、知らせが来たんだよ。そこで、必要だから帰ってこいというわけさ」

「わたしにもあなたが必要だわ」腕を相手の首にからませ、無精ひげのはえたあごにキスをひとつ、そしてそっと唇に触れた。

「一緒に行こう。ミケーレはマルタで大事にされている。あそこなら誰にも邪魔されず自分の芸術を完成させられる。そして、遅くとも一年以内には恩赦がでるから、ローマへ帰れる。凱旋さ。一緒に来るかい、ネリナ?」エンリコはネリナの胸に頭をのせたまま、最前の質問をもういちどくり返した。

ええ、と言いたかった。彼と一緒にローマへ行くと考えながら、彼の腕のなかで眠りたかった。だが、そう言わせない何かが心にひっかかっている。そう、ミケーレにはわたしの助けが要る。わたしがいなければ酒におぼれて落ちるところまで落ちていってしまう。

「まず体力を回復して、それからマルタへ行くわ。ミケーレを捜さなきゃ。彼がもうすっかり安全だなんて信じられない。あのヨハネ騎士団の男がとつぜんミケーレから手をひくなんてことあるかしら?」

エンリコは体を半分起こすと、ほおずえをついて、長いことネリナを見つめていた。空いている片方の手の指でネリナの髪の毛をなでながら考えこんでいる。

「そう言うだろうと思っていたよ。ミケーレは、きみが充分回復したらマルタへ来てほしいそうだ」

「それをわたしには黙っていたのね、ひどい人」皮肉たっぷりに言ったが、気がたかぶって喉がつまったような感じでうまく話せなかった。涙がジンワリにじんできた。涙はすぐにあふれ出て、頬を伝わった。エンリコは屈みこむと、涙を掬い取るようにそっとキスをした。

「ミケーレのところに行ったほうがいい」そう言うと、また頭を彼女の胸の上に置いた。ネリナは彼の重みを、ほおから伝わる温かさを、ざらつくひげを、そして湿った息を感じていた。彼の手が彼女の腹部で何度も何度もゆっくりと円を書き、ネリナはまた霧のなかに沈み込んでいった。

「絶対にローマへ、あなたの所へ戻ってくるわ。約束する」目を閉じて、体すべてをエンリコにゆだねながら、そうささやいた。

24

「もうひとり乗客がいるんですが、かまいませんね」

船長の言葉がまだ耳に残っている。

真っ赤な太陽が、水没するように海に沈んでいく。出航以来、その乗客は部屋にこもったままだ。その男とネリナは同じ船室で、間に間仕切りの布きれ一枚がかかっているだけである。夕方、男がやって来て、荷物を積みこむのが聞こえたが、それからはただひたすら横になっているらしく物音ひとつ聞こえてこない。ただ男が運んできたにおいが厭わしく、彼女はデッキに出た。太陽はすっかり姿を隠し、もうナポリへ戻る術はない。

マルタ島へ寄港する船が出るのをネリナは長いこと待っていた。だが季節は冬で計画通りにはいかなかった。

どんな危険が待ち構えているかはわからないが、女の彼女が船に乗せてもらえなかった事実ひとつとってももう充分危険をはらんでいる。初めにあたった船の船長は、マルタへ渡るために船室を借りたいと聞くと、言い逃れを言った。「お供なしの女ひとりですか。しかもこんなべっぴん。わしんとこの水夫は迷信深くてね、女は不幸を招くって思ってるんですよ」

二度は断わられたくなかったので、ネリナは腕によりをかけて男に変身した。長い巻き毛も切って短い髪形に変え、顔料で茶色のひげを描いた。長いこと病気で寝ていたことが役立ち、鏡をのぞくと自分でもまるっきり男と思える渋い顔があった。

二度目にあたった船長は、何も聞かずに船に乗せてくれたが、法外な金額を要求した。狭い船室をもうひとりの乗客と分けなければならなかったが、どんな人物が現れるのか、彼女は一抹の不安と興味を持って待ちかまえていた。わたし以外にどんな人がマルタなんかに行くのだろう？　マルタは石だらけの島で、ろくな植物も育たない不毛の地だと、ナポリの人は言っていた。前方の暗闇のどこかにマルタ島があるのだが、一週間か一ヶ月か、ひょっとしたらもっと長旅になるかもしれず、途中何があるかもわからない。

「いつ着くかって言われてもねえ」船長は肩をすくめるばかりだ。「潮の流れ、天候しだいってことですよ。特に風が問題で、へたすりゃシチリアに脚止めをくらうこともありますよ。五日で着いたこともあれば四週間かかったこともあるんでね」

今、船長はネリナの隣りにやってきて、海をふたつに分け白波をけたてている艫のほうをいっしょにながめている。

「きれいですな。まるで大股おっぴろげた女みたいだ」

ネリナはビクッとした。気がついているのだろうか？　そんなわけはない。うまく男装しているのだからあてこすりなんかであるわけない。

「マルタで何をなさるんで？」

「商売」あいまいな返事をした。

「そうですか」船長は立派な黒い口ひげをゆっくりとひねりあげながら、ネリナを値踏みするようにジロジロと見つめた。

「それにしては荷物が小さいですな」

「わたしが売るのはここですよ」ネリナは自分の頭を軽く叩きながら言った。

「ああ、学生さんですか。知識を売りなさるんですな。騎士団長のアロフ・ド・ウィニャクールがお待ちかねでしょう。たくさん勉強した人だそうですね。芸術と学問、特に工学が好きだという話ですよ。あなたは武器を作りなさる?」

「いや。建築が専門です」船長の腑に落ちない様子の顔を見て、ネリナは「城砦建築」と付け加えた。

「城砦ですか。確かに島には必要なものですな。堅固なやつが。島がトルコ人にやられてからまだ五十年にもなってませんしね」

ネリナの鼻が、新らしい会話相手が現れたのをかぎつけた。同室の隣りのベッドの男が近寄ってきた。

「島はあまり戦闘に備えてこなかった。おまけに海のなかの岩ばかりの島は自給の努力も怠ってきた。馬用のわらも持っていかなければならないし、水もパンも船が運ぶ。トルコ人はぶっこわしただけで、やるべきことをやらなかったからな」

男が、手で目をこすった。薄暗くなってはいたが、ヨハネ騎士団の印の指輪が見えた。

「商売に行くのかね?」

こういう質問をされたら困ると恐れていた。船の中では一週間も二週間も鼻をつきあわせているのだから会話を避けることはできない。ひとり離れていたり、隠れていたりは不可能だ。それに、ネリナはハッとなった。ミケーレを危険にさらすことになってしまった。エンリコにねだって、『聖ヨハネの斬首』を持ってきているのだ。寝台の下に丸めて置いてあるが、不信を抱いた男に捜されれば、すぐに見つかってしまう。あのままあそこに置いておくのはまずい。だが、船の中でいったいどこへ隠せるというのだ。

「建築家、城砦建築が専門です」ネリナは返事を返したが、声が低音になるように注意した。「いい風がふいてますねえ」ネリナは話題を変えたかった。

「思ったより早く着けるかもしれないな」

「シチリア島を過ぎるまでは分かりませんよ。そこで風が変ることがありますから。シラクサに三週間も足止めされたことも一度や二度じゃありません」

船長の言葉に、ヨハネ騎士団の男は不審そうな顔をした。

「絶好の航海日和じゃないか。シラクサに寄港する必要なんかないだろう？」

「積荷があるんですよ」

「帰りに下ろせばいいじゃないか。まっすぐマルタへ行ってくれたら、船賃を二倍払おう。この風ならほんの目と鼻の先だろう、マルタは」

船長は頭のなかで忙しく計算して、シラクサに寄らずにまっすぐマルタへ行っても損はないとふんだようだ。

「責任は持てませんが、ではそうしましょう。現金ですぐに払っていただけますね？」

「それでは、天候が許せば寄り道せずにまっすぐマルタへ行ってもらおう」男はすぐに承知した。

ネリナにとって、この男と一緒にいる時間が短くなるのは大歓迎だ。扮装がばれる恐れもそれだけ少なくなる。

「失礼して寝かせてもらいます。しんどい一日だったので」ネリナが言うと、男ふたりはうなずいた。ネリナは大股で船尾の船室へ戻っていった。船は相変わらず海をふたつに分けて進んでいる。沸き立つ波が夜の闇のなかで濃い緑色に輝いている。

着替えの最中に誰かに気づかれるといけないので、そのままで横になった。寝台の下をそっとうかがってみる。大丈夫、まだちゃんとある。確実に安全というわけではないが、こんなところに絵を隠しているとは誰も思わないだろう。あの男ももちろんそんなことを考えるわけはない。ビリビリに破ったと思ってるはずだから。

時々前後左右に大きく揺れる船の動きにつれてネリナはボンヤリしていた。意識はしっかりしていたが、それでも半ば眠っているような感覚もあった。何がわたしをマルタへ駆りたてるのだろう？　ミケーレを追っていくのはどうして？　エンリコとローマへ行ったほうがよかったのではないだろうか？　とんでもない！　ミケーレはわたしを助けてくれた、だから今度はこっちがミケーレを助ける番だ。どこまでも追いかけてくる敵がいるかぎり、彼にはどうしたって助けが必要だ。

どうやら眠りこんでしまったらしい。部屋を仕切っている布がとつぜん跳ね上げられて、ハッと飛び起きた。

「まだ起きているか？」

「ええ、何かご用ですか？」寝ているからと断わることができなかった。

「きみは芸術に興味はあるかい？」

「ええ、まあ」

「あの有名な画家カラヴァッジョがマルタ島のヴァレッタに目下滞在中といううわさが広まっていると聞けば、胸が高鳴るのではないかな？」

口中につばがたまってきて、飲みこむこともままならなかった。この声！　思いだしてもゾッとする。男の背後の星明り以外何も目に入らなかった。扮装してても気づかれてしまったのだろうか？　たとえ今はまだ気づかれていなくても、朝トイレを使うときによほど注意をしなければ、船中の人がわたしが女だということを知ってしまう。便所は船首に簡単な木囲いがしてあるだけだった。

「人を殺したと思われてローマから逃げなければならなくなったあのカラヴァッジョですか？」

「思われて？　どうしてそんな言い方をするのかね？　あの男がすぐカッとなる質で喧嘩っぱやいことは有

名だろう。立派な懲役囚になれる」

「カラヴァッジョをご存知なんですか？　わたしは名前しか知らないんですよ、あのスキャンダラスな画家のことは」

「彼の絵はそれはたいしたものだ。崇拝に値する。斬新で情熱的だよ」その声はネリナにはまるで嬉しがっているように聞こえた。

「ずいぶん誉めますね。じゃあ、彼の絵を知っているんですね？」

「全部。全部見たことがある。アルプスの向こうまで絵画の世界を揺さぶる醜聞をひきおこした『聖母の死』も見たからね。あれは、無法者や酔っ払いには持てない繊細さに裏打ちされた作品だ。あの殺人は、ローマから彼を追い出すために仕組まれたものだといううわさもあるくらいで、彼はカッとなりやすい質《たち》らしいが、それでも人を殺してはいないだろう」男はそこで口をつぐんだ。

「わたしに言えることは、それでも彼は有罪だということだ。彼のことは知りすぎるくらい知っている。彼が良心に負わなければならない死者はあれが初めてでもないからな」大きな波に船が悲鳴をあげた。片側に大きく傾き、それからまたゆっくりと平衡に戻った。ネリナは軽いめまいに襲われた。あの男が今言ったことは何なのだろう？　初めての死者でないというのは、どういうことか？

「そういう話、どこで仕入れたのですか？」好奇心をあからさまにしないように注意して尋ねた。

「道中はまだまだ長い。そのうち話す機会もあるだろう。神のご加護がありますように」

境の布の向こう側から祈りをつぶやく声が聞こえてきた。それから寝台に横になる音が、つづいてすぐに鼾が聞こえてきた。

第3部

「もし太陽がいつも見えるなら、それほど貴重でもなかろう。影があるおかげで太陽は一段と明るいものになり、暗闇の存在によっていっそう神々しく姿を現すのだ」

フェデリコ・ボッロメオ　一五九八年

（ミラノの枢機卿をつとめたのち、大司教となる。彼の宮殿は現在アンブロジアナ美術館となっており、ここにカラヴァッジョの作品『果物かご』が収蔵されている）

1

「なんてことだ！」

ネリナは船長がのばす手の先を目で追った。鉛色の水平線の上にくっきりと境目をつけ、厚い雲が湧き上がっている。

「嵐がくるぞ！　シラクサの港に戻るのはもう無理だ。離れすぎてしまった」

船長が苛立った声で言った。

「お若いの、危ないと思ったら体をしっかり結びつけてくださいよ。船べりからすべり落ちでもしたら一巻の終わりだからね」

突然、横腹を風につかみかかられた船は大きく傾いた。水夫たちはロープに体をむすびつけ、甲板にじっとしゃがみこんだ。近くにはヨハネ騎士団の男も座りこんでいる。ネリナはこんなに波にもまれたのは始めてのことで、吐き気と戦っていた。

風はうなりを上げ、叩きつける激しい水しぶきが大音響をたてる。ネリナはデッキに渡してあるロープを両手でしっかり握りしめながら、少しでも楽になるようにと座りなおした。船室の相客にじろじろと見られているのに気がつき、自分の体を見下ろしてみと、びしょ濡れの服が体にべったり張りついて、お守りがくっきり浮き出てしまっている。あわててロープをつかみ直し、それを伝わってようやくの思いで船室の中に滑り込んだ。

船室の中も地獄だ。船は縦に横に大きく揺れ、ネリナは船室の壁板にいやというほど体を叩きつけられた。天井板の釘がゆるんでキイキイと音をたてたと思うと、突風にあおられてはずれ、海に落ちた。襲ってきた突風に船室はゆるゆると崩れて、ネリナは中に埋もれてしまった。

「大丈夫かね、お若いの？」耳元で大きな声がした。

「死ぬかと思いましたよ」ネリナは首を振りながら言った。

「この程度の嵐じゃそんなことにはならんよ。晩冬の雷雨前線にぶつかっただけだからね。一時間もすればこの騒ぎもすっかりおさまる」

ヨハネ騎士団の男は笑いながらこう言うとネリナの腕の下にしっかり手をかけ、立ち上がらせたが、そのとき彼女は男が自分の体を用心深く探ろうとしたように感じた。ネリナはあわてて体を離した。

「ご親切に。もう大丈夫です」

男はあざ笑うような目つきでネリナを見て、無遠慮に上から下へと調べるように視線を走らせたが、その灰色の目がお守りのところで止まった。何か気づいたのだろうか？　ネリナはお守りを肌着の下にそっと押し込んだ。

「マルタ島は初めてかね？」

風にまけじと大声を張り上げてこう聞いた男に向かって、そうだというようにうなずいてみせた。

「誰か人を探しているのか？」

ネリナは首を振った。

「じゃ、騎士団に入ろうとでも？　貴族の生まれかね？」

手を貸してくれてから一時も自分から目を離さないで、相変わらず品定めを続けている様子の相手に、ネリナはちらりと視線を走らせた。

「そうできたら願ったりかなったりなんですが、わたしを受け入れてくれるかどうか」。

「トルコ人と戦うために剣を使える者なら誰でも歓迎されるが、どうだね？」

探りを入れているのだろうか？　質問ぜめにして自分を窮地に追い込もうというのだろうか？

「おう、岬が見えてきたぞ！」

ネリナが答える前にヨハネ騎士団の男は突然立ち上がり、ちょうど通り過ぎて行こうとする灰色のシルエットを、手を伸ばして指差した。波が岬にぶつかって、白いしぶきを上げている。

「もう一息だな。この岬を回れば船もひと安心だ」

「マルタ島にはたびたび？」

「五回、それとも十回だろうか。静かなところ、島が海から立ち上がっている様も気に入っている」

高い岩壁の上に見えるのは要塞のようだ。

「夕方には港に入れるだろう」

「わくわくしてます。この島は地中海の真珠といわれているようですが、ここからだと石灰岩の塊のようで、あまり面白くありませんね」

「そのとおりだ。だが何事も第一印象にだまされてはいけない。意外にあてにならないものだから」

「ものの背後にあるものを見られる人間だけが、真実の性格を知ることができる、ですか？」

ヨハネ騎士団の男は探るような目つきでネリナを見た。

「哲学者みたいなことを言うじゃないか。なかなか弁が立つな。同じぐらい剣が使えれば怖いものなしだ。ところで滞在先は決まっているのかね？」

「マルタ人がキリスト教の徳を実行しているなら、宿の心配はないでしょう。ヴァレッタにも救貧院やら病院やらあって、新参者や巡礼者に宿を提供してくれるのでは？　野宿にもなれてますし。それにわたしをとって食おうって人間もいないでしょう」

男は手で船べりを叩きながら、腹をかかえて笑った。

「きみはなかなか面白いところがあるな。私たちの教団が大事にしているのは徳性だよ。きみに徳がそなわっていて、熱意があるなら、聖ヨハネ騎士団での出世は間違いなしだ」

船がヴァレッタに入港するのを知らせる声が大きくなった。聖エルモ砦の灰色の壁が水際から立ち上がっている。

「聖エルモ砦では、千年も前から標識のための灯火が燃えている。稜堡は女の貞操帯のようなもので、不自由には違いないが、守りのためには絶対必要だ」

「簡単にやられてしまってはまずいですからね」この手の冗談は男うちではいつものことなのだろうと思い、ネリナは声をたてて笑ってみせた。

船は小船に曳かれて、港へと入っていく。対岸にはサンタンジェロ要塞が自然の岩壁に囲まれながらそそり立っている。

「きみはだいぶ町のことが気になるようだが、誰か探しているのかね？」

「いいえ、自然の美しさと建築家たちの腕のみごとさに圧倒されているだけです。ところでマルタに逗留するのは教団の仕事ですか？」

皮肉の混じったほほえみが相手の口元に浮かんだ。

「騎士団総長から呼び戻されたのだよ。さて、きみに宿を勧めるとしたら、イタリア人系宿舎なんだが、皆親切にしてくれる。フラ・ドメニコから勧められて来たと言ったらいい」

ネリナは礼を言ったが、町中のイタリア系でない宿を当たってみようと心に決めた。どうしてもこの男の目の届かないところに行かなければ……。

仕事をてきぱきと片付けている船員の動きを二人は並んで黙って見つめていた。叫び声、右から左から投げられるロープ、やがて船は岩壁に引き寄せられ、係留された。

「それではマルタ島を楽しんでくれ。商売がうまく行くように祈っているよ」こう言ってヨハネ騎士団の男はひらりと跳んで岸に降り立った。騎士団の制服が十分な証明になるのだろう、税官吏のところをすんなりと通り抜けると、しばらくひとりの男のところで立ち止まって二言三言、言葉を交わした。男がちらりと自分の方を見たのに気がつきネリナは不安を感じた。

騎士団の男は自分のことを見破ったのだろうか。

ネリナは税官吏の脇を足早に通り抜けたが、彼はネリナにはまるで目もくれず、じれったそうに船の方をうかがっている。ヨハネ騎士フラ・ドメニコが言った若い男が降りてくるのを待っているのにちがいない。ネリナは緊張しながら、『聖ヨハネの斬首』が入った形の悪い荷物を持ち、急ぎ足で町の方向に続く岸壁の階段を上って行った。税官吏が今にも後ろから呼び止めるのではないかとひやひやしたが、彼は、ベールをかぶった黒っぽい服の若い女が探している若者だとは思いもしなかったのだろう。

ネリナは人の流れに乗って狭い上り坂を町の中心に向かって歩いて行った。市場からは商売人たちのにぎやかな売り声が聞こえ、石畳に響く馬のひづめの音、人の話し声、そして歌声があたりの空気を破る。町は建設の真っただ中で、まるで生き物が成長し、脈を打ち、呼吸しているようだ。ヴァレッタの町は、急ピッチで次のトルコの襲撃に備えている。

最初の難関を切り抜けると、ネリナは次のことを考えた。まず着替えをしなければならなかった。一人旅の女を泊めてくれるところなど、まず見つからないと考えた方がいい。それにミケーレのことを女の自分が尋ねてみても、不審に思われるだけで、答など得られないにきまっている。

あてずっぽうにいくつもの横丁を抜けると、やっと小さな教会の前に出た。扉を押して中に入ってみると、内部は工事中で、足場がかかっている。壁を覆っている麻布のシートの後ろでなら着替えられそうだ。足場に沿ってそっと進み、裏側で仕事をしている人間がいるかどうか耳をそばだててみたが、職人たちは昼休みで、出払っているらしい。

ネリナはシートの裏にもぐり込み、間もなく麻袋を肩にかけた若い男の姿で出てきた。ゆっくりあたりを見回していると、突然、壁から反響音がした。誰かが手を叩いたのだ。振り返ってみると、壁の窪みからあのヨハネ騎士団の男フラ・ドメニコが姿を現した。

「見事な芝居だ、うっかりだまされるところだったよ」

瞬間、ネリナは見つかったことを素直に認めるべきか、それとも芝居をつづけるべきか迷った。

「何のことをおっしゃっているのか分かりませんが」

「これ以上人をだますのは無理だよ。嵐の雨風のせいで折角の男装も化けの皮がはがれてしまったな。ところで首にかけたお守りはいったいどこで手に入れたものかね？」

ネリナは意地でも降参したくなかったが、もし彼を怒らせれば、すぐにも捕まってしまうだろうし、牢獄の中では、簡単に消されてしまう。

「わたしの後をずっとつけていたのですか？　それは教団の教えにかなっているのですか？」

「私たちは騎士修道会の人間だ。キリストの教えに従わない者は一人残らず敵だよ。油断なく見張っていることが肝心だ」

「わたしがあなた方の敵ですって？　わたしはトルコ人やアラビア人と同類だということですか？」

相手がゆっくり近寄ってくるのでネリナは教会の奥へ奥へとあとずさりした。この教会の小さいことが今は悔やまれる。

「身元を隠そうというような人間は必ず何かをたくらんでいるものだ」

ネリナの心臓は今にものどから飛び出しそうだった。どこに逃げたらいいだろう？　思わずにぎりしめたお守りを、相手はじっとみている。呼吸が速くなり、自分でも顔が熱くなってくるのが分かった。

「あなたがレナの死に関係があるのはよく分かってるんです。テヴェレ河に彼女を捨てたでしょ？」

フラ・ドメニコは口を開けて高笑いした。笑い声が小さな教会の中で反響している。

「これは失礼、だがきみの想像力には恐れ入るよ。どうしてわたしがその女を殺したっていうことになるのだね？」

「あなたのせいじゃないのですか、ミケーレが馬の下敷きになって大怪我をしたのは。おかげで何週間も病院通いをしなければならなかったんですよ」

「これは驚いた、そんな根も葉もない話をおまえに吹き込んだのは一体誰だ？」

「そんな質問にわたしが答えるとでも思っているのですか？」

香部屋の方向から声がしてきた。昼休みが終わって職人たちが仕事場に戻って来たらしい。フラ・ドメニコは気がついてないようだ。今がチャンスだ。うまく時間を稼ごう。

「ミケーレを追いかけ、その命を狙うとは。いったいミケーレがあなたに何をしたというのです？」

男は一瞬面食らったように天井のフレスコ画を仰ぎ見た。

「ミケーレは何もおまえに話さなかったのかね？」

「何をです？」

「人殺しのことをだよ」

「人殺し？　ミケーレはラヌシオ・トマッシーニを殺してなんかいません」

「わたしはその男のことを言ってるのじゃない」

その時、香部屋のドアが開き、十人ほど職人が入ってきた。彼らは、見慣れぬ人間が二人、目の前に立っているのを見てハッとした様子だ。

「あの男はわたしの兄の命を奪った。だから死んでもらわなければならない」耳障りなささやき声でフラ・ドメニコはこう言った。ネリナは初め聞き間違いかと思ったが、彼の目の中にはつよい憎しみが宿っている。

不意にネリナは職人たちの方を向いて話しかけた。

「美しい教会だ。誰か中を案内してくれませんか?」

彼女は怒りに顔をゆがめている相手を見てから、世話好きそうな職人たちについて足を進めた。建物の細部を専門家らしくほめたり、色の具合、筆づかいを話題にしながら出口へと移動して行き、それから唐突に礼の言葉を口にすると、あっけにとられている職人を尻目に教会の正面玄関から表へすべり出た。とにかく人ごみに身を隠そうと小走りで街中を抜けた。大聖堂前の広場までくると、雑踏に目をこらして、フラ・ドメニコが追ってきていないことを確かめた。

ほっとしたのと恐怖で膝がガクガクしている。計画の中にフラ・ドメニコのことは入っていなかった。彼は自分の変装を見抜いていた。となると、男装をやめて、ネリナとして人の中に入って行く方がよいのだろうか? いやいや、そんなことをすれば誰も部屋など貸してはくれないだろう。それに変装している方がミケーレを探しやすい。とにかく彼と話をしなければ!

2

「あの男を殺せという命令を、本当に教皇が出したのかね？」

どぎまぎしながらロミーナ・トリペピは安楽椅子に身を沈めた。太ももやら、胸やらチラリと見せてみるのだが、シピオーネ・ボルゲーゼ枢機卿はそ知らぬ顔をしている。この伯父の愛人は彼の好みではない。肉づきがよすぎ、知性に欠けすぎている。伯父カミッロ・ボルゲーゼは長年、彼女に入れあげていた。彼女はシピオーネの大事な情報源、切り札、そして教皇の胸の鼓動を聞く秘密の耳である。教皇は、彼女が甥から送りこまれた人間だとは知りもしなければ、自分が彼女を訪ねた後には、必ずシピオーネが探りを入れているとは考えもしないだろう。

「言われたとおり、そのことを聞いてみたわ。信仰のためにそういう指示を出したんだそうよ」

伯父が信仰を強固なものにするために殺人を依頼し、その上そういう話をセックスしながら打ち明けるとは！　信じがたいし、みっともない！

「トマッシーニが殺されたのははずみだったと言っていたわ。本当はカラヴァッジョをねらったのに、うまくかわされてしまったんですって」

シピオーネは大きくため息をついた。

「ほかに何か言っていたかね、ロミーナ？」

彼女が派手に脚を上げて座りなおしたので服の裾がめくりあがり、白い太ももがむき出しになった。

「同じ失敗は二度と繰り返さない、と言っていたわ。そしてぴったりの人間を見つけたそうよ。カラヴァッジョはもう死んだも同然ですって」

シピオーネはフッと息をはいた。伯父は画家に新しい刺客を送ったのだ。カラヴァッジョは相変わらず危険な状態にあるというわけだ。シピオーネはそわそわと部屋の中を歩き回り、考えをめぐらした。伯父のやることが予想できる限りは、どうということはない。それにしても伯父はなぜカラヴァッジョ殺害を指示する一方で、頼んでおいたカラヴァッジョの赦免の件を無視はしないのだろう。

「もう行っていい、ロミーナ。いつものことだが、この話を誰にも漏らしてはならないぞ。さあ、手当てだ」

シピオーネが金のつまった財布をロミーナの膝の上に投げると、彼女はあわててそれをつかみ、中身を確かめると、ホッとした表情を浮かべた。それからスカートの裾をからげると、部屋を出て行った。

「あの女の話はわかっただろう？」

衝立の後ろから若い男が姿を現した。着ている枢機卿服は仕立ておろしのようにパリッとしている。顔には威厳などまるでなく、若者らしい情熱と、よく見ると高慢そうなまなざしの後ろに才気がうかがわれる。

「あなたの憂さ晴らしと元気の源はだいぶ危ないようですが」

「それ以上だよ。伯父は二股かけている。教皇が臆面もなくそんなことをするとは！」

フェルディナンド・ゴンザーガの顔の表情は変わらない。枢機卿服がまだ体にしっくりしないのか、しきりと肩を持ち上げたり下げたりしている。

「わたしのことを信用していただき、ありがとうございます。イタリア派のお役に立ちたいと思っているのです」こう言ってフェルディナンド・ゴンザーガは軽く頭を下げた。卑下してそうしたのか、それとも自分をからかっているのか、シピオーネにはよく分からなかった。まだこのマントヴァ公の息子を見抜くところまでいっていないが、自分は間違っていないという勘はあった。

「伯父の元でできるだけ早くカラヴァッジョの赦免の準備に当たるのがいいだろうな」

「それで、どんなふうになさるおつもりですか？　人殺しを金で雇うような方は、赦免をしぶるのではありませんか？」

「あるいは、だからこそ勇んで赦免を与えるかだ。とにかく教皇は、カラヴァッジョはそう長く生きることはないと思っている。赦免賛成派は赦免が認められたということで満足するし、反対派は、赦免を受けた人間がもうこの世にいないということで満足する。つまり一石二鳥だ」

フェルディナンド・ゴンザーガは、軽くうなずいた。

「というわけで、教皇には赦免は魅力あるものと思ってもらわなければならないし、カラヴァッジョをつけねらっている殺し屋は排除しないとな」

「殺し屋役を頼まれたのは誰なのでしょう？」

ゴンザーガは何食わぬ顔でこう尋ねたが、シピオーネはこの新米の枢機卿が実際はいろいろ知っていると感じた。ゴンザーガの情報元である秘書エンリコはナポリを飛び回り、自分の主人が枢機卿に任命されたことを祝うためにローマに一度に戻ったあと、今度はミラノへと旅立って行った。カラヴァッジョと彼にまつわる問題について、この若者は口にしたよりずっと多くを知っているはずだ。

「そのことについて何かわたしに話すことがあるのではないか？　きみの秘書のエンリコはカラヴァッジョに会ったのだろう？」

獲物を狩り出そうとこう矢を放ってみた。フェルディナンド・ゴンザーガは眉ひとつ動かさず、身をこわばらせることもなく、頭を動かすこともない。目の前にいる若者は自制心の固まりで、これはシピオーネを多少いらいらさせた。こういう人間なら、枢機卿たちの間で羨望や嫉妬を買わなければ、ひょっとすると教皇の位にまで昇りつめるかもしれない。

「エンリコの話ではマルタ島に逃げたそうです。聖ヨハネ騎士団の本拠があるヴァレッタです。何を望んでマルタに行ったのかは分かりませんが、そこの騎士の一人の追跡からはうまく逃げたようです。どういうわけでこの騎士、フラ・ドメニコというのですが、この男がカラヴァッジョを追いかけているのかは分かりません。ですが、この騎士はカラヴァッジョのアトリエに忍び込み、絵をメチャメチャにしていったそうです。『聖ヨハネの斬首』の絵です」

この若者が、知っていることをすなおにしゃべる態度にシピオーネは驚いた。こうすることで肝心のことから目をそらせようとしているのだろうか？　目くらましを投げておいて、何かを隠そうとしているのだろうか？　このすなおさにだまされないようにしなければ……。自分の情報提供者レオナルドス神父も同じようなことを報告してきたが、ただマルタ島への逃亡についてはまだ何も知らせてこない。だがその報告の中でも、ヨハネ騎士団の男が見え隠れしながらうろついている、とはあった。

「あなたの情報提供者レオナルドス神父がカラヴァッジョに絵を注文しているようなことはありませんか？」

シピオーネは度肝を抜かれた。どこからレオナルドス神父が自分のために働いていること、そしてカラヴァッジョの絵を買い集めていることを聞きつけたのだろう？

「枢機卿猊下」フェルディナンド・ゴンザーガは涼しい顔で話をつづけた。「猊下を驚かすつもりなど毛頭ありません。ただ自分が誠実な人間であることを分かっていただきたいだけです」彼は口元にかすかな笑みを浮かべ、視線を床に落とした。「エンリコが調べたところですと、猊下は画家が仕事をつづけ、絵が完成できるようにとナポリの銀行にひそかに送金していらっしゃいますね。カラヴァッジョは約束を守らず、その金は現在のところ絵の形には変っていないようですが」

シピオーネは先ほどまでロミーナ・トリペピが座っていた安楽椅子の肘をつかんだ。この若者を少しみくびっていたようだ。長男でない貴族にとっては普通なら夢のまた夢、とても手の届かない、めざましい出世もあながち無理でない枢機卿という肩書きを与えたのは軽はずみだった。それなら、この男をしっかり味方につけておかなければいけない！

「あの男を亡き者にしたがっているのが誰か、よく分からないにしても、黙って手をこまねいていてはまずいでしょう。マルタの聖ヨハネ騎士団総長アロフ・ド・ウィニャクールにあててカラヴァッジョのことをくれぐれも頼むと書き送るべきではありませんか？　マルタで殺し屋が行動に出るとは思いませんが、用心するにこしたことはないと思います」

こう言ったゴンザーガの声は自信に満ちている。

「そうだな」答えるシピオーネの声は精彩を欠いていた。

「ご苦労だった。手紙を書き終えたらきみを呼びにやるよ。きみとわたし二人の枢機卿の署名がある方が効果は大きいだろう」

ゴンザーガは軽く身をかがめて挨拶をすると、羽のように軽やかな足取りで部屋を横切り、大理石の床にほんのかすかに足音を残しながら、ドアに向かったが、そこで振り返った。

「猊下！」

シピオーネ・ボルゲーゼは驚いたように頭を上げた。「何かね？」

「些細なことですが、レオナルドス神父には注意なさってください。彼の動機は聖職禄を確かなものにしたいと思う貧しい神父のものかもしれませんが、でも彼が実はジョヴァン・バティスタ・メリシという名で、ミケランジェロ・メリシ、つまりカラヴァッジョの弟だということを頭に入れておきませんと。兄弟仲はよくありませんので」

シピオーネは体を硬くした。そんな情報をこの若造はどこから手に入れたのだろう？

「どうしてそれを知っている？」椅子に深く身を沈めた。自分はずっと事情を掌握しているものと信じこんでいた。ところが、この若者は自分よりはるかに実のある情報をつかんでいるではないか。洗いざらい打ち明けてわたしに何を期待しているのだろう？

「わたしの秘書エンリコの情報ですと、レオナルドス神父はデル・モンテ枢機卿のご趣味に近い人間なので兄弟の仲はまずくなり、それが事情を悪くしているらしいのです」

「というと……」

「……ええ、つまり神父は稚児好みでして。カラヴァッジョにはその方面の性癖はないようですが。何しろ女の尻ばかり追いかけていますから。そういうわけで画家は弟を疎んじているのです」

こう言うとゴンザーガはまるで幽霊の手でドアが開いたように、するりと部屋を出て行った。一人残されたシピオーネは熱でも出たように顔がほてり、それがゆっくりと広がって、そのうちぞくぞくしてきた。あいつの方が自分よりずっと上手だ。この乳くささが残る若者には十分用心した方がよさそうだ。

3

ミケーレ！　どこに行ったら会えるの？
ネリナはヴァレッタにある小さな店をはじから訪ねてみていた。居酒屋にたむろしている人間なら、このの ん兵衛で喧嘩っ早い男のことを知っているはずだ。ところがどこに行っても男たちは首を振るばかりだった。

「カラヴァッジョ？　ミケランジェロ・メリシ？　知らないな、聞いたことないぜ」

「先のとがったあごひげを生やした小柄なやつ？　毎日十人もそんな風体の客がくるが、外国人は一人もないし、まして絵描きなんて」

「お若いの、絵描きを探しているのなら、騎士団総長の館に行けば見つかるよ。ヴァレッタの街中じゃ無理さ」

どこに行ってもこのせりふ、どこに行っても不審そうなまなざしに会い、誰もが眉間にしわを寄せる。皆、本当に知らないのだろうか、それともこんな質問をするよそ者の若い男をうっかり信用してはまずいと、答えてくれないだけなのか。そう思ったネリナは控えめな態度に徹し、一座の人間にワインを振舞ってみたりもしたが、何の情報も得られなかった。ここで待っていても無駄なのだろうか？　だんだん不安になってくる。ミケーレはヨハネ騎士団につかまっているのだろうか？　サンタンジェロ牢獄につながれ、ネズミとかびのはえたパンに悩まされているのではないか？

「シニョーレ、カラヴァッジョを探しているんですか？」少年が声をかけてきた。黒い髪の毛とくぼんだ目をしている。

「そうだが。きみはカラヴァッジョがどこにいるか、どこに行けば会えるか知っているのかい？」

金をせびろうと少年はぬっと手を出した。

「わたしをだます気はないって、どうしたら分かるんだい？」

少年は肩をすぼめると、出した手を引っ込め、くるりと向きを変えるとスタスタと歩き出した。

「分かった、分かったよ！　今、十バヨッキ、カラヴァッジョの所に行ったらまた十バヨッキ払おう」こう少年の背中に向かってネリナは言った。

少しためらった後、彼は戻ってきてまた手を出した。ネリナがその手に硬貨を握らせると、よく確かめもせず腰にぶらさげた袋の中につっこんだ。

「じゃ、ついてきて」

あわててネリナは後を追った。

「カラヴァッジョのいる場所をどこで知ったんだ？」

「ぼくは大聖堂でミサの侍者をしてるんだ。そのうち分かるよ」

いくつも細い路地を抜け、まだ出来上がっていない城館、そして防壁や小さな教会の脇を小走りで歩く。あちこちの建物の正面玄関の上には、二階にまで届く紋章の図柄が黄色っぽい石灰岩に彫ってあったり、白い漆喰の上に色鮮やかに描かれていたりする。ネリナはこうした見事な建物に目を奪われながら、少年の後について、とある広場にまでやってきた。目の前には大聖堂、その二つの塔の先端はすっぱり切りとったような形をしている。塔の鐘がちょうど十二時を告げ始め、その音は町の家々の上を力強く鳴り渡っていく。

「ここなのか?」

「サン・ジョヴァンニ礼拝堂の中だよ」少年はうなずきながらこう答えた。

なるほど、ミケーレは絵を描いているということなのだ。九ヶ月ぶりにミケーレに会えるかもしれないと思うと、ドキドキする。

ネリナは約束した残りの金を渡すと、階段を一段おきに駆け上がり、重い木の扉を押した。中に入ると、暗さに目が慣れるまでしばらく時間がかかった。マルタの光はまぶしいのに、大聖堂の中は重苦しい暗さに支配されている。ゆっくり奥に足を運びながら、画を描く音がするだろうかと耳を澄ませた。中はぞくっとするくらい涼しい。金で装飾された柱、そしていずれフレスコ画で覆いつくされるのだろうが、まだまっさらの天井、思わず目を奪われる銀色のろうそくの光に照らし出された中央祭壇、そして床の大理石の落ち着いた色のモザイク模様は荘重さと冷たさを感じさせる。いくつかの小聖堂にはまだシートがかかっていて、残念ながら大聖堂の壮大な雰囲気を壊している。

ネリナは中を歩き回りながらミケーレを探したが、どこにもその姿はない。まじめそうに見えたが、あの少年は自分をだましたのだろうか。

あきらめて大聖堂を出ようとしたところで出口脇の通路に気がついた。なにげなく入って行くと、そこは礼拝堂で、聖ヨハネ騎士たちが何人か祈りをささげている。そして薄暗がりの中に一枚の絵が見え、ネリナは思わず息を呑んだ。この色調、この描き方はミケランジェロ・メリシのもの！ 祭壇の前に三つの画架を一列に並べて大きな絵が置いてある。完成一歩手前のようだ。カンバスが今までのものに比べ並外れて大きいので、ミケーレはこの場で描くよりほかないのだろう。サン・ジョヴァンニ大聖堂の礼拝堂の中に絵は重々しく浮かびあがり、内部を満たし、まるで威嚇するように強烈だ。後ろの祭壇は絵にすっぽり隠れてしまっている。不気味な絵。黄褐色が全体を支配し、背景の建物はぼんやりしている。じっくり構図を追ってみると、洗礼者聖ヨハネの周りの人物群は左隅に寄せられ、その後ろに薄暗い建物が立ち上っている。監獄の一部だろうか、化粧石を積み上げたアーチ型の門が奥行きを演出していて、ローマのサンタンジェロ牢獄を思いださせる。事件は中庭で起こっているようだ。聖ヨハネが地下牢から光の中へ引きずり出され、右側の、格子がとりつけられた窓からは一緒に囚われた囚人がそっと事の成り行きをうかがっている。彼らはこの恐ろしい事件の目撃者で、絵の構成の上からは殺人者グループとバランスをとる形に配置されている。

聖ヨハネは首をはねられ、さらに辱めも受けている。髪の毛をつかんだ男の手が、後ろ手に縛られた聖ヨハネを地面に押しつけている。背中に隠したナイフは先ほどこの聖人ののどを引き裂いたものだ。切り落とされた首を乗せるために若い女は盆を持ち、絶望感にとらわれた年取った召使いは頭をかかえている。「殺すだけで十分ではないか、何も家畜を扱うように、血抜きをすることはないだろう」とでも言おうとしているのか。ネリナは自分が見つけたことを確かめたくてもう一歩絵に近寄った。首から地面に流れ出た血の川が文字を形作っていて、それがミケーレと読める。これは署名？　ネリナは一瞬ミケーレがこれを自身の血で書いたのではないかと思った。

聖人を殺し、サロメを助けるこの畜殺者は、確かにあのフラ・ドメニコだ。

「人々はこの絵が気に入っているようだ」

ネリナは小さな叫び声を上げた。こそりとも音を立てずに誰かが背後から近づいてきた。目の前に聖ヨハネ騎士が立っている。どこかで会ったことがあるような気がする。どこでだったろう。わたしの素性を知っているのだろうか？　逃げ出す方法は？

「異端者の絵だ。骨の髄までな。こんな絵は断じて大聖堂の中に飾るべきではない。低級な大衆のための絵であって、正しい信仰を持った人間の趣味には合わん。まして聖ヨハネ騎士団の騎士たちにはまったくふさわしくない」

ネリナは落ち着きを取り戻した。目の前にいるのはただの修道士、大聖堂の中で信者の魂の教導を行っている身分の低い聖職者ではないか。

「どうしてそう考えるのです？」

「この絵は異端者が描いたものだと言ったことかね？　ここに置く絵は人を高揚させるべきであって、おとしめるものであってはならない」

死者の上にはまぶしいほどの光が当たっているが、絵を決めているのは暗さだ。聖ヨハネの顔にはミケーレの顔の特徴が何となく感じられるし、その首はあのフラ・ドメニコを思い出させる兵士のナイフで切断されている。

「聖ヨハネの表情に瞑想的な力が隠れているのが分かりますね。彼はイエスに洗礼をほどこし、それで救世主としてのしるしを与えたのですから、イエスに対する責任がありました。絵はそのことで聖ヨハネが絶望していることを、その罪を死で償ったことを語っているようです」そこでいったん言葉を切ると、ネリナは突然頭に浮かんだことを口にした。

「天国そのものが奈落なのです。そこをのぞいた人間をぞっとさせるのです」

修道士はあっけにとられた顔をした。

「天国は憧れの場所ですぞ」

「天国は失ったものにたどりつけるだけのところです」

「あんたはその方面の専門家なのかね？」修道士は探るような目で彼女を見た。

「いえ、絵描きですよ、カラヴァッジョとも呼ばれているミケランジェロ・メリシの賛美者です。ナポリとローマでこの画家の絵をいくつか見ています」

「騎士団総長のところに行ってみるといい。アロフ・デ・ウイニャクール総長はあの男を応援しているから」

「あなたはカラヴァッジョがどこにいるか知っているのですね」

「信心に欠ける絵を完成させようとこの礼拝堂に来ていたよ。このところあまり見かけないが」

ネリナはなっとくした。ニス塗りの仕事は塗った絵具が乾かなければできないからだ。

「あの男はここでなければ、総長の館だ。甲冑に身を包んだ総長の姿を描き終わると、次にこの絵を注文されたわけだ。まあ、きみがどう説明しようと勝手だが、この絵はわたしには俗っぽさに満ちているとうつるがね。宗教的崇高さというものがまるで感じられんからな」

「そうかもしれませんね」ネリナはこう答えながら、どうすれば総長の館にたどりつけるかを考えていた。

「それでアロフ・ド・ウイニャクール総長に目通りがかなうよう計らってもらえないでしょうか?」こう口にしたとたん、それには特別なチェックを受けなければならないことに気がつき、しまった、と思った。教皇庁の場合と同じように、危険人物でないこと、あるいは政治的に重要な人間だと認められて始めて謁見がかなうのだ。修道士がネリナを探るような目つきで見始め、突然おやっという表情を浮かべた。そしてネリナも彼が先日港にいた税官吏だと突然気がついたのだった。間違いない。町は小さいのだから、ここで出会っても不思議ではない。

「ヴァレッタに来て長いのかね?」

「いえ数日です。どうしてそんなことを聞くのです?」

「ただ何となくだよ。ちょっと待ってくれないか。尋ねてみてやろう」

修道士は愛想よく笑顔を作りながら頭を下げると、おそらく聖具室へつながっている脇の口へ姿を消した。その姿が見えなくなるとネリナは大聖堂の出口へと急ぎ、明るい日の光の中へ出て、広場を横切り、人ごみに紛れ込んだ。どこに行けばミケーレに会えるか分かったことだし、近いうちにヴァレッタを離れることもできるだろう。

4

「エンリコ、どうしてまたここに現れたのかね？　おまえ、エンリコじゃろ？」

「はい、ペテルツァーノ親方」

　埃っぽい空気のせいで咳こみながらエンリコはミラノのペテルツァーノ親方の工房に足を踏み入れたところだ。家具や、額縁やカンバスの上にほこりが厚く積もっている。親方自身が年取ったことを別にすれば何も変わっていない。エンリコは手を差し出しながら巨匠に歩み寄った。この前会ったのは二年前だが、あれからさらに小さく、弱々しくなったように見える。不用意に体を動かすとその命が消えてしまいそうだ。ペテルツァーノは客をよく見ようとして、目を細めたが、それはこのところすっかり視力が落ちているせいだ。あのとき辛うじて口の形を支えていた何本かの歯もすっかり抜け落ちているが、しゃべり方は相変わらず元気がよい。

「きみはご主人のために絵を買い集めようとここに来たわけじゃないのだろう。ゴンザーガ公がこのシモーネ・ペテルツァーノと関わりを持とうとはせんだろうからな。となるとミケーレ・メリシについて何か知りたいのだな？　図星だろう？　まあ、とにかく座って、座って。腹は減っていないか？　マグダラ！　マグダラ！　ワインとチーズ、それにオリーブを頼むぞ！　お客さまはお腹をすかせているんだ。さあ、テーブルへ。人生と同じように貧しい食事だが。おまえのご主人は枢機卿になったのかね？　まだ若いが。さあ、早く教えてくれ」

　まるで突風がふくようにペテルツァーノはまくし立て、エンリコの耳の中でその声がうなりをあげている。

「サン・ピエトロ寺院での叙任式からこちらにまっすぐ伺ったわけです」

「そうか、そうか。あのフェルディナンドというのはすごい男だ。ゴンザーガ公の末息子だったか、それとも？　何人か息子がおったような気がしたが、忘れてしまった。芸術的で繊細な感覚の持ち主だ。そして今は枢機卿になったか。おまえもまだ祝いの気分が残っているのだろう？　飲もう、飲もう、のどを潤してから、この年寄りに話をしてくれ。わくわくするじゃないか。体中を耳にして聞くぞ。わしもそのようなミサに預かりたかったよ」

　手伝いの老女がワインとグラスを運んできてテーブルの上に置いた。その横にパンとチーズ、それにオリーブが並ぶ。

「ペテルツァーノ親方、あなたが亡くなったなんて言った人間がいましてね」

　老人はエンリコから気の利いた冗談でも聞かされたようにクックと笑った。

「芸術家というものは普通の人間より早く死ぬものだ。昔はここも大賑わいだったが。見習いが十人、徒弟が十人、背景や手や指を描くのを担当しておった。オリーブの葉だけを専門に描く若い弟子もいたな。芸術家とは言えんし、本当の天才じゃないが、それでもほかの人間にはまねのできない技を持っておった。だが皆行ってしまったよ。この年寄りからはもう何も学ぶものはないというわけだな。わしのように長生きをすれば腕は落ちるばかりだ。感覚も衰え、見てくれも悪くなる。でも神さまはこんなわしを哀れんでくれるのだよ、エンリコ。わしの目を濁らせて、世の中がぼんやりしか見えなくしてくださったからな。一人だけ、この工房からわしの名前を末永くとどめてくれるような人間が生まれた。女たらしのミケランジェロ・メリシ、カラヴァッジョと呼ばれる男だ。あいつには何も教えてやれなかった。とっくに何もかも持っておった。

教えられたことといえば重ね描きの技術ぐらいだ。わし自身は……」

そこで老画家は咳き込んで、言葉を飲み込んだが、そうでもなければエンリコは口をはさむ暇もない。何ヶ月もしゃべる機会がなかったのを、一日で、何時間かで取り戻そうとするように老人は息もつかずに話しつづける。

「カラヴァッジョのことはよく覚えていらっしゃいますか?」

「ああ、忘れられん奴だよ。とても飲み込みが早く、おそろしく鋭敏だったが、激しやすくて無思慮なところがあった。喧嘩早くって、大酒のみ、かんしゃくもち、そういうものがあいつの中に巣食って、蝕んでいた。怒りに駆られると大の男ふたりがかりでも止められなかったな。十五か十六のときにはもう口より頭より、まず剣を使う方が先だった。絵筆と同じぐらい剣の扱いはうまかった。絵の中にはそのお気に入りの剣が人物よりも正確に描いてあるが、それはあいつが剣を神のようにあがめているということの証拠だな」

「親方、お話の腰を折るようで申し訳ありませんが、実はナポリで、カラヴァッジョの人生に強く影響を与えたらしい話を小耳にはさんだのです。このミラノで、あなたの工房に見習いに入った時代のことのようで。何があったのでしょう。詳しい事情をご存知ですか?」

いらいらしたようにペテルツァーノは脚で床を踏み鳴らした。どんより濁った左目でエンリコをじっと見てから、視線はあらぬ方をさまよい、最後は自分自身の中をのぞいているようでもあった。言いよどんでいる。

「何かある。その通り。カラヴァッジョの修行はそれが原因で終わったのだよ。だがどうしておまえに話す必要があるのかね? ずっと昔のことだ。古い話をむしかえしてどうなる、ええ? それが年寄りの知恵というものじゃよ」

「カラヴァッジョは追われています。殺されようとしているのです」

ふたたび老人の濁った目がエンリコの上を行ったりきたりしている。

「わしは当時ヴェネチアにおったから、事件を直接見聞きしたわけではないのだが。メリシの妹カテリーナに若い貴族がぞっこんで、その若造の親もメリシの父親と同じフランチェスコ・スフォルツァ公に仕えておった。公が亡くなると風紀が乱れだしたのか、貴族の息子たちは町娘たちを引っ張り込むようになったんだよ。その中にカテリーナ・メリシを丸め込んだ奴がいた。身分違いだったが、やれ婚約だ、結婚だと噂されるようになって、そのまま行けば彼女は愛人になっていたかも知れん。だがミケーレにはそれは気に入らないことだった。父親はペストにやられてもう死んでいたから、カテリーナのことを決める責任はミケーレにあった。そりゃまだ無理な話だよ、なんたって十六かそこらなんだから」

「ミケーレの家族についてどんなことをご存知なんですか?」

「エンリコ、わしにこれまでに見聞きした出来事と人の名前を全部覚えていろというなら、頭がもう一つなくちゃならんよ。わしの記憶力も骨同様、すっかり弱くなってしまった」

「何が起こったのです、親方?」

老人はそれには答えようとせず、そろりそろりと立ち上がると、ついて来るようにエンリコに目配せした。足を引きずりながら、先に立って古い絵が並べてある工房の隅に彼を連れて行った。

「素描や売れなかったものだ」老人はがらくたの説明をしながら並べてあるカンバスを覗き込み、スケッチの乱雑な山に首を突っ込んでは何か探している。

「確かここにあったはずだが……」

「何を探していらっしゃるんですか、親方?」

「まあ、ちょっと待ってくれんか。急ぐとろくなことがない。おお、あったぞ、これだ、これだ」

山積みになったカンバスの中から老画家は一枚を引っ張り出した。二人の若い男の肖像画だが、身につけている服と手から見て、少年と言った方がふさわしいだろう。一目で貴族とわかる一方の人物の顔がナイフでばっさり切り取られている。

「ミケーレ・メリシが受けた最初の注文作品だよ。さっき話した若い男から肖像画を頼まれたんだ。思い出しだぞ、アントニオ・ディ・ルッソ！　そういう名前だった。横にいるのが弟のドメニコだ」

「ミケーレには納得のいく出来ではなかったようですね」

「顔の部分が切られているからそう思うのかね？　そうではない。彼の年を考えたら大したものだ。見事なものだよ。もちろん絵を引き渡すことはできなかった。激しい気性のせいであいつは絵を切断してしまった」

「彼自身がやったんですか、それはまたどうしてですか？」

ペテルツァーノ親方は絵を腋の下に挟み、よたよたしながら元の場所に戻った。

「わしがヴェネチアから戻ってみると、ミケーレはもう牢屋に入っておった。殺人のかどでだが、メリシ家の家長として当然の行為であることは認められていた。おそらく両家が結びつくことをミケーレが認めなかったせいだろうが、決着をつけようとした決闘で、奴は若いアントニオに重傷を負わせてしまったのだよ。間もなく彼は死んだ。ミケーレは罪を認め、たっぷり一年間、その償いをすることになったよ。母親はすっかりふさぎこんでしまい、死ぬまでとうとう立ち直ることはできなかったようだがな。ミケーレは自由の身になると弟妹たちと遺産を分け、ローマに向かったんだ。おまえが今見た絵はその殺した人物を描いたものだが、それ以上のことはわしは知らん。話せるのはこれだけだ」

エンリコは興味深げにあらためて絵をのぞき込んだ。アントニオ・ディ・ルッソの顔は切り取られていて、どんな風だったのかまるで分からない。首に下げた筒型の銀の小さな飾りが目を引く。弟の方を見てみると、乳くさい顔、どうという特徴のない、人生の経験も浅い、金持ちのぼんぼんだ。顔のない若い貴族アントニオ・ディ・ルッソは右手の親指に指輪をはめていた。

5

ネリナは騎士団総長の宮殿前に広がる広場に目をやりながら、あれこれ思いにふけっていた。ヴァレッタの町に住んでいる人間は日に一度はこの場所を通る。それならばいつかここでミケーレに会えるはずだ。

人目につかぬよう、ここの女性たちと同じように顔の部分にベールがついた黒のケープを羽織っている。その下は男の服で、必要ならすぐ変身できるようにと考えてのことだ。日陰の小さな椅子に腰を下ろし、やりかけの刺繍仕事を手に持ち、広場を眺めていた。暑さでかげろうが立ち、建物の石が白っぽいせいで暑さは一段と厳しさを増している。

ミケーレを尋ねあてようと、今はこうしてヴァレッタにいるのだが、どうしてこんなことをしているのか自分でもよく分からなかった。ミケーレについて人から教えられたことを考え合わせると、彼は総長からたくさんの注文を受けて、庇護されながら館に住み、贅沢三昧の生活を送っているらしい。ひとりで立派にやっているのは、それはそれで喜ばしいことなのだが、相手は自分を必要としていないと思うと一抹の寂しさも感じる。

何かが体に触わりハッとした。犬が脚の間でじゃれながらクンクン鳴いている。犬の毛が日の光を浴びて青黒く光っている。ネリナは腹をたて、いらいらしながら犬を脇に押しやった。

「シッシッ、あっちにお行き！」

ところが黒犬はいくら追い払ってもすぐに寄ってきてネリナの横の地面に座ろうとする。脚の間に頭を入れ、上目づかいでネリナを見ていたが、突然うれしそうに跳びついてきた。

「ネロ！　おまえ、ネロね？　ミケーレがおまえを連れて来たのね。それじゃ、どこに行けばミケーレに会えるか知っているんでしょ？」

ミケーレがマルタ島にこの犬を連れて来たということは、今これはヨハネ騎士団の犬なのだろうか。ぎょっとして辺りを用心深く見回してみる。あの男に見つかれば、捕まる危険はあるが、といってミケーレに会おうとするなら、ひるんでいてはどうしようもない。幸いそれらしい人物は見当らない。

「おまえどっちの方から来たの？　町を好きにうろついてもいいのね？」犬がどこかに行ってしまわないように静かに話しかける。「ネロ、さあ立って、立って！　ミケーレはどこ？　一緒にミケーレを探して！」両手で犬の頭をかかえるとその目をのぞきこみながら言った。

どうやらそれが分かったのか、ネロは広場を走り出し、彼女がすぐついてこないとみると振り返っている。ネリナは元気を出して立ち上がった。ネロは港の方向、町の門の方へどんどん走って行く。あたりに目を走らせながら、彼女はゆっくり後を追った。

自分は見張られているのだろうか？　誰か追いかけてきていないだろうか？　それらしい人影がないと分かると、宮殿から遠ざかる一歩ごとにネリナの心配は小さくなり、用心深さも薄れていった。平らな屋根を連ねて建つ宿の一つの横でネロは止まった。午後も遅い時間になれば太陽はその力を失って、海から涼しい風が吹いてくる。宿の中から若々しい騎士たちの笑い声や話し声が漏れてきた。このイタリア人系宿舎の入口の上には紋章がついていて、隠れるようにして入口に騎士が二人立ち、見張りをしている。ネリナはそっと口笛を吹いてネロを呼び戻した。

「そうなのね、ミケーレはここにいるのね。お利巧さん。だけどどうしておまえを町に出したのかしら。うろついている犬はつかまってしまうのに。ミケーレがおまえを追い出したの？　それともおまえは……」

突然ハッと気がついて、あわてて振り返り、坂の上を見上げた。路の角にヨハネ騎士が一人悠然と腕を組み、家の壁に寄りかかってこちらをじっと見つめている。フラ・ドメニコ！　体がかっと熱くなった。こういうことが起こるとなぜ考えなかったのだろうか？　浅はかだった。そう、ネロはヴァレッタ中を嗅ぎまわって、どこに自分が隠れているか探していたのだ。

ネリナはうかつな自分をのろった。それにしても解せないのは、どうしてあの男はミケーレを誘い出すのに、ネロに自分を追わせるようなことをしたのだろうか。ミケーレはアロフ・ド・ウイニャクール総長の厚い庇護を受けているのだから、手をだせないはずだ。

目を閉じるとローマの魚市場の光景が浮かんできた。レナをテヴェレ河の岸辺に引っ張って行った男の姿。思わず知らずお守りを握りしめた。

意を決するとネリナは町の城壁に沿って走り出し、次の角で曲がった。ネロはぴったりついて来ている。開いている門を探し、その一つの中に滑り込んだ。急いで着ている女の服を脱いで丸めると、首をかしげびっくりしたように自分をみつめているネロに、この服を見張っているように命じた。それからまた表に出て、足が不自由なふりをして足をひきずりながら歩き始めたとたん、視界の隅に角を曲がって来るフラ・ドメニコの姿が入った。後を追ってきているかどうか確かめることはできなかったが、足音は聞こえなくなった。額から汗が滴り落ちる。危機一髪だった。

カタリナ教会のそばに建つイタリア人系宿舎の路を曲がろうとして、ネリナは建物の中をのぞいてみた。退屈そうにしている二人の門番が見えたので近づいて行ったが、胸の鼓動は激しく、膝がガクガクしてきた。

「ここにあの有名な画家のカラヴァッジョがいますね？」

「そんなことを知りたがるおまえは、いったいどういう人間だ？」ひとりが無愛想にこう答えた。

「ローマでもナポリでも彼とつきあいがあった者です」

「そうか、そういう事情か。ああ、彼はここに泊まっている」門番のヨハネ騎士はすぐに愛想のよい調子に変わった。

「話ができるでしょうか？」

門番はネリナを上から下までじろじろ見て、値踏みしている。

「総長の許可がない人間はここに入れたくないのだよ。許しは総長のところでしか手に入らない。ここに住みたいならまず教団に入らないとな」

「じゃ、呼び出してもらえませんか？」

「そりゃできない相談だ。彼は今、総長の館にいるのだから」

「となると、戻ってくるまで待つしかないですね」

「まあその手もあるが、見込みは薄いぞ。カラヴァッジョはここに帰ってこないことがよくあるからな。館での仕事は……」こう言って門番は仲間の方をみてニヤニヤしている。「彼は忙しいんだ。特に今はな、何しろ任命間近だから」

「任命？　どんな？」

「まあ話してもかまわないだろうが、ミケランジェロ・メリシ・ダ・カラヴァッジョは近々聖ヨハネ騎士団員になるのだよ。一年と一日の修練期間が終わるからな。たしか七月の半ばのはずだ。とくにアロフ・ド・ウイニャクール総長に対して功績があったおかげだ。大聖堂の絵を知っているかね？」

ネリナはうなずいた。

「カラヴァッジョは名誉騎士の位を授けられるのだ」

6

エンリコはペテルツァーノ親方から確かな情報をもらった。今、サンタ・マリア・セルヴィ教会のはす向かいにあるカラヴァッジョの両親が住んでいた家の前に立っている。教会と同じ名前がついた通り沿いに建つこの家に、今は彼の妹が住んでいるという。エンリコは彫刻がほどこされた木のドアをノックし、待った。だが何の反応もない。そこで何歩か下がって、窓のよろい戸をよく見ていると、二階の一箇所が少しばかり動いた。エンリコはそちらに向かって陽気に手を振りながら、女あるじが自分のことを怪しげな人間ではないと分かってくれればいいのだがと思った。

ふたたびドアの前に立つと、階段を下りてくる足音が聞こえてくる。程なくドアが開き、白髪頭の女性が顔をのぞかせた。手伝いの女だ。

「どんな御用でしょう?」

「こちらにイタリア全土で有名な画家ミケランジェロ・メリシの妹でいらっしゃるカテリーナ・メリシさんがお住まいでしょうか?」

「ええ、ですけど結婚して、もうメリシとは名乗っておられません」

「わたしは年代記の編者でして、フェルディナンド・ゴンザーガ枢機卿の依頼でやってきました。枢機卿は高名な画家の人生を綴りたいと考えておいでなのです。そしてカラヴァッジョが修行したペテルツァーノ親方がこちらに妹さんがお住まいだと教えてくれました」口からでまかせでこう言った。「奥さまにいくつかお尋ねしたいことがあるのです」

手伝いの老女は口の中で何かぶつぶつ言うと、ドアを閉めてしまった。承知してくれたのか、それとも拒否したのかよく分からず、エンリコはただ待つよりほかなかった。会うのは無理かと半分諦めかけたところに、また階段を下りてくる足音がして、ドアが開いた。

「お会いになるそうです。こちらへどうぞ」老女はぼそぼそと言って、彼を招き入れた。急な階段を昇り、応接間らしきところに通された。部屋は薄暗く、閉まったよろい戸の間から漏れてくる光だけが頼りだ。部屋の真ん中に椅子があって、そこに女主人は座っていた。三十ぐらいだろうか、ミケーレとはあまり似たところがない。明るい色の服は春の草原の匂いを連想させるが、その厳しい口元は人生に失望したような表情を見せている。

エンリコはかぶっている帽子が床に着くほど、深々とおじぎをした。差し出された彼女の手をそっととり、軽く接吻した。

「奥さま、わたしはエンリコと申しまして、教皇庁のフェルディナンド・ゴンザーガ枢機卿に仕える年代記の編者でございます。あなたさまがミケランジェロ・メリシ殿の妹さまでございましたら、いくつか質問にお答えいただきたいのですが」

「何をお話できるでしょう？　十五年以上会っていないのですから。家族の絆はずっと前に切れ、兄のことは何も知りません」

エンリコは頬をゆるめてそれにこたえようとしたが、そういう雰囲気ではないと気がついた。

「あなたが兄の若いころの絵を探しておいででしたら、それは無駄ですよ。一枚も持っておりませんから。家族の意向とは逆にミケーレはそういうことに頓着しませんからね」

「絵のことではないのです。いくつか昔のことをお尋ねできたらと思いまして……」

「どうぞお尋ねください」エンリコに終わりまで言わせない。「どんどんお尋ねになって、早くお帰りください」

エンリコは深々と頭を下げ、女主人をなだめようとした。

「申し訳ございません。奥さま……」

「手短にしてくださいね！」また話をさえぎった。「兄の負債を故郷のカラヴァッジョにあったあちこちの土地を売って弁済してからというもの、私たちは兄と会っていません。残った遺産を分けたとき、兄はローマに行く資金を作るのだといって、自分の取り分を売りました。お話できるのはこれだけですよ」

カテリーナを見ているうちに、何となく見覚えがあるような気がしてきた。どこかでこの目、この華奢な感じのする口元、ちょっと皺がある首を見ている。一生懸命に考えてみるのだが、思い出せそうで、なかなか思い出せない。

「確かジョヴァン・バティスタといわれる下のお兄さまは、男たちと関係を持っておられることをご承知でしょうか？」

ミケーレの妹はそれまで落ち着いて、動じたふうもなくどっしりと座っていたのだが、この言葉を耳にしたとたんうろたえた。

「そのような思いつきの質問にお答えしなければならないいわれはありません。さあ、すぐお引取りください、早く！」

最後の言葉は悲鳴にも似ていた。

「奥さま、もうおいとまいたしますが、ローマではミケーレ・メリシは妹を犯したという話が流布しています。本当のことなのでしょうか？」

ミケーレの妹の顔ははじめ蒼白になり、それからまるで赤インクにでも浸したように真っ赤になった。何か言い返そうと言葉を捜しているようなのだが、あえぎ、のどをごろごろ言わせるだけだ。カテリーナ・メリシが示した反応だけで十分だった。彼は慇懃にお辞儀をすると、くるりと背を向け、応接間を後にした。ゆっくり階段を下りて行くと、踊り場に来たところで自分を呼び止める小さな声が聞こえた。先ほどの老女が台所から顔を出し、手招きをしている。

「奥さまの婚約者をミケーレさまが殺したのです、決闘で。カテリーナさまは婚約者をとても愛していらっしゃいました」

エンリコは思わずヒュッと口笛を吹いた。

「どうしてわたしにそんな話をするのだね？」

老女はエンリコをじっと見ていたが、目つきがだんだん不機嫌そうになってきた。

「この有名な画家のことを書くのでしたら、その中にミケーレは人殺しだ、手についた血で絵を描いている、絵はいつも贖罪以外の何ものではないとお書きください。永遠の命に逆らう人間です」彼女は歯の抜けた顔でこう言った。「ミケーレは奥さまの人生をメチャクチャにしてしまった。だからわたしはね、あの男を褒めるなんてことは金輪際したくないんですよ。永劫の罰を下せといっているわけじゃありません、裁いてほしいのです！」

そう言うと、身振りでエンリコに出て行くように促した。だが彼が家を出ようとしたところで、老女は口笛を吹いた。エンリコが振り返ると彼女は寄ってきて言った。

「奥さまはお嬢さまのことをお話になりました？」

「娘がいる？」

「お一人。かわいい方でしたよ」

「亡くなったのか？」

しゃべりすぎたと思ったのか、老女は肩をすくめただけで、エンリコをドアの外に押し出すとあわてて閉めてしまった。

何を言いたかったのだろう？　何ともそっけない態度だ。

エンリコは通りの光の中に出たが、そのまぶしさに思わず目をつぶった。すると瞼の後ろに突然一枚の絵が浮かび、カテリーナの顔を以前どこで見たのか思い出した。今より十か十五歳若く、肌はすべすべし、目は諦めや疲れを表しているのではなく、もっと情熱的で訴える力の強いものだった。ミケーレの『聖ヨハネの斬首』と名づけられた絵に、カテリーナ・メリシの若いときの姿があったのだ。彼女はサロメの姿で、ヨハネの首を所望していた。

7

「ミケーレ？」

総長宮殿を出てきた男の背後からネリナは小さな声で呼びかけた。まぶしい太陽のせいでよくは見えなかったが、モジャモジャの頭と、腰に差した剣の柄に手をかけた荒々しい姿が気になった。男は急に立ち止まったが、ふり返る様子はない。羽織っているマントがわずかに動いたのを見て、ネリナは彼が剣の柄を握りなおしたのが分かった。

「ミケーレ、わたしよ！」

歩き方からも彼だと思った。体を少しゆすり、ひきずるような歩き方は剣で刺されて怪我をしたせいだ。

「誰だ？」

「ネリナよ」

ミケーレはゆっくりそばに寄ってくると、剣に手をかけ、ネリナを射るような目で見た。

「人をからかうんじゃない！」

その顔を見てネリナは思わず自分の口を押さえた。目は落ち窪んで隈ができ、頬はすっかりこけ、歯が欠けている。額には汗が吹き出し、下くちびるは震え、体がユラユラしている。視線はネリナの上を行ったりきたりしているが、彼女のことは分からないらしい。男装をしているせいだろうか。ネリナはあたりに人はいないか、四方八方に目を配った。

「分からないの？　ネリナよ！　わたしに黙って行ってしまって。わたし、一人でここまできたのよ」

ゆっくりと彼に近づき、笑いかけたが、ミケーレは相変わらず不審そうな顔をしたままだ。

「本当にネリナなんだな？」

「やっと分かったのね！　何日も何日もあなたが館から出てくるのを待っていたのよ」

「どこに泊まっているんだ？」

「城壁の外の漁師の家にやっかいになっているの」

「どうしてそんなところに？」

「あなたも知っているあのフラ・ドメニコと顔を合わせたくないから。彼はわたしにつきまとっているけど、捕まえる気はないみたい、変でしょ？」

ミケーレはかすかにうなずき、視線を地面に落とすと、靴の先で石畳にかぶっている砂の上に何か描いている。それから顔を上げて、彼女を見た。

「おまえはもう用なしになったんだろうさ。目当てはこのおれだよ。さあ、ここを離れよう」

こう言ってミケーレはネリナの腕を取った。ヴァレッタの町には、ローマやナポリのような細い脇道や、切通しといったものが一つもない。細部に至るまでよく考えられていて、見通しがよく、敵に対しても、守る味方にたいしてもあけっぴろげだ。

ミケーレの体からは汗とワイン、絵具の強いにおいがする。

「ミケーレ、いったいどうしたの？　本当にひどい格好。何ヶ月もお風呂に縁がなかったみたい」

頬とあごの間には深いしわが刻まれ、ひげが長くのびている。疲労困憊といった様子で、動きは緩慢、だらしない姿勢、力ない目でネリナを見つめている。

「おれはこの島を出なきゃならないんだ。できるだけ早くな。フラ・ドメニコのやつ、騎士団総長の面前でおれを中傷しやがった。総長から頼まれた三枚目の絵がまだ描き終わっていないから、今のところは総長もおれに肩入れしてくれている。だが、いったん絵が出来上がってしまえばどういうことになるか…… サンタンジェロ牢獄にぶちこまれるっていうことだけは勘弁してほしいよ。生きてあそこから出られた奴はいないらしいからな」

ネリナはミケーレの話を驚きながら聞いていた。建物の陰に入っても空気はぎらぎらし、のどが張りつく。目の前がかすんできて、ミケーレの顔がまるで溶けてなくなりそうだ。

「だって、もうすぐ名誉騎士になれるんじゃないの？」

「二流の騎士さ！ 何の役に立つもんか。それでも名誉騎士になれば、フラ・ドメニコにつきまとわれることもなくなるかもな」

ミケーレの目はうつろだ。こんなミケーレを見るのは初めてだった。長いこと頭にこびりついて離れなかった質問をネリナはのどから搾り出すようにして口にした。

「あなたを助けたいの。でもその前に教えてちょうだい、フラ・ドメニコが言ったことは本当かどうか。あなたが若いときに人を殺したって言うのよ。答えて。わたし、どうしても知りたいの」

ミケーレは目を大きく見開いてネリナを見た。それから下を向くと、ながいこと頭を大きく振った。汗まみれの、櫛の通ってない髪が顔にかかる。

「とんでもない話だ、何もかも口から出まかせの嘘さ。おれは誰も殺しちゃいない。どうして殺人というと全部おれのせいになるんだ？」

「そんなにむきにならないで！」ミケーレをなだめようとしたが、正直なところ彼のことを信じたわけではない。なにか答えが通り一遍で、説得力もなく、自分のやったことを説明しようとする気などないように見える。

「本当の事、言ってないわね」ネリナは小声でこう言ったが、自分でもその声がとがっているのに気がついた。

とつぜんミケーレは体をシャキッとさせた。目がギラギラしている。

「おれを信じられないんだな？　うせろ、このあま！　おれは誰の助けもいらん！　おまえなんかいなくたってここから出ていこうとすれば出て行ける」

こう捨て台詞をはくと身をひるがえし、港に向かって歩き始めた。去って行くミケーレの背中は何とも弱々しかったが、そこには誇りと他人を寄せつけない何かが感じられ、ネリナは一言も言葉を返すことができなかった。

出会いはもっとしみじみとしたものになると思っていた。ミケーレの後を追いかけるべきか、それともやりたいようにさせておくのがいいのか分からない。ようやく自分らしくもないと思いながら、足を引きずってもう路を半分ほど下っていたミケーレを追いかけた。

8

一心に祈っているフラ・ドメニコに近づき、自分の方に注意を向けさせるのに、ネリナは持っているありったけの勇気を集めなければならなかった。フラ・ドメニコと二人だけで話したかったが、どういうわけか出会うのは決まってミケーレがそばにいるときなのだ。

ところが今、フラ・ドメニコは自分の前で頭を垂れ、他人のことはまるで目に入らないらしく、一心に長い祈りを唱えている。別に僧が一人、礼拝堂の後ろの隅に座って祈祷書に目を落としていた。広い空間の中で聞こえるのは祈りを唱える低い声だけだ。ネリナはフラ・ドメニコの横に腰を掛けると、彼から目は離さず、じっと待った。

「フラ・ドメニコ、少しだけわたしのために時間をください」

「どういうわけでわたしを待っていた？」ネリナが話しかけてくると予想していたのか、すぐ祈るのを止め、声を落として言った。

「気がついていたのですか？」

「じっと見られていて、それに気がつかないなどということはない。目を四方八方に配り、五感をいつも研ぎ澄ませていなかったなら、わたしはとっくの昔に死んでいた。心にかかっていることを言ってみたらいい。大聖堂は平和の住みかだ。ここでは何の危害も加えられる心配はない。わたしのことも恐れることはない」

彼は十字を切ると、小さな祭壇にはとても収まりそうにないミケーレの絵の方に視線を走らせた。絵の真下には聖ヨハネ騎士団の十字架が白く輝き、絵の中には聖ヨハネの流れ出る血でミケーレの名がサインされている。この絵に描かれている人物たちはお互い目を合わせていない。画面にあふれているのは、描かれた人物全員がみせるあきらめの境地、逃れられないものは甘んじて受けるより仕方ないという雰囲気だ。この大きな絵は激情にあふれてはいるが、救いを求める人間には何の助けにもならない。犠牲場面をのぞき見させようとしているだけだ。ネリナは何か自分が見捨てられたような気分になった。誰一人、聖ヨハネを助けに駆けつけはしないし、割って入ろうとする人間もいない。皆、彼のまわりに立っているだけだ。老女の顔をみればはっきりするように、聖ヨハネを失う苦しさに顔をゆがめはしても、身分の高い人間の命令で起こった出来事を従順に受け入れている。

「何をわたしから聞きだそうというのだ」

「フラ・ドメニコ……あなたのお兄さんを……あの……生き返らせることはもう無理なのですから……、あの、わたしが言いたかったのは……人の死を復讐であがなうことはできないと思うのです。ミケーレと話したわけではありません。でもわたしは、ミケーレは死に対するつぐないとしてあなたやご家族が言った額のお金をもう……」

「黙れ！」こう怒鳴りつけたフラ・ドメニコの声が礼拝堂の中で大きく反響した。彼はネリナの方に顔をむけ、視線を彼女の顔から胸へと移し、お守りの上で目を留め、ながいこと一言もいわずにそれを見つめていた。

「おまえは交渉人として来たのか？　わたしの兄の無残な死を金でうめあわせして、なかったことにしろというのか？」

「どんな死も、起こらない前の状態に戻すことなど無理です。無駄にされてしまった命に対する悲しみ、怒りはいつになっても消えるものでないことはよく分かります。でも憎しみは憎しみを生み、不幸は不幸をつくり、復讐は復讐を呼ぶ、決して終わりがありません。こんな悪循環を止めようとは思いませんか？　敵を愛しなさい、あなたがたを憎む者に親切にしなさいという言葉を、聖ヨハネ騎士としてどうか思いだしてください」

「兄の命の買い戻しなんかしないよ。このへぼ絵描きの破廉恥な生き方……」こう言うとフラ・ドメニコは立ち上がって、ネリナの方を向いた。その顔は仮面のように表情がない。「じわじわ首を絞めてやる。ゆっくり、ゆっくりな、わたしはたっぷり楽しむぞ。首を絞め、頭を混乱させ、楽しみを奪い、ミケランジェロ・メリシを抜け殻状態にしてやる。あいつのまわりをしつこく嗅ぎまわり、命の火を吹き消してやろうと念じていれば、いずれは効き目が現れ、その抜け殻を燃やしてやれるのだ」

「フラ・ドメニコ、なぜ目には目を、歯には歯などという考えを持つのでしょう？　聖書には隣人を自分のように愛しなさいとあるではありませんか」

彼はネリナをちらりと見てから、突然彼女を押しのけ、出口に駆け出すように向かった。

「何も答えてくれないのですか、それとも図星をさされたので、答えるのが怖いのですか？」ネリナはフラ・ドメニコの背後から叫んだ。

出口のところで彼は立ち止まると、絵を指差した。

「刑吏の手下は、瀕死の傷を負わせた聖ヨハネに見られないようにして、短剣を背中に隠している。だが、男は聖ヨハネの首を胴体からすっぱり切り落とすため、その短剣をまたすぐ使うのだ。彼はそれを忘れていない！　わたしの答えはそれだけだ」

「待ってください、もっとよく説明してください！」ネリナはあとの言葉をつぶやくように言った。フラ・ドメニコはもう礼拝堂を出ていた。「そんなに憎しみを貫き通すからには、ほかにも理由があるのでしょ？」

フラ・ドメニコの耳には届かない。

「その理由を言ってみようか！」礼拝堂の後ろの方に先ほどから座っていた僧がこう言った。ぎょっとして叫び声をあげそうになるのをこらえながら、ネリナは振り返った。

「どなたです？」

「おやおや、とうの昔に知っているはずだが」僧はこう言って、立ち上がった。「あだ討ちをやめさせようというおまえの立派な努力を、ぶちこわすつもりはないのだが」

「レオナルドス神父！　でも……どうやってここへ？　ここで何をしているのです？」

信じられない。こんな偶然が重なるとは！　このマルタ島で彼に出あうとは奇跡に近いではないか。

「おまえが考えていることは察しがつくよ。だがわたしは、おまえでなくて、カラヴァッジョに用があるのだ。ボルゲーゼ枢機卿の依頼だ。猊下は彼の絵を買い集めるよう、わたしに命じられてね。あの男がとても精力的に仕事をしているのは分かっている。何しろこのマルタ島で短期間に四枚を描きあげたのだから！」

ネリナは驚きを飲み込んだ。頭の中を駆け巡ったのはフラ・ドメニコに出会うのと、レオナルドス神父に出くわすのと、どちらが自分にとって危険かということだった。神父の言うことを信じていいものだろうか？　まずはあたりさわりのない話で試してみるのがいいかもしれない。

「四枚ですか？　三枚目と四枚目はどこにあるのでしょう？」

「この大聖堂のイタリア人礼拝堂にかかっている『聖ヒエロニムス』を見ていないのかね。角のところだ。見てみなさい。ヒエロニムスは書き物に没頭している老人の姿に描かれている。ローマの聖人というより教皇のような雰囲気が感じられるよ。もう一枚は『眠るキューピット』だが、これはとても官能的な絵だ。これが売りに出たので、わたしはここに来ているわけだ」

レオナルドス神父はこうしゃべりながら一歩一歩ネリナに近づいてきた。この神経をさかなでするような神父の態度を一度ならず経験している。どちらの方向に逃げる準備をしたらよいのか……。

「あなたは何なのでしょう？　死人の持ち物をかすめ取ったり、その衣服を剥ぎ取る人間ですか、それとも食事の残りに襲いかかるハゲタカ？　どんな環境の中で絵ができあがったと思っているのです？　こんなふうに働きつづけたらミケーレは死んでしまいます！」

神父は肩をすくめた。「わたしにそんなことを言うのはとんだお門違いだ」

こう言ってネリナに近づくのを止めたが、まちがいなく彼女が礼拝堂から逃げ出そうとしていることを察知したらしい。「わたしを非難するのはよせ。数日前にこのマルタ島に着いたばかりなんだぞ」

ネリナはのどがカラカラだった。逃げ道を断たれたくないという思いと、彼の言っていることを信じたいという思いに揺れた。彼ならフラ・ドメニコのミケーレに対する憎しみが本当はどこから来ているのか知っているはずだ。

「教えてください、どうしてフラ・ドメニコはかたくなにミケーレを敵と考えるようになってしまったのでしょう？」

「それを教えたら、ミケーレにわたりをつけてくれるかね？」

「ええ、やってみます！　話してください！」

邪魔が入らないかどうか確かめるように、神父はもう一度入口の方に目をやってから、おもむろに咳払いをした。

「じゃ、聞くんだ……」

9

シピオーネ・ボルゲーゼはゆったりと安楽椅子に身を沈め、目を閉じて伯父の頭にあることをあれこれ考えてみていた。

伯父である教皇はカラヴァッジョの絵が反対派を落とすのに役立つ間はその新しいものの見方に目をつぶっていたが、ひとたび教皇の座につくと、新しい信仰解釈を示すような画家は不要な人間、その絵は信仰のさまたげだと考えるようになったのだろう。そのあげく、画家は殺人の罪をきせられローマを逃げ出すはめになったのだ。

スペインの支配下にあるナポリがカラヴァッジョを受け入れ、そこで彼は影響を広げ、技術と評判をおおいに高めたのである。教えを請う者が彼のまわりに群がり、その作品をまね、競い、学び取ろうとしたのだった。そしてレオナルドス神父が送ってきた報告どおりなら、あのミケランジェロ以後ついぞ見られなかった絵画世界の星として輝いている。注文はひきもきらず、態度も落ち着き、仕事に対する情熱は最高潮に達したのだった。

昨日ちょうど神父の手紙と一緒にカラヴァッジョの絵が到着したが、それは巨匠ぶりをいかんなく発揮した作品だ。洗礼者聖ヨハネを描いたものだが、荒野で休んでいる少年の姿で、横に群れを先導する立派な角の雄羊がいる。聖人が身にまとっているのは腰布だけ、岩の上に腰を下ろし、雄羊の方に目を向けている。

この少年の顔は悲しみに沈み、死が間近に迫ったことを予感し、はかなさを知り、そのとき若い肉体は快楽を拒んでいるような、そんな表情を見せている。この絵は、世の中を並々ならぬ深さで理解した上で、人間という存在は底知れぬ深淵を持っているということをあふれんばかりに描き出している。カラヴァッジョの絵を蒐集することを禁じようとしている伯父に逆らって手に入れたのだが、その甲斐があった。

カラヴァッジョはナポリからマルタ島に旅立ったのだが、そのことは一年前にレオナルドス神父から聞いていた。しかしその理由は分からない。ヴァレッタの聖ヨハネ騎士団総長が仕事をさせるために呼び寄せたのだとばかり思っていたのだが、今になってみると何もかもがまったく違って見えてくる。レオナルドス神父から来た一番新しい手紙が考えを変えるきっかけになったのだ。ミケーレは一六〇八年の七月十四日に騎士に取り立てられ、聖ヨハネ騎士団に名誉騎士として入団した。この情報は初め「とるに足らないこと」と思えたのだが、あれこれ考えているうちに次第に心配になってきた。というのも、騎士に取り立てられたのは偶然ではありえないし、そしてこれは、カラヴァッジョをローマにつれもどそうとするゴンザーガ枢機卿と自分の努力を無にするものだと気がついたからである。騎士団総長の承諾が得られなければどんな騎士もマルタ島を離れることはかなわない。つまりここで名誉騎士と呼ばれることは、ずっと囚われの身になるということを意味した。

最初シピオーネはこれに伯父である教皇がからんでいるとは思わず、今考えれば変だと感じることも、ただ偶然が重なったのだと受け止めていた。ところがデル・モンテ枢機卿と伯父の手紙のやりとりについて、ジュリアが情報を運んできたのである。手紙には、騎士団総長アロフ・ド・ウイニャクールにあてた、貴族しか入団を許されない聖ヨハネ騎士団にミケランジェロ・メリシが入ることを許可するという教皇通達と、教皇の特別の計らいのことが書かれていたという。何か企みがあることがにおってくるが、デル・モンテ枢機卿の役割がはっきりしない。一つ確かなのはナポリで、カラヴァッジョにマルタ行きを決心させた人間がいるということだ。ゴンザーガの秘書エンリコがナポリに滞在していたことは知っているが、ほやほやの枢機卿ゴンザーガは芸術通で知られているし、また赦免支持者としてカラヴァッジョの強い味方だ。となると、逃亡場所としてマルタが良いなどと画家の耳に吹きこんだのはレオナルドス神父以外にいない。

送ってやった金であの神父は絵を買い、カラヴァッジョの生活を支えている。その金はわたしが用意し、これで万事うまくいくと思っていたというのに何のことはない、別の人間のために働いていたというわけか。神父は教皇の手先になっていたのだ。

今の状況から抜け出す道を探さなければ……。レオナルドス神父をこの先どの程度信頼したらよいのか？ジュリアから聞かされたように、最終的にはカラヴァッジョを殺すために教皇が送りこんだのだろうか？レオナルドス神父が金で雇われた殺し屋？　そんな馬鹿なことがあるだろうか。

シピオーネの頭の中ではこうした考えが堂々巡りしていて、折よく秘書のオノリオが軽くドアをノックして入って来なければ、いつまでもこの入り込んだ迷路から抜け出せなかったろう。

邪魔はしないようにと命じてあったので、腹を立てて叱ろうとしたとたん、秘書の手に手紙が握られているのが目に入り、思いとどまった。離れたところからでもレオナルドス神父の封印であることが分かったからだ。

オノリオが部屋を出て行き、扉の錠がカチっと音をたてて閉まると、大急ぎで封を切り、手紙を広げた。中身を読むと彼は言葉を失い、安楽椅子から立ち上ってふらふらと窓辺に寄り、外を見た。ローマの町は海の波のように押し寄せてくる暑さの傘をかぶってゆらめき、輪郭がぼやけている。

カラヴァッジョが聖ヨハネ騎士団の騎士と喧嘩沙汰になって捕まり、サンタンジェロ監獄に投獄されたというではないか！

シピオーネ・ボルゲーゼの頭の中が爆発した。カラヴァッジョがどう望もうとも、マルタ島を出ることは不可能になったのだ。そして三ヶ月、四ヶ月、五ヶ月と過ぎれば、もう誰もこの画家のことなど頭に浮かべず、世間は彼のこと、そしてその芸術をきれいさっぱり忘れてしまうだろう。シピオーネの体の中を激しい痛みが走り、あわてて目を閉じて、手で顔を覆った。反発心がむらむらと湧きあがってきた。ここで悠長に構えてなどいられない。行動のときだ。伯父のやることに黙っていないで、その手からサイコロを叩き落さなければならない。その陰謀の隅から隅まで暴いてやらなければ！　この道化芝居を大目に見るなど、とんでもない。

鈴を鳴らしてまたオノリオを呼ぶと、彼は予期していたように紙とインク、羽ペン、ローソク、封蝋を手にして入ってきた。書き物台を運ばせ、即座に手紙を書き始めた。最初はレオナルドス神父に。彼が誰のために働いているかは今はどうでもよい。次にフェルディナンド・ゴンザーガ枢機卿とデル・モンテ枢機卿、最後に伯父の教皇パウロ五世に、カラヴァッジョに赦免を与え、ローマに戻れるよう計らってほしいと、率直な願いをしたためた。

まるで鳥が飛ぶようにペンが紙の上を走る。教皇とその忠実な友人の計画をつぶすことが今から楽しみだった。

10

ネリナはマルタ島に来てから、ヴァレッタの市場で偶然知り合った漁師のアノメリティスのところにやっかいになっている。このギリシャ人は港の湾に面して建つ木造の小さな家に、女房と三人の子供と暮らしていた。

太陽がちょうどサンタンジェロ要塞のところに昇ってきたところで、その最初の光が小さな家の破れ目から入ってくる。女房のミレナがかまどの前にしゃがんで、朝食を用意しようと火を起こし始めたところだ。毎回おなじ温かい魚スープと干して粉にして作った魚のダンゴ、それとパンが少々。

ネリナはちょっと手を伸ばして、布団の下に隠してある絵が無事なことを確かめ、それから開いているドアの向こうに見えるサンタンジェロ要塞に目をやった。ミケーレのことを考えると、のどが締めつけられるような気分に襲われる。何週間か前、彼は何メートルも厚さがある要塞の監獄に放り込まれてしまったのだ。いったい生きているのか、もう殺されてしまったか、分からない。

事の次第はこうだ。フラ・ドメニコが総長の館の前で彼にいきなり喧嘩をふっかけたのだ。禁止されているというのにミケーレがいつも剣を身につけているのを彼は知っていた。そして、ミケーレに向かって、総長から金を巻き上げているとか、ほら吹きだ、詐欺師だのと叫び、さらに、このへぼ絵描き、キリスト教徒らしからぬ絵など描いて異端者だとも言ったのである。かっとしてミケーレが短剣を抜くと、広場に居合わせた何人かの修道士が駆けつけ彼を取り押さえたのだ。

ミケーレが教団の規則を破ったことは誰の目にも明らかだった。おまけに騎士に取り立てられてから二週間と経っていなかったのである。ミケーレは暴れ、噛みつき、大声でわめいたが、縛りあげられ、サンタンジェロの牢獄に放り込まれてしまった。

ネリナは身支度をして海岸に向かった。昇ったばかりの太陽が当たって要塞は黄色を帯び、いっそう威圧的だ。この防衛用城壁は、狭くて岩だらけの海岸にほとんど垂直に近い急勾配で立ち上がり、港の内側に睨みをきかせている。

大きな絶望感におそわれネリナは深いため息をついた。ミレナが家から出てきて、彼女の横に立った。

「ミケーレは自由になるよ、ネリナ、大丈夫、心配ないから」

サンタンジェロ要塞を守っている強固な城壁を見れば、とてもそうは考えられない。もしミケーレがじめじめした監獄の穴倉の中で病気になったら、ネズミにでもかみつかれたら、傷が化膿したら？　酒が切れれば、ミケーレは足取りのおぼつかない年寄りのようになり、目は宙をおよぎ、発作で壁に体をぶつけたりするかもしれない。

それに色。色彩で考えるミケーレにとって、目に入るものが地下牢の暗い壁しかなかったら？　青い空、緑の海、赤いくちびる、白い肌、黒い瞳、どれひとつとしてあそこにはない。

ミレナの手が肩に触れ、その温かさが伝わってくる。

「誰かこっちに来るみたいだよ！」確かに僧が一人、港からこちらに向かって道を上ってくる。誰だか一目でネリナにはわかった。レオナルドス神父の歩き方は、忘れられるものではない。神父は、石だらけの道で足をとられまいとするのか、足元だけを見ているので、こちらにはまだ気がついていない。ようやく神父がネリナの姿を見つけ、手を振りながら、小走りでこちらに近づいて来た。

「よかった、ここで会えて。大事な話がある」顔に手をかざしながら神父は後ろを振り返った。「ここはすばらしいところじゃないか。もっとも、平和であることが条件だが」

ネリナは神父を皮肉っぽい目で見つめた。漁師の女房は家の中に消え、子供たちを起こしている。

「マルタ島のすばらしさをわたしに説明するためにここに来たわけですか？」

レオナルドス神父がサンタンジェロ要塞を見上げたのにつられて、ネリナも目をそちらに向けた。太陽が高く昇り、要塞の黄色が白みを帯びて、海も深い青から灰色っぽい緑色へと変わっている。

「このすばらしい景色を見ていると、兄のミケーレが監獄に入れられていることにも耐えられそうな気がしてくるから、おかしなものだ」

「状況を変えることなんか、私たちにはできっこありません」

神父はネリナの方に体を向けた。彼の顔は輝いている。

「いやいや、そんなことはない。ボルゲーゼ枢機卿からの手紙がここにある。金も一緒だ。看守を買収するのに十分だろう、そして……」

「奇襲をかけてミケーレを牢獄から救い出そうなんて、まさか本気で考えているんじゃないでしょうね？」

神父は陰謀を秘めたようにニヤニヤ笑いながら、ネリナに近づいてきた。

「わたしの計画、それにミケーレが教団の監獄に入っていることを深く嘆いているアロフ・ド・ウイニャクール総長の助け、十分な金、全部そろった。残るはおまえが賛成してくれることだ。計画のかなめはおまえなんだから。ミケーレを助け出す気があるなら、私たちとおまえは一心同体だ」

ネリナは面食らった。私たち？　それは誰のこと？

「他に誰をミケーレを自由にする仲間だと考えているのですか？　関わる人間の数を増やせばそれだけ危険でしょ？」

「わたしの主人シピオーネ・ボルゲーゼ枢機卿だよ」

「他に誰か？」

「いや、それだけだ」

ネリナは神父の細い目を見た。顔の表情がすべてを語っている。本当に彼は真剣に考えているらしい。

「それでわたしに何をさせようというのですか？」

ネリナが緊張しながらこう聞くと、神父の顔にほっとした表情が浮かんだ。

11

エンリコはミラノからジェノヴァに向かって、猛スピードで馬車を走らせていた。でこぼこの道で頭を天井にぶつけていては、じっくり考えるのは難しい。

主人の命令は絶対だ。「危険迫る！」書いてあったのはそれだけである。悪路など関係なし、とにかく急ぎローマに戻れという暗号だ。ミケーレに何が起こったのか、どんな出来事がゴンザーガ枢機卿をこんなにあわてふためかせているのだろう。用心してのことか、詳しい説明はない。手紙は盗み読まれて、内容はしかるべきところへ伝わってしまう。ローマは耳から耳へとささやかれたことだけしか秘密は保たれないところだ。ヴァチカンの中のスパイ組織には細心の注意を払わなければならない。ゴンザーガ枢機卿はとにかく慎重にも慎重だった。

ミケーレが苦境に立たされてしまったことはひとまず置いておいて、自分がこれまでに交わした会話をもう一度よく考えてみた。

ペテルツァーノ親方、妹のカテリーナ・メリシ、そして修行時代の仲間カルロ・ガリティ、三人ともミケーレの過去に光を当ててくれたのだが、何かいまひとつしっくりこない。

ペテルツァーノ親方の助けを借りて、カルロ・ガリティとはミラノの大聖堂前で会うことができた。彼はペテルツァーノのもとでミケーレと一緒に学んだのだが、その後、怪我をしたために不自由な足をひきずってミラノで物乞いをして暮らしていた。話好きとは言えなかったが、いろいろ教えてくれた。

ミケーレは確かにミラノの貴族の息子を決闘で殺してしまった。だが、この決闘の事情や原因ははっきりとは知らないということだった。殺された男の父親は、ミケーレが一年間牢屋に入るならこれ以上追い回すことはやめると言ったらしい。そしてミケーレは牢屋に入れられた。エンリコにはこのあたりの事情は、あだ討ちを防止すべきというミラノの貴族の間の取り決めに従ったもののように思えた。話の流れとしては、前段階として少なくともミケーレが決闘を要求するような事件があったということになる。このわがままな貴族が死ぬ羽目になったのは偶然なのかもしれないし、あるいは当然のむくいだったのかもしれない。カルロが教えてくれた死んだ貴族の名前はアントニオ・ディ・ロッソ。そしてその弟フラ・ドメニコは聖ヨハネ騎士として神に仕える身になったという。

不可解なのは、復讐と償いはすでに家族の間で間違いなく解決されているというのに、どうしてこのフラ・ドメニコがミケーレをつけ回しているかということだ。彼にはミケーレをこれ以上責め立てる権利はないはずではないか。それともあのヨハネ騎士はそもそも毒にも薬にもならない存在で、黒幕が後ろにいるということだろうか？　とするとそれは一体誰だろう？

デル・モンテ枢機卿の話では、カラヴァッジョが公証人パスクアローネの件でローマからここジェノヴァへと逃げた折、絵の注文があった。枢機卿がマルカントニオ・ドリア侯にカラヴァッジョを熱心に推挙した結果だ。侯はカラヴァッジョが追われている身であることには目をつぶり、枢機卿との良好な関係を結ぶ方を選んだわけである。そして別荘のバルコニーにフレスコ画を描くことを注文した。これで六千スクードという大金を手にすることができるはずだったのだが、何とカラヴァッジョはにべもなく断ってしまったという。フレスコ画は自分の流儀に合わないというのがその理由だった。この話をしている最中、デル・モンテ枢機卿が怒りを爆発させそうになるのを懸命に押さえているのがエンリコにはよくわかった。おかげで枢機卿の面目は丸つぶれになったのだから無理もない。エンリコにはカラヴァッジョの考えは理解できたが、デル・モンテ枢機卿の立場に立ってみれば身勝手、常軌を逸した人間と見えて当然だ。ミケーレはフレスコ画を仕上げるほど長期間ジェノヴァに滞在するつもりもなかったのだろう。パトロン、成功、名声を手にできるのはジェノヴァではない、ローマを置いてほかにないと思っていたはずだ。

磯の香りがしてくる。上り坂にさしかかったせいで馬はあえぎあえぎ、寄ってくる羊たちを追い払いながら登って行く。馬車全体が大きく小さく揺れ、ひっくり返るのではないかと気が気ではない。エンリコは尾根のオリーブの銀色の木々に目をやりながらまた考えに戻った。

無愛想でとりつくしまもなかったミケーレの妹。サロメそのものの彼女。なぜミケーレは『聖ヨハネの斬首』の中に彼女の姿を描き留めたのだろう？　特に理由があるわけではなく、ただの思いつきだろうか？　サロメにはマイナスイメージを持った女性を使おうというだけのことで、それには悪い思い出しかないカテリーナがぴったりだったということなのだろうか？　いや、誰とは特定できない女性の顔も大勢描いているのだから、自分の考えすぎかもしれない。

窓の外に目をやると、海が目にとびこんできた。青や緑に輝き、目の下にはジェノヴァの町を取り囲む強固な城壁とソプラーナ門の丸い二つの塔が見える。小さな釣り船や大きなガレー船、商船が揺れながら動いている。崖の傾斜がきついせいだろう、真下にあるはずの海岸線は見えないが、港で干している魚のにおいがここまで上がってくるような気がする。うまく行けば帆船を用意させ、嵐や海からの強風をさけて出航できるかもしれない。エンリコは馬車を降りて、城門のところで手続きを済ませたが、マントヴァ公ゴンザーガの印章を見せるだけで門は楽に開いた。

ミケーレ・メリシはデル・モンテ枢機卿の顔に二度泥を塗ってしまった。一つは枢機卿が世話してやったフレスコ画の仕事をすげなく断ったこと、もう一つは面倒をみてもらっているのに、枢機卿の宮殿から逃げ出したことである。だが、考えようによれば仕事を断ったのは芸術的理由、つまり理解できる理由だし、マダマ宮殿から逃げたのは事情があってのことだ。というのは宮殿に広がっている男同士の同性愛をミケーレは苦い思いで見ていたからである。枢機卿の性癖、自分の弟もその傾向の持ち主であることも知っていた。ひょっとしてこの関係をたどっていけば、ミケーレをつけ回している人間につながる線を見つけられるかもしれない。自分はミケーレの家族のつながりの中に答えを見つけようとばかりしていたが、同性愛と枢機卿の名誉という関係も見逃してはいけないのかもしれない。

12

今までのところすべて計画通り運んでいるが、腹にぐるぐる巻いたロープと背中を固定している鉄の棒が擦れてネリナは何ともうっとおしい気分になっていた。

サンタンジェロ要塞に入るのを許してくれた看守は、彼女が見せた書面にちらりと目をやっただけで、簡単に先に行かせてくれた。聖ヨハネ騎士団アロフ・ド・ウイニャクール総長の印章の効き目はたいしたものだ。ネリナは中庭、そこから別の建物へ、さらに牢獄へと案内されていった。通ったところを覚えこもうとしたが、ほんの数メートル進んだだけでもうお手上げだ。レオナルドス神父の手紙で知らされたのは、ミケーレは塔の下の房に入れられていること、港に向かって開いている銃眼のところにミケーレがたどり着くまでの間、二人の看守を引きとめておかなければならないということだった。今のところ、何もかも奇跡に近いほどうまく運んでいる。レオナルドス神父は約束通り大方の難しいことは片付けておいてくれた。神父はミケーレのパトロン、コロンナ公にかけあってさらにかなりの金を調達してくれたのだが、その上、総長にも渡りをつけていてくれたのは予想外のことだった。

独房につながる最後の鉄格子が開いた。ネリナを案内してきた警護人の鋭くほえるような命令の声にこたえて、看守が詰所から足をひきずりながら姿を現した。

「ミケーレはな、一番底の、湿っぽくてかび臭い房に入ってるんじゃないぜ。特別なおもてなしをしてやっているよ」その特別待遇というのは湿った藁と排泄物の臭いに決まっている。

「カラヴァッジョはあんたに首ったけってこったな?」

看守はネリナのお腹のあたりをながめながら、意味ありげに笑っている。ネリナもまけじとニヤッと笑い返した。巻いているロープのせいでお腹がぽっこりしているのだから、てっきり彼女が妊娠していると思ったのだろう。

「あのひどい男のせいでせっかくの美貌も台無しだなあ」

「そんなこと、どうだっていいわ」

「あいつは悪魔みたいなカードゲームをする奴だぞ。近いうちに首チョンだぜ。でなけりゃ、おれにゃ今月の給料はないもんな」

看守はうまい冗談だろうとばかりに笑ったが、ネリナの顔はこわばった。看守もまずいことを言ってしまったと思ったのか、床に視線を落とした。

「言い過ぎた、すまん」蚊のなくような小さな声でそう言うと、ミケーレが入っている房へとネリナを案内した。レオナルドス神父がうまくやってくれたのだろう、看守の目配せからこの男は自分の味方なのだというこことが分かった。

途中、外壁の銃眼に通じている通路をしっかり頭に叩き込んだ。神父の言葉通りなら、やせた人間であればこの銃眼をくぐり抜け、海に飛び込むことができるという。看守と警護人が重い木の扉の前で足を止めた。

「言われたように、あんたを中に入れてやるからな。扉を閉めるから、外に出たくなったら戸を叩いてくれ」

看守はネリナのお腹を意味ありげな目つきで見ながら、つけ加えた。

「長居はだめだぞ」

ネリナが何か言うのを待たず看守はかんぬきをはずし、彼女の体を房の暗がりの中に押し込んだ。背後で扉が閉まる。

　ネリナには何も見えなかった。しばらくすると鎖のガチャガチャいう音と、湿っぽい床の上を引きずるように歩く足音が耳に入った。どこからか射し込んでくるわずかばかりの光にだんだん目が慣れてきた。

「ミケーレ？　いるの、ミケーレ？」

「ネリナか？」耳元で声がした。

　闇の中から黒い姿がぬっと寄ってきたが、鎖がまたガチャガチャいう。次第に形や様子が分かってきた。牢の真ん中にミケーレが立っている。足の鎖は壁につながり、髪の毛は肩までかかって、汚くもつれ、着ているものはぼろぼろだ。洗っていない顔の黒さはすすけた汚い壁とよい勝負である。体をかがめて彼女の前に立ったミケーレの目に輝きはなく、以前顔に表れていた狂ったような炎は深く沈んでぼんやりとしている。

「どうなっちゃったの」思わず口をついて出たのはこれだった。

　ミケーレは大儀そうに床に腰をおろすと、うつろな視線をネリナからはずし、面倒くさげな態度で床を叩いた。

「さあ、ここに座れ。むさくるしい我家へようこそ」

　床には藁が積み上げてあり、そこからすえた臭いがあがってくる。天井から規則正しい間隔でポトン、ポトンと水が落ちてきて、牢の中に悲しげなメロディーが流れる。

「もう少しまともな扱いを受けていると思っていたのに」

　ミケーレは苦笑いし、初めてじっとネリナの顔を見た。

「ほかの穴倉と違う。ここは殿様用なんだからな。いったい何しにきたんだ？」

　ネリナは口に指を当て、そっと扉の方に近づいた。扉に耳を押し当て廊下に聞き耳を立てた。看守も警護人も確かに行ってしまったらしく、詰所で二人が話している声が小さく聞こえてくる。

「ミケーレ、よく聞いて。時間がないの」

レオナルドス神父と自分が考えた計画を説明しながら、ネリナは着ているものを手早く脱ぐと体に巻いていたロープをほどいた。

「わたし、ここを出るとき、扉は完全には閉めないから、暗くなったら廊下を先に進んで最初の角を右に曲がってね。そして銃眼をすり抜けるのよ。ロープを棒にしばりつけたら、それを壁の穴の間に挟むの。ロープは下に降りたときにゆるむように右か左にちょっとずらして結ぶことに気をつけて。ロープがゆるめば棒が落ちて、くさびの役目は終るから、ロープと棒をひっぱり下ろすことができるでしょ。そうすればどうやってここから逃げ出したか誰にもばれないわ」

ミケーレはネリナに手をつきだして見せた。鎖につながれた手、それに足の関節がはれあがっている。

「そこの扉のところまでだって行けないぜ。この足かせは錨で固定されているんだから」

手足の擦り傷を見て、ネリナは口びるをかんだ。それから服のポケットからやすりを取り出した。

「これを使えば、暗くなるまでに何とかなるはずよ。鍛冶屋が太鼓判を押してくれたから」

「ネリナ！」ミケーレが彼女の腕をつかんだ。「どうしてこんなことをするんだ？」

ミケーレの瞳は黒く輝き、燃えている。

「たぶん、あなたに絵を描いてもらいたいし、ここで枯れ木のように朽ち果ててもらいたくないから。明日になればあなたは自由だわ。ねえ、ミケーレ、明日は私たち、シチリアに向かうの。太陽が水平線から顔を出したら、このマルタ島はもう過去の話になるのよ。あなたの前には人生が広がっている、ねえ、思う存分絵を描いてちょうだい！　世界はその前でひざまずくわ。ええ、そうですとも」

ミケーレは顔をしかめて笑ったが、彼女の言ったことを栄養分のように吸い取っていた。

「さあ、もう行かないと」

ネリナは立ち上がり、扉に向かった。スカートの裾をつかむと、それをたくしこんで、入ってきたときのようにお腹を膨らませた。

「ネリナ！　ちょっと待て」

彼女が振り返ると、ミケーレは牢の隅にかがんでいたが、体が一回りも二回りも縮んでしまったように見えた。三ヶ月の牢獄暮らしは、彼のように強い人間も腑抜けにしてしまうものなのだろうか。

「レオナルドス神父なんか、絶対信用しちゃ駄目だぞ。あいつがおれの弟だとしても、おまえは裏切られるぞ。おれを自由にするといってどんな卑劣なことを計画しているか分かったもんじゃない」

「だけど兄弟でしょ！」

「悪魔さ！」

どうしてこんな憎しみのこもった言い方をするのだろう。ネリナの頭の中に『聖ヨハネの斬首』の絵が浮かんできた。神父は残忍なゆがんだ表情に描かれていた、殺人者として！

「だってレオナルドス神父は必要な書類を用意したり、警護人を買収してもくれたのよ。ここから私たちが離れられるよう小舟も手配するって」

ミケーレは押し黙っている。これで話は終わったのだと思い、ネリナが牢を出ようとすると、ミケーレが追いかけるように言った。

「生きてシチリア島にたどり着きたいと思うんなら、人なんか当てにしないで、自分で舟を用意しろ」

「どうしてわたしが神父を信用しちゃいけないの？　今までレオナルドス神父はずっと私たちを助けてくれたわ」

ミケーレはそれには答えず、手にやすりをにぎり、ゆっくり錨を削りはじめた。こすれて出るにおいが鼻をつく。

「たぶん人生ってのは、無駄にしてしまったチャンスの積み重ねってことなんだろうなあ」

振り返ったネリナの目に入ったのは壁際に座り込んで、生きのびようともがいている人間の姿だった。彼がチャンスをつかめるかどうか、ネリナには分からなかった。

「どんな可能性だって使わなかったら何の意味もないでしょ。それを逃して悔やむようなことはしないで。向こうからやってきたチャンスは捕まえなきゃ。むざむざ逃してなるものですか。チャンスは夢の中にだってあるわ。私たちが完全に息絶えるまで、どんなところにもころがっているのよ」

ネリナはミケーレの答えるのを待たず、牢の扉を叩いて看守が開けに来るのを待った。廊下に出たとき、看守が扉にかんぬきをかけるふりをしただけなのが目の隅に入った。確かに扉は開いたままになっている。

ネリナは気分をたかぶらせながらサンタンジェロ要塞を後にした。

13

「どうしてなの？」

　ネリナは漁船のベンチに座っていた。足元にはミケーレが小さくなって隠れている。暗黒色に塗られた船は海の濃い青に溶け込んでいる。漁師のアノメリティスは舵のところにしゃがんでいつもどおり船を操り、港から出ようとしている。ようやく夜が明けはじめたところだ。風は都合よく海に向かって吹き、帆が明るい音をたてながらきしむ。神さまのお恵みがあれば夕刻にはシチリア島シラクサの港に着けるだろう。振り返ると肩越しに自分たちが乗っているのと同じような小船が一艘、岩陰から姿を現し、ヴァレッタの海峡を横切り、サンタンジェロ要塞に向かって進んで行くのが目に入った。こんなに早い時間、忙しく動く人間はあの人物しかいない。小船にはレオナルドス神父が乗っているとみて間違いない。

「ミケーレ、マルタ島で何をしようと思ってたの？」

　ミケーレの顔が腰掛板の下からのぞいているが、青白く、血の気がない。くちびるは紫色、皮膚はすりむけている。まだ興奮状態で、体が小刻みに震えている。急にふけこんでしまったようで、深いしわがあごから頬にかけて刻まれ、目は落ち窪み、まるで日の光を拒絶しているようだ。目を閉じ、途切れ途切れに息をしている。

「聖ヨハネ騎士団じゃ、自分たちの仲間を追いかけまわして殺すなんて、てっきりご法度かと思ってたんだが……。あいつをてめえが持ってる武器で殴ってやりたかった」

聞こえるか聞こえないほどの小さな声でミケーレは毒づいた。一つ一つの言葉が船べりにうちつける水の音に飲み込まれてしまう。

「ねえ、どうしてフラ・ドメニコはあなたをつけまわすの？　教えてちょうだい！」

沈黙が続いた。ミケーレはしゃべりたいような、しゃべりたくないような様子をしている。

「やつら、追いかけてきてるか？」

「ううん。レオナルドス神父は私たちが裏をかいたことにまだ気がついていないはずよ。まだ神父があなたを陥れたと思っているの？」

ミケーレは手のひらと甲をかわるがわる眺めている。麻のロープで強く擦られ、手のひらはやけどをしたようになっていた。ミケーレが最後の数メートルのところでもうロープを握っていられず、ずるずる滑り落ちてくる姿が目に焼きついている。てっきり滑落死したと思ってあげた自分の叫び声が、まだ耳の中でこだまする。摩擦の熱でミケーレの手は焼け焦げ、ザラザラしたロープが手のひらを深く切った。ロープと、それを結んでいた棒をかき集めるのと、漁師アノメリティスのボートに乗り込むのは同時だった。ミケーレが言うことの方を信じ、レオナルドス神父を裏切ってその手を借りなかったことが果たして吉とでるか、凶とでるか。

ヴァレッタの町が水平線の下に消えた。風に乗って角笛の音が聞こえてくる。ミケーレがちょっと目を上げた。

「聞こえたか？　あれは看守が吹いている角笛だ。あいつがおれたちをだますことはとっくにお見通しだよ。本当だったら今頃、壁を降りているはずだものな。朝方には間違いなくおれの首は斬首台に乗せられていただろうよ。総長の通行許可証がなけりゃ、罰もうけずに黙って島を離れることなんか、誰にだってできやしないんだから」

ミケーレは体の芯まで消耗しきって船の揺れにつられて眠りこんでしまった。ネリナはフッとため息をついた。今、ミケーレは横にいるが、彼の体は生きているというより、むしろ死人に近い。

自分はどうしてあんなことをやってのけたのだろう？ いったいこのミケーレ・メリシは人間として価値があるのだろうか？ 彼の憔悴しきった体を見ていると哀れみを感じ、これでよかったのだと思えるのだが、一方ローマやナポリの酒場でくりひろげていた夜毎の乱痴気騒ぎを思い出せば思いは複雑だ。彼はわたしに何を与えてくれただろう？ エンリコが与えてくれなかった何をミケーレはくれただろう？ 新しい絵画誕生の場に居合わせることを許してくれたことだろうか？ 後世の人なら間違いなく認める天才に会えたことだろうか？ 自分を納得させる答えはこれなのかもしれない。

いつの間にやらネリナは眠り込んでしまった。目を覚ますとミケーレが自分と向き合うようにして船べり近くに座り、傷ついた手をじっと見ている。黒く固まった血がかさぶたとなり、指は内側に折れ曲っている。腕は小刻みに震え、まるで念仏でも唱えるように「これじゃもう筆は持てない、これじゃもうだめだ」としきりにぶつぶつ言っている。

目の届く限りひとつの島も一艘の船も見えない荒涼とした大海原で、単調な風景に変化をつけているのは泡立つ波頭だけだ。ミケーレは板の上に座ったままゆっくりと、だが振り子のように規則正しく体を前後にゆすっている。こんな惨めな姿をした男がかつてはローマでどうにも押さえのきかない乱暴者だったのだと思うと、ネリナは涙がこぼれそうになった。

「シラクサに着いたら、どこに行くんだ？ 知り合いでもいるのか？」

ミケーレは相変わらず体をゆすりながら、まるで子供のように大きな目でネリナを見つめている。

「マリオ・ミンニティのところよ」

手を見つめたまま彼は「そうか」というように一人うなずくと、固まった血がこびりついている手のひらを彼女に向けた。ほこりのように細かい空気中の塩が、傷の上についている。塩は炎症を起こすのを防いでくれるのだが、傷は治りにくくなり、痕も残る。

漁師アノメリティスが口笛を吹き、西の方角の水平線を指差した。その先には三角形の帆が海中から姿を見せている。ガレー船だ。

「おれたちを追ってきたんだ！」

漁師は首を振った。

「こっちに向かってきちゃいませんや。それに追って来たにしては早すぎますよ。ガレー船が動きだせるようになるまでには時間がかかるんでさ。こぎ手が全員奴隷だろうと、船に乗せるだけでも一仕事でね。それにこっちが帆を降ろしてマストを横にしたら、あいつらに見つかりゃしませんぜ」

「ぐずぐずしていられないわ！」

ネリナはこう言うと立ち上がり、ロープをつかみ、掛け声をかけながら帆を降ろしにかかった。

14

「猊下、それに反対なさるのはいかがなものでしょうか」

シピオーネ・ボルゲーゼは、こう言ったフェルディナンド・ゴンザーガを見つめた。命令に近い言葉を穏やかな微笑みでくるんでいる。こんなふうに人を非難攻撃するのも、この無鉄砲な若い男の場合、目をつぶるしかないか。教皇は眉間にしわをよせていたが、結局は頭を振り苦笑いしているところをみると、どうやら自分と同じ感想なのだろう。こんなとき、教皇はまちがいなく心の広い父親然とした光を放っている。

「おまえはあの絵描きにすっかり夢中になっておるようだな。わしが教令によってあの男をサンタンジェロ牢獄から出してやることになれば、そこから起こる政治上のごたごたは……」

教皇は絹のハンカチで額をぬぐった。汗の粒が光っている。その跡から未来を占おうとでもするように、ハンカチについた汗のしみを眺めながら考え込んでいる。

一同は百年前にブラマンテが作った松かさの中庭に、どっしりした椅子を運び込ませ座っていた。そばで噴水が勢いよく音をたてながら水を噴き上げているせいで、彼らの話を盗み聞きしようとしても無理だ。こんなところにいないで、街中のしぶきをあげる噴水の下に立って水を浴びたら、さぞかし気持ちがよいだろう。このヴァチカン宮殿の中庭にはこくのあるワインをデカンタに注ぎこんだときのような、濃厚な空気が漂っている。庭の壁龕はミケランジェロの手になる二重階段へとつながっているが、その中にぐっと威圧するように立っている巨大なブロンズの松かさも火をはくように熱くなり、熱気を放っている。シピオーネはこの集まりに気乗りしなかったのだが、カラヴァッジョの件で声がかかったとなれば、知らん顔するわけにはいかなかった。会合は若い同僚フェルディナンド・ゴンザーガ枢機卿の発案だとは驚きだ。いったい、どうやってここまでこぎつけることができたのだろう。そのゴンザーガと向き合ってすわっているのはデル・モンテ枢機卿。彼がどういう立場なのか、カラヴァッジョをローマに戻すことについてどう思っているのかははっきりしない。枢機卿はカラヴァッジョ擁護側の人間だというふうにみせていたが、カラヴァッジョ自身はデル・モンテ枢機卿に世話になったというのに後足で泥をかけるようなことをしているのだから、枢機卿はそのことで腹に一物ないわけではないだろう。こんなことを考えていたシピオーネは伯父の声にはっとして我にかえった。

「問題はスペインとごたごたすることだ！　あの男はスペイン領のナポリに住んで、そこで仕事をしていたからな」

「今はサンタンジェロに入れられておりますから、スペインとの間に緊張が起こる心配はございません。それにマルタ人というのはヴァチカンの指示に忠実ですから」

静かに、だがきっぱりとした調子でフェルディナンド・ゴンザーガは自分の考えを述べた。シピオーネは、伯父が安楽椅子に座ったまま体の向きをあちこちに変えるのを見つめていた。

「このローマでしたら、あの男の乱行に目を配ることもできるかもしれませんな」

デル・モンテ枢機卿はこう口をはさみながら、教皇と一瞬目をあわせた。何食わぬ顔をしているが、デル・モンテ枢機卿は自分とゴンザーガではなく教皇の考えの方を支持したというわけか。

この話し合いの場に集まってから油断なく構えて、今まで聞き役にまわっていたシピオーネは、ワインの入ったグラスを自分の方に引き寄せた。白ワインは、頭上の太陽の容赦ない強い光が当たり、金色の液体となってキラキラ輝いている。

「なぜあの男を自由にしてやらないのですか？」

教皇は立ち上がった。

「それはわれわれの邪魔をするからだ。あの男が描く絵は教会の教えを傷つけるものだ。聖人も聖母マリアも俗世界を擁護する役に回っているじゃないか。肉体に執着し、それを後生大事にしておる。どの聖人の姿にも超越というものがまるで認められん。我々はプロテスタントの新しい流れに対して、自分たちの精神世界を守らねばいかんのだ。この意味でカラヴァッジョは異端だ。私たちの影響から信者を引き剥がしておるだろうが！　聖人を自分たちの鏡として描かず、すっかりなおざりにしておる。これだけでもわしはあの男をローマに戻らせることはできんし、許せんのだ」

こう言うとフッと息をつき、腰を下ろした。彼の言葉をシピオーネは高い建物の翼に反響するエコーの中で聞いていた。教皇の話にはまるで説得力がない。論拠は前世紀を引きずった時代遅れではないか。とっくの昔にこんな考えはお蔵入りだ。ともかくローマでは。

「それで教皇さまはカラヴァッジョに対して躊躇ない行動を取られたわけですな。あのマルティウス広場の事件を思い出してみますと、間違った男が命を落としてしまったのは悔やまれることです。殺しの命令がどこから出たのかローマの住人がかぎつけでもしますと……」

「そこまでだ！」教皇は、デル・モンテ枢機卿の話をさえぎった。シピオーネは息を止め、三人の男をかわるがわる見た。フェルディナンド・ゴンザーガがにやにやしながらこちらを見たので、首を振りながらあいまいに微笑んだ。デル・モンテ枢機卿の態度はよくわからなかったのだが、疑念はすっかり消えた。自分たちの側についていなければ、こんなことを言い出すはずもない。そしてフェルディナンド・ゴンザーガを駆け引き上手の、おべっかづかいと今までは思っていたのだが、この若造に対する軽蔑の念もここで消えた。

なぜフェルディナンド・ゴンザーガはデル・モンテ枢機卿に自分が知っている話を教えたのだろう？　かわって枢機卿に戦いを始めさせるためだろうか？　だがデル・モンテ枢機卿を仲間に引き入れることは賢い戦略とはいえまい。というのもこの枢機卿はこの何年か、自分の得にならない計画には首をつっこまないという抜け目なさを示していたからである。むしろ外野に立つ方を選んでいた。若いゴンザーガは見当違いのことをしないだろうか？

先週のジュリアの情報では、ゴンザーガの秘書エンリコがローマに戻り、二人は一晩中計画を練っていたらしい。確かにミラノ行きは成果があったのだろう。

教皇は石のように固まって座り、引きつった手で肘掛をぐっとつかんでいる。弱みを見せまいとしていることがはっきりわかる。

ヴェネチアとの交渉は長引いていた。ヴェネチア総督マリノ・グリマーニは、平信徒がある期間賃借りしている教会の土地は所有者に返す必要はないという法律を作り、さらに教会を監督、糾弾するいくつかの条例を出していた。これは教皇庁との対決である。そして教皇の抗議を受けて立つ形で、イエズス会などいくつかの修道会に全面的な活動禁止や国外追放が命じられ、戦争に発展しかねない状況となっていた。スペインとフランスは今回も教皇に味方してくれた。

またアルプスの向こう側では神聖ローマ帝国ドイツの状況が逼迫していた。新しい信仰であるプロテスタントを信じる人々がプファルツ選帝侯フリードリッヒ五世に率いられ結集していたのだ。こうしてアルプスの北側でもいがみ合うグループの間で戦争が迫っていたのである。

そしてここローマではサン・ピエトロ大聖堂の改築、建て替えをめぐり、教皇のせいで調和が乱れている。教皇はコンスタンチヌス帝時代の遺構を取り壊し、建築家カルロ・マデルノにミケランジェロの構想に手を加えて長い十字架の形をした身廊を作らせようとしていた。

このような状況では、教皇は異端者を黙認することはできないし、イタリア人聖職者グループの分裂を招くわけにもいかない。

シピオーネはどう話が展開するのか興味津々の面持ちで見守っていた。教皇はどうやって窮地を脱するのだろう。伯父を助けるというのは自分の流儀に合わないし、つまるところ今日の会合は自分には関係ない。何しろ、カラヴァッジョと接触することを伯父から禁じられているのだから。

そしてシピオーネ・ボルゲーゼはあるニュースを知らされていたのだが、ここでそれを発表するタイミングをずっと計っていたのだ。実は今朝早く、オスティア港にマルタのガレー船が入り、気になるニュースを持ってきたのである。

「心ここにあらずですな、ボルゲーゼ枢機卿」デル・モンテ枢機卿の声でシピオーネは我に帰った。目を上げると、枢機卿の鋭い視線とぶつかった。

「私たちが抱えている問題に、まちがいなく何か解決の道を示してくださるだろうね」

シピオーネは話しかけられてビクッとしたのを悟られまいとしながら、もったいぶって答えた。

「カラヴァッジョの意志を尊重して、ローマに呼び戻すべきではありませんか？　あの男は恩赦にあずかろうと必死になっております。ナポリでもマルタでも仕事は成功を収めていながら、ずっとこのローマを忘れられずにいるのです。カラヴァッジョの名前は鐘の音のようにイタリア全土に鳴り渡っているというのに、ローマだけは彼を丁重に扱うのを拒んでいます。ここで天才芸術家ミケランジェロと教皇ユリウス二世の不和がいかにマイナス状況を生んだか、思い出していただきましょう。いまだにこの教皇は、天才に歯がたたなかったということで物笑いの種にされている始末。カラヴァッジョに対する我々の態度も意固地で無慈悲なままですと、似たような経過をとるのではないかとわたしは案じております。あちらでもこちらでも混乱が生まれる。さらにひどいことにならないように願うばかりです」

「教皇庁は、脅迫や圧力に屈するわけにはいかんのだ。さもないと外交的な交渉の自由を失ってしまうからな」

こう言った教皇パウロ五世の声はほとんど聞き取れないほど小さい。最初シピオーネは、教皇は自分にだけ向かってしゃべったのだと思ったのだが、目を上げてみると、どの顔も教会の土台がゆさぶられたというような当惑した表情をしている。いまこそ自分の手にある花火に点火するときだ！

「じつは今朝、わたしのところにマルタ島からニュースが届いたのですが、それによると、現在、このイタリアの星は行方不明らしいのです」

全員が一瞬凍りついてしまったのを見て、シピオーネは溜飲の下がる思いだったが、彼らもすぐ自分を取り戻したのはさすがである。それでも教皇とデル・モンテ枢機卿が目配せし、秘密のメッセージを目から目へと稲妻のような早さで伝えあい、一方フェルディナンド・ゴンザーガは自分が苦労して立て、準備した全体計画がこのニュースですっかり崩れてしまったことに狼狽している。

「我々に知らされている情報では、あの男はサンタンジェロに投獄されているはずだ！」

教皇はこう言ったが、その声は少し震えていた。

「今朝とどいた手紙によりますと、どうやら牢獄から逃げた模様です。こんなことは前代未聞のようですが」

「というと、中で裏切り行為があったということかね」こう言ったデル・モンテ枢機卿の声には、何か予定されていた仕事をやり遂げた勝利感や確信が混じったような響きが感じられた。

「あの男はまともに門を通って外に出たわけではありません、デル・モンテ枢機卿。おそらくロープでも使ってのことでしょう」

「腕白小僧のいたずらみたいなものか……ところでその死体は発見されたのかね？」

「それが見つからないようなのです。つまり脱獄に成功したということでしょう。マルタにいるのでなければば、シチリア島あたりに逃げたのかもしれません。ほかに考えようもありませんので。わたしだったらシラクサの町にでももぐるでしょうか。あそこはスペイン領ですから。スペイン人は前にもカラヴァッジョを受け入れたことがあることですし、町の大きさも身を隠すのに手ごろです」

デル・モンテ枢機卿は満足だというようにうなずき、おもわず笑みを漏らしそうになるのを必死で押さえている。シピオーネ・ボルゲーゼは目の隅でそんな枢機卿を観察しながら、彼から心の平安を奪うのを少しばかり先に延ばそうと考えて悦に入っていた。カラヴァッジョの逃亡はレオナルドス神父によってお膳立てされはしたが、逃亡そのものには何一つからめなかったことをデル・モンテ枢機卿は知らないのだ。

「どのような逃亡の方法をとったのか皆目わからないのですよ、デル・モンテ枢機卿」シピオーネはこう言い足して、教皇と枢機卿に微笑みかけた。「わたしの情報提供者はあの男の跡を見失ってしまいました」

シピオーネはデル・モンテ枢機卿が蒼白になり、引きつった顔で椅子から立ち上がると、うろうろ歩き回るのをじっと目で追った。彼がカラヴァッジョを自由の身にするのに一枚かんでいるのではないかと推測したのは当たっていたのだ。残る疑問は、この計画の背後に何があるのかということである。

こんなことを考えていると、デル・モンテ枢機卿の思いがけず落ち着いて、冷静な声がした。

「教皇庁にとって一番の打撃は、カラヴァッジョの逃亡という失態が教皇庁の名前と結びつけられることでしょうな。そういうことになってはなりません」枢機卿は教皇の方に体を向けながら言い足した。「今こそ、画家のためにローマの門を再びあけることを祈る時でしょう」

ふたたび一座が沈黙する中、あたりを支配するのは噴水の水音だけだ。教皇はシピオーネから目をそらし、深くため息をついてから、おもむろに咳払いをし、負けを口にしたのだった。

「赦免を与えるように！」

15

「あいつのことが本当に心配だ」

こう言ってくれた小太りの画家ミンニティのところが今、ネリナたちの隠れ場所だ。彼の屋敷は年を経たオリーブの木に囲まれ、木々の間に豊かなオレンジの香りが満ちている。屋敷近くの石切り場のてっぺんに立つとシチリア島の町や家々が目の下に広がる。ミンニティのしゃべり方はゆったりと落ち着いていて、声は大きな体には不釣合いに甲高い。彼を一目見れば誰でもこの人物は金持ちだと思うだろう。確かにシチリア島、そして特にこのシラクサでは画家仲間の中でも一番羽振りがいい。自分でも贅沢していると言ってははばからなかったし、その生活ぶりを見れば誰でも納得する。

「ミケーレは逃げつづけているのです」

「いつもおびえているようで、あれでは病気になってしまう。じっと座っているということがないんだからな。それにあの目。追いたてられている動物みたいだ。それでも、カンバスに向かっているときだけは忘れていられるようだが」

ネリナが海とは反対の方に視線を走らせると、ミケーレが起伏のある草原を昇ったり降りたりしている。

「まるで悪魔にでも追いかけられているみたいなんです」

「それとも、思い出に、かもしれんな。ミケーレって奴はいつも矛盾の中にいるのだよ。絵には天使が、普段の生活には悪魔が巣くっている」

　マリオ・ミンニティはローマでほんのわずかの期間ミケーレと過ごしただけなのだが、この評価は当たっているかもしれない。

　ミケーレが肩を落としながら山小屋に向かって降りていく。ミンニティが、自然の中で暮らせるように、そして静かに絵を描けるようにと作らせたもので、二人ともここで暮らしている。サンタンジェロ牢獄に入れられてからミケーレの中で何かが壊れ、生きる張りを失い、深い絶望に屈してしまったように見える。

「何か彼を助けることができるものがあるとすれば、それは絵だろう。わたしは町のお偉方を説得したんだよ」そう言うとミンニティは大声でミケーレに呼びかけた。「おーい、いいニュースだぞ！」

　ネリナはこの太った赤ら顔の男を横から尊敬の目で見つめた。金持ちで、飲み食いに金を惜しまず、町の芸術家仲間たちから一目置かれている。逃亡者、それも権勢を誇る聖ヨハネ騎士団から逃げ出して追われている男など、無理して受け入れる義務などないのだ。友情を壊さないようにしながら、うまいこと船に乗せ、追い帰すこともできたのだから。

　ミケーレは、ミンニティの絵はどちらかといえば内容に乏しく、想像力もないし、技術も大したことはないと、厳しかった。だが当の本人はミケーレに対してひがむでなく、すばらしい才能の持ち主だと感服していて、このローマ時代の友人を自分の家に招き、宿と食事を提供できることを本当に喜んでいる。もちろん気持ちよく受け入れてくれたのにはそれなりの理由があって、実はミンニティもかつて決闘で人を殺め、ローマから逃げ出すということがあったのだ。そのときはミケーレが彼を助け、町の境界をいくつも越え、最後にシチリア島行きの船に乗せたのである。今彼はその借りを返そうと思ったのだろう。ミケーレの噂はこのシラクサの町まで流れてきていたが、決して殺人者としてではなく、いわば「画家の王」としてであって、ミンニティはそれにふさわしいもてなしをしてくれているわけなのだ。

ミケーレがオリーブの木立を通り抜けると、そのやわらかい葉が体の上に揺れる影を作った。下の庭園からつづく階段をゆっくりと上がってきて、大儀そうに頭を上げると、視線をミンニティとネリナの間を行ったり来たりさせた。

「町のお偉方がきみに絵を依頼してきたぞ！　注文主のヴィンツェンツ・ミラベッラは教養のある面白い男だよ。きみが石切り場を歩き回って〈天国の石切り場〉だの、そこの洞窟を〈ディオニソスの耳〉なんて名前をつけて皆を喜ばせるのも悪くはないが、私たちは絵描きだ、魂を持った職人じゃないか。指の間に挟む筆と、舌の上に乗せる絵具の味が必要だろう、どうだ？」

「ヨハネ騎士団がおれを放っておいてくれたらな」

「ミケーレ、町が金を払うのだし、守ってくれるよ。心配はない」

ネリナは、この言葉に加勢するべきなのか、それともミケーレをおだてあげるのは止めさせた方がよいのか分からなかった。しかし自分たち二人にはどうしても金が必要なのだ。この古い友人がカラヴァッジョという名前の輝きを浴びるのが好きだからといって、いつまでもその親切に甘えているわけにもいかない。

「『聖ルチア』の絵の注文だよ。新しいサンタ・ルチア・アル・セポルクロ教会の祭壇画なんだ」

それを聞くとミケーレの顔がぱっと明るくなり、目は輝きを取り戻した。

「そうか、それじゃ、このあたりでひとつ皆を驚かしてやるとするか！」

16

ミケーレはまるで凍りついたように硬直して絵の前に立っていた。手にした絵筆が小刻みに振るえている。

「あいつを見たんだ、ネリナ。ここに来ているんだよ！」

目の前にあるのは『聖ルチアの埋葬』で、まだいくらか筆を加える必要がありそうだ。二週間足らずのうちに描いたものだが、いままでのテクニックとは少し違う。何か仕上がりがいまひとつの感じで、カンバスにしっかり絵具がのっていない所がある。ミケーレはちょうど墓掘り人の耳と首筋にハイライトをつけたところだった。

ミケーレは単純な形を求めたのかもしれない。ここでは全員が聖女を囲むようにして集まっている。司教、泣き女、金持ちの商人、貧乏人、そして普通ならば社会の隅においやられてしまう不浄な職業の人間が死者を押し黙って見つめている。人間社会に好ましい者だけではない。死ではあらゆる俗世界の垣根が取り払われ、ふたたびお互いが調和を保つのだ。

ミケーレの体からワインのにおいがプンプンにおってくる。〈天国の石切り場〉近くの小さな家を離れ、町に戻ってきたのは間違いだったのかもしれない。あそこはあまり酒と縁のない所だったが、今はまた、暇さえあれば居酒屋に通うようになってしまった。

「いったい誰を見たって言うの、ミケーレ？」

「フラ・ドメニコだよ」

ネリナはハッとした。目の前に描かれているのはフラ・ドメニコのようだ。白いチュニカを着て、左の肩をむき出しにし、前かがみになってスコップで土を掘ろうと右腕を曲げている。

「確かなの?」

「きのう港の居酒屋に行ったときだよ。あいつが横を通って行ったんだ、おれには気づかなかったようだが、フラ・ドメニコだ、絶対間違いない」

「どうやって彼はここに来たというの? ヨハネ騎士はガレー船に乗ってマルタ島から出るものよ。港にそんな船なんか一隻も入っていないわ」

「きのうの夜、横づけして、夜明け前に出て行ったのさ。おれは確かにあいつを見たんだから」

ネリナはため息をついた。夢と現実の区別がつかなくなってしまったのだろうか?

「ミケーレ、どうしてこんな中途半端な仕事をするの? あっちもこっちも絵具がきちんと乗っていないわ」

ネリナは話の矛先を変えてみた。

「完成しなくたって絵は終わりにすることはできるんだ。分かろうとする人間には分かる」

この言葉にネリナはうなずくよりほかなかった。『聖ルチアの埋葬』には深い悲しみに満ちた誠実さがあふれ出ている。聖女は仰向けに横たわっていて、墓穴が掘りあがればすぐその中に入れられるばかりだ。片方の手は体の上に、もう片方は脇に置かれている。同じようなポーズを取らせたレナのことが思い出された。

「おれは怖い、ネリナ。あいつがここにいるんだ! 逃げなきゃならん! ここから逃げよう」

ネリナはミケーレの体全体が震えているのに気がつき、彼の肩にそっと手を置いた。ミンニティにしても町の議会にしても描くことを無理強いはしていないのに、酒と寝不足、見つかることを恐れてたえず逃げ回っていること、いつまでも続くこうした不安がミケーレを疲労困憊させているのだろう。

「わたしはもうごめんよ。そんなことばかりしていられないわ」

「あいつは悪魔だ！　おれは戻ってヴァチカンに保護してもらうんだ。あいつに殺されるなんてまっぴらだからな！」

そのとき、ドアを叩く音がしたとおもうと、マリオ・ミンニティがただならぬ顔つきで飛び込んできた。

「どうしたんです？　その様子では良い知らせのはずはないですね」ネリナは深く息を吸った。

「ああ、残念だがわたしが心配していたことが、現実のことになってしまったんだよ。ミケーレ、議会は今日、聖ヨハネ騎士団がおまえを追放したことを知らされたそうだ。ヨハネ騎士は許可なしにマルタ島を離れることはご法度、これに背いた者は除名、そして破門だ。まあ今日明日中に破門されるというわけではないようだが、この先、教団にとどまることは無理だ。それを伝えにきたんだよ」

ミンニティがこういい終わると、重い沈黙だけが残った。ミケーレはただ立ちつくすだけで身動き一つしない。土気色だった顔色が青くなり、そして真っ赤に変わってようやく口を開いた。

「あいつらにおれを追い払うことはできないはずだ！　死ぬまでおれはヨハネ騎士だぞ。あのおめかし野郎の総長は何をしようって言うんだ！　あのウイニャクールめ！　神さまじゃあるまいし」

「口をつつしむんだ、ミケーレ！　総長はいずれにしたって教皇に近いところにいるのだからな。彼の力を忘れるわけにはいかないぞ」

「おれたち、逃げなけりゃ、ネリナ。ローマに戻るんだ！　エンリコは言ったんじゃないのか、おれのためにがんばるって？　あいつはローマに戻って、おれのためにもうヴァチカンからの返事を用意してくれているはずだろ？　枢機卿たちが束になっておれを守ってくれるさ」

「わたしは思うんだがね」ミンニティが口を挟んだ。「ローマから赦免が届くまで逃げのびればいいわけだろ。きみたちのことを引き受けてくれる知り合いを紹介しよう。わたしにできるのはそんなことしかないんだ。エンリコが来たら、きみたちのところに行かせるから」

「ありがとうございます。そう決まったら急ぐ方がいいでしょうね」

ネリナは目で合図を送りミンニティに部屋から出て行ってもらい、ミケーレの脇にひざまずいた。

「教えてちょうだい、ミケーレ。一緒に行ってわたしにどんな得があるの？　どうしてあなたの道連れにならないといけないの？　フラ・ドメニコのお目当てはあなたで、わたしではないのに」

ミケーレは両手で顔を覆い、だまったまま上半身を前へ後ろへと揺らしている。思い出と戦い、どうしても話さなければならないと思ったのだろう、とつとつと低い声で話しはじめた。

「ずっと昔、ミラノであの男とあいつの兄貴の肖像を描いた。あのころおれはペテルツァーノ親方の弟子で、親方は気に入ってくれ、引き立ててくれたよ。親方はまもなくおれに教えることがなくなったことを悟ったのさ。それであの青二才の伊達男二人の肖像画がおれの最後の仕事になった、いわゆる職人試験の作品だ」

ネリナは彼の方に体を寄せ、一言も聞き漏らすまいとした。ミケーレは目を閉じ、上半身を相変わらず揺らしている。

「アントニオ・ディ・ルッソがおれの妹に近づいてきたことに最初気がつかなかった。こいつは兄貴の方だ。二人はしょっちゅう会っていたんだ。乳くりあいやがって……」

ミケーレは震えだし、身をよじった。ネリナは手を彼の背中に当て、落ち着くまでそっとさすった。

「妹は夢を見たのさ。でも夢はいつになっても夢、叶うことなんかないんだ。貴族の花嫁になるなんて……。考えてみてくれ。おれは妹にこの狂気の沙汰を諦めさせようとした。町娘と貴族の結婚なぞ、決して家族に賛成してもらえるもんじゃない。あいつだってそんなこと百も承知さ。身分不相応なんだから。それなのにあの男は、贅沢な暮らし、愛情、誠実、あれやこれやを約束した。妹をベッドに連れこむためだけにな」

どこにでもある、ありふれた話だ。強要と憧れ、伝統と克服、愛情と願望。そして征服と転落、勝者と敗者。

「その若者はそれで目的を達したの？」

「イエスであり、ノーだ」

ネリナはとまどった。「イエスでノーって？」

17

エンリコは人目につかぬようシチリア島シラクサに上陸した。外交使節や商人、船長たち、そしてヨハネ騎士たちがローマにニュースを運んでいて、ミケーレとネリナのシチリア島行き、マリオ・ミンニティのところでの暮らしぶり、新しい絵、そしてフラ・ドメニコがシチリア島に渡ったということは知らされていたが、強力な聖ヨハネ騎士団がミケーレをまだ捕まえていないことはどう解釈すればいいのか、それが分からなかった。そう、何もかも芝居なのだ。この芝居に登場する役者全員を知ってはいるが、誰が演出し、誰が筋書きを作ったのかがわからない。

ミケーレの友だちだというマリオ・ミンニティをまず訪ね、それからネリナとミケーレに会うつもりだった。

絵を買い占めるよう主人ゴンザーガ枢機卿から頼まれているのだが、ミケーレが恐怖に駆られているというわさが確かであれば、それは難しいかもしれない。

エンリコは情報を手に入れようと港にむかってぶらぶらと歩いて行った。エトナ山があげる噴火の煙が手招きするように海の上にたなびいて見える。港が見える居酒屋に入ると、テラスに腰を下ろし突堤の方に目をやった。居酒屋にはごくわずかな客しかいない。エンリコは食べたり飲んだりしながら、一目でよそ者とわかる自分の方を興味津々の面持ちで見ている男たちに、偶然にというようにチラリと視線を送った。ジョッキに入ったワインを半分ほど空にしたところに、小作りの黒髪の男が寄ってきて、横に腰を下ろした。

「ここは初めてかい？」

男は目や顔の表情からして漁師ではない。目のまわりや額のしわ、そして自分をじろじろ見ている表情、着ているもの、風貌、剣から、たくましい好奇心が読み取れる。男は鼻にしわを寄せながらこう言い加えた。

「ここはよそ者が来るところじゃないんだよ。どこかほかで食ったほうがいいぞ」

この男と必要以上に関わることもないと思いながら、エンリコはチーズを一切れ口に入れ、パンをちぎり、ワインと一緒に全部を胃袋に流し込んでから言った。

「この店を人に勧められたもんでね」

男はちょっと面くらったような顔をし、首をかしげ、エンリコが飲み食いするのをしばらく見つめていた。うすい髪の毛が風になびいている。

「誰さ？」

「仲の良い友だちだよ」

こう言ってエンリコは銀貨をテーブルの上にチャリンと音を立てて置いた。テラスにいる客がこちらを振り返ったのを見て、エンリコはしてやったりと思った。港から聞こえてくる賑やかな声よりも銀貨の音の方が大きかった。彼が手を銀貨の上にかぶせると、指の間でそれがほのかに輝いた。

「マリオ・ミンニティっていう奴でね」

男はうなずくと銀貨をつかもうとしたが、エンリコはその腕を押さえつけた。

「情報がほしいんだ」

「どんな？」

「このシラクサにいるよそ者を知っているだろう？　名前も知っているはずだ」

「あんたがそう言うならそうなんだろう」

とぼけようとする男を見てエンリコは思わず小さく笑った。

「ヨハネ騎士を探しているんだがね」

エンリコは銀貨を押さえていた手をどけ、男の指をつかんで銀貨の方に持っていった。

「ヨハネ騎士をか？」

目の端に、男がテラスのほかの客をちらちら眺めているのが見える。客たちはゲームに没頭したり、おしゃべりに夢中になっているふりをしながら、聞き耳をたてているようだ。

「親指に指輪をはめた男のことかい？」

そういう特徴のヨハネ騎士をエンリコは一人しか知らない。間違いない。エンリコは軽くうなずいた。

「その男はいつこの島に来たんだ？」

「一週間前にガレー船でさ。夜、港に着いてヨハネ騎士が下りると、船はまた出ていったがね」

フラ・ドメニコはミケーレを見つけたろう。ここまで知れば十分だとエンリコが席を立とうとすると、今度は男が彼の腕をつかんだ。

「ヨハネ騎士と関係のある別のことに興味はないかね？」

エンリコは浮かせかかった腰をゆっくり下ろすと、ポケットからまた銀貨を出したが、そばのテーブルにいる客が気になる。

「ここを出よう」

エンリコは男に金を押しつけ、立ち上がった。一足遅れて店から出てきた黒髪の男は、朝の太陽を見て目をしばたいた。

「さあ、話してくれ。その金に見合っただけのことは教えてもらわないと」

「あんたはあの男のことでここに来たってわけかい？」

エンリコは横から男の顔を観察した。自分にとっては金鉱を掘り当てたようなものだが、男はそれと気づいていないらしい。太陽は最初の影を細い路地に投げかけ、風はまだ陸から吹いている。しばらく二人は黙ったまま連れ立って路を進んでいた。町はゆっくりと朝の賑わいを見せはじめた。

「カラヴァッジョ、あの男が絵を描いたんだよ」

この学があるとも思えない男が「絵」などと言うのは、いったいどんな絵なのだ？　ミケーレがまた世間の人々の心をゆさぶるようなものを描いたということか。

「で、わたしが彼のことでここに来たのなら、ほかにもまだ教えてくれることがあるんだな？」

「二人目の神父がこっそりあの絵描きのあとをつけ、つきまとっているんだよ。遠目にはカラヴァッジョの兄弟と思ってしまうくらい似ている男だ」

エンリコは一撃をくらったような気がした。レオナルドス神父がシラクサに？　どうしてそのニュースは耳に入ってこなかったのだろう？　何を意味するのだろうか？　自分と同じ密命で、つまり絵を買うために神父もここに来たのか？

「マリオ・ミンニティのところへ行く一番の近道を教えてくれ。急いでカラヴァッジョに会わなきゃならないんだ」

「カラヴァッジョはもう町を離れたよ、三日前に」

「またどうして？」

「ここじゃ、息をすることもできなきゃ、仕事も、考えることもできないからだろうね」

「それで、どこへ向かったんだ？」

ずうずうしく男は手を差し出し、エンリコの目をのぞきこんだ。次に何が来るか予想はできたが、それでも財布から銀貨を取り出すと男の手に押し込んだ。

「それについちゃ何も知らないよ」相手は笑いながらこう言うと、人でにぎわう朝の雑踏の中に姿を消してしまった。

マリオ・ミンニティの家へ行けば事情を知ることができるはずだ。ミケーレを追っているのは一体誰なのか。その目的は？　どこでミケーレがこの島にいることをかぎつけたのだろう。自分と同じ情報をローマから受け取ったのだろうか？　出所は同じなのだろうか？

18

湿気のせいか、メッシーナの町はもやっている。二つの山の間に霧のような雲が重く垂れ込め、港のにおいはするが、目には見えない。スペイン王の三角旗がはためき、駐屯軍が守っている威嚇するような砦だけが、雲のベールを通して見える。

ネリナとミケーレはロバで町の入口の門に向かっていた。明るい声が聞こえてくる。荷車や、野菜や果物の入った大きな籠を背負った農民たちが、市内に入るのに金を払っている。ネリナはひたすらロバを先に進めていた。ロバの毛がごわごわしているせいで、お尻の皮がすりむけ、ヒリヒリする。疲れきった様子のミケーレは腕組みをしたまま、ロバが動くにまかせている。ミケーレは熱があった。昨日は湿った氷のように冷たい師走の風に身をさらし、今日は滲み通るような霧に痛めつけられている。

埃だらけの上に、綿のように疲れきっている二人は、門番に目をつけられてしまった。

「止まるんだ！　通行証！　それから旅行許可証！」

必要な書面を持っていないことにネリナが困りかけたとき、門番の背後から、低いくぐもった声が響いてきた。

「何だ！　そんな意地悪な物言いをすることもなかろうが。あなたたちはシラクサからみえたのでしょうか？　ひょっとして偉大な画家カラヴァッジョとその助手の方ではありませんか？」

ミケーレはひどく驚いた様子で、この大男をじっと見つめている。ネリナは機転をきかせ、ミケーレの今の状態ではまともな受け答えは無理だと思って、代わりに話しを受けた。

「もしそうだとしたら、どうなのでしょう?」にこっと笑いながらネリナは尋ねた。

重い木綿のコートに身を包み、まるで柱のような太い足に黒長靴をはいたこの大男が門の脇から姿を見せると、門番たちはぎくっとして一歩ひいた。

「マリオ・ミンニティさまから連絡がありました。町の議会と……」

二人の門番にはっきりわからせようと、「議会」という言葉を強調している。「町の議会と、スペイン王の名においてお二人を歓迎いたします」

「わたしミケランジェロ・メリシ、世間からはカラヴァッジョと呼ばれていますが、あなたのお申し出を喜んで受けさせていただきましょう」

ネリナはミケーレのこうした大げさな物言いに少しとまどったが、今の天候とミケーレの状態を考えればここでぐずぐずしているわけにもいかない。その上、背後では町の市場へ急ぐ農民たちがぶつぶつ文句を言っている。ネリナは手綱でつながれたミケーレのロバとともに、開けられた門を自信たっぷり意気揚々と通り抜け、町を二つに分けている広い通りを大男について進んだ。

「私たちはどこに連れて行かれるのでしょう? ミケーレには休養が必要なのです。具合が悪く、それに絵も描かなくてはなりませんので……」

最後のところを声を落としてぽつりと言ったのは、ミケーレの健康状態と絵を描くことをからめたくなかったからだ。だが相手はしっかり聞き取ったらしく、大きな声で笑った。

「すべて満足いくように計らいますから、わたしを信じてください。まず、騎士の館に案内しますが、そこが一番だと請け合えるからですよ」

次第に町の雑踏がひどくなっていく中を、大男はロバの手綱を引きながら先を歩いている。ネリナは寒気に襲われ、マントをギュッとかきあわせた。背の高い瀟洒な家が並ぶまっすぐな通りに、湿った布のように霧がかかっている。

二人がシラクサを逃げだす前、ミンニティは、玄人や収集家が多いのでメッシーナに行くことを勧めてくれた。ここの方が金持ちの絵の注文主をみつけるのがずっと楽なはずだというのである。

「私たちを騎士の館に連れて行くと言いませんでしたか？」

大男は歩みを止めずに振り返って、カラカラと笑った。

「そう、教団の家、聖ヨハネ騎士団の館へね」

これを聞いた瞬間、ミケーレは体をびくりとさせた。真っ平だと抗議しようにも激しく咳き込み、ロバの背の上で体をよじっている。ネリナが、そこは困ると言う前に男は大きな建物の前で足を止めた。正面玄関上の、先が二股に割れた十字が目を引く。間違いなく聖ヨハネ騎士団の宿舎だ。

「さあ、着きましたよ。教団の管区長フラ・オラツィオ・トッリグリア殿があなた方をお待ちです」

「でも……私たちは……」

ロバから下りたミケーレは一人では立っていられないほど疲労困憊ぶりだ。すぐに騎士が四人、建物の中から出てきてあれこれ手を貸してくれる。

ロバを降りてからずっと、ネリナは男の申し出を簡単に受けてしまった自分の浅はかさを悔やんでいた。なぜ簡単に乗ってしまったのだろう。簡単に人を信じたために、とんでもない状況に追い込まれてしまったのかもしれない。どう逃げ隠れしても結局うまくいかず、聖ヨハネ騎士団が反逆者を捕まえようとイタリア全土に張り巡らした網にまんまとひっかかってしまったのだ。破滅だ、ミケーレは破滅したのだ！　ネリナはそんなことを考えながら、鍛え上げられた体に教団の服をゆったりと着た騎士のあとを、疲れ果て打ちのめされて、とぼとぼとついて行った。

ミケーレの体が心配だ。彼は自分の足で歩くというより、騎士に引きずられようにして中庭に向かう路を歩いている。すると建物の陰に管区長フラ・トッリグリアが黒い教団服の袖の中に手を入れて立っていた。カラヴァッジョことミケランジェロ・メリシは、画家、それも現在最もすぐれた画家の一人だと、ネリナがひざまずいて慈悲を願おうとしたとき、管区長が首をかすかに振ったのに気がついた。

「挨拶申しあげよう、カラヴァッジョ親方。あなたが我が教団の一員ということは知っていますよ。一日も早く健康が回復するよう、できるかぎり手を尽くそう」

これを聞くと疲労のせいでぐったりしていたミケーレの体がピンとなり、諦めたような態度や声はすっかり消え、こう答えたのには、ネリナは自分の耳を疑うほどだった。

「ありがとうございます、フラ・トッリグリア殿。私たちに宿とカンバス、それに絵具を用意していただけるとありがたいのですが」

管区長の口元にほとんど目につかないほど微笑が浮かんだ。それからあごをしゃくって合図すると、騎士たちがミケーレを連れて部屋を出て行った。ネリナは立ちつくしたまま、後について行くべきなのか、それともここにいた方がよいのか迷っていた。

「心配せずに、まかせなさい。何も悪いことはしない。あの者たちは親方の体を洗って、薬を塗り、栄養たっぷりのスープを飲ませ、汗を出すためのお茶を飲ませようとしているだけだから。それで彼もぐっすり眠れるはずだ。で、あなたにはいくつか質問に答えていただこう」

彼は袖口から手を出すと、建物の中に招き入れるようなしぐさをした。そして先に立って、暖炉のある天井の高い部屋に入って行った。暖炉の中で薪がパチパチはじけているが、この寒さにはとても太刀打ちできない。

高い背もたれのある椅子の近くに来たところで、管区長はネリナの方を振り返った。

「わたしは正直でありたいと思っている」女性と話をすることなど馬鹿馬鹿しいというような表情だ。その顔には、どう理解したらよいのか分からない嫌悪感、反感が浮かんでいる。ミケーレが教団から除名されたことは知らないのだろうか？　それとも知らないふりをしているのだろうか？

「議会はあんたの師匠が町のために何枚か絵を描いてくれることを望んでいる。特にこれは商人のジョヴァンニ・バティスタ・デ・ラッツァリ、この男は私たちのところにたびたび気前よく寄付して、力になってくれているんだが、彼にとって大事な問題なのだ。カラヴァッジョはこれに応えられそうかね？」

そういうことなのか。フラ・トッリグリアはカラヴァッジョが教団から除名されたことはとっくに承知なのだ。ここにはマルタから直接急使がきたのだろう。ミケーレをウイニャクール総長に引き渡すことなどいつでもできるのだが、この有名画家をめぐっては種々の利害状況が生まれているということなのだ。潤沢な寄付を受けることと、教団のいうことに黙って従うこととはうまく両立しない、そういうことなのである。いつもながらこの町でも有力者たちが教皇や国王を無視した行動をとっているわけである。この対立関係を利用しない手はない、ネリナはそう考えた。

「絵筆と絵具を用意していただけないでしょうか。そうすれば彼はローマから破門を言い渡されるような絵を描くはずですので。それは皆さま方には願ったり叶ったりではありませんか」

フラ・トッリグリアは表向き否定するような態度をとりながらも、思わずニヤリとしている。

「そこまではいかないとしても、少々の自主性と強情、そして愛国心はこの町とその保護者たちのお気に召すことだろう」

19

ミケーレが激しく咳き込んだ。顔には汗が吹き出している。筆の動きはいつもながら力強いが、しきりと手を止めては、腕をぶらりとさせる。手が小刻みに震え、意地で仕事をしているように見えた。

ジェノヴァの商人ジョヴァンニ・バティスタ・デ・ラッツァリから千スクードで仕事を依頼されたのだが、その注文主本人が今、ミケーレの斜め後ろに立ってじっと仕事ぶりを見つめている。香水をしみこませたハンカチで鼻を押さえているのは、死体の異臭を吸い込まないためだ。

メッシーナに到着してから一週間経つか経たないうちにミケーレはベッドからはい出て、部屋に用意されたカンバスに向かった。

不安にかられ、靴も脱がず、剣をつけたままの姿で寝ていたが絵に対する情熱が満足させられることによってしか安心は得られないということを感じたらしい。

注文主のデ・ラッツァリは部屋に押しかけ、彼の仕事ぶりをのぞきたがった。

「絵のテーマを変えると言ってくださったことに、お礼を言わなければなりませんな、カラヴァッジョ親方。主聖堂には聖ヨハネも悪くはないでしょうが、『ラザロの復活』の方がずっといい。まあ、アレンジの仕方が多少普通でないようにも思えますが」

ハンカチで鼻を覆ったまま彼は三人の男性モデルの方をあごでしゃくった。モデルの一人はラザロ役となる死体をかかえ、あとの二人は墓石のようなものを持ち上げている。

ネリナは、部屋の入口近くでミケーレの脇に立ち、商人を見つめていた。二週間前、ラッツァリがアイディアを持ち込んだとき、ミケーレはもう聖ヨハネのテーマをスケッチし、下地を塗り終えていた。一年前ならば怒ってカンバスを投げつけていただろうが、ミケーレは熱でぐったりしながらも、ただ黙ってうなずき、妥協案を考えたのだった。つまり注文主のラッツァリという苗字と語呂合わせで、ヨハネ福音書にある聖ラザロを描くことを思いついたわけなのだ。ラザロはラッツァリという名前を思い出させるし、彼の洗礼名ジョヴァンニはヨハネのイタリア語読みでヨハネ福音書とつながり、聖ヨハネ騎士であるミケーレが絵を完成させるという、三つのつながりに商人は大満足だった。モデルはネリナが町で探し出した男たちである。

「この臭いだけは耐え難いですな。カラヴァッジョ親方、こんなことをしなきゃいかんのですか？」

「人の心を打つような絵を望むなら、これしかない」ミケーレはつっけんどんに答えた。

「だがラザロは、生きている人間の世界に呼び戻されるわけでしょう。だとしたら生きた人間にポーズをとらせてもいいのではないのですかね」

「ラッツァリさん、木綿の生地の品質を人がどう評価するかあんたは知りたいだろうし、たぶん手に持ってみるだけで目方の見当はつくんでしょう。だがね、絵のこととなればあんたは犬並みだ。絵に向かって吠えることはできるだろうが、描くことはできやしない。構図のことなんか何もわかっちゃいないんだから」

最後のことばは激しい咳のために切れ切れに、小さな声になった。ラッツァリははっとして身を引いた。自分の絵についてあれこれ言われるとミケーレは必要以上に反撃しますから、とネリナから釘をさされていたのを思い出したのだった。

「親方！」

この声にミケーレが顔を上げ、死体のそばにいる三人の男の方に目を向けた。

「なんだ？」

彼らは漁師で春先にはあまり金を稼げないため、モデルを務めている。

「この死人の臭いはたまりませんや。もう抱くのはかんべんしてくださいよ」

こう言うと、少し屈みこむようにして抱いていた死体を床に落とし、あわてて鼻をつまんだ。別の二人のモデルもポーズを崩した。三日前に亡くなった人間の死体は腐敗し始めて臭い、落ちるときに部屋の床に鈍い音をたてた。ネリナには、まるで男たちの心から石でも落ちたように聞こえた。ラッツァリも驚いて苦々しく思ったのは確かだが、モデルの男たちの反応も理解できる。ミケーレはといえば、身を硬くし、自分の見たものが信じられないというような感じで目の前の死体を眺めている。蝋のように白い皮膚にはすでに黒い死斑がところどころに現れていた。

ネリナはミケーレのどんな振る舞いにも慣れっこになっていたので、死体を抱いていた男が言い訳しながら、たぶん手当てをねだろうとしたのだろう、手をのばしてミケーレの方に寄って行った瞬間に起こった爆発もじゅうぶん予想できるものだった。

一体何が起こったのか男が理解する暇もなくミケーレは剣をぬくと、刀身でその手のひらを勢いよく斬りつけた。血がほとばしる。

「おまえ馬鹿か？　絵をだめにされたというのに、それでもおれが金を払うとでも思っているのか？　なんて野郎だ。いつ死体が臭いはじめるか、おれが教える！」

まるで狂ったようにミケーレはモデルの間に飛び込んで行くと、右に左にと剣を振り回して男たちに斬りつけた。

「騎士に服従するのを拒否すれば、その怒りを買ってあたりまえだろうが。死体を持て！　おれが命令したら下ろせ、わかったな！」

男たちは頭すれすれに剣が通ったのにギクリとして、死体の上に屈みこむと、あわてて持ち上げた。

「何やってんだ！　命をまた受けるように両腕を広げて、手は光に当てるんだ、復活の光に触れるようにだぞ」

みみずばれをあちこちに作りながら、おじけづいたモデルたちはまた前のポーズを取った。ラザロの左手は地面に無造作に置かれたしゃれこうべを指し、右手は命の炎に触れるように光の中に向かってのばして、キリストに感謝と挨拶を送っている。そのキリストは絵の端に追いやられているとは言え、勝利を表現する派手な身振りで奇跡を起こし、ラザロのために死と生を隔てる扉を押し開いている。ネリナはこの絵が気に入った。希望の芽、復活の奇跡が隠れているからだ。

ラッツァリはミケーレの怒りを買ってはたまらんとばかり、ネリナの立っている場所まで後ずさってきた。彼女はこの商人の方に体を寄せてささやいた。

「偉大な人間というのはたいがい気難しいものです。そうでなければ、すばらしいものはできないと思いませんか？」

口元をゆがめて笑いながら彼はネリナを横目で見た。これからは決してミケーレを急がせるようなことはしないだろう、ネリナはそう思った。五百スクードの前払金はもうミケーレの懐に入り、そのいくらかはワインに化けてミケーレの胃袋に入ってしまっているのだが……

モデルの一人が頭をちょっと動かして、出口の方をうかがったのがネリナの目の隅に入った。そのとたん、ミケーレはまた剣をつかむと、甲高い声を張り上げながらその男にむかって振り上げた。剣は耳に当たり、血が床にしたたり落ちた。

「おれが描いている間は、だまってじっとしてろ。今度はその耳をそいでやるぞ。もう一つここにしゃれこうべがころがりゃもっといい、そうすりゃおまえのからっぽの頭もすげかえられるかもしれないからな」

「カラヴァッジョ親方、なにとぞ穏やかに願いますよ。これはクロチフェーリ教会の主祭壇を飾るものなのですから、絵が血に染まっているというのは具合が悪いでしょう。何しろ、殺人ではなく助け、無益ではなく希望、死ではなく生がモットーですからな」

顔をゆがめながらミケーレは注文主にぼんやりと視線を移した。顔に汗が吹き出ている。顎をガクガクさせ、息をはずませ、剣をにぎっている手は白く変わっている。ジェノヴァの商人の力にやり込められたわけだ。

「消えうせろ、おれが追い出す前にだ！」

ラッツァリは誇り高く頭をそらせ、悠然としている。

「好きなように描いてもらって結構だ。だが誰に従わなければならないか、それだけは忘れないように願いますよ」

こう言うとラッツァリはコートを肩にかけ、香水を染み込ませたハンカチを鼻に当てたまま部屋を出て行った。

20

あちらこちらでささやき声が聞こえ、皆、額を寄せ合っては当家のあるじの横に不機嫌な顔をして座っているミケーレの方をチラチラ見ている。視線がぶつかると人々はさりげなくうなずきあい、そっと微笑みを交わす。しかし目が離れれば悪意を持った人間が新しい噂を作り上げ、それが大勢の人間の間を乱れ飛んでいく。

ジェノヴァの商人ラッツァリが、完成した絵をお披露目しようと大勢の客を招いたのだ。ネリナは居心地の悪い思いをしていた。ラッツァリが作ってくれた晴れ着を着て、流行の髪形にボンネットをかぶり、はでな首飾を貸してもらったのだが、広間に集まっている飾り立てた人々が皮肉っぽい視線を自分とミケーレに注いでいるのが分かる。

ミケーレ自身は客のことなどまるで眼中になく、次々と酒の杯を空にし、ネリナの横の椅子にへたりこんでいる。そして時折憎しみに満ちた視線を、ひそひそ話やささやきをかわしている一座の人間に送っていた。当主の背後には『ラザロの復活』が白い麻布の下に隠れ、威嚇するように画架の上にそびえ立っている。

テーブルは料理の重さでたわむかと思われるほどで、ズッキーニやパプリカ、ネリナが知らない数々の野菜、猟獣や鳥、牛、羊など様々な肉、それには胡椒やサフラン、ナツメグなどの東洋からの珍しいスパイスが入り、ワインには砂糖、丁子、シナモンを加え、望めば軽く温めて出される。大勢の召使いがテーブルや椅子のまわりを忙しく立ち働き、皿を渡したり、酒を注ぎ足している。ネリナは南イタリアやシチリアでは見られないこうした光景に、まるでアラビアの市場にでもいるような気分だった。

ミケーレはへべれけになりながらも当主のたっての願いでここにこうして座っているのだが、社交的大イベントの、歳の市さながらの賑わいからは何も得るものはないだろうし、人前で見世物のようになってさぞかし苦痛だろう。

ラッツァリが立ち上がって、かっぷくのよい体をのばすと、おしゃべりはパタリと止み、出席者の顔がいっせいに彼の方を向いた。

ネリナには何もかもが操り人形芝居のように思えた。館のあるじの横に座っているミケーレと自分が人形だ。あるじは今、芝居の最初の山場を作っているところである。

「ご臨席の皆さま」ラッツァリがこう言って、いったん言葉を切った。広間の中は水を打ったようにシーンとし、ネリナには自分の心臓の鼓動が聞こえ始めた。召使いたちはまるで足に根が生えでもしたように、石のようにじっと立っている。「メッシーナの町にとって、これは偉大な瞬間と言えましょう。何ヶ月か前より今日最も偉大な芸術家にご滞在いただいております。名誉騎士、十字軍騎士であられるカラヴァッジョことミケランジェロ・メリシ殿でございます」

拍手が鳴り響く。ネリナが見ると、ミケーレはさらにだらしない格好で椅子に沈んでいる。自分たちは聖ヨハネ騎士団から逃げるために人目につかないように旅し、隠れて仕事をしたかったのだ。ところが噂が立ちはじめ、彼がいるという話が野火のようにパッと広がってしまった。議会の支持を受けているとはいえ、このメッシーナにいられる日も残り少ないだろう。

「我が町のクロチフェーリ教会のために親方にこの絵を描いてくださるようお頼みしたわけでございます。親方はひどい風邪をひかれておられたにも関わらず、目を見張るような早さと真摯な態度でこれを完成させてくださいました」

　ここでまた拍手が起こったが、人々は石のように固まったままである。まだ絵を見たわけでもなく、カラヴァッジョの仕事場を訪問する勇気と機会があったごくわずかな人の話を通してでしか知らないのだ。ミケーレが本物の死体をラザロのモデルとして使ったことで、町の半分の人間は訪ねる勇気を失ってしまったことを考え、ネリナは思い出し笑いをした。ラッツァリの言葉は、丸く優しい真珠のように部屋の中をころがり、床にぶつかってカチっと音を立てたように聞こえた。いよいよ彼が絵に寄っていき、白い麻布をひくと、それが左右に分かれて床に落ちた。

「主聖堂に納めます前に、わたくしがまず皆さま、メッシーナの主だった方々に偉大なる我らがカラヴァッジョ親方の手になる『ラザロの復活』をここでお見せできることは、まことに光栄でございます」

　三回目の拍手が起きたが、今度は控えめではなく、率直で正直なものだった。目の前にあるどっしりした大きさの絵を、前にいる人に邪魔されずに何とか見ようと、客たちは首をのばしたり、椅子から立ち上がったりしている。ラッツァリは自分の力をしっかり意識し、鼻高々で絵の横に立ち、ネリナの目にはお披露目されたのはミケーレの絵ではなくて、このジェノヴァの商人自身だと映った。

　横目でミケーレを見ると、相変わらずワインに手を出し、ちょうど勢いよく飲み干したところだ。ワインが口の端からあふれて流れ、胴着の上にこぼれ落ちて、それが柔らかな布地にしみこんでいく。手は震え、顔は紫色に変わっているが、これはまぎれもなく興奮している証拠である。腹は料理で膨れ上がり、口元を油でギトギトさせている招待客たちに対して、ミケーレの中に豪雨で川に水があふれるように怒りがふくれ上がってきたのだ。

　大勢が立ち上がって、絵をよく見ようとラッツァリのまわりに集まった。次々と人は増え、色や形、描き方、意味について口々に感想を言い始めた。

「これは奇跡といっても言いすぎじゃない作品ですよ、教皇に平手打ちを食わせるものですな」、「キリストを絵の隅に置き、人間が中心に収まっていますね」、「誰一人キリストには注目せず、その後ろにある光の方に目を向けているのも大胆な描き方じゃありませんか。絵の二人の女性はラザロに接吻したり、ささやきかけたりして彼を蘇らそうとしているようですよ」、「神の地上の代理人である教皇はもっと大きな意志を実行に移さんといかんですな」、「このキリストの背後にある光こそ彼岸からのもので、この中にラザロは自分の手を入れることで、命をふき返したのだろう。これこそキリスト教の基本姿勢に対する拒絶であって、基本的にはプロテスタント的な考え方ではないかね」などなど。

ミケーレは召使いを呼びつけ、ワインを注ぐように命じている。あれこれ分かった風なことを言われるのに我慢ならず、酒がほしくなるのだ。ネリナは彼の腕に手をかけ、落ち着かせようとした。ミケーレは顔をネリナの方に向けはしたが、充血して潤んだ目ではたぶん彼女を見分けることも難しいだろう。

「ミケーレ、あの人たちに理解しろったって無理よ」彼女は口をとがらせてこう言ったが、彼はそっけなく肩をすくめただけだった。

ところが人々の話の風向きが突然変わった。それまでは肯定的な、畏敬の念を持った調子だったのだが、辛口のものが加わりだしたのである。

「この絵は完成しておらんのじゃないか?」、「筆の運びが乱暴なようだな」、「仕事の仕方が表面的過ぎではありませんか？　伝統的な絵のテーマをないがしろにして、考えが不必要にあちらへこちらへと変わっているようで」、「驚かせて恐怖をあおるつもりなのかもしれん。ラザロの復活を何やらおどろおどろしく描いているが、創造主の中にそういったものがあるとでもいいたいのだろうかね?」

ミケーレは錫の杯をぐっと握りしめたので、指の根元が白く変わった。この素人たちの批判に対してワインを浴びながら必死でこらえているのが分かる。

「カラヴァッジョ親方！」宴のはじまりに紹介された議員の一人がミケーレに話しかけてきた。「キリストと女性たちが着ている衣服の色を同じ赤にしたというのは、少々度を越しているのではありませんか？」

これを聞いたとたんミケーレはいきなり立ち上がった。その勢いで椅子がひっくり返り派手な音を立てた。

「おれを批判しようというのか、ええ？　あんたのその太った腹と同じくらい頭の中がつまってりゃ、こう描くのは間違いじゃない、わざわざそうしてるんで、必要なんだってことがわかるんだ。この絵が気に入らない？　それなら、この宴会に顔をみせる方が悪い。おめでたい席の中心にいちゃまずいだろうが、え？　絵を理解したきゃ、信じなきゃ始まらんよ。飲んだり食ったりしたって、何の役にもたちゃしない。メッセージが大事なんだ。だがへんてこなものでいっぱいのあんたの頭じゃ、理解しろったって無理だ。ひざまずいて、静かに黙想しながら、絵が語っているものを自分の中に照らしだせっていうんだ！」

なだめようとするネリナを、ミケーレはしつこくまとわりつく虫のように振り払った。彼の爆発に最初真っ青になってしまった議員はようやく自分を取り戻し、ミケーレに詰め寄ろうとしたのだが、それより先にミケーレが剣を抜き、空で振り回し始めた。

「この絵が気に入らない？　そういうことか？　未完成だ、表面的だと？　これはな、そんじょそこらのへぼ絵描きの駄作とは訳が違うんだよ、分かるか、おい。形式ばっちゃいないし、信心ぶってもいない、古すぎもしない。金の亡者ってのはな、美のセンスが狂ってるんだ、それに気がついちゃいないんだろう、え？　純粋な自然が目の前にあったって、五感がすっかり甘やかされて、ねじまげられてしまってりゃ、無理もないさ」

こう言い放つとミケーレは剣を振り回しながら『ラザロの復活』の前にできた人垣をかき分けて進んだ。おじけづいてあわてて脇にどいた客たちは、体がぶつかりあったり、ひとの足を踏んだりで大騒ぎしている。ネリナにはミケーレが人を傷つけるつもりなどさらさらないことは分かっていた。彼の怒りはこの広間でダンスに興じ、盛んに飲み食いし、目も耳もマヒしているような客たちの馬鹿さ加減に向けられているのだ。

ミケーレは絵の前に立ち、剣を持った手を振り上げると、三回、四回と目にもとまらぬ早さでカンバスに切りつけた。人々の間から悲鳴に似た叫びが起こる。

「敬服するってことを知らない奴は、まず謙虚ってことを覚えろ！」ミケーレはこう大声で言い、またカンバスを突いたと思うと、膝から崩おれ、両手で剣を押さえてうずくまってしまった。髪の毛は汗でびっしょりだ。

ネリナは首の飾りを引きちぎってラッツァリの足元に投げつけ、ミケーレを助けようと駆け寄った。腕の下に手を入れ、重い体をやっとのことで助け起こした。

「ここを出るんだ」ささやくように彼は言った。「こいつらがおれの……おれの絵の……絵の悪口を言うことは許さん！」ミケーレはようやくこれだけ言った。酒のせいでろれつが回らない。ネリナはハンカチをとりだすと顔の汗をぬぐってやった。

「あなたがやったことは当然だわ。だって絵はこの人たちには豚に真珠なんだから」

「おれを追い払おうって魂胆さ」

客たちはめちゃめちゃになった絵と、今しがた歓声を上げて祝福した画家の激情ぶりに動揺し、震え上がっている。先ほどの喧騒が凍りついたような静けさへと一転した。

「別の絵を描くぞ、これよりずっとすばらしいものだ！」突然こう叫んだミケーレの声が広間の中で反響した。「おまえたちをひざまずかせ、へり下るってことを教えてやるぞ」

21

「なんて時間が経つのが早いんだ！　いつも追いかけられっぱなしだ」

牛に引かせた荷車に乗って、ミケーレとネリナはパレルモに向かっている。メッシーナにいたのは四ヶ月足らずだったが、『ラザロの復活』も描きなおしたし、カプチン派の修道院サンタ・マリア・ラ・コンセチオーネ教会の中央祭壇のために『羊飼いの祈り』も完成させた。この絵の背景とロバはネリナが描いたのだが、陰鬱な感じの仕上がりになってしまった。千スクードという画料のおかげで二人は今、歩く必要もなく、金の心配もせず、ロバではなく牛車に乗っている。

ミケーレの熱はいっこうに落ち着く気配がない。一週間ごとに熱はぶり返し、そのたびに体は弱っていく。車はガタガタ揺れながら海岸線に沿って進んでいたが、ミケーレは目を閉じて横になったままだ。時折しっかりとしたことを言いはするが、たいていは何やらわけの分からないことをブツブツつぶやいている。まるで消えかかったローソクみたいだった。ところがカンバスの前に立つと、炎は荒々しく強く燃え上がるのだから不思議だ。

幌の破れ穴からのぞくと、目の前に海が広がって青く光り、反対の丘には春霞の中に自然が緑色に輝き、黄色の花や、銀色を帯びたオリーブの葉がそこに味わいを添えている。ネリナはメッシーナに行くと決めたことを思い出しては悔やみ、ミケーレのすぐかっとなる性格をいまいましく思っていた。あのパーティーの翌日、地元の住民たちの間でこの狂気の男、非常識で、決して皆の利益になりはしない人間の悪口が飛び交った。それに加えてレオナルドス神父がメッシーナに姿を見せたのだった。ネリナにつきまとい、ボルゲーゼ枢機卿のためにミケーレに絵を描いてもらえないかと、しつこく言ったのである。だがたっぷり画料を手にしていたので、それにこたえる気はさらさらなかった。

そして何日か前、ミケーレが突然部屋に飛び込んで来たと思うとわめきたてたのだった。

「ぐずぐずしていないで今すぐここを出るんだ！　さあ、いそいで隠してある金を床下から出せ！　服をまとめ、『聖ヨハネの斬首』の絵を巻いて、持てるだけの筆と絵具をつめるんだぞ！」

ネリナはいずれこんな時が来るだろうと覚悟はしていたものの、体が震え、涙があふれた。

今、ネリナは服の下に金のつまった袋をしっかり巻きつけている。これなら地方のパトロンのところで才能をむだに使わずに、ナポリに向かうことも、たぶんローマに戻ることもできるかもしれない、そんな希望をネリナは持っていた。

濡らした布でミケーレの顔と額を拭いたが、その顔は生気がなくげっそりしている。ローマからの逃亡、ヨハネ騎士団に連れ戻されるという片時も消えない不安がミケーレの健康をむしばんでいたし、その上、またあびる酒の量も尋常ではないのだ。

思わずため息が出た。彼とつながったままでいるのが自分の運命なのだろうか？　何度こんなことを考えたことか。そしていつになっても決着がつけられないのだ。自分はミケーレの母親でもなければ、娘でもない。ローマの雑踏の中から拾われた縁もゆかりもない人間なのに、どうしてこんな具合になってしまうのだろう。自分でもわけの分からない思いに引きずられて、彼についてきたのだ。エンリコがここにいてくれたら……　ドアを叩く音、部屋の前で聞こえる足音が、いったい危険を呼び込むものなのか、それとも喜びを告げるものなのか、頭を悩まさずにすむようになったら……

エンリコはいつ来てくれるのだろう？　ナポリに出した手紙は届いただろうか？　自分に会いたいと思っているなら、いそいで駆けつけてくれるはずなのに……

牛車をひいている農夫が大きな声を上げたので、ネリナは我に帰った。くねくねと曲がった道の先にミラッツォの町の城壁が見え、その向こう側に船が何艘も停泊している。黒く長いシルエットはマルタのガレー船ではないのか。ネリナは荷台から首を出し、確かめようとした。間違いない。港の入口でガレー船が揺れている。船首には聖ヨハネ騎士団の特徴ある十字架の旗が掲げられ、船尾の二枚の三角帆の下にも同じ旗が見えた。

「止めて！」棒で牛を追っている農夫に向かって叫んだ。「ねえ、一番近い港までどのくらいあるの？」

22

「これを見ろ！」

教皇パウロ五世は怒り心頭の面持ちで手紙を机の上に投げつけた。

「マルタ島のアロフ・ド・ウイニャクール総長が不平を書いてよこした。シラクサの司教は協力を拒むし、カラヴァッジョをかくまっていたメッシーナの管区長も同じだ。そして今度はパレルモときた。パレルモに凱旋した大司教ジャネッティーノ・ドリアもカラヴァッジョを引き渡すことを拒否だと！　この教皇庁を馬鹿扱いだ！　面目丸つぶれじゃないか。カラヴァッジョという男はローマにたてついて糞のように自分の絵をあちこち撒き散らしておる」

枢機卿シピオーネ・ボルゲーゼは手を口にあて、笑いをこらえるために咳払いをした。教皇は書斎の中を行ったり来たりしながら、興奮を抑えようとしている。

「これは紛れもなく彼の厚かましさがきわまったことを示しておる」

どんなに厚顔無恥なことなのか示そうとでもいうように、教皇は手紙を振り回し、あえぎながら適当な言葉を探そうともがいている。その動きがのろいのは、太りすぎているせいだろう。

「カラヴァッジョのこの凱旋行進は前例なき挑発であることは、わし同様、おまえも分かっておろう。何十年も前から教皇庁はシチリアと良い関係を保とうと努力しておるのにだ」

あなたが教皇選挙の際にイタリア派に頼ったことでそれはぐらついたのに、と思ったが、そんなことはおくびにも出さず、シピオーネはにこやかに笑った。このような場面、うまく立ち回ることが肝心だ。伯父にしてみれば、イタリア派、そして自分を教皇に選んだ首唱者フランス人を怒らせるわけにはいかない。他方、目に見えて力をつけてきていて、その協力なしではシチリアを失いかねないという理由からスペイン派に対しても気を使うようになってきている。だがその辺のところを相手に知られてはまずかった。そんなことになれば教皇に選んでくれた枢機卿たちの間に不満が生まれてしまう。そういう観点から見ると、レオナルドス神父が書き送ってきたことがもし本当なら、カラヴァッジョの振舞いはとんでもないことである。

「シピオーネ、おまえも分かっているだろうが、ローマはシチリア島がなければ飢えてしまうのだ。自分自身を養うことができんのだからな。この宮殿内で消費される穀物の大部分はシチリア産で、それはスペインの手に握られているということでもある。だがな、自分たちの伝統にしがみつき、ローマから離れたシチリアなんぞ、いずれは破滅だ！」

書き物机のまわりをうろうろ歩き回りながらこう言うと、教皇はシピオーネと向き合う形で、机の上にかがみこんだ。

「つまりだ、あそこの司教たちがカラヴァッジョのせいで、独立心の旺盛な諸侯のような自覚を持てば、おまえの枢機卿の地位だってあぶなくなるってことだぞ」

シピオーネははじめ考え込むように目を伏せていたが、やがて伯父を真正面から見すえた。

「伯父上、それは言い過ぎというものです。世の中がカラヴァッジョを忘れないのと同様、シチリアが破滅するようなことはありません」

彼は、ラファエロの絵を背にしながらあえいでいる伯父を愉快そうに見つめていた。間違いなく甥の屈服、後悔、悔恨を期待していたのであって、反論されるとは思ってもいなかったのだ。教皇はふっと大きく息をはいた。

「何を考えているのだ、シピオーネ。おまえが身内でなかったら、今すぐサンタンジェロ城の地下牢に放りこむところだぞ！」

こう言って安楽椅子にドスンと腰を下ろした。腕と足を投げ出し、目を閉じ、そんな姿勢のまましばらくじっとしている。彼の物言いには何かためらっているところがあった。とがったあごひげがぷっくりした頬にそぐわない。そこには二つの顔が隠れており、一つは職務を果たそうとする顔で、むくんで脂ぎっている。もう一つは権力者の顔、お人好しそうな表面のすぐ下に厳しい禁欲的な面を隠していた。

「だがカラヴァッジョはわしの手の中にある針にかかった魚だ。わしの知るところでは、あいつはパレルモにたどり着いた。そこで運命が決まる」

シピオーネはどういうことかわからず、首をかしげた。

「もちろん赦免は与える。だがそれはカラヴァッジョにとり何の役にも立たなくなってから出される。あいつは、赦免の書面を読むことさえできなくなっておろう。それは誓ってもいい。デル・モンテ枢機卿の手を借りてわしは見事な文章を作ったぞ」

書き物机から教皇は巻紙を取り出すと、シピオーネに差し出した。受け取って広げてみると、事実、そこにはカラヴァッジョの赦免と、亡命から三年経てば彼の所業は時効となり、教皇の怒りは消失し、ローマへの帰還が許されるということがしたためてあった。

「伯父上、この手紙を彼に送ってやってください。ローマはカラヴァッジョのような画家を必要としているのです」

「そんなことをすればあいつは無分別な宗教改革の考えをローマにも運んでくるではないか。ローマが必要なのはカトリックの確たる信仰であって、マルティン・ルターのような異端の考えは絶対許せん。キリストを絵の中心から追い出すようなことをすればあいつを火あぶりにしなければならないぞ」

教皇の声は一言ごとに興奮を加えてくる。どこまで赦免の話を信じたらよいのか？　カラヴァッジョはシチリア島の中をめまぐるしく移動しているらしいが相変わらず追われているのだろうか？

「カラヴァッジョは近くパレルモを離れる。おまえに詳しい状況を教えてやれるのはそのあとだ。いずれにしてもおまえの力では何も変えることはできんよ。急使を出したところであいつには届かんからな」

教皇パウロ五世はもみ手をし、一人悦にいっている。シピオーネは黙ったまま椅子に座り、自分は想像力に欠ける人間で、浅はかにも伯父を過小評価していたのではなかったかと反省しはじめていた。

「カラヴァッジョはな、パレルモであいつのために特別に用意させた船に乗ることになっておる。船はもう何週間も前からそこに係留されておって、カラヴァッジョを待つばかりだ。乗組員と船長は聖ヨハネ騎士団員だが、外からはそれとは分からん。カラヴァッジョには、ナポリに向かって、そこからローマに戻るのだと説明することになっておるが、実際はやつをマルタに送り返すのだ。そこであいつは、総長の許可なく島を離れたという違反行為で告発されて、鞭打ちの刑を受け、サンタンジェロ監獄に放りこまれる。そこにわしの赦免がパレルモに届き、ローマへの帰還が可能となる」

「そして伯父上は一連の出来事とは無関係ということになるのですね。カラヴァッジョはその素行と喧嘩っ早いことで有罪になる。サンタンジェロ監獄に入れられたという報告がこちらに届くのは、おそらく彼が獄中で死んだあとになってのことでしょう」

ミサではこれ以上ないという敬虔な表情を見せる教皇が、今は顔全体でにんまり笑っている。でっぷりした頬があごの下までたれ下がっていた。

ここでようやくシピオーネは、なぜヴァチカンの松かさの中庭で会合が開かれたのか合点がいったのである。

「わたしの負けです。そういうことですね？　わたしにはこれ以上使える駒はありませんから」

シピオーネは教皇の指輪に接吻すると、足をひきずりながら出口に向かった。和解に向けて仲介しようという道を伯父に奪い取られてしまったことを、素直に認めるよりほかなかった。良心のとがめなど感ぜず、目標に向かってあくまでつっぱしるというボルゲーゼ家の美点が功を奏したわけである。何か打つ手がみつからなければ、ローマは天才画家を失うことになるのだ。

23

ドアは半開きになっている。エンリコは中に入っていいものかどうか一瞬ためらった。思い切ってドアを押し、中をのぞいてみるとまず寝床が目に入った。それは床に置いた板の上に古いカンバスを広げただけのもの。人影はない。様子をうかがいながらそっと中に入ってみると、目の前の壁はまだ仕上がっていない大きな絵に占領されている。ミケーレらしくない描き方が大分あるところをみると、ネリナがかなり手を貸したのかもしれない。

後ろでドアが自然に閉まりかける音を聞きながら、絵の中で天使が持っているリボンに興味をひかれて近寄ってみた。

天使は祈りをささげている人々の上に落ちてくるような形に描かれ、こどもと羊飼いはこの神の使者には関心がないようで、床に置かれた赤子に視線を向けている。墜落しかかっている天使はけげんな顔をしながら、右手の指で天国を指している。

エンリコはそばに寄って、リボンに書かれたあざけりとも響く文字を読んだ。

「天におわす神に栄光あれ!」

メッシーナからできるかぎり急いでこのパレルモまで来ようとしたのだが、フラ・ドメニコに出くわさないようにと用心したため、旅はすっかり長くなってしまった。パレルモのすぐ近くまで運んでくれる小船を探すのにかなり手間どったし、町まで連れて行ってくれる荷車を見つけるのも一苦労だった。パレルモの町の門をくぐってすぐに大司教ジァネッティーノ・ドリアと連絡を取ってみると、主人ゴンザーガ枢機卿から書状が山ほど届いていた。ミケーレがどこに住んでいるか、また、彼が新しい契約をしたものの体調がすぐれず、仕事はのびのびになっていることもわかったが、そんなことはこれまでのミケーレには考えられないことだ。ドリアはミケーレにすぐにも出発するようにせかせているという。ナポリへ、そしてさらにローマへと運んでくれる船があるらしい。

そして今、エンリコはそうした状況を示すものを目の当たりにしていた。アトリエはもぬけの殻。聖ヨハネ騎士団員たちが到着したことに気づき、とにもかくにも出発しなければならなかったのだろう、それも破滅に向かってだ。

歩くたびに無人のアトリエに自分の足音だけが響く。落胆したせいか、どっと疲れが出てきた。まだ絵がここにあるのは何故だろう？　これを引き渡す時間もなかったのだろうか？　絵が暗いのは、彼の重苦しい境遇を映し出しているせいだろう。ひょっとしたらこれが最後の作品になると考えていたのかもしれない。部屋の中には何とも言えぬ重苦しい空気が漂っている。と、突然背後に人の気配を感じた。振り返るよりも早く、背中に刃物が突きつけられ、エンリコは動きを封じられてしまった。

「なぜ泥棒のように忍び込んだ？」背後の人間がこうささいた。

エンリコはゆっくり両手を挙げたが、右の腎臓近くに短剣の先がぐっと突き立てられ、恐怖のあまり体が動かない。相手は切っ先の力を強めた。

「わたしはミケーレの友人としてここに来たのだ」

エンリコがこう言うと、相手は神経質そうな笑い声をあげ、さらに刃物の先を肉に食い込ませた。エンリコはうめき声をあげながら、それでも声をしぼりだすようにして聞いた。

「誰だ？」

「おまえこそまず名乗れ。このアトリエにはおまえ一人で来たのか？」

「わたしはゴンザーガ枢機卿の秘書、エンリコ……」

ここまで言うと、相手が小さな叫び声をあげ、背中につきたてられている刃物の力が抜けた。振り返ってその顔をのぞき込んだとき、エンリコは一瞬自分が夢を見ているのではないかと思った。目の前に立っているのは男装し、手に短剣を握ったネリナだった。

長いこと二人は黙ったまま向き合い、お互いを確かめ合った。

「ネリナ！」

エンリコは落ち着こうとした。

「来るのが遅すぎたのじゃないかと思って、あわてていたところなんだ」

彼女は苦笑いし、口びるをかんだ。

「わたしはもう一生あなたに会えないかと思っていたわ」

エンリコは手をのばし、バラの花びらにでもさわるようにゆっくり、そっと彼女のほほに触れた。それから、瞼を、そしてやがて口びるを震わせはじめたネリナを抱きよせた。その体のぬくもりと柔らかさを感じながら、また彼女を失ってしまうのではないかと心配でいつまでも抱きしめていた。

「まだ船に乗っていなくて本当によかったよ。ほっとした」

こう言ってようやくネリナを腕から離し、両手を肩に置いて心配気に尋ねた。

「ミケーレはどこにいるんだ？」

「私たちをナポリに連れて行ってくれる船を見つけたの、ダイアナ号よ。この先、当分の間、ナポリに行くのはこの船だけ。ミケーレはもう船に乗っているわ」

「くそ、彼は終わりだ！　その船はもう港にいないぞ」

ネリナは言っていることがよく分からず、あわてているエンリコを落ち着かせようとした。

「ええ、船は石灰岩を積むためにこの先のカファルの港に向かったのよ。遅くとも明日の朝にはここに戻ってくるわ。ミケーレは採石場と石を見に行っただけよ」

エンリコは頭を振った。

「もし悪魔がその気になっていれば、ミケーレはマルタ島に連れて行かれる途中かもしれないぞ」

一瞬部屋の中を沈黙が支配した。聞こえるのは二人の息づかいばかりだ。ここまでミケーレについてきたというのに、ネリナの努力は無駄になりかけている。画家の不幸に向き合っているネリナ、彼女自身の願いは何なのだろうかとエンリコは思いやった。彼女の体を抱いていると、自分にそばにいてほしい、頼りにしたいと思っていることがひしひしと伝わってくるのだが、今できることは、待つこと、希望をつなぐことしかない。

ネリナは顔を彼の方に向け、せっぱつまったような暗い表情で下から仰ぎ見ると、目を閉じ軽く顎を上げた。エンリコは彼女のうなじに手をかけて支え、接吻した。やがて二人は舌を絡み合わせながら、お互いの服をもどかしげに脱がせ始めた。


再会の喜びの中に時間は過ぎていき、大砲の音にふたりはようやく我に帰った。

「船が港に入ったんだわ」

エンリコの体の上で、歓喜の大きなうねりに震え、その大波に身を任せながらネリナがこう言った。エンリコは満足感と疲労を感じながら彼女をしっかり抱きしめた。

「ミケーレが乗っている船だろうか？」

「だと思う」

ネリナはあえぎながら、とぎれとぎれに答えた。

「私たち、港へ行ってみないと……」

ネリナはまたエンリコにぴったり体を寄せ彼の欲望をふたたび燃え上がらせた。ふたりは声をたてて笑い、汗びっしょりになりながら上になり下になり、最後の快楽へとのぼりつめ、息絶え絶えになりながら歓喜にひたった。

「どうやればミケーレを船から連れ出せるかしら？　彼は病気、歩くのも一仕事だもの」

「さあ、一つ確かなのは、あれにミケーレが乗っているなら、ナポリでなくてマルタへ向かうということだよ。船を降りなければ、ミケーレは自分で死刑判決書にサインをするようなものだ」

24

「計画はうまくいくよ、ネリナ！」

彼女は髪の毛をスカーフの中にしっかり包み込んだ。じみな漁師のなりをしている。エンリコは修道服のフードをとると、両手で彼女の肩をつかんで自分の方に抱き寄せた。「それでも何か不都合なことが起こったら、すぐにこのパレルモから逃げるんだぞ。約束できるね？」

ネリナがうなずくと、彼はカテーナ教会の陰から表へ出て、船に向かって道を下って行った。

パレルモの港に入ったのは確かに石灰岩を積んだダイアナ号だった。

夜が明け始め、港のあたりがだいぶ明るくなってきた。二人の見張り人が行ったり来たりしながら、始終監視しているのが見える。ミケーレが船を逃げ出すのは至難の業だ。

修道士の格好をしたエンリコはゆっくり船に近づきながら、自分たちが昨日の晩あでもない、こうでもないと迷ったあげくようやく決めたことは、まともな人間の考えることではないように思い始めていた。いったいミケーレがダイアナ号の船尾にある船室にいるのかどうかも分からないまま、彼を救い出そうというのだ。船に一歩近づくごとに自分たちの行動は向こう見ずで、考えが足りないように思えた。見張りの一人でも疑いを抱けばネリナは命を落とすことになるし、ミケーレは終わりだ。この船に乗っている男たちがただの船員ではないことぐらい、ミケーレも気づいているだろう。

何か音がして、あたりに反響しながら消えた。エンリコは自分が異常に神経質になっているのに気がついた。フードをかぶっているせいで見にくいが、黒っぽい服を着た人影が、ダイアナ号の向かい側に係留されている手漕ぎの小舟に乗り込み、岸を離れていくのがわかった。ネリナだ。今はサンタ・マリア・デッラ・カテーナ教会の鐘が五時を告げるのを辛抱強く待つだけである。エンリコは手のひらにジワっと汗をかき、ひとこともしゃべっているわけではないのに、声がかすれてしまったような感じだった。そのときちょうど鐘が時間を告げ、考え事から現実にひき戻された。足早に船着場に足を踏み入れたが、いつ呼び止められるか分からない。万全の答えを用意して、少なくとも百回は頭の中で言ってみたのだが、それでもダイアナ号に渡された厚板に足をかけようとしたところで見張りの男に声をかけられると、ぎょっとして立ちすくんでしまった。

「何の用かね？」

エンリコは仰々しく咳払いをしてから、僧服のフードを後ろにはねのけ、納得がいかないという表情をしてみせた。

「わたしはアッシジの聖フランシスコ会の僧で……」

見張りはそっけなくエンリコが話をつづけるのをさえぎった。

「あんたがどの修道会に属していようが、おれには関係ない。さっさと船から離れてもらおうか」

「わたしはカラヴァッジョと皆から呼ばれている画家を探しているのですがね」エンリコは一言一言ゆっくり力をこめて言い、見張りの注意をひくように「カラヴァッジョ」のところにとくにアクセントをつけた。

「聖ラウレンティウス教会の祈祷室のために絵を描いてもらったのですが、私たちの尊敬すべきダミアーノ司祭の考えによると、完全なものではないというわけなのです。それで、わたしはミケランジェロ・メリシ、つまりカラヴァッジョを大司教枢機卿ドリア殿の館に連れて行くように命じられてやってきました。問題の絵がそこにありますので不十分なところに手を入れてもらいたいのです」

見張りはエンリコをにらみつけたが、彼は知らん顔をきめこんだ。

「カラヴァッジョがこの船にいると、聞かされたのです」分かっているのだぞというように笑みを浮かべながら、意地悪くこうつけ加えた。「それで、あなたたちの捕虜になっていますね？」

そのとき男が一人船室から出てきた。船長らしい。

「何の用かね？」彼の質問は短く、簡潔、そして手厳しい。

エンリコはまた頭を下げ、胸のところで腕を交差させながら用件を繰り返した。しかし今度はとがめるような調子で、こうもつけ加えた。「戻ったならば、ドリア大司教枢機卿に、ミケランジェロ・メリシはその意志に反してここで捕らわれの身になっており、枢機卿さまのもとに来ることはかないません。自分が見たところでは囚人のように監視されているようだと報告しなければなりませんが……」

「捕虜にしているなどと、どうして考えるのかね？　とんだ思い違いだ。あの男は乗船してからずっと病気だ。歩くこともできんよ」

「それでは背負ってまいりましょう」エンリコは食い下がった。「私たちの教団は絵のために大金を投じたのです。もしカラヴァッジョが今日明日の命というのでなければ、金に見合った出来の絵を納めるため、大司教枢機卿の館まで来てもらっていいはずだと思いますが」

「カラヴァッジョは床についている。枢機卿のところに行くのは無理な話だ。さて、仕事があるので、これで失礼するよ」

船長はこう言ってエンリコをその場に残し、船室に戻っていった。

「わたしはカラヴァッジョを担いで連れて行きますよ！　聖ヨハネ騎士どの！」エンリコは船長の背中に向かってこう叫んだ。大地に根が生えたように船長は立ちどまると、ゆっくり振り返った。

「何を言いたいのだ？」

エンリコは咳払いをした。今は、彼らの注意を自分に向け、船のほかの部分を見たり、聞いたりさせないようにしなければならない。

「さきほど言ったとおりですよ。カラヴァッジョが歩くのが無理だというのでしたら、わたしが彼の足のかわりをしましょう。それが自分の仕事ですので」

オールが水をかく音が聞こえたような気がしたが、目の隅に甲板を水夫が通り過ぎたのが見えただけである。

「おまえは傷口に塩を塗るように、苦しんでいる人間をさらに痛めつけようというのだな」

「神さまは人間に驚くような力を与えて下さっています」

エンリコはフードをかぶった。ネリナが計画を実行するのに必要な時間はもう稼げたろう。そろそろ引きあげる潮時だ。

「それでは昼過ぎにまたうかがいましょう。そのときはカラヴァッジョの顔ぐらいは拝ませていただきますよ」

エンリコはきびすを返すと、船と陸とをつないでいる厚板を渡った。朝の空気はひんやりしているのに、汗をびっしょりかき、それが背中を伝って流れるのが分かる。疑われないようエンリコは意識してゆっくり歩を進めた。

背後で叫び声がし、だんだん声が大きくなったと思ったとたん突然止んだ。ばたばたと駆け回る派手な足音がする。エンリコは落ち着こうとするのだが、思わず足早になる。ふりかえりもせず急いで路地の雑踏の中に逃げ込んだ。ネリナはどうなっただろうか。

25

神経がたかぶっているせいで手からオールが離れ、小舟のふちにぶつけてしまった。ぎくりとしてネリナは身を硬くした。早朝の静けさの中で、その音が入江全体に響いている。パレルモの人間全員の耳に届いてしまったような気がした。係留ロープとオールを舟の中に入れ、突堤に足をかけてつっぱると、海に出た。明け始めた朝のもやの中、ダイアナ号は目の前だ。カーブを描くように満身の力をこめて漕ぐと、小船をダイアナ号の真下に寄せた。それから震える手でロープをつなぎとめるでっぱりを探し、ようやく方向舵の下にある鉤にひっかけた。船によじのぼるのはそうむずかしくなさそうだ。ほっとしながら今度は目の前の海岸に建つカテーナ教会の鐘が時を告げるのを待った。五時を打つとエンリコが見張り番の注意をそらす約束になっている。

ミケーレをうまくナポリに連れていけたら、今度こそ彼から離れよう。エンリコを一人でローマに帰しはしない、一緒に行くつもりだ。

首から下げたお守りをかじかんだ手で握ると、じっと祈った。一つ目の鐘の音は耳に入らず、二つ目になって初めて数を数え始めたので、四つしか鳴らなかったことにあわてた。考えごとをすっぱり頭から振り払うと、はだしになって船べりに手をかけ、よじ登った。エンリコの話し声が聞こえてくる。神経を尖らせて船の中の様子をうかがったが、見張り番はエンリコの相手で精一杯らしく、ほかのところのことはすっかりお留守になっている。ネリナは猫のようにひらりと手すりを乗り越え、巻いてあるロープや巻き上げ機の陰に順に身を隠しながら、船室に向かって小走りに走った。後ろの甲板には三つ船室があり、このどれかにミケーレがいるはずと、昨日のうちから見当をつけている。

板壁の陰に身を寄せ、甲板の上を忍び足で進み、どこかでミケーレの息をする音や咳をする音が聞こえないかと体中を耳にした。

一つ目のドアに近づいたとたん、中から急に開いた。とっさにネリナは二つの船室の間の隙間に飛び込んだ。出てきた男はその物腰、着ているものから船長らしい。ドアを開け放したまま、前甲板でやりとりしているエンリコと見張りのところに急ぎ足で向かった。

ネリナはこのとき初めて喉がカラカラに渇き、つばを飲み込むこともできなくなっていることに気がついた。だがそんなことに構っている暇はない。開けっ放しになっているドアににじり寄ると、中の様子をうかがったが、そこには人影はない。

次の船室に向かった。外にかかったかんぬきをそっとはずすと、用心深くドアを開け中に滑り込んだ。覚えのあるにおいがする。血管の中で血が凍りつくような気がした。フラ・ドメニコのにおい！　船室のベッドの中で何か動き、ネリナは心臓が止まるかと思った。開いたままのドアから入ってくる冷たい空気の流れに気がついたのだろうか？　うめき声だ。こんな動きと、うめき声をたてるのはあの人、ミケーレだけ！　だから部屋にはかんぬきがかかっていたわけだ。ネリナは急いで奥に入った。目の前に横になって眠り、額に汗をにじませているのは確かにミケーレだ。あわてているせいで、ネリナは床に転がっていたものにぶつかってしまった。その音に彼は目を開け、ぼんやりこちらを見ている。自分だと分かってもらえるまで大声を出さないように、ネリナは彼の口を手で押さえた。

「わたし、ネリナよ。さあ、起きて」ささやくように言った。大儀そうに体を起こしたミケーレの手をつかんで部屋から出ようとすると、ミケーレが押しとどめ、少し開いたドアを通って次の部屋につながっている足首の鎖を指差した。

「フラ・ドメニコの考えそうなこと。逃げられないように、ってわけなのね」

どうしたらよいのだろう、ネリナはあせった。鎖にしろ、しっかりハンマーで打ちつけられている足かせにしろ、切ることなどとても無理な話。とはいっても船長が戻ってくる前に何が何でもここを抜け出さなければならない。

「急がないと。この鎖どこまで行っているの？」

「隣りの部屋だ」

どうしたらいいのか。

「わたし、隣りの部屋に行ってみるから。壁を叩いたら、力いっぱい鎖を引っ張って」

ミケーレがうなずくのを見て、ネリナは半開きのドアから隣りの部屋に滑り込んだ。薄明かりに目が慣れるのをじっと待つと、鎖はベッドの脚にただひっかけてあるだけなのが分かった。だがミケーレが不用意に鎖をひっぱれば、間違いなくフラ・ドメニコは目を覚ますだろう。短剣を差したまま寝ているフラ・ドメニコが、誰かいることを察してでもしたようにベッドをギシギシ鳴らし、右へ左へと何度も寝返りを打っている。ネリナは用心深く鎖を引き抜いた。ガチャガチャいう音が隣りの部屋からすると、フラ・ドメニコがまた寝返りを打った。目を覚ましはしないが、無意識に何か感じたのだろうか。ネリナは抜き足差し足で甲板側のドアのところまで行き、そっと開け、船室の外に出た。着ているものは汗でぐっしょりだ。

日が昇り、あたりが次第に明るくなっている。じっと聞き耳を立てたが、何の物音もしないし、何かが動く気配もない。エンリコはもう船から降りたということだ。となると今度は見張りがどこにいるのか心配になる。ミケーレのところに戻ろうとしたとたん、背後から声がし、同時に背中に短剣の切っ先がつきつけられたのを感じた。

「漁師風情がここに何の用があるんだ？」

観念しながらネリナはゆっくり振り返った。目の前に立っているのは船長だ。

「ともだちを訪ねて来たんだよ」

「それはカラヴァッジョのことかね。さあ、中に入れ！」

彼が短剣の先で追い立てる。中に入ると、ドアが閉まり、ネリナは覚悟を決めた。相手が何をするつもりなのか、分かっている。と、その瞬間、薄暗がりから短剣が飛び出し、船長の胸をつき刺した。船長は何事が起こったのか分からないまま、上着の上にじわっと広がり出した赤いしみをただ見つめるばかり、そしてドアの陰からは短剣だけがのぞいている。船長がバッタリ床に倒れた。

「助かった」ネリナは小さな声でようやくこう言った。

「さあ、行くぞ」薄暗がりから姿を見せたミケーレの顔は青く、狼狽しているのが分かる。

「こいつはおれの邪魔をしやがった」

足にぶらさがっている鎖がガチャガチャと音をたてるので、気づかれてしまうのではないかと気が気ではない。しかし二人の見張り番はこのときエンリコが港を横切って横丁に入って行く姿をじっと目で追っていたのだった。

船の上で怒りと憎しみの混じった叫び声が上がったとき、ミケーレとネリナはもう小舟に乗っていた。ネリナは船底に横たわっているミケーレをしっかり毛布にくるむと、岸に向かって力いっぱい漕ぎ出し、港の霧の中に姿を消した。

26

　ミケーレは甲板に置いた板のベッドに身を横たえていた。呼吸は荒く、不規則で、眠っていても痛いのか、体を縮めてお腹を手で押さえている。ネリナの視線はミケーレから地平線へと移り、そしてまたミケーレへと戻ってくる。

「ミケーレは熱もなく調子が良いかと思うと、一週間もたつとまたひどい熱に見舞われて床につきっぱなし」

　エンリコはネリナの後から腕をその体にからみつけ、手のひらで彼女のお腹をそっとなでた。ネリナは目を閉じて体をエンリコに預けながら、太陽の暖かさ、新鮮で芳しい海の空気、波とエンリコの手の動きを楽しんでいた。ローソクに照らされたように体がほてる。

「マルタのガレー船はもう追って来ない。このドリア大司教枢機卿の船を捕まえようなんて無茶なことはしないはずだからね」

　ネリナは小さく笑った。自分たちの逃走劇が今度もうまくいき、ミケーレと一緒に今ナポリに向かっているとは夢のようだ。ミケーレがドリア大司教枢機卿と良い関係にあったのは本当に助かった。力を貸そう、ヨハネ騎士団の脅しに対抗しようと大司教枢機卿はすぐ約束してくれたのだった。それにヨハネ騎士たちがミケーレを誘拐しようとしているという噂が町の住民たちの間で広まり、これもプラスに働いたのである。

　船から脱出するのに成功したあと、ミケーレとネリナはアラブ風離宮の中にあるカプチン派修道院に身を隠した。それはパレルモの町の西方向、ヌオヴァ門からそう遠くないところにあって、内陸から熱い風が吹きこみ、紙も乾ききってポロポロになってしまうような場所である。そこにいた二週間のあいだにミケーレが周期的に熱を出すことがわかり、彼の苛立ちはカンバスに筆を走らせることによってようやく押さえられていた。自由を奪われ、どう抵抗すればいいのか分からない檻の中の猛獣さながら、ミケーレは一日中部屋の中をうろうろ歩き回っていた。

エンリコの手が服の上から乳房の上を這い、ネリナは体をぴくりと震わせ乳首を硬くした。彼の手に自分の手を重ねると乳房に押しつけ、今度は腹部へと誘った。

「エンリコ。逃げ回るのがこれで終わりになるとは思えないの」

「ナポリに着けば、ミケーレの赦免がローマから届いているかもしれないよ」

ネリナは深呼吸をした。

「どうやって我々が町を離れたか、フラ・ドメニコが知っていると心配しているのかい？」

エンリコの声の調子はそんなことあるはずもないと信じきっている様子だ。

「誰がそんなことをわざわざ教えるんだ？　この、大司教枢機卿が用意してくれた船に乗ったことはほんの一握りの人しか知らないはずだよ。フラ・ドメニコたちはパレルモの町の中を探しているかもしれないが、絶対あの修道院の中じゃない」

ベッドの上でミケーレがうめき声を上げた。

「考えられないわけじゃないよ、お二人さん！」

声のした方を振り返ると、黒い僧服を着た男がマストに寄りかかっている。

「レオナルドス神父じゃないか！」

「こんなことになるのではないかと思っていたの、わたし」

ネリナはふっとこう漏らした。エンリコの手のぬくもりがすっと消えた。レオナルドス神父はこわばった顔で水平線のかなたに隠れているものでも探すように、濃い青い海を二人の肩越しに見つめている。

「レオナルドス神父、あなたはドリア大司教枢機卿に信頼されていたし、シピオーネ・ボルゲーゼ枢機卿のために働いている。そのことを頭に入れておかなければいけなかったのだわ」

ネリナがむしろ自分に言い聞かせるようにこう口にすると、神父の口からは笑いがもれた。

「ここでガレー船を見張っていても無駄だよ。ナポリで待ち構えている。騎士団総長はローマの指示に忠実に従っているからね」

「ナポリを支配するスペイン人が、ローマ教皇と組んで何か事を行うことはないはずよ。あそこの人たちが私たちの邪魔をするとは思えないわ」

「おまえはもうながいことローマから離れているだろう?」レオナルドス神父は皮肉っぽく答えた。「政治状況は変わったのだよ。教皇とスペインは親密さを増しているのだ」

ミケーレが目を覚ました。そしてのびをしはじめたのだが、弟のレオナルドス神父がいるのに気がつくと、途中でやめ、いきなり立ち上がって腰の短刀をさがし始めた。だが船長の命令で武器の類は一切とりあげられていたから、怒りにいっそう火がついた。

「ジョヴァン・バティスタ、おまえなんか悪魔につかまってしまえ！」

「悪魔はわたしなんかに興味はありませんよ。兄さんの方こそ、悪魔の手がそこまでのびてきているように見えますけどね。それとも海の空気が体に障ってそんなに不機嫌なのですか?」

とたんにミケーレが猫のようにすばしこく弟にとびかかり、その襟元をつかんで引き倒した。体力勝負となればとてもかなわない神父は、腕を振り回して必死に抵抗したが、そのうち苦しそうにあえぎ始めた。ネリナは喧嘩にまきこまれたくはなかったが、ここであのカインとアベルの物語のように弟殺しが起こることだけはごめんだった。目で合図するとエンリコが割って入り、二人をやっとのことで引き離した。神父はマストにもたれかかり、僧服のカラーをゆるめて、苦しそうに息をしている。

「危うく殺されるところだった！」

神父は喉をつまらせながら、首がまだしっかりそこについているかどうか確かめでもするように手でさすり続けている。

「ちくしょう、邪魔しやがって！」

エンリコに引きはがされ、さっきまで寝ていたベッドの上に戻りながらミケーレはうなった。

「わたしを万が一殺していたら、ミケーレ、あんたが実の娘のように育てたこの愛らしいお嬢さんは、ひとりぼっちで世の中をさまよい歩くことになるじゃないか。そんなこと望んじゃいないだろう？」レオナルドス神父がこうあてこすった。

「ミケーレの赦免について知っていることを教えてくれませんか？　書状は今ナポリに向かっているところなのですか？」

エンリコがこう聞くとレオナルドス神父は肩をすくめた。

「赦免？　ミケーレはサンタンジェロ牢獄の中でマルタに連れて行けたらの話だよ」

「それはあなた方がミケーレをうまくマルタに連れて行けたらの話でしょう？」

「フラ・ドメニコが先にナポリに到着すれば、赦免は過去の話になっていると思うがね」

ネリナは何が起こるのか心配になってきた。理性はローマに行っては駄目だと言っている。ナポリではヨハネ騎士フラ・ドメニコが、自分たちのことを手ぐすねひいて待っている。といってパレルモに戻れば、おそらくヨハネ騎士団のガレー船が待っているだろう。無力感と憤りの涙がわきあがってきた。何もかもが無意味に思え、目標を失い、どうなることがよいのか分からなくなってしまった。指をかみながら泣き出しそうになるのをぐっとこらえた。

エンリコと神父のやりとりを黙って聞いていたミケーレが突然口を開いた。

「おれをひねられ、羽をむしられた鶏みたいに扱おうってのか？　おい、弟よ、おれたちとマルタのガレー船の間にはまだ深いティレニア海が横たわっているんだぞ。おれをやっつけようとする奴は何百年も呪われるんだ！　おれが描いた絵は間抜けな思惑や陰謀よりはるかに長く生きるんだからな。さあもう寝かせてくれ！」

エンリコはネリナの腕をつかむと神父の耳に入らないところまでひっぱって行った。

「わたしが受けた報告が正しければ、赦免はナポリに向かっているはずだ。それがヨハネ騎士団の手に落ちる前にミケーレに届けば、彼は自由になる。どうあっても彼を陸に連れて行こう」

27

「してやられたよ」

シピオーネ・ボルゲーゼは腕を伸ばしフェルディナンド・ゴンザーガに駆け寄りながらこう言った。相手は輿に乗ってピンチオの丘まで登ってきて、今、降り立ったところである。シピオーネは相手の反応を表情から読みとろうとしたが、ゴンザーガはただ怪訝な面持ちをしているだけだ。

「それはどういうことでしょうか……」

「今すぐ分かる、フェルディナンド、だが、まずはわたしの将来の別荘を見てくれないか」

シピオーネは相手の腕に手をかけ、ひっぱるようにしながらそこを離れ、輿を担いできた男たちには下がるよう目で合図した。スパイや、買収された下僕、庭師などがそこらに隠れて聞き耳を立てることができないよう、わざわざここを出会いの場所に選んだのだった。

新しい別荘を建てるつもりのこの丘の上には、今自分たち二人しかいない。教皇とわたりあって以来、ずっと頭を痛めている問題についてじっくり話し合うことができるはずだ。このところあまり眠れないのだが、それが誰のせいなのかはよく分からない。ひょっとしたらフェルディナンド・ゴンザーガがその張本人なのかも知れない。そうだとしてもまずその真意を汲み取らなければならないし、それにはこのピンチオの丘のぶどう園はぴったりだろう。牧歌的風景が頭をほぐし、舌を滑らかにさせるせいか、たいていの人間は思わず考えていることを口にしはじめるのだ。

シピオーネは台の上に別荘の全体計画、そして建物一つ一つを描いた図面を広げた。どれも自然の風景にすっぽり囲まれている。

「この図をみれば別荘の使命が読み取れるだろう？　この先三年がかりだが、できあがれば、集めた宝に囲まれてここで過ごせるのだよ。活気のない、少々時代遅れになっているこのローマに良い手本を示すことになるはずだ、そう思わないか？」

「確かにその通りですね。ところで、あなたが悩まれている問題とは何ですか？」

シピオーネはその質問には答えず、浮き浮きした気分でフェルディナンド・ゴンザーガを最初に整地した場所へと引っ張って行き、身振り、手振りを加えながら建設計画をこまごまと語って聞かせた。

「私たちは間違っていないと思うんだが」

シピオーネはこう言ったと思うと、話をまた別荘のことに戻してしまった。

「こっちに来たまえ。ここには並木道を作らないといけないな。アカシアなんかどうだろう？」

フェルディナンド・ゴンザーガの心のうちにたまった不満は爆発寸前というところなのか、シピオーネは触れた腕に軽い抵抗を感じた。そろそろ自分の考えを明かす潮時だろう。相手が身を硬くしたことに気がついたが、さきほどよりもっとしっかり腕を組んだ。友人を自分につなぎとめ、敵には自分の存在を感じさせなければならない。

「伯父は二、三ヶ月のうちにカラヴァッジョの赦免を言い渡すつもりだよ」

「そうなれば万々歳ですね」

「まるで背中を別の手で押されたように簡単に進んでいる」

「そう思われますか？　赦免の約束をされてから私たちはもう一年以上待たされていますが」

「ヴァチカンにしてはすごい速さだよ。異端の修道僧カンパネッラが書いた『太陽の国』の裁判に決着がつくまでどのくらいかかったか考えてみただけでも分かるだろう。この本はキリスト教の秩序を嘲笑しているものだが、これに比べるとカラヴァッジョが犯したとかいわれる罪なんぞ、せいぜい悪ふざけといったところだ」

フェルディナンド・ゴンザーガは肩をすくめた。

「初めはちょっとした冒険程度に見えたカラヴァッジョの逃走は、あれよあれよという間に信じがたいものになってきてしまった。最初、マルタの強固な要塞から逃げ出し、シラクサに渡ったものの、そこでは自分がヨハネ騎士フラ・ドメニコにまだ追いかけられていることが確かめられただけだ。彼はカラヴァッジョを泳がせておいて、ただ脅かすだけ。その存在だけでカラヴァッジョはパニックになって、この町からあの町へと逃げつづけているが、どこに行ってもかぎつけられてしまう。メッシーナ、そしてパレルモ、次はどこだろうか？」

「おそらくナポリへ戻るのではありませんか」

シピオーネはゆっくりうなずいてから言った。

「フラ・ドメニコはなぜカラヴァッジョを待ち伏せしないのだろう？　どうしてこっそり殺し、仇を討たないのか？　カラヴァッジョを追いかけていることをもう大勢の人間に知られているからだろうか？」

フェルディナンド・ゴンザーガは道の端に見つけたジャガイモの紫色の花を興味深げに眺めている。

「この植物は新世界から来たものだそうですね、枢機卿」

シピオーネはうれしそうな顔をしてうなずいた。事実、アメリカ大陸から運ばれてきたもので、そのやさしい紫色の植物は金持ちたちの庭を飾っている。

「フェルディナンド、そろそろ本題に入ろう。きみが秘書のエンリコをシチリア島に送ったことはわかっている。何か特別なことを言ってきたかね？　フラ・ドメニコはなぜカラヴァッジョを脅かすだけなのか、分かったか？」

シピオーネは立ち止まり、期待をこめて相手を見つめた。フェルディナンド・ゴンザーガは何をどの程度打ち明けてもいいか思案するように、そのまま数歩先に進んだ。

「エンリコは」彼は振り返らずに話し始めた。

「エンリコは定期的に手紙をよこします」

「カラヴァッジョの逃亡についてはどう言っている？」

ちょっと困惑したようにフェルディナンド・ゴンザーガは履いている絹の靴先で砂に何やら書いている。

「エンリコの手紙では、サンタンジェロ牢獄からの逃亡はレオナルドス神父が計画したものだそうです。事前に騎士団総長に話がつけてあったとか。総長は教皇ととても親しい間柄ですからね。猊下は偶然とか奇跡を信じていらっしゃいますか？」

シピオーネは今聞かされたことを頭の中で反芻してみて、その行間にあるものを理解し始めていた。

「というと、逃亡は演出されたものだというのか？」

「そしてカラヴァッジョの助手の女の正しい判断のおかげで、つまりレオナルドス神父を信用しなかったので、うまく逃亡できたわけなのです。漁師の助けを借りて逃げたのですが、もし神父を待っていたなら、すぐヨハネ騎士団に連れて行かれたことでしょう。逃亡は教団の騎士にとって死に値する犯罪です。騎士に列せられたミケーレは絞首刑にでもして、即刻死んでもらうよりほかアロフ・ド・ウイニャクール総長には選択の余地はなかったでしょう。レオナルドス神父はあなたのために働いているのだとばかりわたしは思っていたのですが、同時に教皇の下で働いているということになりますね。エンリコが言ってよこしたところでは、どうやら神父は二種類の手紙を送っているようです。一通はあなた宛に、そしてもう一通は教皇に」

シピオーネはレオナルドス神父が自分を裏切っていることに気がついた。自分から志願しておきながら、他方で何のためらいもなく教皇に仕え、彼の手助けをしているということだ。

ゴンザーガ枢機卿はゆっくり背中を向けると、またつま先で砂の上に何か描いている。

「話はこれで終わりというわけではありません。カラヴァッジョが『聖ルチアの埋葬』を新たに描いたということをシラクサの司教から教えられた教皇はレオナルドス神父をカラヴァッジョのところに送りこんだのです。その後すぐにフラ・ドメニコが現れ、カラヴァッジョの跡をかぎまわりました。司教のおかげで教皇は計画を実行に移すことができたというわけですね。そしてその結果を猊下は今見ていらっしゃるわけです」

シピオーネは立ち止まって、若いゴンザーガ枢機卿の背中を見つめていた。自分と気脈の通じた人間が欲しくて、先に立って彼を枢機卿の椅子に引き上げてやったのだった。そしていま、探りを入れたいと思っていた問題について話している。

「計画とは、猊下?」

珍しくもフェルディナンド・ゴンザーガにその地位をはっきり分からせようと「猊下」などと呼びかけた。枢機卿になれたのは自分のおかげなのだから。フェルディナンド・ゴンザーガがおもむろにこちらを向いたが、顔にはまったく表情がなく、そんな話にはまるで関心がないというふうに見える。

「わたしは二つの計画についてお話しております、猊下。カラヴァッジョに絵を描き続けさせることを目指していらっしゃる猊下の計画。レオナルドス神父の使命は、カラヴァッジョを一度困難な状況に追いやって、そこからまた無事に出してやるということではありませんか? その資金は猊下、あなたから出ているのでは? その代償として絵を求めていらっしゃる」

ぶどうの木の間をザワザワと音を立てて風が吹き渡り、工事現場から職人たちの声が聞こえてくる。

若者はまばたきもせずシピオーネを見つめている。その思い上がったような、そして無関心にも見える顔は、仮面のように筋肉ひとつ動かない。何を言ったらいいものか、そんなことを考えながらシピオーネは若者をじっと見た。言いつくろう言葉がなかなか見つからない。

「それで二つ目の計画とは?」

フェルディナンド・ゴンザーガは、いずれ別荘が姿を現すはずの、今は掘り返した赤土や木の根、からみあった蔓しかない場所を振り返って見た。

「カラヴァッジョを牛のように追い払うのです」

「どういうことだ?」

「これは二つの結果を招きます。一つはカラヴァッジョがあちらからこちらへと、あわてて逃げまわっているうちに、いずれへまもするでしょう。ばったり倒れて、そのときに運悪く首の骨を折るとか。気の毒ではありますが、万々歳です。彼が死ねば教皇はやっかいな問題から開放されます。そして教皇は、たとえばあなたのカラヴァッジョの絵に対する欲のせいで彼は死に追いやられたのだ、というような噂をふりまかれるかもしれませんね。残念ですが、でも十分考えられることです。それからレオナルドス神父は、間違いなくあなたを目の仇にしてこんなことを言うかもしれません、あなたが金で見張りを買収し、カラヴァッジョは逃げたのだというような……」

香りを放っているぶどうの木の間に立っていたシピオーネは、息苦しくなってきた。今このゴンザーガという若造が口にしたことは、とんでもない話だ。自分の名前を名誉を失わせるような出来事と結びつけている。自分はそんなことは、まったくあずかり知らぬことなのだ。伯父とこの件とはつながるのだろうか?それとも、このような計画をあれこれ練って、それを実行にうつすことができる人間が誰かほかにいるのだろうか? スペイン人の一派か? だとしたらそれは誰だろう? それともデル・モンテ枢機卿? 彼ならやれるかもしれない。しかし彼にそのようなことをする動機があるだろうか。このわたしをおとしめる必要などないはずだ。

「それで二つ目の結果はなんだ、猊下？　確か二つあると言ったね」

フェルディナンド・ゴンザーガは微笑みを浮かべながら、一歩寄ってきた。

「これからお話することは、ここだけのことにしておいていただけますか。猊下がわたしの枢機卿任命に力をつくしてくださったことは決して忘れておりません。これがそのお返しと思ってください」

シピオーネは思わず咳き込んだ。のどがひきつり、ざらざらした感じがする。自分を手玉にとり、からかっている。一瞬気分が悪くなった。この芝居では自分はもう主役ではなく、この若造が新しいルールを示しているのだ。

「この先成功をおさめるごとに、カラヴァッジョは一歩一歩ローマに近づくわけです。地方でなら絵を描くことができるでしょう、たぶん二枚か、三枚。ですが資金の援助者、つまり彼に金を払えるような人物はシラクサやメッシーナにはおりません。カラヴァッジョの名声は高まっていますが、同時に体も弱ってきています。才能を発揮するにはローマに戻らなければなりません。そのことは教皇も十分わかっていると、彼は考えています。ローマにいてこそ、その名声を高めることができ、ローマでしか彼を経済的に、短期にしろ、長期にしろ、支えてくれるパトロンは見つかりません。おそらくローマに向かう途中で教皇から赦免が発せられるでしょうが、遅すぎて間に合わないということもありえます。ひょっとして数日か、あるいは何時間かの差かも知れません。町の支配者が許しもなしに勝手に捕まえ、殺人犯だといって死刑にすることも考えられるでしょう。その責任は私たち、猊下とわたしに押しつけられてしまいます。というのも私たちがカラヴァッジョの赦免をごり押しし、ローマに戻るための障害を取り除けてやったからです。彼が法に触れることをやったときにも、それに手を貸すようなことまでやりましたから」

フェルディナンド・ゴンザーガはこう言って軽く笑った。

「それはきみの思いすごしだよ」

若者は肩をすくめ、目をしばたかせながらぶどうの茂みの向こうを眺めている。つるを横に払いのけると、目の下にヴァチカンの丸屋根が見えた。

「別荘は猊下のすばらしいご趣味を表しておりますね。仕上げには建物の中に彫像を置かれるとよろしいのでは？」

シピオーネは上の空でうなずいた。

第4部

「ミケーレ、自然と死はきみを残酷に傷つけようとたくらんでいる。だが、きみの手はそれを絵の中で払いのけてしまう。この謀反者どもはそのことを恐れるべきだ」

詩人　ジョヴァン・バティスタ・マリノ　一六二〇年

1

「あなたに取引を提案したいのです、レオナルドス神父」

「さあ、こっちへ、ネリナ。待っていたんだ」

神父は背中をまるめて手すりによりかかり、月明かりで銀色の鏡に変わった水の面を眺めている。

「どういうわけで実のお兄さんを憎むのです？」

神父はゆっくり彼女の方を向いた。

「憎んでいる？　そんなことはない。あの男の振る舞いが気にさわるだけだ。それにワインと娼婦だけしか知らない生活。神のメッセージの純粋なもの、清廉なものを払いのけて野卑なものにする絵など、わたしは認めるわけにはいかない。見かけは美しいが、体にも心にも毒だからな。精神と感情を誘惑しようとするものだ。ところで、わたしと取引したいというのは？」

ネリナの声は怖さと希望が入り混じり、震えた。

「あなたはミケーレの絵を手に入れようと、ここにいるのではありませんか？　手を貸しましょうか？」

「その見返りにわたしに何をしろと？」

レオナルドス神父はゆっくり手すりから離れ、ネリナの方に寄ってきた。月の光があるというのに彼の顔は影になり、大きな黒い穴を見ているような気分だった。

「ミケーレがナポリに行く邪魔をしないでほしいのです」

「それはできない相談だ。ミケーレが自由になって、ナポリでパトロンを見つけたら、わたしはどうやって絵を手に入れられるというのだ？　あの男はもうわたしに見向きもしなくなる」

「そんなことは絶対ありません」

レオナルドス神父が口に手を当てて咳をしたので、ネリナは夜風が冷たくなったことにようやく気がついた。急に背中がぞくぞくしてきた。

「仕上がるまで何ヶ月も待たなければならないだろう？」

「わたしがもう絵を持っているとしたら、どうですか？　完成したものです。気に入っていただけるでしょう、だってあなたと妹さんが描いてあって……」

「『聖ヨハネの斬首』のことか？」

突風が吹いてきて三角帆を膨らませ、船は大きく傾いた。ネリナはバランスを失って、願いもしないのに神父の腕の中に倒れこんでしまった。あわてて身を離したが、体中に鳥肌が立った。恐れのせいだということは分かっている。マストのところまで下がると、ロープをぐっとつかんだ。

「その絵にあなたの姿が永遠につなぎとめられています」

「あの女たらしがまたそれを描いたんだな。真っ赤に焼けた棒を目につっこんでやらなければなるまい」

船はメリメリうめき声をあげ、真二つに裂けてしまいそうだ。しかしマストはいっそう力をためこんで船足が目に見えて速くなり、しぶきを激しく上げた。

「絵はどこにある？」

「ご希望なら手配します、ナポリで」

「めちゃくちゃにされたのではなかったのか？」

「いいえ。あなたとフラ・ドメニコ、それに妹さんが描いてあって、三人が洗礼者聖ヨハネの首、それはミケーレ自身の首ですけど、そのまわりを囲んでいるという構図の絵です。言ってみればそれはミケーレの遺言のようなものだと思います」

レオナルドス神父の顔を見ると、うすいくちびるをぐっとかんで冷静になろうと努めている。

「ミケーレと妹さんとはどういう関係なのですか？」

神父は甲板に張ってある太いロープをつかんだ。ネリナも自分の背中をマストに押しつけ、ローリングする船の動きにどうにかバランスをとろうとした。

「おまえは、うちの家族の何に興味があるのだ？」

「ミケーレは妹さんを愛しているのでしょうか？」

「あたりまえだ、兄貴なのだから」

「それ以上のことは？」

「おまえはミケーレが妹と何かやましい関係があるとでも言いたいのかね？　笑止千万だ」

神父の声の響きには緊張感が混じっているようにも思えた。

「ミケーレが昔、若い貴族を殺したことは聞いています。世に知られた一族の人で、妹さんに強引に言い寄ったとかいう話ですね」

どこまで明かしたらいいのか神父は思案しているのだろう、しばらく沈黙していた。帆にあたっていた突風が弱まった。肌は塩水の細かいしぶきを浴びて、つっぱるような感じがする。

「妹はフラ・ドメニコの兄におもちゃにされた。若くて何も知らず、結婚を夢みるような年頃だったのだ。だが身分が違いすぎる。あの男は妹と結婚する気などまるでなかった」

レオナルドス神父は言いよどみ、それから握っていたロープをたぐってネリナに近づくと、耳元でささやいた。

「これも取引の一部かね？　それともおまえのただの気まぐれか？」

ネリナはレオナルドス神父を憤然とにらみつけたのだが、気がついてみれば相手の顔は輪郭がやっと見える程度だった。

「ええ、取引のためです」

「それなら……。男はカテリーナを妊娠させたのだ。十四歳の妹をな。まだほんのねんねだった」

ということは、ミケーレは赤ん坊の父親を殺したことになる。ネリナは体がこわばった。

「おまえが何を考えているか分かっている。しかし、それは違う。ミケーレはきちんと男に決闘を申し込み、そして相手が死んだのだ。私たちの父親は死んでいて、家長の立場にあったミケーレは家族の恥辱の仇をとらなければならない。それが兄貴の義務なのだから。ミケーレはもうその罪滅ぼしはしている」

ネリナの膝はガクガクし、レオナルドス神父が彼女の体を支えてくれなければバランスを崩し、ひっくりかえるところだった。だがその瞬間、激しい吐き気に襲われ、首をしめあげられたような感じがした。苦い胃液がいつまでも上ってくる。

ネリナを船室に連れて行こうと、神父がドアを開けようとした。風でバタバタするドアを彼女が押さえていると、中からミケーレがぬっと出てきた。その顔は月明かりの中で、あごひげまで白く光っている。

「手を離せ」ミケーレはうなるようにこう言うと、ネリナの肩をつかんだ。

「離せ！　おれが面倒見る」

無言のまま神父はネリナをミケーレに預けた。

「さあ、向こうに行くんだ！」ミケーレは弟に向かって乱暴にこう言うと、手荒くドアを閉め、部屋につってあるハンモックの中にネリナを押し上げた。

「あいつに絵をやる約束なんかするんじゃないぞ」

耳ざわりな声でこうささやいた。

「どこにあるんだ？　ここか？　用心のためにナポリにあるなんていうんじゃないのか？　おれの妹がどうだって？　そんなことはおれにじかに聞け」

「聞いたじゃないの、ミケーレ」

ネリナはまだ胸のあたりがムカムカし、やっとの思いでこういった。

「でもいつだって返事してくれなかった！」

それには何も答えず、ミケーレは船室を出て行き、ネリナはうすぐらい中にひとり残された。ハンモックの中で体を揺らしながら、ネリナは思い出そうとしていた、子供の頃を、養い親のことを、そして……。

2

ニンフ姿の女が三人、イチジクの木の間をくぐりぬけると、落ちた黄色い実をミケーレに投げつけ、笑い、叫びながら、追いかけている。階段状に植わったぶどうの木の間を走りぬけ、高いヒマラヤ杉の木立の影に隠れたニンフのひとりをミケーレが大声で叫びながら捕まえ、嬌声を上げて逃げようとする彼女に飛びかかると、体の上に覆いかぶさった。

チェラマーレ宮のテラスからネリナはこの馬鹿騒ぎを見ていた。ミケーレはいったい何をしたいのだろう？　彼はここ、キアイアにあるカラヴァッジョ公爵夫人の夏の別荘で、毎日乱痴気騒ぎだ。顔を赤らめながら、目をそらせばいいのだろうか。それともミケーレに一言文句を言うべきだろうか。そうはいっても自分は彼の妻でもなければ、恋人でもないのだ。

後ろからエンリコが寄ってきてネリナをぎゅっと抱きしめ、うなじに接吻をした。彼女は顔をのけぞらせて彼の唇を求めたが、エンリコはそれを押しとどめながら言った。

「ミケーレがやっているのは生に対する狂喜の表現かな」

「わたしには絶望感のように思えるわ。心配なのは、彼が疲れ果ててしまうことなの。相変わらず熱が繰り返し出るし、あのナポリの商売女たちとの馬鹿げた遊びが体を消耗させるのだもの」

「いいじゃないか、降るように絵の注文がきているんだ。生活には困らないし、それにカラヴァッジョ公爵夫人も援助してくれている。公爵夫人だってもう少し若かったら、一緒に飛び跳ねて、イチジクの実を投げ合っているのじゃないかな」

「ナポリにようやくたどり着いたと思えば、軽はずみな行動に享楽の毎日。こんな生活から絵に生かせるものが出てくるはずもないと思うから、わたし、じっとしていられないの。破壊することが生きる楽しみみたいなのが心配なのよ。わなにかかる前にチーズを一かけ齧ろうとしているネズミみたいに、ひょっとしたら人生の最後の瞬間を楽しもうとしているのかもしれない」

「ミケーレは絵を手元に持っているのか?」

「『キリストの鞭打ち』のことを言っているの?」

「ミケーレはこれまで絵を返してもらって、何か描き加えるようなことがあったかい?」

「ううん、人物を描き足したことは一度もなかった。この絵に加えたのは、フラ・ドメニコに似た人物なの、姿や髭、額の深い横じわがそっくり」

「それじゃ絵は台無しになってしまったな」

「注文したロレンツオ・デ・フランキスにとっては問題なしよ。肝心なのは有名なカラヴァッジョが描いたということで、絵のバランスじゃないもの。そんなことフランキスには判断できっこないし。人物が一人増えた、でもその分の支払いはしなくていいのだから、喜ぶでしょ」

この商人が注文した『キリストの鞭打ち』の絵に、フラ・ドメニコの姿を描き足そうとしたのはなぜなのだろう?

絵の中で、彼は暴力にかられてキリストの髪の毛をつかみ、押しのけようとしている。右手にはキリストを叩いた小枝の束。その手はひきつり、激しく動いたせいで筋肉質の肩がむきだしになっている。なぐりかかった瞬間をとらえた絵だが、キリストは鞭打たれるのを察したのか、ただ顔をそむけ、されるがままだ。

鞭打つ人物の顔には暴力に対する恐れと喜びの表情が浮かんでいるが、キリストはそれにには無反応だ。

「フラ・ドメニコの顔のことはフランキスには内緒よ。だれも絵にあてつけみたいな秘密があるなんて思わないでしょうね」

庭園の噴水の水が緑に彩りをそえ、ニンフたちの賑やかな声がこちらに渡ってくる。

「きみの思い過ごしじゃないのか、ネリナ。謎解きができないような肖像を、そこに描きこんでどうする？」

「ミケーレは復讐しているのと違うかしら。そうやって自分の不安を抑えるためにね。きのうも怖い夢を見たらしくて、うめき声が聞こえてきたの。フラ・ドメニコの名前をつぶやいていたみたい」

「この町でミケーレを完全に隠しておくことはできないな。いずれフラ・ドメニコも姿を見せるだろう」

「それからレオナルドス神父！　彼は報復をあおる気だわ」

「ローマに戻らなければ。ミケーレはローマに戻る必要があるよ」

「赦免が届くのを待っていない方がいいわね」

3

「レオナルドス神父なんて男、もう絶対信用しないぞ！」

ボルゲーゼ宮殿の中庭には夕方の影が落ちている。シピオーネ・ボルゲーゼは召使いにテーブルと椅子を外に出すように命じ、今、フェルディナンド・ゴンザーガと一緒にワイングラスを前にして、腰を下ろしていた。空気は湿って生暖かく、それが中庭全体をすっぽり覆っている。

「エンリコがここに書いていることが本当なら、ごもっともですね」

フェルディナンド・ゴンザーガの手には、几帳面な字でびっしりと書かれた手紙が握られている。

「わたしは神父に絵を注文するように命じた」

「神父はそれを力づくで手に入れようとし、カラヴァッジョをヨハネ騎士団に引き渡す気だったのですね」

シピオーネは冗談ではすませられないと感じた。自分の不注意で画家を殺すことにもなりかねなかった。

「私たちはここにこうして腰を下ろし、頭を悩ませ、手をこまねいている。八方ふさがりだな」

フェルディナンド・ゴンザーガはグラスを持ち上げ、ガラス越しに中のワインをながめた。

「もし私たちがカラヴァッジョをローマに連れてくることができないときには、どうしてそんなことになってしまったか考えなければなりません。赦免は出ていたのではありませんか？　カラヴァッジョがパレルモを出るのと同時に送られたと考えていたのですが……」

ガラス越しのワイン、目には見えているものの、手は届かない。このワイングラスが、カラヴァッジョをめぐる自分たちの努力を象徴しているように映る。どうしても彼に近づけないのだ。

「誰かが行く手を邪魔しているみたいだな、ゴンザーガ枢機卿」

「大司教枢機卿ドリアがらみのトリックを教皇はご存知だったと思われますか？」

「いや、いや。教皇庁親衛隊がかけつけるほど教皇猊下は怒り狂われた。背後にデル・モンテ枢機卿がいるとわたしはにらんでいるのだ。最近彼は教皇のところに日参しているよ。今回の報告にエンリコは触れていないが、フラ・ドメニコがデル・モンテ枢機卿のために働いているというようなことは考えられないか？」

フェルディナンド・ゴンザーガはワインを一口飲むと、手の中で温まってしまわないようグラスをテーブルに戻した。こんなちょっとした動作でも額に汗が吹き出てくる。ローマはこのところ春なのだか夏なのだか分からない陽気で、太陽が照りつけたり、雨が降ったりで、まるで蒸し風呂の中にいるようだ。

「フラ・ドメニコの生家ディ・ロッシ家とデル・モンテ家は家族同士の強いつながりがありますが」

シピオーネは、何か占おうとでもするようにグラスをじっと見つめた。

教皇はこの何週間か、神聖ローマ帝国で起こっているプロテスタントとカトリック教会の争いを見守っていた。そして神聖ローマ帝国皇帝がボヘミア人たちに信教の自由を約束したことを厳しく批判する一方、カトリック諸侯の相互防衛同盟を作り上げようとしていた。シピオーネはこうした出来事がどれもこれも似かよっていることに気がついた。世の中全体が、近い将来何か起こることを待っているように思える。といってもそれがいつ起こるのかはわからないし、その本質は闇に隠れている。

シピオーネがそんなことを考えていると、フェルディナンド・ゴンザーガが口を開いた。

「彼らは何かを待っているのです、何か事件を、でもそれが何なのか……　雲はまだ発生したわけではありませんが、嵐の前のように不穏な空気が感じられます」

若いフェルディナンド・ゴンザーガの探るような目は、考えを読みとろうとするように、シピオーネにじっと当てられている。彼は自分の考えていることを見透かされたような気がしてどぎまぎし、椅子にどうにかこうにか腰をかけているありさまだった。

「プロテスタントを力ずくで押さえつけるために、フランス王は神聖ローマ帝国と戦うのだと噂されていますが」

「伯父は妥協案に理解を示しているようだ。戦争は望んでいないよ」

「猊下と同じようにわたしも歴史のうねりのような動きを見まして、今は大きな事件が起こる前の静けさだと思っています」

「それで、ゴンザーガ枢機卿、どこでその事件が起こると?」

「出来事というのは後になって大きく、重要なものになります。起きた時点ではたいていはどうということないようにみえ、動揺させられることもありません。それが正しい支点に乗ると、それまで目立たなかったことが世界の歴史を動かすテコへと変わっていくのではないでしょうか」

「分かっているよ、枢機卿。伯父は頑固なところと強い信仰心で知られた人間だ。この二つが一緒になると砲弾の火薬と同じで、危険きわまりない混ぜものになる。導火線に火をつける人間は、それがしばらく燃えて、やがては火薬庫につながることを待っているのだ。そこで何が起こるかは子供でもわかることだ」

「シピオーネ・ボルゲーゼ殿、あなたはカラヴァッジョが導火線に火をつける火花だと考えていらっしゃるわけですね?」

シピオーネはこんなふうに呼びかけられるのは好まなかった。むっとしながらグラスを手に取ると、一気に飲み干した。中庭には暗闇が迫り、お互いの顔がよく見えないほどだが、ローソクをつけさせる気はなかった。夜は確実な防御を提供してくれる。目が利かなければ、声だけが残り、耳は真実と嘘をはっきりと聞き分けるのだ。

「ジュリアがデル・モンテ枢機卿のところでのことを漏らしてくれてね」

フェルディナンド・ゴンザーガの好奇心にパッと火がついた。突然暗闇に明かりがついたような感じだった。

「はあ？」

「ディ・ロッソ家とメリシ家の関係だよ」

沈黙。この場を覆っている静けさを破るのはぶどう畑のコウロギの鳴く音だけである。たっぷり湿気をすった空気が重苦しい。

「ご存知のことを教えてくださるのですか、それともわたしを宙ぶらりんの状態にしておくおつもりでしょうか、猊下？」

「まあ、落ち着いて、ゴンザーガ枢機卿、ジュリアはデル・モンテ枢機卿のところで教皇の手紙を読んだと言っている。もちろん偶然にだぞ。その手紙には、レオナルドス神父に、メリシ家兄弟に関する真実をカラヴァッジョの助手ネリナに話すように催促しているのだよ」

満足げにシピオーネは相手の反応を見ている。

「それでその真実はどういう結果を呼ぶのでしょう？」

シピオーネはたっぷり間をとってから、おもむろにグラスを口に持っていき、冷えて口当たりのよいワインを飲んだ。そして口元をぬぐうと椅子に体を沈めた。

「真実というのはつらいものだ！　人から支えを奪ってしまうからな」

4

「おれは罰が当たる、間違いない」

充血した目でミケーレはエンリコを見た。下まぶたが赤くはれ、頬はこけ、髪の毛が固まってべっとりと顔に張りついている。憔悴しきって、まるで老人のように見えるが、ようやく三十九歳になったところだ。

ミケーレはジョッキを前に、店を出入りする客たちをじっと見つめている。酒場は活気に満ち、大声でしゃべる者、どら声で歌う者、賑やかなことこの上ない。客たちはテーブル越しに派手な身振り手振りでまくしたて、その喧騒のせいか、グラスの中のワインが揺れる。

遠い過去でも見るようにエンリコをじっと見つめてから、グラスを持ち上げ、ぐいっとワインをあおった。そして目を閉じた。

「じいさんはペストで死んだ。親父もさ。親父についちゃ実のところ、お袋から聞かされたことと、おれに親父の悪口をいうことが何よりの楽しみだっていうような連中の話からしか知らないんだ。お袋は早く死んだし、一番上の姉貴も結婚できる歳になる前にあの世に行ってしまったからな」

エンリコもワインに口をつけた。グラスの端越しにミケーレを見ると、頬も目も落ち窪み、気力は失われ、顔は青白く、しわだらけだ。

「おれたちは自分の運命を墓場までしょって行き、神さまの前に出るのさ。そして神さまはおれたちを無罪放免にしてくださるが、おれには劫罰しかない」ミケーレはそこでちょっと言葉を切った。声はしわがれ、ぶっきらぼうだった。「おれは人殺しさ、エンリコ。まだミラノにいたときの話だ。おれも若く、十六かそこらだ。前途洋々たる若者だった」

「アントニオ・ディ・ルッソのことですか?」

びっくりしてミケーレは顔を上げた。

「どこからそれを?」

「ペテルツァーノ親方からですよ。あなたの秘密を明かしてくれました」

ミケーレはゆっくりうなずくと、くちびるをぐっとかんだ。酔いから覚め、考えをまとめようとしているようだ。

「親方は何を話したんだ、え? 何をしゃべった? 親方が本当のことを知っているっていうのか?」

まるで突風でも吹いたようにミケーレは勢い込んでこう言った。あたりの喧騒のせいで、声が次第に大きくなり、最後の言葉はまるで叫び声になっている。落ち着かせようとエンリコは相手の腕に手を置いた。

「ディ・ルッソはあなたの妹に結婚を申し込み、そして長男のあなたが結婚については家族の全責任を担っていた」

「ふん、夢の中だってあの野郎は結婚なんて、これっぱかりも考えちゃいなかった」

ミケーレはまたグラスを持ち上げると、口に持っていったが、飲み方は前よりずっとせわしなく、あげくのはて、その半分以上が胴着の上にこぼれてしまった。

「妹はもてあそばれただけさ。ディ・ルッソの父親は自分たちより身分の低い人間との結婚なんか金輪際、許すものか。カテリーナがどんなに魅力的だったとしてもだ」

「それであの男と決闘したわけなのですか?」

「そのことで？　とんでもない。おれには理由があった、立派な理由がな」

「ディ・ルッソの死を正当化できるというのですか！」

ミケーレが急に椅子から飛びあがったので、ジョッキが倒れ、ワインがみるみるテーブルの割れ目にしみこんだ。

「あのブタ野郎は死ぬべきだったんだ。おれが殺さなくてもな。一生引きずっていかなきゃならないお灸をすえてやろうと思ったよ。死んだのはまったく偶然のことだ。まるでおれの剣の先に飛び込むようにつんのめって、それがのどに突き刺さって動脈が切れたってことだ」

エンリコは立ち上がって、テーブルに着かせようとした。

「そもそも何が原因で決闘になったのです？　それを教えてください」

酒のせいでミケーレの頭の回転は鈍く、考えをまとめ、話を順序よく進めるのに時間がかかる。ジョッキをじっと見、まるで顔の筋肉を動かせばうまく考えられるとでもいうようにしかめ面を繰り返している。

「ディ・ルッソは妹のことなんか愛しちゃいなかった。妹を……強姦したんだ。妹は抵抗したさ、それなのにあいつは無理矢理てごめにしたんだよ」

「暴行したということなのですね」

ミケーレは何度もゆっくりとうなずいた。その目に涙があふれているのにエンリコは気がついた。

「いくつだったのですか？」

ミケーレは肩をすくめ、テーブルの上のジョッキを持ち上げて自分のグラスに注ぐと一息にそれを飲み干した。

「十四だ」

だんだん事情がのみこめてきた。おそらく自分も一家の長で、このような状況に置かれればミケーレと同じようなことをするかもしれない。

「あなたのやったことは間違っていませんよ。当たり前のことです」

ミケーレは頭を振った。

「いや、そうはいかなかった。ディ・ロッソの弟が復讐を誓ったのさ」

「あだ討ちということですか？」

ミケーレはうなずいた。

「おれは罰をうけたというのに、まだ復讐するとぬかしやがって。おれは牢屋に入り、自分なりに犠牲を払ったんだよ。絵も描いたが、あの家族には気に入ってもらえなかった。そのあとローマに逃げたんだ」

「そして妹さんはミラノに残った？」

「ああ、子供と一緒に」

ミケーレは、ひび割れ、がさがさして、少し血が出ているくちびるを舌でしきりとなめている。

「子供さんがいたんですね？」

「妹はその子供をよそにやらなきゃならなかったんだ」

ミケーレは立ち上がった。少しよろめいたが、すぐに体を立て直した。

「さあ、行くぞ！」

エンリコはここで厄介払いされたくなかった。話を全部聞かなければならない。どんな脅しがあったのか、それを知りたかった。

「もっと話してください」

二人は思っていることを読みとろうとするようにお互いの目を長いことのぞきこんでいた。と、突然ミケーレは店の入口の扉に視線を移した。エンリコもつられて目をそちらに向けると、そこにネリナが立っていて、二人に目配せしている。

ミケーレが客たちをかき分けるようにして出口に向かいながら言った。

「一つだけ約束してくれ」

「何です？」

「おれがローマに戻れなかったり、途中で死んだりしたら、ネリナの面倒を見てやってくれ」

5

海から吹いてくる湿気を含んだ風のおかげで、夜は涼しい。ミケーレは新鮮な空気に顔をさらしながら、港近くのでこぼこした石畳の上をエンリコと並んで千鳥足で歩いていた。ネリナは押し黙ったまま二人の後ろから西の方向にある丘を登ろうとしているところだ。丘の背後にカラヴァッジョ侯爵夫人の別荘チェラマーレ宮殿がある。

エンリコが一緒に行動するようになってから、ミケーレの姿がみえなくてもネリナの心配はずっと減った。殴り合いも喧嘩も鳴りをひそめ、激しい気性はエンリコの影響ですっかり落ち着き、扇動的なところがなくなっている。一方、体は衰弱しているようで、それは誰の目もごまかせない。

彼の体はいつまでもつだろうか。ローマで暮らせれば、少しは望みもあるかもしれない。どうしてもローマに行かなくては。それも、できるだけ早く。あそこならミケーレは安全なはずだし、息を吹き返すことができるだろう。

イヌの鳴き声にネリナは我に帰った。町の城壁にまでつながる薄暗い路地から現れた犬が飛びついてきた。月明かりに黒い毛が光っている。

「ネロ！」ネリナはびっくりしながらも、うれしくて大声を上げた。その瞬間、凍りつくような恐怖が体の中を走った。「ネロ、おまえだけ？」

エンリコもミケーレも足を止めたが、ネロの方にかがみこんで体をなでてやっているネリナとは反対に、あたりを注意深く見回している。ネロはうれしいのか、尻尾をちぎれるほど振っている。

「おまえの主人はどこ、ネロ？」

ミケーレは家をでるときには必ず短刀を持っているし、エンリコも自分の武器を握りしめた。ナポリは間違いなく世界一美しい町に違いないが、物騒なことでも知られているところだ。強盗事件は日常茶飯事だし、とりわけ夜中ともなれば以前からひどいものだった。今時分、路上にいるのは酔っ払いか、強盗のたぐいである。案の定、暗がりから四人の人間が手に手に武器を持ってぬっと姿を現した。その一人の歩き方をネリナが忘れるはずもない。マルタ島に向かう船上での情景がしっかり頭に刻み込まれている。

「フラ・ドメニコ！」ネリナはこうヨハネ騎士の名前を口にしながら、思わず身震いした。

「大当たりだ、お嬢さん。こんな暗闇の中でもわたしを見分けてくれたとは光栄だね。正体が知られては困ることもあるが」

こう言うとフラ・ドメニコは剣で宙を切った。ネリナの耳元をピュッという音がかすめ、ミケーレとエンリコは横で身をすくめている。ネリナはネロの首をずっと押さえていたが、腰をかがめると、その耳元にささやいた。

「助けて、ネロ、わたしを助けてちょうだい」首すじをたたき、やさしくなでてから「噛みつくのよ！」と叫び、ネロを押しやった。二人の襲撃者がエンリコとミケーレを突き飛ばしたところだったが、ネロは稲妻のような早さで別の一人の腕に食らいついた。ネリナにはミケーレに抵抗する力がないことは分かっている。助けを求めようと金切り声を上げるると、フラ・ドメニコが笑いながら彼女の方に近づいてきた。

「あの妙な変装はもう止めたわけだね、お嬢さん。大きな声をあげたって何の役にもたたないよ。どのみちもう死ぬんじゃないか。目には目を、歯には歯だ。旧約聖書がそう教えてくれている」

「新約聖書にはありません！」ネリナはこう言い返しながら、棒切れか石、何か武器になるものがないかとむなしく辺りを見回した。エンリコとミケーレは勝ち目のない戦いを続けているが、飲んだワインのせいで力が入らない。ミケーレの上着が血で赤く染まっている。

「汝の敵を愛せ、と聖書のヨハネ伝にあるではありませんか、フラ・ドメニコ。それにあなたの修道会はヨハネ騎士団という名前です。どうぞそれを肝に銘じて」

月明かりの中でフラ・ドメニコの顔がゆがんだのが分かる。剣を構えて彼女に詰め寄ってきた。ネリナはうまくかわしたものの、どのみち刺し殺されるだろう。

「わたしをどうするつもり？」

「あの男がわたしをめちゃくちゃにしたように、やってやろうというだけだよ。兄はあいつに殺された。そのことだけを考えてわたしは生きてきた。そして今、このごろつきの心の中の一番大きな場所を占めているおまえの命を奪ってやるのだ」

ネリナにはフラ・ドメニコが言っていることがよく分からなかったが、とにかくここで死ぬのはまっぴらだ。フラ・ドメニコはネリナをからかうように追いたて、剣の切っ先を彼女に当て、声をたてて笑いながら肌をつつきまわした。

ネリナはネロが後ろにいることに気づいたが、犬もどうしたらよいか分からないらしい。うろうろしているネロを自分の味方につけようと、ネリナはフラ・ドメニコを指差しながら、叫んだ。

「噛みつけ、ネロ、噛みつくのよ！」

犬は大きくジャンプすると男の太ももをめがけて飛びついた。フラ・ドメニコは怒り狂い、身をよじりながらネロめがけて剣を振り下ろした。

「離せ、馬鹿犬、何するんだ！」

月明かりの中でネリナの目にもはっきり見えたフラ・ドメニコの顔に浮かぶ怒りはすさまじい。斬りつけられたネロはキャンキャンと悲鳴を上げ、その場でぐるぐる回っている。次の一振りで鼻先を切り取られたネロが足をひきずりながら逃げて行く拍子に、ミケーレと戦っていた男の足にひっかかった。男がつまずきよろめいたはずみにミケーレの剣が首に突き刺さった。ミケーレはのどをぜいぜい言わせている。

フラ・ドメニコは小刻みに剣を振りながら、今度はエンリコとミケーレに斬りつけてきた。二対一と数では勝っていても、とうてい太刀打ちできない。この場をかわす方法は？　と、そのとき、ミケーレの体がつんのめるように崩れ落ちた。フラ・ドメニコの剣がミケーレの顔を斬りつけたのだ。

ネリナは悲鳴を上げながら、かがみこむと地面のぬかるみの中に両手をつっこみ、力いっぱい汚物をフラ・ドメニコの顔に投げつけた。彼はよろめきながらあとずさりし、悪態をつきながら顔を押さえている。そのときエンリコが剣で彼の腕を切りつけた。フラ・ドメニコは剣を取り落とし、ほうほうの体で仲間とともに路地の暗がりに逃げていった。

ミケーレは地面に倒れ、体の下にみるみる血の海が広がった。

「ミケーレ！」叫びながら、ネリナはかがみこんだ。ピクリともしない。その顔をのぞきこんだネリナは、もうだめだと悟った。こけた頬とまっすぐな鼻は切り傷でめちゃめちゃになっている。のどが締めつけられ、涙がとめどなく流れた。

6

「カラヴァッジョが死にました！」

シピオーネ・ボルゲーゼの執務室に入ってきた使者はお辞儀をしながら手紙を手渡したが、まだ息を切らしている。

「何と言った？」

「わたくしの主人ウルビノ公はこの手紙で、あなたさまが寵愛していらっしゃいましたカラヴァッジョことミケランジェロ・メリシがナポリで襲撃され、命を落としたことを伝えております。詳しいことはここに……」

シピオーネは話をすぐに信じようとはしなかった。カラヴァッジョが死んだ？　もどかしそうに封を切ると、手紙に目を走らせる。日付は一六〇九年十月二十四日とある。

「ナポリよりの報告によれば、高名なる画家カラヴァッジョは命を落としたとのこと……」

手紙にはこうあった。シピオーネは首根っこでもつかまれたような気分で椅子から立ち上がり、使者に下がるように目配せした。

「ねぎらってやるように」入口の扉から頭だけのぞかせ、もの問いたげにこちらを見ている秘書にシピオーネはこう声をかけた。「それから急いでゴンザーガ枢機卿を呼んでくれ」

すべての計画、そして願いはくじかれてしまった。ミケランジェロ・メリシ、その作品がピンチオ庭園にある別荘の屋敷を飾るはずだったのだが、彼は二度とその手に絵筆を握ることはないということか。押さえ切れない怒りを伯父に対して感じた。殺しを依頼したのは伯父に違いないのだから。どんなふうに死んだのだろう？　けんか、それとも決闘？　シピオーネは髪の毛をかきむしった。ミケーレの死の状況を知ったところで、この奇跡の絵具の泉が干上がってしまったという事実を変えられるものでないのだが……。

あの使者にもっと詳しく聞かなかったことにシピオーネはほぞをかんだ。手紙の内容以上の噂を聞くこともできただろうに。手紙とともに、文字の情報にはないものも運んできただろう。少なくとも書いたものと同じくらい価値のある情報をしゃべってくれたはずだった。

普段であれば気持ちがなごむ象嵌細工の羽目板や古代をテーマにした天井画に、今は何かわざとらしさを感じ、息がつまるような気分に襲われた。赦免はもう意味がなくなってしまった。どんな策謀、策略も望んだような成果は収めなかったのだ。カラヴァッジョがローマを離れてから四年以上経つ。戦いの四年、伯父とのあつれき、その伯父は日を追うごとに気難しく、物事をくよくよ思い悩むようになり、その政策の変化は若い枢機卿たちを苦しめ、悩ませている。それなのに、妥協を旨とする教皇としてその座を永遠に確立しているように見えるのだ。

シピオーネは僧服をなびかせながら柱廊を通り抜け、階段を通って中庭に向かった。このニュースは自分にとってどういう意味を持つのだろう？　カラヴァッジョが死んだ。となると、その絵を好きにしてかまわないということだ。残された絵をすぐ買い占めるよう、誰かに依頼してかまわないだろうか？　彼の作品を探し出すのは容易なことではないだろうが、それでも探さなければならない。そして、それを任せられる人間は、ゴンザーガ枢機卿の秘書を置いてないだろう。彼を説得しなければ……。

先をどう予想したらよいのか、カラヴァッジョが殺されたという思いがけない報告に頭の中は真っ白になってしまった。

背後で門の開くきしむ音がし、敷石の上を歩いてくる聞き覚えのある足音が耳に入った。

「忍び足で入ってきても分かったよ。まあ、よく来てくれた、ゴンザーガ枢機卿。秘書がこんなにすぐきみを見つけてくれたとはありがたい」

「もともとうかがうところでしたので。あなたの秘書があわてふためいて教えてくれたのですが、何か悪いニュースが届いたとか。有無を言わせずわたしを劇場から連れ戻すような悪い話とは一体何でしょう？」

シピオーネは、この枢機卿の苦し紛れの嘘に軽い微笑で答えた。劇場といっても、劇場の楽屋にちがいない。それも女優たちの楽屋。そこで何が演じられているか、こちらはすっかりお見通しだ。お忍び姿ででかけ、ときには後ろの小部屋で裸になって、舞台の邪魔になりそうな大きなよがり声をあげていると一度ならず耳にしたことがある。

「きみをじらすこともない、これだ、読んで見てくれ」

こう言ってシピオーネが手渡したウルビノ公からの手紙を、フェルディナンド・ゴンザーガは顔をくっつけるようにして読んでいる。その心の動きを探ろうとしたが、まったく表情を崩さない。この報告には一つもショックを受けなかったように悠然とした態度で手紙を返してよこした。

「それで？」

「『それで』とは一体どういうことだ？　カラヴァッジョは死んだのだぞ。それなのにきみは『それで』などと聞くのかね？」

フェルディナンド・ゴンザーガは、相手の弱点を口にするのは本意ではないというように、ちょっと小鼻を動かした。この横柄なところがシピオーネは気に食わなかったが、するどい状況判断には一目も二目も置いている。この手紙の意味するところを言い出すのを緊張しながら待っていた。

「手紙を最後までお読みになられましたか？　こうあります、『高名な画家カラヴァッジョが殺されたとの報告のほかに、大怪我を負ったとの報告も届いております』どちらが真実なのでしょう？　死んだのか、それとも重傷なのか？　この報告はあいまいなものです、猊下」

シピオーネは両手を背中で組み、涼しい顔をして立っているゴンザーガ枢機卿の周りを回った。ガウンと深紅の枢機卿帽の下に隠れた顔に夾竹桃の木の影が映っている。

「もっと正確な情報を持っているのか？　きみの秘書エンリコはカラヴァッジョのアトリエに残っている絵を買い占められるな？　そうなれば万々歳だが」

一瞬フェルディナンド・ゴンザーガの口元に、心の動きを表すようにかすかな微笑みが浮かんだ。

「それは性急すぎましょう、猊下」

「だがきみの秘書は現地にいるのだろう？」

フェルディナンド・ゴンザーガはそれに答える前に、目をしばたたかせながら太陽を仰ぎ見、それから枢機卿帽を脱いだ。帽子で押さえつけられていた髪の毛の上に帽子のふちなりに輪ができ、頭皮が汗で光っている。

「今はカラヴァッジョの傷の手当にかかりきっているようです」

「あの男は生きているということだな？」

「ええ、その通りです。もちろんひどい怪我を負ってはいますが。いくつも受けた剣の傷のせいですっかり面変わりしてしまい、友人でも彼だとは分からないようです」

シピオーネは柱に体を預け、ふらふらする身を支えなければならなかった。暑さとカラヴァッジョの絵を手に入れる夢が打ち砕かれてしまったせいで、めまいを起こしたのである。

「その情報はどこで手に入れたのだ？」

「エンリコからの手紙が同じころに届いたのです。猊下からの使いが来たときは、ちょうどこのことをお話しなければと思ったところでした。彼の報告ですと、カラヴァッジョは傷がもとで高熱を出しているようですが、それでも気が狂ったように絵を描いているそうです。そしてあなたに絵をお渡しすることを決めたとか」

「絵を？　どの絵だ？」

「そこまではわかりません」

シピオーネは、誰の目にもさしたる能力があるとは見えず、風采の上がらない若造の顔をびっくりして見つめた。この教皇庁の枢機卿の中で、出世が約束されている人間がいるとしたら、それは間違いなくこの男だろう。

「カラヴァッジョは生きている！　とすると、今こそ赦免を催促するときだとは思わないか？」

ゴンザーガ枢機卿は自分が今何を考えているか悟られないように、横目で相手を見ながら答えた。

「カラヴァッジョには生きていてもらいませんと」

7

「あの男からおまえに手紙がきた？　絵が欲しいだと？　おれが死ぬのを待っているということだな？」

ミケーレは頭に血が上っていた。アトリエの隅にネリナが恐ろしさに身をすくめ座っている。怒り狂ったミケーレが絵具と額縁を投げつけたところだ。書き物机に向かってエンリコが座っていたが、彼はミケーレの答えを紙に書きとめると、おだやかな視線をネリナに向けた。

ネリナは自分とエンリコのことをどう考えたらよいのか自問してみた。わたしのことを気づかってくれる人、わたしの願いとミケーレの要求、それにフェルディナンド・ゴンザーガのために働くことの間で、驚くほど冷静にバランスがとれる人間だ。長い時間会い、親しく知り合えば知り合うほど、自分がエンリコを愛していることがはっきりしてくるのだった。

アトリエの隅には新しい作品のためにモデルが立っていて、その脇には覆いのかかった何枚もの絵が乾くのを待って立てかけてある。

「このシピオーネ・ボルゲーゼという男はヘビよりひどい野郎だ、そうだろう、なあ、エンリコ。あいつに書け、こう書くんだ。『わたしこと、生まれ故郷カラヴァッジョ村にちなみカラヴァッジョと呼ばれておりますミケランジェロ・メリシは、良好なる健康と旺盛なる気力を有しております。シピオーネ・ボルゲーゼ枢機卿猊下に、ローマ教皇庁の台座をも揺り動かせるほどの絵を贈呈いたしたく、この書面をもってお伝え申し上げます。この絵は、それを眺める人間全員に対する告発と警告であります』くそ、これじゃおとなしすぎるな、エンリコ。おれはこの強欲で厚顔無恥なハイエナに、どうも寛大になりすぎだ。この男をハイエナと呼ぶのはぴったりだろう、な？　遠くの方でおれがくたばるのをじっと待って、一番いい絵をくすねようとねらっているわけだ」

「今の調子の文がいいですよ。それが正解です」

「そうかね。退屈で、それに気が抜けていないか？」

髪の毛はもじゃもじゃ、上着には乾いてどす黒くなった血がこびりつき、破れもあちこちに見える。こんな姿でミケーレは部屋の端から端へとうろうろ歩き回っている。病気の体をベッドに横たえ、果てしない時間を過ごしているよりこの方がミケーレらしくていいかもしれない。斬られた深い傷が二本、顔の真ん中を走り、鼻と頬、そして額の傷が痛々しい。この顔を見て、ミケーレだと分かる人間はいないだろう。路で弟がすれ違っても、気づかずに通りすぎてしまうはずだ。

冬の間中、顔の傷を白いターバンのようなもので覆い、毎日画架の前に座ってはワインをあおり、夜ともなればあやしげな女を家に招き入れていた。金はもう問題ではない。この先、もう長くないと思うのか、町の名士連中は金を払ってミケーレに絵を描かせていた。そして今、彼は怒りにかられながら描いている。

『ゴリアテの首を持つダビデ』だ。

モデルの若者が剣を右手に、石膏でできた頭部を左手に持ち、青白い顔をして疲れた様子で台の上に立っている。ミケーレの眼光は以前と少しも変わらない。ネリナが不思議に思ったのは描いている二つの顔が目の前のモデルにはまるで似ていないことだった。征服されたゴリアテの表情は、ミケーレをほうふつとさせる。今のひどい切り傷は描いていないが、額には、ダビデが投げた石が命中してできた傷口がぱっくり口を開けている。そしてダビデの顔を見ていると、確かにどこかで会った人物のような気がするのだが……。

「この絵を送ってやれ、ここから運び出せ、これ以上この惨めな面を見たくないんだ」

ミケーレの目がうつろになり、まるで発作でも起こしたように見えたが、それは集中力が高まった瞬間なのだとネリナは前から気がついていた。彼はゆっくり絵筆をつかむと、足元に置いたパレットから色をとり、一はけ絵の上を刷いた。

「二千スクード払えと書くのを忘れるなよ」

この一筆でダビデから勝ち誇った笑みが消え、口元には物思いにふけるような表情が浮かんだ。人物を描き加えたり、逆にけずったりするのと同じぐらいの効果だ。絵全体に重苦しい雰囲気がただよっている。

「この若者は誰?」

ネリナは、書き取らせた文句が気に入って気分をよくしているようなので、ミケーレに思い切ってこう尋ねてみたのだが、エンリコは小さく首を振っている。今そんな質問はまずい、と思ったのだろう。ネリナはダビデの顔の表情が気になったのだ。自分が勝利したことを楽しんでいるようにはみえない。いつの日かまた、別の場所で同じ運命に遭遇するかもしれないと考えているようだ。自分の力のもろさをぼんやり意識しだしたのだろうか。

「……『その代償といたしまして私の赦免をいただけるものと考えております。私の心に浮かぶ作品を描くことができますのは、ローマをおいてほかございません』この後はエンリコ、おまえの好きなように書いてくれ、だが最後のところにこう書くんだ、『私の自信作としてこの絵をお送り申し上げます』とな」

ミケーレは筆を乱暴に筆壷に放りこむと、宮殿の窓辺に寄って深く息を吸った。このあたりは四季の区別があいまいで、ミケーレはいつもその文句を言っているが、今日は珍しく変化がはっきり感じ取れる。春の訪れ、部屋に閉じこもっているのももう終わりかもしれない。海から乾いた心地よい海草の香りが吹き渡ってきて、血が血管の中で踊りだすようだ。

「赦免状はいつくるだろう?」

こう尋ねながら、ミケーレはエンリコの答えを待たず、モデルの若者に今日はこれで終りだ、服を着ろ、とせかせるように言った。

「絵は赦免を手に入れる念押しになりますね」

「こんな亡命生活じゃ、おれの命はこの先一年ともたん。それに今のおれの状態だと世間からきれいさっぱり忘れられてしまうじゃないか。年に一度お目見えする歳の市のびっくり人形と同じだ」

モデルの若者がドアから出て行くと、ミケーレは画架の上に乗せてある絵に寄り、覆っていた布を「エイッ」というかけ声とともに払いのけた。下から現れたのは『聖ヨハネの斬首』だ。あちこちが塩水で腐食し、絵具がはがれてひどく傷ついている。

「おれの命を守ってもらう大事な絵だというのに、何が描いてあるのかほとんど見分けられなくなっちまったじゃないか」

考え込むような顔をしながら海水で痛んでいないサロメの顔をなでた。

「この絵をヨハネ騎士団総長に送れ」

「こんな状態のままで? 挑発することにならないかしら?」

「これでいいんだ。少し手を入れりゃ、誰だか見分けはつくさ。総長は誰がおれを海にほうり出したか知るだろうよ! 『ゴリアテの首を持つダビデ』ボルゲーゼ枢機卿に、『聖ヨハネの斬首』を総長にだぞ。ふたりがおれにしてくれたことへのお礼だ」

こう言ってミケーレは大声で笑い出した。エンリコと顔を見合わせながら、ネリナは肩をすくめた。ミケーレの真意はどこにあるのだろう?

8

「このへぼ絵描きと関わりを持つなと、おまえに言わなかったか？」

教皇パウロ五世の声は裏返って金切り声になっている。シピオーネ・ボルゲーゼはそれが愉快だった。信者なら敬虔深いと思ってしまう教皇の粘液質の性格に、怒りだの興奮だのは不似合いだ。

「とにかく一度絵を見てください」

シピオーネはこの状況で伯父に口出ししてもらいたくはなかったが、なだめるようにこう言った。ここボルゲーゼ宮殿の自分の執務室には二人の枢機卿が同席している。一人は、容姿は貧相で見栄えしないが、持ち前の威厳でそれを克服しているフェルディナンド・ゴンザーガ枢機卿、そしてもう一人は、まるで自分はここの主だとでもいうように、身動きせず安楽椅子に悠然と座っているデル・モンテ枢機卿だ。

「わしの精神を堕落させるためにか？　悪魔のような改革をわしの頭に吹き込むためか？　そんなことはできんぞ」

「そんなことおっしゃらず、ご覧になったらいかがでしょう？」

びっくりして教皇は目を上げた。何しろこの言葉が自分の地位を支えてくれるデル・モンテ枢機卿の口から出たのだから。

「シピオーネ、そのくだらん絵をおまえはもう見たのか？　わしが目をそむけたくなるようなところは、もうお祓いしてくれただろうな？」

「ええ、伯父上をお守りするために。で、中身については、必ずしも懸念しておられるわけではないのですね？」

シピオーネは勝利のよろこびを隠そうと、床に視線を落とした。今、自分は伯父を好きに動かすことができるのだ。

「なぜ黙っている、ゴンザーガ枢機卿？　そういえば、いつもわしの甥とつるんでおるな。おまえもカラヴァッジョのような奴が、宗教作品だといって我々に披露におよぶ迷信的魔術のとりこになっているのか？」

ゴンザーガ枢機卿は抗議することに価値などまるで置かない男だ。目につくかつかないほど、ちょっと肩をすくめた。たぶん教皇のあか抜けないセンスをさげすむなどして不興を買いたくないのだろう。

「じゃあ、絵を見ようじゃないか」

落ち着いて椅子になど腰掛けていられないといった様子の教皇が、いらいらした様子でこうせかせた。声が攻撃的になってはまずいと思うのか、何度も咳払いしている。

シピオーネは悠然と画架に近づき、絵を覆っている麻布を片手で払いのけた。一同の目の前に現れた絵は、若いダビデの姿だ。勝利と嫌悪の混じった表情を浮かべながら、討ち取ったゴリアテの頭を見せつけるようにぶらさげている。

シピオーネは一座の人間をじっと観察し、その反応を確かめた。教皇は最初、絵に釘づけになり、それから首を振って横を向き、もう一度恐る恐る近よると十字を切った。

安楽椅子に座っているデル・モンテ枢機卿の顔は蒼白で、両手で椅子の肘をしっかりつかんでいる。その視線はゴリアテの頭とダビデの姿の間を行ったり来たりだ。少し開いた口からヒュっとするどい音がしたが、歓迎の意味のはずがない。心中おだやかではないのだろう、口をゆがめてしかめ面をしているが、外見は少なくとも威厳を保とうと一生懸命だ。ゴンザーガ枢機卿ひとり何食わぬ顔をしているが、これはシピオーネの予想した通りである。デル・モンテ枢機卿が、首に鉄の輪でもはめられ声帯がつぶされてしまったように、絞り出すような小さな声でこの場の沈黙を破った。

「ゴリアテの首、これを見てカラヴァッジョが描いた『メデューサの首』を思い出したよ。頭部をヘビが取り巻いていないところが違うが」

「そしてこれも不気味です。これは彼自身の顔、この絵描きの肖像だとのこと。普通ではありませんが、それだからこそ訴える力は強いと思いますね」

シピオーネはデル・モンテ枢機卿とこうやりとりしながら、横目で伯父を観察した。教皇は放心状態で絵を見つめている。ゆっくりダビデ像から目を離すと、デル・モンテ枢機卿を見、また絵へと戻っていく。自分がどういう目的で枢機卿たちをここに呼んだのか、伯父は理解したのだろう。目が合うたびにデル・モンテ枢機卿はさらに深く安楽椅子に身を沈め、首に巻いている白い布と見分けがつかないほど顔は蒼白だ。それでも教皇とデル・モンテ枢機卿が軽くうなずきあっているのに気がついた。どういうことなのだろう？それとも気の回しすぎだろうか？

「絵を世間の目にさらしてはならんぞ、シピオーネ。焼き捨てるか、それができないなら、どこか人目につかないところに隠せ。誰にも見せるな、下々の者には絶対にだ」

「とにかく座って落ち着いてください、伯父上。そんなに興奮なさるほど、この絵のどこが問題なのでしょう？」

ダビデとゴリアテの絵に隠されているものが何か、このあたりではっきり言った方がいいかもしれない、シピオーネはそう考えた。

「伯父上は、ダビデがデル・モンテ枢機卿の若いころと似ているように思われたのではありませんか？　絵の中に特別な嗜好に対するほのめかしがあると……」

机を叩きながら教皇はこの暴露話をさえぎった。若いゴンザーガ枢機卿にこの種の話を聞かせたくないのだろうか？

「わしの主義主張がこの絵のせいでめちゃくちゃにされてしまうのだ。これは宣戦布告にも等しい」

「それは少々大げさでは？　これは小説、それも面白い小説のようなものだと思いますが」

教皇は血がにじむほど歯でくちびるをかんだ。今、甥から値踏みされ、恐るるに足らずと思われてしまったわけである。

「ゴリアテの死にはぎくりとさせられました」

全員がゴンザーガ枢機卿の方を向いた。彼はきまり悪げに笑っている。禁じられていることに手をだし、それを突然見とがめられ、どうしてそんなことをしたのか説明するよう求められている少年のようだ。

「つまるところこの画家は自分の死に対する不安のようなものを描いたか、あるいは、自分を打ち砕こうとする敵と向かい合っている、ということを示そうとしているのではないでしょうか」

「おまえには一つ認識が欠けているぞ、ゴンザーガ枢機卿。つまり、ダビデは主の助けを借りてゴリアテを殺したのだ。彼の使命は神の御指示によるものだ。このへたくそな絵には、その神々しい輝きが少しも感じられんじゃないか。カラヴァッジョのどの絵もそうだが、神への思いが剥ぎ取られておる」

いやいや、ここではあなたのごひいきの人間の嗜好がやり玉に上げられているのですよ、そうでなければ胸をはだけ、デル・モンテ枢機卿に似た顔をした若いダビデが絵の真ん中に立っているわけはないでしょう、シピオーネはそう考えていた。

「この絵は、和解を求める意思表示です。カラヴァッジョは見返りに……」シンピオーネがここまで言うと、フェルディナンド・ゴンザーガが投げられたボールをうまく受け取るように、代わって話をつづけた。

「念願の赦免をもらおうと、この絵を差し出したわけです。教皇さま、カラヴァッジョがあなたの改革に対抗するような絵、そして私たちを笑いものにするような絵をあちこちにばらまくのを止めさせたいとお望みならば、ここはどうかよくお考えください。シラクサ、メッシーナ、パレルモ、そしてもちろんナポリにある絵だけでも、彼を追放したことをくやむのに十分ではありませんか？　彼を迎えてやってください。後悔なさることがないように」

「駄目だ！　わしの主義にこんな調子で逆らった後ではな」

「といいますと、教皇さまはカラヴァッジョが今後も普通の聖人像とは似ても似つかない彼独特の聖人像を描きつづけることは十分承知なさっているということですか？　ですが、教皇さまはカラヴァッジョがデル・モンテ枢機卿を……」

石のように体を硬くして安楽椅子に座り、見るからにショックを受け、顔面蒼白のデル・モンテ枢機卿を指差しながら、フェルディナンド・ゴンザーガはつづけた。

「笑いものにしていることはお分かりなのですね」

若いゴンザーガ枢機卿の話ぶりは少々露骨で、エネルギッシュ、一瞬一瞬、彼は成長しているように見える。

「絵が公けにならない限り、問題はございません。ですが、ピサやジェノバ、あるいはマントヴァ、ヴェネチアで、教皇さま、あなたを思わせる聖人の絵が人目にふれるようになりますと……」

ゴンザーガ枢機卿は最後まで話すことはできなかった。それまで自分を抑えていたデル・モンテ枢機卿が急に立ち上がったのだ。その拍子に安楽椅子が寄木張りの床をすべり、椅子の足の耳ざわりな音が部屋の中に響いた。

「彼に赦免を与え、ローマに連れ戻して仕事をさせれば、面倒を起こすこともなくなるでしょう」

他の人間の耳には届かなかったろうが、シピオーネはデル・モンテ枢機卿が小さな声でこうつけ加えたのを聞いた。

「あの男のやることは度がすぎる！」

ゴンザーガ枢機卿が話している間、シピオーネは伯父が次第に顔色をうしなっていくのをじっと観察していた。教会にある自分の肖像が変にうがった見かたをされ、ようやく手にしたヴェネチアとの和解がご破算になることなど、とうてい耐えられないことだろう。伯父とデル・モンテ枢機卿は何回も目配せしあっている。枢機卿が励ますように教皇に合図を送ると、抑揚のない小さな声で教皇パウロ五世は言った。

「赦免を認めるとするか。だがひとつだけ条件がある。カラヴァッジョ帰還に関する文書はパロの町で渡す。あそこは教皇領だからな」

9

「教皇の印章だぞ、エンリコ、ネリナ、教皇の印章が押してある手紙だ！　とうとうやったぞ。ローマの香りがするじゃないか！」

ミケーレが叫びながら階段を昇ってきている。ネリナはエンリコの腕の中でうつらうつらしていたが、その声ではっと目を覚ました。ミケーレは廊下に沿って並んでいる部屋のドアを次々と乱暴に叩いている。

「分かってくれると思う？」

ネリナの声には自信なさそうな響きが混じる。今、自分がエンリコの部屋から飛び出すとすれば、自分を見つめるミケーレのいぶかしげな目は、嫉妬を意味するのだろうか、それとも心配を示すものだろうか？

部屋のドアが開き、ミケーレが手紙を手に飛び込んできた。

「エンリコ、おまえが封を切って……」

ミケーレの目は部屋の光景に釘づけになっている。ネリナは裸身を布団で隠した。髪の毛は情事の後の汗で濡れている。ミケーレは自分が見たものが理解できないというように、真っ赤な目をしばたかせ、ワインを飲みすぎたせいで赤くなった頬をふくらませている。そして視線をネリナからエンリコへ、エンリコからネリナへと漂わせたあと、抑揚のない声で言った。

「そこまでいってるのか」

エンリコはそれにはかまわずベッドから滑りおりてミケーレに近寄り、手紙を受け取るつもりで手をのばした。ミケーレはちょっと立ちすくみ、それから二、三歩後ずさりした。

「ミケーレ！」

ネリナは彼を落ち着かせようとした。彼の目がうるんで呼吸が速くなり、かんしゃくをおこしそうになるのを必死に抑えているのが分かる。

「分かってちょうだい、エンリコを愛しているのよ」

日の光が明るい縞となって、半分閉めたカーテンを通りぬけ、部屋の中にリボンを張ったように差し込んでいる。それが深呼吸をしているミケーレの体をからめとっているように見える。エンリコがミケーレの肩に手を置くと、それを払いのけた。ぎゅっと結んだ唇の間から何か声を発したが、喉の奥がゴロゴロ言っているだけで言葉にはならない。ようやく顎が動いた。

「ネリナの面倒を見てくれとは言ったが、もてあそんでいいなんて言っちゃいないだろうが！」

「ミケーレ！」ネリナが割って入る。「それは言いすぎでしょ。わたしが愛している人、わたしが自分のベッドに連れていった人、あなたには関係ないわ。父親でも、兄弟でもないんだから。嫉妬するなんて変よ。結局、わたしのことを大事にしようなんて、これっぽっちも考えたことがなかったんだわ」

あっけにとられてミケーレはネリナを見つめていたが、それからヒステリックに笑い出した。その笑い声は次々と笑い声を呼び、いつまでたっても止まらない。

「おまえは何も分かってない！　何も分かってないんだ。おれは引き取って、食べさせ、絵を描くことを教えてやったろうが。それなのに枢機卿の秘書ふぜいとベッドにもぐりこむよりほかやることがないのか？」

今度はエンリコが攻撃に転じる番だった。

「口のきき方に気をつけた方がいいですよ、ミケーレ。このどこの馬の骨とも判らない秘書のわたしが、一度ならずあなたを最悪の状態から守ったわけですからね。さあ、手紙をこっちへ、そしてこのわたしの部屋から出ていってください」

ミケーレは手紙をしっかりと胸にかかえると、またドアに向かって二、三歩後ずさりした。

「誰にもこれは見せないからな」

「ミケーレ、何をしているの、私たちはあなたの味方なのよ、そんなこと百も承知でしょ？　私たちは助けたいの。そしてエンリコは……」

「エンリコの好きにさせろって言うのか？」

ネリナは裸の体にシーツを巻きつけると、ベッドから滑り出た。ミケーレはまるで生まれて初めて女性の半裸姿を見たとでもいうように、目を丸くしている。毎晩のように、港あたりにたむろしている女をとっかえひっかえ連れ込むような男、昼間絵を描いている最中に、人目もはばからず、まるでそれが自分の義務だとでもいうようにモデルに襲いかかる男が、わたしにお説教でもするつもり？

「何を見ているの、ミケーレ？　手紙の封を切って」

こう言ってからネリナは背を向け、服を着ようと衝立の後ろに消えた。そして目隠しの細かい網目の間からミケーレの顔がまるで高熱と戦っているように、青くなったり赤くなったりするのを見ていた。

「おまえは何も分かっちゃいない、何も！　おまえを引き取ったのは、助手が必要だとか、寂しかったからだとも思ってるのか？　とんでもない。おまえの父親がわりになったんだ、どうおまえが……」

ミケーレは言いよどみ、言おうとしていることがのどにつまったような感じだ。

「だからってわたし、あなたに借りがあるわけじゃないもの。父親がわたしを売ったのよ、分かってるでしょ」

「あいつはおまえの親じゃない！」

「とにかく養い親よ。自分の本当の家族は知らないもの」

「だが、おれは知ってる」

ミケーレの声はしわがれている。その言い方はぶっきらぼうだったが、やさしさにあふれ、ネリナは目頭があつくなった。まだ服を着終わってはいなかったが、それにはかまわず衝立の後ろから出た。

「わたしの母親を知っているの？　わたしの父親を？」

ミケーレの顔がひきつっている。

「ああ、ふたりともな」

ネリナにもっと質問するようエンリコが目で合図を送っている。だがネリナは、本当に自分はそのことを知りたいのだろうか、と自問していた。過去をたぐって自分の出自をはっきりさせたほうがいいのだろうか？　心の隅にしまっておいた方がよいような思い出が、これで目茶目茶になってしまうのでは？　そうとは気づかずに、もう何か知っているということは？　こんなふうに迷っているネリナに代わってエンリコが口を開いた。

「私たちをじらすつもりなのですか？　あなたが答えてくれなければ、ネリナは希望と不安の間を行ったり来たりしなきゃならないのですよ。洗いざらい話して、それからここを出て行ってください」

本当のことを知るのは怖かった。自分の出自は将来とは関係ないのだと言い聞かせながら、ネリナは思わず知らず胸のお守りを強く握りしめていた。

だがミケーレは何も言わず、きびすを返すと部屋を出て行った。広い海原に出た船の上で立ち上がったように、その体がよろけた。

10

「教皇の手紙にはどういうことが書いてあったんだ、ネリナ?」

「分からない。あれからミケーレは一言も口をきいてくれないのよ。女やモデルしかアトリエに入ることができないし、彼も部屋から出ようとしないのだもの。描いて、お酒を飲むの繰り返しよ」

エンリコはネリナの髪をやさしくなでた。やわらかくて絹のような髪が指の間をすべっていく感触が心地よい。ミケーレと口論してからというもの、ネリナはエンリコの部屋に移り、若いふたりはもう離れることはなかった。

ミケーレが部屋に閉じこもりきりなのはヨハネ騎士フラ・ドメニコを恐れてのことなのか、それともネリナや自分と口をききたくないためなのか、エンリコには分からなかった。彼はゴンザーガ枢機卿に、ナポリを離れてローマに戻ってもいいか問い合わせてみたのだが、カラヴァッジョから目を離すな、カラヴァッジョが描いている絵を一枚残らず買い占めろと、大金が送られてきた。

エンリコは身をかがめてネリナのうなじにそっと口づけした。黒い髪と、日にやけた肌の色が美しいハーモニーを作っている。やさしく背中を愛撫すると、ネリナは気持ちよげに体を動かした。彼女の魅力がエンリコの官能をくすぐった。

「わたしはあなたの何?」

「奥さんだよ」

「本当?」

ネリナは彼のほうに体を向けた。エンリコはゆっくり彼女の体に視線をはわせてから、手でやさしく愛撫した。ネリナは目を閉じたまま、口元を軽く震わせている。乳首が彼の手に触れられてツンととがり、腹部の上を指がはうとネリナはククと声をたてながらうっとりとした様子で体をくねらせた。自分の手の下でネリナの体の筋肉が軟らかくなり、まるでスポンジが水を吸い込むように自分の動きを受け止め始めたのがエンリコには分かった。指先で太ももの内側をそっとなぞると、ネリナは喉に砂でもひっかかり、それをどけようとするように咳払いをした。

「だめ!」彼女の息づかいが早くなっている。「私たち、まずさきに……」

エンリコは彼女が逆らおうとするのを、接吻でおしとどめた。二人は情熱的に舌をからみ合わせた。

「今はおまえがすべてだ。過去がどうだったろうと、それは関係ないよ」

「素性もよくわからない娘なのに?」

「何を言ってるんだ、世の中でおまえが一番すてきだ」

「エンリコ、あのね、あなたの子供ができたみたいなの……」

と、そのとき、チェラマーレ宮殿の中を叫び声が響き渡った。それはエンリコの肺腑をえぐり、ネリナをぎくりとさせた。

異常な叫び声にあわてて駆けつけてみると、マグダラがまるで死人のようにベッドの上に倒れている。この港の売春婦は、エンリコのところに移って空になったネリナの部屋にころがりこんでいた。ベッドの脇には洗濯篭やらタオルなどが乱雑にとり散らかっている。ネリナ同様、あわてふためき、とにかく服を羽織ってきただけのエンリコは、一瞬迷ったものの女を調べ始めた。半裸に近い状態で仰向けになっている。

「心配ない、気を失っているだけだ」

二回ほどかるく頬をたたくと、女は意識を取り戻した。目をパチパチさせ、頭を押さえながらうめき声を上げたが、誰かに殴られたらしい。

「どうしたの、何があったの、マグダラ？」

女はキョロキョロ辺りを見回したあと、自分がチェラマーレ宮殿にいるのだと、ようやく思い出したようだ。

「あたし、体を拭こうとしたんだよ。そしたら後ろで足音がしたんだ。振り向いたらさ、目の前に十字架を持った坊さんが立ってるじゃないか。そいつもびっくりしてさ。あたしにとびかかってきたところまでは分かってる、でもそのあと気を失ったんだ」

「すごい叫び声だったのよ」

「そうかもね、何も覚えてないけどさ」

ネリナははっとした。

「それってフラ・ドメニコ？　それともレオナルドス神父かしら？」

エンリコがネリナを見た。二人とも同じことを心配したのだった。

「ミケーレ、ミケーレ、どこにいるんだ？」

二人は同時に叫び声を上げた。マグダラをそこに残したまま、廊下の端にあるアトリエに向かって駆け出した。扉が開けっ放しになっている。ネリナは用心しながら部屋の中をのぞいた。落とし穴に落ちないようにとでもするように、ゆっくり、すり足でアトリエに足を踏み入れながら、体を硬くした。隅に絵具が飛び散って使い物にならなくなった紙があるだけで、部屋の中は空っぽだ。そのがらんとしたアトリエの真ん中に背を向けて立っているのは、レオナルドス神父だった。

「ミケーレはどこ？」

神父はゆっくり二人の方を振り返った。ここにあった絵はいったいどこに消えてしまったのだろう。そしてミケーレは？　最後に会ったのは確か三日前で、それ以来一度もみかけていない。神父の顔に皮肉な笑いが浮かんだのに気がつき、ネリナはおやっと思った。自分より事情を知っているということか。

「ミケーレはどこに行ったの？」

レオナルドス神父は膝を打って笑った。

「あんたたちは自分たちのことで頭がいっぱいで、まわりで起こっていることは何一つ目に入らないし、耳にも届かないっていうわけか。子孫繁栄のお楽しみを神さまが気に入ってくださるといいのだがね。絵は箱に詰めて全部運び出されたぞ」

「それを知っていたのですね。あなたがミケーレに手を貸した？」

「パロに向かう帆船をミケーレに用意してやったよ。パロの港は教皇領との境界にある。そこで赦免状が渡されることになっているのだ」

「ああ、どうしてそんなことを」ネリナがつぶやいた。

「ミケーレは許可状もなければ、法の保護も奪われている身だというのに」エンリコも思わず手で顔を覆った。

「絵と引き換えに赦免状を受け取る手筈だ。書面はもう交付されている。船長はまもなくローマに向けて出航すると言っていた」

エンリコは歯ぎしりしている。ミケーレがこのところ港に停泊している小船や帆船について盛んに情報を集めていたことの合点がいった。

「レオナルドス神父、あなたは決定的な失敗をしたのがわかりませんか。船長はまちがいなくヨハネ騎士団に雇われていますよ。教皇からの指令が届くのを待っていたと、わたしはにらんでいます」

「ということは、つまり」ネリナが口を挟んだ。額に汗が吹き出ている。「その船にはフラ・ドメニコが待っているということ？」

「船でないとしたら、パロで待ち構えている、間違いない」

ネリナはピンと背中をのばした。そして無意識にお腹を押さえたのは、かすかにお腹の中をくすぐるような動きを感じたからだった。しあわせな気分になりながらエンリコの手をとって言った。

「船を雇って追いかけましょう。まだ間に合うはずよ」

11

モンテ・アルジェンタリオ島ポルト・エルコーレの、港につながる堤防の端にネリナは腰を下ろしていた。港の上には要塞が聳え立ち、通って行く船にここはスペインの領地だということを教えている。

湿気と暑さでむしむしするマレンマ海岸からミケーレの絵を積んだ帆船が出て行ったと、ネリナとエンリコは人から教えられた。彼女は、午後の焼けるような暑さの中を、イタリア本土とつながっている堤防を通って品物を町に運んで行く農民を一人ずつじっと見ていた。ポルト・エルコーレはパロに向かう一番近い港で、エルバ島とローマの中間点にある。防波堤に立つ彫像の陰でエンリコが休んでいる間、ネリナは道をじっとみていた。ミケーレは間違いなくここを通るはずなのだ。

港でその日の食い扶持を稼ごうとする日雇い、背中に荷物や篭を背負った農夫、袋を積んだロバを追い立てる男たち、そして時折荷車がここを行き来するのだが、今も一台、堤防の上をゆっくりこちらに近づいてくる車がある。まるで石のように硬く乾いた土の路を固い音をたてて走っている。牛が疲れているように見えないのは、たいした荷物を積んでいないためだろう。

小さな港パロに着いて二人が最初に聞かされたのは、教皇からの赦免状を受け取ろうと先に帆船でここにたどりついたミケーレが捕まったということだった。パロはテヴェレ河の河口のごく近くにあり、ミケーレにとっては危険なところなのだ。というのも、ここはもう教皇領で、その法が適用されるために、罪人ではないことを証明する必要があるのだ。

ネリナは滝のようにしたたりおちる顔の汗を、これも汗でぐっしょり濡れたブラウスの袖でぬぐいながら、エンリコと二人で要塞に行き、守備隊長に尋ねたことを思い返していた。

「こちらに捕まっている人間がおりますね、隊長。彼に会って話をさせてもらうわけにはいきませんか？何日か前に船を下りたところで捕まった人間のことです。何か行き違いが起こったのではないかと思うのですが」エンリコは如才なくこう切り出した。

「世の人間からカラヴァッジョと呼ばれている画家のことを言っているなら、もうここにはいないぞ」

こういう守備隊長の答えを聞いてまず二人が心配したのは、ミケーレが教皇の側に引渡されてしまったかもしれない、ということだった。

教皇がパロの町に落とし穴を作るよう、巧みにお膳立てしたのかもしれない。教皇の使節団が時をおなじくしてこの町に姿を現したのは確かだった。

「レオナルドス神父が画家を請け出したよ」

隊長の説明だと、人違いだということがわかりミケーレは無罪放免となったのだが、絵を積んでいた帆船が先に出て行ってしまったため大暴れしたようだ。

「レオナルドス神父なんか、何の役にも立ちゃしない」とわめき、おまけに市場の店の棚を叩き壊し、善良なパロの市民を何人も殴り倒したという。守備隊長はまたミケーレを要塞に拘留することを決めたのだが、彼は忽然と姿を消してしまったらしい。レオナルドス神父はとまどい、ポルト・エルコーレに連れて行ってくれる船を三日間待っていたという話だった。パロとポルト・エルコーレをつなぐマレンマ海岸は蒸し暑いところとして知られていたので、陸路は使いたくなかったのだろう。

荷台の荷物にネリナは興味をそそられた。荷車の囲いが高く、何を積んでいるのかよくは見えなかったが、荷台の端から足がだらりとぶらさがっているのは見逃さなかった。牛車は死人を運んでいるのだろうか？いや、そんなはずはない。死体は町の門を通ることは許されないのだから。

「エンリコ！」ネリナは直感で叫んだ。

彼はだるそうに日陰から体を起こした。

「あれを見て」

ネリナは牛車を指差した。荷台の後ろから脚がぶら下がり、牛の歩みにつれてそれが右に左にと揺れている。

「確かめてみよう」エンリコはこう言うと、額の汗をぬぐった。

牛車がようやくネリナのところまできた。そして彼女の目に飛び込んできたのは驚いたようにこちらを見上げている農夫姿の男である。

「レオナルドス神父！」

彼はきまり悪げに笑い、探るようにあたりを見回し、エンリコに目をとめた。彼はいそいで牛車に乗り込むと、荷台の中を調べた。

「ネリナ、上がるんだ」

「ミケーレ！」

熱にうかされ、まるで水びたしの服を着たようにびっしょり汗をかいて、ミケーレが横になっている。半開きの目で前を見ているのだが、名前を呼んでも、体に触れても何の反応もない。

「沼地でふらついているところを見つけた。最初は馬に乗せていたのだが、自分で体を支えきれなくなったので牛車に乗りかえたのだよ」

ネリナはくちびるをブルブル震わせた。ミケーレは生きていた、それには違いないのだが、生きているというよりむしろ死んだのに近い姿でこのポルト・エルコーレにたどりついたのだ。

「船は港にいるか？　絵はそこにあるのかね？」

神父のこの質問にネリナはカッとして、頭に血が上った。

「そんなことよりもっと大事なことがあるでしょう！　ミケーレが生きていなければ絵は役に立たないのよ。さあ、手を貸して。丘の上にある私たちの小屋にミケーレを運ぶの。あそこなら夕方にはいくらか風も出て、楽になるわ」

彼女が感情を爆発させたせいではないだろうが、レオナルドス神父の体が縮まったように見えた。

「船はまだ港に停泊しているのだな？」

エンリコが神父の方に振り向いた。

「そんなことは自分で確かめたらいいでしょう」

そう言い放つと息絶え絶えの、がりがりに痩せてしまったミケーレを肩にかついだ。大またにゆっくりゆっくり歩き始め、深い木立の中に分け入って、今自分たちが住んでいる小屋への道を登って行った。ネリナも神父にはかまわず、太陽がジリジリと照りつける暑さの中、あとを追った。しばらくたって振り返ってみると、神父の乗った牛車が町の門を通り抜け、港に向かって走っている。

彼はどうしてあれほど絵のことにこだわるのだろう？　何を望んでいるのだろうか？　ミケーレが絵を持っているとすれば、それはおそらくこの何週間かの間、つまり言い合いをして自分たちが一緒にいなかった間に新しく描いたのだろうか。それに答えられるのはミケーレだけだ。

そのミケーレは死んだようにだらりとエンリコの肩にかつがれ、頭はまるで狂った時計の振り子のように右に左に揺れている。

12

ネリナは、レオナルドス神父が自分たちの暮らすこの小屋に災いを運んできたように思った。彼が葦の日よけを持ち上げて姿を見せると、戸口がさえぎられ、たちまち重苦しい空気が部屋に満ちた。ミケーレが寝ているベッドの横に置いた椅子から、ネリナはゆっくり立ち上った。

「何でしょう?」

彼女はジリジリするような暑さだというのに、背中がゾクっとした。海から吹いてくるそよ風が塩気の混じった水のにおいを運んでくるが、それには湿地帯の熱気も加わっている。汗にまみれたミケーレの体を包んでいる薄いふとんが、足のところでまくれあがっている。彼女はミケーレの手をしっかり握った。神父が立ったまま、何も答えようとしないので、ネリナは催促するように咳払いをし、もう一度聞いた。

「何か御用でしょうか?」

握っているミケーレの手は燃えるようだ。突然、歯がカタカタと音を立てたので、ネリナは神父のことは後回しにして、ミケーレの方に体を向けた。額ににじんだ汗を拭き、足にふとんを掛けなおす。眠っているが、これが良い兆候だとよいのだが皮ふからはすっかり血の気がうせ、頬骨の上でたるみ、まるで紙のように張りついている。彼の命は太陽がしずんだあとの空のようで、その光は鈍く暗く、やがては完全に消えてしまうのかもしれない。

レオナルドス神父がベッドに近づいたので、ネリナは握っていたミケーレの手を離し、二人の間に立ちふさがった。

「ひどい病気なのが分かりませんか？　話をするのは無理です」

「かまわん」ミケーレが突然、小声で言った。「こっちに来てくれ」

目を閉じたまま、ほとんどくちびるを動かさずにこう言ったとたん、咳こみはじめた。乾いた、肺の奥深くでほえるような咳だ。体を横向きにしているが、息を吸う気力もないように見える。額には玉の汗。ネリナは布を手に取り、汗を拭こうとしたが、神父の方が早かった。彼は病人の上にかがみこむと、慣れた手つきで体の向きを変え、布でその額をぬぐった。

「ミケーレ！」神父はささやいたが、ネリナには彼の声が上ずっているのが意外だった。

ミケーレが力なく笑った。ヒューヒューと音をたてながら息をしている。

「何だ？」一瞬間があった。海から吹いてくる、むっとする微風の音だけが聞こえる。「おまえが来るのを待ってたんだ」

「わたしを？」

「もちろんさ、おかしいか？　おれはずっと前から何もかも分かっていた」

ネリナは反対側からミケーレに手を貸し、神父をしっかり見張ろうとベッドの端をまわった。

「出て行ってくれ」ネリナに向かって神父は吠えるようにこう言うと、小屋の外に追い払うような手振りをした。

「ネリナ、ここにいるんだ」ミケーレが手招きする。「手を握っていてくれ。楽になるから」

神父は本当なら無理やりにでも自分を追い出したいところだろう、ネリナはそう感じた。椅子に腰を下ろし、ミケーレの手をとってしっかり握った。熱は引いたようだ。

「おれは死に取りつかれている」

こう言うとミケーレはまた咳こんだが、ネリナにはそれが笑おうとしたのか、それとも乾いたひどい咳なのか区別できなかった。神父はミケーレの上にかがみこみ、ささやくような声で話しだしたが、ネリナはしっかり聞き取れた。

「絵はどこにあるんだ?」

この質問が、まるで鋭いナイフのように小屋の静けさを断ち切った。ミケーレは目を開け、神父の僧服のフードに開いた穴を見つめている。できたらこの神父の僧服を剥ぎ取ってやりたいと思っているのだろう。

「絵なんかもう一枚も持ってないぞ」ミケーレはこう答えると、あえいだ。「この高名な画家カラヴァッジヨさまには、もう一枚のカンバスもないんだよ」

ミケーレは仰向けになり、身を起こそうと肘をついたが、神父が手で押さえつけた。

「絵はどこにあるんだ?」

「乱暴はやめて!」ネリナは急いで割って入り、ミケーレの胸に置いた神父の手を払いのけた。「息ができないじゃありませんか!」

「そうなってもかまわないだろう」レオナルドス神父がつぶやいた。

苦しげに息をしながら、ミケーレは仰向けのまま目を閉じていたが、表情は穏やかだ。

「あなたが欲しがっている絵は、盗まれてしまったわ」ネリナは神父に強い口調でこう言った。

「盗まれた?」

「それは船に積んであったのよ。でも船はポルト・エルコーレには留まっていないで、積荷と一緒にすぐに出航してしまったわ。私たちみんな、うまく言いくるめられて、まんまとわなにはまってしまったのよ」

神父がぎくりとしたのを、ネリナは見逃さなかった。

「それでその船はどこだ？」

「ローマに向かっているらしいわ」

「なんだと、ローマだと！」

ミケーレが神父の袖を引っ張った。

「絵は全部じゃない」ミケーレは弱々しい声でこう言うと、また咳き込んだ。「チェラマーレ宮殿に何枚か残してきた。侯爵夫人が知っている」

最後の力をふりしぼるようにしてミケーレは笑おうとした。神父がまたミケーレの上にかがみこんだ。

「何を描いたんだ、何を？」

ミケーレがゆったりと微笑み、口のまわりに穏やかな表情が浮かんだ。

「もうやめてください、ミケーレは眠ったわ」ネリナはしかりつけるようにきつく言い、レオナルドス神父をベッドから遠ざけようとしたが、神父はそれを乱暴に振り払い、ミケーレの腕をつかむと激しくゆすぶった。

「目を覚ますんだ！　最後の絵は何を描いたんだ？」

「『聖ヨハネの斬首』よ。自分を洗礼者聖ヨハネの姿に描いているわ。とっくにご存知でしょ、さあお願い、もう出て行って！」

まるで鞭ででも打たれたように神父は飛び上がって、突然ネリナの両腕をつかんだ。その強さに彼女は思わず悲鳴を上げた。

「ほかに何が描いてあったんだ？　ヨハネの首だけか？」

「わたしは……わからない……。ヘロデとサロメそれから……。痛いわ……。それから兵士。兵士が首を乗せた盆を運んでいた」

いきなり神父が腕を放したので、ネリナはよろめきながらミケーレのベッドにしがみついた。

「それにおまえたちだよ」ミケーレがささやき声で言った。「おまえたち皆だ」

「おまえなんかとっとと死んでしまえばよかったんだ！」

こう言い放つと神父はよろよろと小屋を出て行った。ネリナがベッドの端に腰かけ、痛む腕をさすっているると、ミケーレが探すように手をのばしてきた。その手はまた燃えるように熱くなっている。彼は力ない声で、もっと近くに寄ってくれ、と言った。

「さあ、もう休んで」

彼はゆっくりと首を振ったが、それだけで額に汗が吹き出している。

「休む時間なんかこれからいくらでもあるさ」

息が荒く、苦しそうだ。そしてネリナは、彼は死ぬのだという思いを一生懸命振り払った。乾いた布でミケーレの額と閉じた目の上を拭いた。

「モデナの公爵……」ミケーレは弱い、ささやくような声でこう言い、笑おうとしたが、咳が先にこみ上げてくる。

「公爵がどうしたというの？」

「引き受けた絵のことさ。公爵は絵を受け取れないな。公爵はもう……」

目に涙が溢れてきたが、ネリナは半分怒ったような調子で彼の言葉をさえぎった。

「前払金のことは忘れて。公爵にはそれくらいお金、痛くもかゆくもないはずだわ」

ミケーレは黙ったままだったが、部屋の中にゼーゼー言う音が響く。

「死の床では決着をつけなければならん。嘘をついちゃいかん」ゆっくりゆっくり、それも間をおきながら話しつづけたが、途中で苦しげに息をする。まるで空気でも入ったように胸の奥でぼこぼこ言っているのが聞こえた。自然と頬を伝って流れる涙を、ネリナは懸命に抑えようとした。

「嘘なんかついてないじゃないの。だれもミケーレを……」

だがミケーレはゆっくり首を振った。

「おれは呪われているのさ」

苦しげに微笑みながら、一瞬ネリナを見たが、それは彼女の胸をえぐった。

「あなたにかなう人はいないわ」

ミケーレは目を閉じ、二回ふっと息を吐いた。彼を死なせてはいけない、今は駄目。突然ミケーレがはげしく顎を動かした。生きようとする意志が肺の中に命を吹き込んだのだろう、呼吸が楽になったようだ。そして目を開けた。かさかさに乾いた口元が泡をふいている。

「おれは間違ってないぞ。ネリナ、聞いてくれ。ディ・ロッソの野郎は妹のカテリーナを手ごめにしてはらませやがった。だが奴は結婚する気なんかなかった……。町娘なぞ相手じゃないんだ。カテリーナじゃ不釣合いだったのさ。そして奴は拒否したんだ、ブタ野郎が……」

ネリナにはミケーレがこう一言一言絞り出すように言うたびに、興奮して呼吸が荒くなってきているのが分かったが、止めはしなかった。大きな声を出さずにすむように、耳を口元に近づけた。

「カテリーナは子供を生んだ。女の子だった。本当に可愛い子だったよ。そしてお袋が死んだとき、おれはカテリーナに……」

咳で告白は中断した。ネリナは彼の肩の下に手を入れ、少し体を持ち上げた。まるで天使が浮かんでいるかと思われるほど軽い。ミケーレはあえいだ。

「……。カテリーナは子供を人手に渡すように迫られた。小さな銀のお守りをおれは子供に持たせてやったんだよ。カテリーナは、おれをどうしても許さなかった。絶対……」

スカートの中にサソリでも入ったようにネリナは飛び上がり、首に下げているお守りを握りしめた。偶然のはずはない。うろたえながらミケーレを見下ろした。顔は骸骨さながらすっかり小さくなり、全身が衰弱し、ガタガタとふるえ、肺が悲鳴を上げている。

ミケーレはネリナの手首をしっかりつかむと、自分の方に引き寄せた。その視線はネリナの上を通り過ぎ、彼女には届かない高いところを漂っている。

「おまえは……」

ミケーレは深く、長く息を吸わなければならなかった。目の中に死と向き合う意識が生まれてきたのをネリナは見つめていた。ミケーレの口から最後の言葉がもれたが、何を伝えたかったのか聞き取れなかった。

石になったようにそこに座り込んで、ミケーレの顔をじっとのぞきこんだ。柔らかなもの、あたたかなものがそこからすっかり消えていた。

13

「絵は焼くんだ、すぐにだぞ」

教皇パウロ五世は怒りに紅潮した顔で、息を弾ませながら、カラヴァッジョの絵の前に立っている。

「こんな下手くそな絵、わしは世間の目にさらす気はない！」

にやっとしながらシピオーネ・ボルゲーゼは伯父をながめた。命令に従うつもりはさらさらない。自分が有利な立場に立っていることを示すことは快感だ。自分は全員、つまり伯父、ゴンザーガ枢機卿、そしてデル・モンテ枢機卿と争い、彼らの駒の動かし方を予測し、間髪をいれず反応し、行動した。今も使者がナポリのカラヴァッジョ侯爵夫人のところに赴き、チェラマーレの夏の宮殿に滞在している。そこにはミケランジェロ・メリシがスペインの帆船に積み込まなかった絵が木箱に詰められているし、ひょっとしたら絵を乗せた船もまたそこに戻るかもしれない。自分を除いてはだれもそのことは知らなかったし、自分以外だれもその絵と対面できないだろう。レオナルドス神父が必要な金銭的支援や聖職禄と引き換えに、自分のために働いてくれているのだ。カラヴァッジョが重いマラリアにかかってしまったことは非常に悔やまれるが、この『聖ヨハネの斬首』やほかにも絵があるようなので、十分埋め合わせできるだろう。

そんなことを考えていると、教皇が自分の考えていることを読み取ろうとでもするように、こちらをじっと見ていることに気づいた。

「伯父上、カラヴァッジョの絵は、人の生き方についての彼の注釈のように読めますね。考えていることを絵というかたちに姿を変え、はるか昔の知識へつながる入口を開けているようではありませんか」

この発言は期待したような効果はなかったようだ。教皇パウロ五世は画架が立てかけてある柱をこぶしで叩き始めた。

「過激なことを言ってはまずいかもしれんが、もしこのカラヴァッジョが熱病で死ねば、わしはそこに神さまの罰しようとする手を見る。何事にも反抗するあの男にとって神聖なものというのは存在せんようだな」

「でなければ、すべてが神聖なのかもしれません」

「最近、教皇の座を嘲笑しおった。わしの人格を軽蔑したのだぞ」教皇は鼻息荒く、不機嫌な声を出した。

「あの男は影響力を持っているといえば少々買いかぶりかもしれませんが、見せかけのものを一つ一つ見抜く能力は深い真実をえぐりだすのでは？」

「あの男の傲慢さだ！　地上の神になろうとしておる」

シピオーネは立ち上がって『聖ヨハネの斬首』の絵に近寄った。黄土色がかった絵とヴェネチアから取り寄せた緑色に輝く絹の壁布とがしっくり合っている。

「わしの女を絵に描きこむなんぞ、いい度胸だ」教皇がうなるように言った。自分があざけられていると思っているらしい。

「これが伯父上が週一度お訪ねになる女性だとお考えなのですか？」

渦を描くように教皇はぐるぐると回り、画架の上に乗った絵とあやうくぶつかりそうになった。絵が揺れている。

「女と会うのは人間愛から出ているだけのことだ。懺悔を聞き、迷える子羊を導くのはわしの本来の仕事だからな」

シピオーネは伯父を見つめていた。教皇はぴったりな言葉を見つけ、よどみなく話ができるようになるまで、何度もつばを飲み込んだ。

「おまえのほかに、わしの女のことを知っている者はおるのか?」

「ローマ中の人間ではないですか?」

この皮肉をシピオーネはどうしても言わずにはいられなかった。教皇はぷっくりした顔を真っ赤にし、口をへの字に曲げ、また絵の周りをうろうろしながら、くちびるをなめている。描かれたサロメが教皇の愛人ロミーナ・トリペピに似ているとは見えなかったが、そう見るのも一興だろう。だが、女はカテリーナとかいうカラヴァッジョの妹がモデルではないだろうか。そして二人の男はヨハネ騎士フラ・ドメニコとデル・モンテ枢機卿に違いない。ここに教皇に似た人物が登場するようなら、絵を焼いてしまえというのも無理ないことだ。教皇は指で絵の表面をなでている。

「伯父上、この絵に納得はされないでしょうが、正式の赦免状を和解のしるしとして出していただけないものでしょうか? ミケランジェロ・メリシにローマで熱病を治療させる機会を与えるには、伯父上の署名さえあればいいのです」

「今度はおまえの言うとおりだ。この絵は地下室に消えてもらわねばな。いずれにしても、わしが女のところでときたまやっている気晴らしに対するこのあてこすりが、きれいさっぱり皆から忘れられるまでのことだ。わしが死ねば、専門家がこの絵を判読し、隠されている秘密を一つ残らず解明するだろうよ。だが、わしが生きている間はしっかり鍵をかけて表に出ないようにしなきゃならんぞ」

「では秘書をよびましょう!」

「いや、その必要はない」

「伯父上、今わたしに約束してくださったじゃありませんか」

パウロ五世は祭服の袖の中をもたもたと探し回り、封をした書面を引っぱりだした。

「ながいこと放ったままだった。さあ、持っていけ。カラヴァッジョを呼び戻して、あの男をだまらせるんだ」

「これは赦免状ですか？」

「そうだ」

シピオーネは叫び声をあげて、小躍りしたい気分だった。自分の計画がすべて予想どおりに運んだのだ。両手を打ち鳴らすとその音が部屋の隅々にまで広がって、静けさが破られた。教皇から目は離さずに、書面を扉のところに姿を見せた秘書に渡した。

「これを今すぐポルト・エルコーレに届けてくれ！　大至急だ」

「おまえもこの相手には大分てこずっているようだな」

伯父が笑っているのを見て、シピオーネは少しばかり混乱した。ほぼ五年近く伯父はこの自分の願いを拒みつづけ、今それに応じる羽目になったのだから、本来なら腹をたてていて当たり前なのだ。教皇はまた安楽椅子に身を沈め、絵を眺めている。急使がポルト・エルコーレに向かったのだろう、中庭から馬のいななきとひづめの音が聞こえてきた
喜びの大きな波が一段と高くなったせいか、シピオーネの額には汗が吹き出し、それが粒となった。教皇は、馬のひづめの音が遠ざかって消えるまで、耳を傾けていた。

「たしか、ほかに何か言っておくことがあったはずだが……。はて……」

とぼけた顔でこうつぶやき、忘れたふりをしている。シピオーネはハッとした。伯父の記憶力は信じがたいほどよいのだ。彼は満足げに笑みを浮かべている。

教皇が手を叩くと。すぐに扉が開き、秘書が部屋に入ってきた。そしてまるでずっと前から何をすべきか

承知していたように、つかつかとシピオーネのところに歩み寄ると、ゴンザーガ家の紋章の封がある手紙を差し出した。それはエンリコからの手紙のように見えた。教皇はどうやってこれを手に入れたのだろうか？シピオーネはあわてて封を切った。

「猊下」彼は声を出して読みはじめ、ときどき信じられないというように目を上げた。「ミケランジェロ・メリシはパロよりポルト・エルコーレに到着して以来熱病にかかっておりましたところ、キリスト生誕一六一〇年後の七月十八日、当地に於いて、熱暑ならびに血液状態悪化のため死去いたしました。我々はポルト・エルコーレ教区教会において遺体の埋葬をとり行いました。その費用は……」

力なくシピオーネは腕を落とした。自分自身がこの最後の章を組み立てたのではなく、その中にひきずり込まれたのだということに気がつき、まるで頭でも殴られたような気分だった。

「シピオーネ、熱愛の君が描いた他の絵を探すおまえの努力が実ることを願っておるぞ」

嘲弄するような笑みをうかべながら教皇はこう言って一人うなずき、十字を切ると部屋を出て行った。

14

ネリナははっとして目を開け、神経をとぎすませた。不安が胸をよぎる。そして自分は今、一つ身ではないのだと思うと胸が締めつけられた。ゆっくり体を起こし、闇の中を伝わってくる音に耳をそばだてた。小屋に一つだけある窓を通して入ってくる息づかいはエンリコのものではない。間違いなく外に誰かいる。中をうかがっているのだ。彼女は寝息のリズムを壊さないようにしながら、そっとベッドの中で体の向きを変えた。十分に明かりが差し込んでいるところをみると、まだそう遅くはないのだろう。エンリコは用心のために石弓を買いに出かけたのだが、もうそろそろ戻って来てもいい頃だ。

ミケーレが死んだあと、ネリナたちは船に残された彼の絵を取り戻したいと思っていた。外で靴底で砂利を踏みつけ、歩き回っている人間は、この彼女の計画をどこかで知り、家の周りを忍び足でうろついているに違いない。ネリナはそっとベッドから出て、入口の扉のかげに滑りこんだ。心臓が激しく鼓動し、その音で見つかってしまうのではないかと心配なほどだ。銀のお守りをしっかり握りしめながら待った。

黒い影が入口の日よけを乱暴に払いのけ、目の前に飛び出してきたかと思うと、剣を枕に突き立てた。一度、二度、三度と突く。そしてベッドには誰もいないと分かると、悪態をついた。聞き覚えのあるその声に、自分の命をねらっているのが誰か分かった。

「こんな勇気があるとは思ってもみなかったわ、フラ・ドメニコ」ネリナは皮肉たっぷりに言った。

「なんだと！」

彼の視線はぴたりとネリナに当てられている。剣が宙を切り裂き、切先が彼女の握っているお守りに当たった。ぎょっとしながら後ずさりし、ネリナはうろたえながら言った。

「お守り。わたしの……」

「それをこっちへよこせ！　それはわたしのものだ」

「何を言ってるの。このお守りは何年も前に養い親からもらったのよ。あなたに渡せるわけないでしょ！もともとあなたのものじゃないのだから」

彼女の胸の前で剣の先が小刻みに震え、それがお守りに当たり、乾いた音を立てた。

「これ以上何が望みなの？　もうとっくに目的は達したでしょ？　ミケーレの遺体は教会の中で腐ってるわ。復讐はすんだじゃないの」

フラ・ドメニコはゆっくり剣の先を床に向けたかと思うと、突然思いがけない早い正確な一撃で彼女の首をつついた。鋭い痛みが走り、銀のお守りを下げている革紐がぷっつり切れた。

「何をするの！」ネリナは金切り声をあげ、首すじに手をやった。

「わたしは一度もミケーレを殺そうなんて思ったことはない。あいつにとって死ぬのは救いだっただろうよ。だが、わたしはそんなこと望んじゃいなかった。苦しむべきなのだよ、一生涯。わたしが苦しめてやれたのは、あの男が死ぬまでのことだった。無念だ」

「気の毒な人！」

紐の切れたお守りを左手に握ったまま、ネリナはゆっくり立ち上がった。

「わたしが？　わたしが気の毒だって？　お守りをしっかり見たことがあるのか？　開けて、中に何が入っているのかよく見るんだ。見れば誰が気の毒なのかおまえは分かるはずだ」

エンリコはもうすぐ戻ってくるはずだ。ネリナは自分の声が外に届くようにと、大きな声でしゃべろうとした。

「お守りには肖像画が入っているだろう？　兄のアントニオだ。ミケーレは私たち兄弟の絵を描いた。兄がミケーレの妹とねんごろになったからだよ」

しゃべるのを止めるたびにフラ・ドメニコは剣先を彼女の顔の前で振り動かした。ネリナはまるで石にでもなったように身をかたくし、自分は死ぬかもしれないと覚悟を決めた。

「あいつは自分の妹の恋人を殺したんだ。二人は愛し合っていたというのに」彼は冷たく微笑んだ。「兄のただ一枚の肖像だ。ペテルツァーノ親方の工房にいるとき、ミケーレが私たち二人並んだ姿を描いたのだが、その後どこかに消えてしまった。何ヶ月かあとで見つけたときには兄の顔は切り取られていた。そして兄は決闘したあげく死んだと知らされたよ」

フラ・ドメニコはネリナの手に握られているお守りを指差しながら続けた。

「おまえが今持っているお守りもなくなっていた」こう言ってからネリナに返せと頼むような仕草をした。

「それが全部作り話じゃないと言ってくれる人はいるの？　まるで古い騎士物語みたいだわ」

フラ・ドメニコは唾を飲み込み、咳払いをした。自分を抑えようとしているのが分かる。

「わたしからお守りをとりあげて、いったいどういう意味があるというの？」

「それは兄からカテリーナへのプレゼントだった。ミケーレが中に絵を入れたんだ。わたしに兄を思い出させるものは他に何もない」

今度は剣をネリナの胸の前で振った。

「さあ、それをこっちに渡すんだ」

「そんなことをすれば、わたしは自分の父親の思い出を失ってしまうわ」

「さあ、よこせ！」

剣が宙を切り、自分の巻き毛が床に落ちたのが分かった。ぶるぶる震える手でネリナは銀のお守りを渡した。自分が今死と向き合っているのだと悟ると、まるでナイフが体につきさったような強烈な痛みを感じた。くちびるがわなわなと振るえ、お腹の子供は、温かく暗いネリナの体の中にいるのが嫌なのか、早くこんな囚われの身から自由になりたいとでもいうように激しく動く。

「おまえはもう死んだも同然だ、それは分かっているだろう？　ミケーレとわたしは偶然デル・モンテ枢機卿のところでまた顔を合わせた。それ以来、わたしはあの男が始めたことに決着をつけようとしたのだ。絵の場合と同じだよ、分かるだろう？　上にニスを塗って、ひびを埋め、傷をなおす時が来たのだ。デル・モンテ枢機卿がわたしを支えてくれた。カラヴァッジョはその絵によって信仰の深さに新転機を作ったのは確かだ。だが、それでいながら人々の心の奥を傷つける。そのようなやからには死んでもらうことがデル・モンテ枢機卿の願いだった」

フラ・ドメニコが一歩踏み出した。ネリナは思わず目を閉じ、これでおしまいだと覚悟を決めた。耳に入ってくるのは、柔らかい羽根で空中をなでながらフクロウが飛んでいるような、シュッシュッという音だけだ。お腹に剣の先が当てられたのが分かる。もう観念するよりなかった。と突然、剣の力がゆるんだ。

目を開けてみると、フラ・ドメニコの驚愕し、大きく見開いた目が飛び込んできた。彼は、何か叫ぼうとするように口をかっと開けているのだが、声にはならない。前によろよろと倒れこみ、膝をついた。そしてガクッと膝が折れると、床にひっかかった剣が彼の体の重みで折れ、体は前に倒れこんだ。矢の羽が頭の後ろから突き出ている。

石弓がフラ・ドメニコの頭を後ろから射抜いたのだと分かるまで、ネリナはしばらく時間がかかった。恐ろしさと、ほっとした気分とがないまぜになり、矢がどこから飛んできたのか知ろうとあたりを見回す余裕もなかった。ヒステリックに大きな声で笑い出すと、お腹の赤ん坊がまるで自分の命を守ろうとするように暴れまわる。誰かに肩をつかまれて、ネリナは飛び上がるほど驚いた。

「外で聞いていたよ、ネリナ。フラ・ドメニコはデル・モンテ枢機卿のために働いていたとは……。立派な働きぶりだったわけだな」

彼女は泣きたかったが、涙が出ない。ただ震えるばかりだ。

「わたしをしっかり押さえてちょうだい、エンリコ！」

「これで終ったんだ、悪夢から解放されたのだよ」

彼の手に握られている弓。これを買うためにエンリコはポルト・エルコーレの市場に出かけたのだった。ネリナは彼の腕にそっと体を預けた。目の前に倒れているフラ・ドメニコはまだ小刻みに体を震わせている。そして、彼女のお腹の中では今新しい命が動いていた。それは、恐れや絶望の中でなく、ぬくもりにつつまれ、カラヴァッジョを永遠のものにしていく命なのだ、ネリナはそう思った。

訳者あとがき

ようやくたどりついたポルト・エルコーレの海岸を、画家はどのような思いで歩いていたのだろう？

殺人の罪をきせられてローマから逃亡し、安住することなく数年間各地を転々としながらも多くの力強い作品を描き、教皇の赦免を頼みにローマまで馬で一日という距離にまで戻ってきていた。教皇領と境を接するこの地でも、すぐ釈放されはしたものの、またもや投獄の憂き目にあってしまう。そして強い日差しの中、むしむしした湿地を歩き回った末、熱病にかかり（マラリアともいわれる）、一六一〇年七月十八日、画家は息をひきとったのである。三十八歳だった。待ち続けた赦免状は彼の死と入れ違いにその月末に発行された。

このカラヴァッジョと呼ばれたミケランジェロ・メリシ（愛称ミケーレ）は手におえない乱暴者で、少しのことで頭に血がのぼり、数々の傷害事件を起こしては、警察のお世話になっていた。彼は本当に人を殺したあげく逃亡したのか、それともはめられたのだろうか？　本書は教皇庁の中の動きとからめてその謎を追っている。当時の一般市民は、剣を腰にさしてローマの町を歩くことは禁じられており、彼がそれを破っていたのは間違いない。

一方、彼の描く絵には熱烈なファンがいた。教皇の金庫番と言われた裕福なジウスティニアーニ侯爵や、芸術愛好家として知られたデル・モンテ枢機卿などで、彼らは早くから画家に惜しみない援助を与え、カラヴァッジョがローマから逃亡できたのもこうした人々が手を貸したおかげだともいわれている。

初期の作品は、一部研究者がこの画家は同性愛者だったと主張する根拠となるような官能性の強い作品や風俗的絵画が多いが、その後の宗教画では、暗い背景からスポットライトをあびた人物がくっきり浮かび上がり、その心の中をダイナミックに語りかけてくる。この画期的で、挑発的とも言える画風に人々は驚ろかされたが、そのリアリスティックな絵のモデルとなったのは市井の人々、粗野な農民や町の娼婦、ときには死体であり、こうした面でもカラヴァッジョは教会や善良な市民の反感を買うスキャンダラスな画家だった。

ナポリからマルタ島に渡り、そこに拠点を置いていたヨハネ騎士団に入ったのは、彼の性格からして、剣を持つ騎士の姿に憧れてのことだったのかもしれない。この宗教騎士団は十一世紀に聖地エルサレムに病院をかねた巡礼者の救護所を作ったことに始まる。普段はカトリック修道士として生活しているが、いったん事があると騎士として戦う。一五三〇年、マルタ島に本拠を移したところから、マルタ騎士団とも呼ばれ、現在この騎士団の本部はローマにあって、人道団体として活動している。団員は貴族に限られていたのだが、それ以外にわずかながら有能な人物の入団が許された。カラヴァッジョは、『騎士団総長アロフ・ド・ウイニャクール像』（使う言語によりグループを作り、それぞれが団長を置き、全体を統括しているのが騎士団総長である）や、教団の守護聖人を描いた『聖ヨハネの斬首』の成功によって、一六〇八年名誉騎士に推挙されたのである。しかし、その喜びもつかの間、高位の騎士と例によっていさかいを起こし、投獄され、シチリア島へと脱獄をはかった。このために騎士団からも追われる身となってしまう。

ローマではボルゲーゼ枢機卿をはじめとするカラヴァッジョの絵を愛する人々が、教皇パウロ五世に恩赦をはたらきかけるのだが……。

教皇の甥にあたるこのシピオーネ・ボルゲーゼは、伯父が教皇に選ばれた直後、二十六歳で枢機卿になった人物である。優れた芸術鑑識眼を持ち、カラヴァッジョの作品を含め、気に入った作品を手に入れるためにはあらゆる手を用いたらしい。彼がピンチオの丘に築かせた別荘は今、ローマ一の広さを誇る緑の公園となり、その一角にある瀟洒な白い建物がボルゲーゼ美術館となっている。

豪奢な、どの部屋にも多くの巨匠の作品があふれているが、その中にベルニーニ作の堂々とした『枢機卿シピオーネ・ボルゲーゼ』の胸像、七枚におよぶカラヴァッジョの名作を見ることができる。ついでながら、一六一五年、慶長使節支倉常長は教皇パウロ五世に謁見がかない、教皇庁の迎賓館の役目をはたしていたというこの館で食事を供されたということである。

カラヴァッジョには正式な弟子はいなかったが、独特で強烈な着想と光の大胆な扱い方で、十七世紀の画家に一番強い影響を与えた人物といってよく、その力はローマからイタリア各地へと広がり、スペイン、フランスをはじめ、ヨーロッパ全土に及んでいる。特にその追随者はカラヴァッジェスキ（カラヴァッジョ派）とよばれ、ジェンテレスキやその娘で女流画家の草分け、これもスキャンダラスな人生を送ったアルテミジア、初期のリベーラ、ラ・トゥールがあげられ、やがてルーベルスやベラスケス、さらにレンブラントへと受け継がれていく。二〇〇一年の「日本におけるイタリア年」に関連して開かれたカラヴァッジョ展では、このカラヴァッジェスキの作品も多数紹介された。

最後にユーロ導入前のイタリアの最高札十万リラにはこの無頼の徒カラヴァッジョの顔と彼の絵が使われていたことも記しておこう。

年譜

西暦	年齢	カラヴァッジョの生涯	世界の出来事
一五七一年		ロンバルディア地方カラヴァッジョ村出身のフェルモ・メリシの長男としてミラノに生まれる（父は領主カラヴァッジョ侯爵に仕える建築家。公爵夫人は画家のローマ逃亡後の行動に影響を与えたと思われる）	聖ヨハネ騎士団も加わったレパント海戦でキリスト教徒、オスマン帝国に勝つ
一五七二年	一歳	後にカトリック神父となる弟ヴァティスタ生まれる	
一五七三年	二歳		室町幕府滅亡。武田信玄没
一五七七年	六歳	父、ペストで死去	信長、右大臣となる
一五八三年	十二歳		ガリレオ、振り子の等時性発見
一五八四年	十三歳	ティツィアーノの弟子で人気画家であったシモーネ・ペテルツィアーノの工房に入る	
一五九〇年	十九歳		豊臣秀吉天下統一
一五九二年	二一歳		クレメンス八世、教皇となる
一五九三年	二二歳	教皇クレメンス八世に重用された人気画家カヴァリエーレ・ダルピーノの工房に入る。『病めるバッカス』、『果物かごを持つ少年』など制作	
一五九五年	二四歳	デル・モンテ枢機卿の目にとまり、その宮殿に住むようになる。ジウスティニアーニ公爵の保護のもと『女占い師』など多くの作品を制作	

一五九九年	二八歳	『聖マタイの召命』、『聖マタイの殉教』を依頼される。名声が一挙に高まり依頼殺到。『ホロフェルネスの首を斬るユディト』、『聖マタイと天使』など。この頃から暴力沙汰を頻繁に起こすようになり、警察の記録に名前が載りだす	
一六〇〇年	二九歳	『キリストの埋葬』、『聖ペテロの磔刑』など	関が原の戦い。イギリス、東インド会社設立
一六〇三年	三二歳		江戸幕府開く。エリザベス一世没
一六〇四年	三三歳	レストランの給仕を傷つけて逮捕される	
一六〇五年	三四歳	娼婦をかばい公証人を傷つける。投獄されるが間もなく釈放。一時ジェノヴァに逃亡。『ロレートの聖母』、『へびの聖母』、『聖ヒエロニムス』。	教皇クレメンス八世亡くなり、後をついだレオ十一世もまもなく死去。カミッロ・ボルゲーゼ、教皇パウロ五世となる
一六〇六年	三五歳	『聖母の死』を制作するが、「死体」を描いたため受け取りを拒否される。球技が原因の喧嘩で殺人を犯す。ローマから逃亡。『エマオの晩餐』、『慈悲の七つの行い』	
一六〇七年	三六歳	マントヴァ公のためにルーベンスが『聖母の死』を買い上げる。『キリストの鞭打ち』、『ロザリオの聖母』、『ゴリアテの首を持つダビデ』	家康、駿府城に移る。
一六〇八年	三七歳	マルタ島に滞在。『聖ヨハネの斬首』、『アロフ・ド・ウィニャクールの肖像』、『眠るキューピット』など。功労により名誉騎士となる。騎士と喧嘩、投獄されるが脱獄。シチリア島のシラクサに逃げる。『聖ルチアの埋葬』	
一六〇九年	三八歳	メッシーナに滞在。『ラザロの復活』、『羊飼いの祈り』。パレルモ、さらにナポリへ移る。喧嘩で重傷を負い、死亡したとの噂がたつ。ローマで恩赦の気運が高まる	オランダから船平戸入港、商館設立。
一六一〇年		船で海岸沿いを北上。ローマ北方のスペイン領港町ポルト・エルコーレで恩赦を待つが、熱病のため死去。享年38歳。二週間後にローマ教皇の赦免状発行される	

【著者】
ペーター・デンプ（Peter Dempf）
1959年、南ドイツ、アウグスブルグに生まれる。
ミュンヘン大学、マンハイム大学でドイツ文学、歴史を学んだ後、1983年よりおもに歴史をテーマとした脚本、小説、詩などを多数発表している。本書のほか長編小説『画家ヒエロニムス・ボスの秘密』も高い評価を得ている。

【訳者】

相沢和子（あいざわ・かずこ）　上智大学文学部ドイツ文学科卒。

鈴木久仁子（すずき・くにこ）　上智大学外国語学部ドイツ語学科卒。

ふたりによる共訳書にレナーテ・クリューガー著『光の画家　レンブラント』、ヨーン・フェレメレン著『ピーター・ブリューゲル物語』、ウリ・ロートフス著『素顔のヘルマン・ヘッセ』（いずれもクインテッセンス出版株式会社）などがある。

カラヴァッジョ　殺人を犯したバロック画家
2007年6月15日　発行

著　者……………………ペーター・デンプ
訳　者……………………相沢和子・鈴木久仁子
発行者……………………佐々木一高
発行所……………………クインテッセンス出版株式会社
東京都文京区本郷3-2-6
クイントハウスビル　〒113-0033
電話　03-5842-2272
振替口座　00100-3-47751
印刷・製本………………株式会社　シナノ

ISBN978-4-87417-960-4　C0098